南开大学比较语言学研究中心
南开大学中外文明交叉科学中心　　资助出版

邢公畹文集

# 邢公畹艺文集

邢公畹　著

南开大学出版社

天津

**图书在版编目(CIP)数据**

邢公畹艺文集 / 邢公畹著.－天津：南开大学出
版社，2022.11
（邢公畹文集）
ISBN 978-7-310-06229-4

Ⅰ.①邢… Ⅱ.①邢… Ⅲ.①中国文学－当代文学－
作品综合集 Ⅳ.①I217.2

中国版本图书馆 CIP 数据核字(2021)第 259030 号

邢公畹艺文集
XING GONGWAN YIWENJI

南开大学出版社出版发行

出版人：陈　敬

地址：天津市南开区卫津路 94 号　　邮政编码：300071
营销部电话：(022)23508339　营销部传真：(022)23508542
https://nkup.nankai.edu.cn

雅迪云印(天津)科技有限公司印刷　全国各地新华书店经销
2022 年 11 月第 1 版　　2022 年 11 月第 1 次印刷
260×185 毫米　16 开本　16.5 印张　4 插页　285 千字
定价：148.00 元

如遇图书印装质量问题,请与本社营销部联系调换,电话：(022)23508339

# 出版说明

　　邢公畹先生（1914—2004）是我国著名语言学家，被誉为汉藏语比较语言学大师。邢先生早年就学于中央研究院历史语言研究所，师从语言学泰斗李方桂先生；毕业后到南开大学边疆人文研究室工作，并执教于西南联大中文系；后历任南开大学中文系教授、系主任，南开大学文学院终身教授，是南开中国语言学科的奠基人，在国际汉藏语学界有重要学术影响。邢先生以深厚的"小学"功底，通过使用古老丰富的汉语文献，结合深入少数民族地区进行语言田野调查的资料，潜心研究，在汉藏语比较研究方面做出了重要贡献。同时，在语言理论、语法学、音韵学等方面均有建树。邢先生在语言学研究之外，还勤于笔耕，长于文学创作，早年曾发表一系列小说、散文，一生撰写了大量日记，为我们留下了宝贵的精神财富。

　　本套文集的出版是对邢公畹先生著作的首次全面整理。我们与文集编委会专家共同商议，对邢先生已发表过和未曾发表的论文、论著、文学作品、演讲、访谈、日记等，进行了广泛的搜集、整理和统一编排，形成目前 9 卷本的规模。文集是我们了解和认识邢先生的学术、文学成就及思想历程的第一手资料。邢先生曾说，治学的总目的在于探索宇宙间（包括人类社会）的各种规律，以便人们去利用，他不过是通过语言研究来进行这种探索罢了。对于邢先生这样的大家，我们需要学习、研究的还有很多很多。

　　《邢公畹艺文集》以邢先生亲自编选的《艺文小集》为基础，家属邢凯、邢沅及学界同人又搜集到不少邢先生早期发表的作品，许多是今人不晓的重要之作，形成这部内涵丰富又独具特色的艺文集。本书共收录文章 29 篇，含小说、散文、杂记、回忆录、翻译作品等，涉及了文学、历史学、语言学、教育学等领域，贯穿了邢先生 70 余年的创作时光。由于文章的撰写时间跨度较大，语言风格也留下了时代的印记，如"的""得""地""底"的使用、异形词、象声词、地名和外国人名的翻译等，在编辑过程中，除同一篇文章内必要的字词统一外，其他均保留原貌，未作改动。

南开大学出版社

2022 年 11 月

# 编前缀语

邢 沅

## 一

正如一些研究者指出的，由于在语言学领域的巨大成就，邢公畹的文学创作往往被遮掩，成为"月亮的另一面"。他的小说散文所表现出的文学天赋和超乎一般的独特运思，值得进一步研究，随着近年来他的一些小说散文重新走入人们的视野，更证明了这一点。父亲生前最后亲手编辑的《艺文小集》正是一部这样的文集，曾经天津师范大学吴云教授介绍，本来要在天津古籍出版社出版，后来因为种种原因未能实现。时隔几十年，得到南开大学文学院、历史学院、南开大学出版社，特别是诸多关爱父亲的领导和同人们的大力支持，这部书终于与大家见面了。

关于父亲的小说，我的姑姑邢佩芳在她的回忆录中曾说：哥哥上学时写的文章，国文老师赞不绝口，称颇有鲁迅笔风。我以为这可能是溢美之词吧。但灯下读罢父亲的小说《童时回忆》，顿觉惊诧，没想到父亲的"处女作"，下笔就竟然如此圆润流畅，隽永深邃。通篇白描自然抒写，真像《社戏》《祝福》一般。文字简洁，没有更多对白，人物性格却栩栩如生，文中的人物无论父亲、母亲、祖母、二叔，或是尼姑、伙夫以及那些大兵，虽无强烈戏剧冲突，但一个个跃然纸上。更难能可贵的是，父亲没有刻意站在什么阶级立场、用某种意识形态营造冲突，表达爱憎，甚至我们完全不知道那些军队是谁的兵，伙夫为何被砍头，但那死的残酷、麻木，那种社会生活环境对人性的桎梏，像粗粝的绳索，一步步扼紧读者的喉咙，令人窒息。

经过抗战和西南联大生活的历练，父亲重新改定的《棺材匠》比《童时回忆》更加成熟完整，情节、对白、人物性格刻画，都有了超越，开始形成了自己独特的文学风格，并由此导向他小说创作的巅峰——《红河之月》。而相比之下，《童时回忆》就显得青涩，如前所述，诸多的不完整可以说只是初露锋芒。有意思的是，两篇文章中的一些意象，似乎都有相对的连续性，比如院落外的湖塘、大鹅、草庵、尼姑，这些都与父亲青少年的生活环境、经历直接相关，例如他家早年来安庆就曾落脚祠堂。《童时回忆》中，对"二叔""父亲"的描述，几乎可以说是实笔，因为他的二叔正如"速写人物"（当初陈望道先生带到《太白》去的三篇文章，都是父亲写作课"人物速写"的作业，除了发表的《童时回忆》，另两篇当时是什么题目现在已不知晓了，其中一篇后来改写成《棺材匠》）一样，被他的父亲所不满，认为是个不肖的浮浪子弟，为人极差，再如文中对"父亲从外地为安葬先祖"之事，几乎完全写实。

正如父亲在日记中所述："今晨院中黄叶纷飞，颇有早秋气象矣，昔年充满青春之力的种种猜想——远方与深意，皆来忆中，颇想将所历写为散文。"可惜我们现在可以找到的其他"将所历写为散文"的小说只有两篇，即《古堡》和《壶水曲》。

《古堡》可以说是《童时回忆》的姊妹篇，同样是以"我"的经历展开，描述了"我"一家人从日寇侵袭的小城（安庆）"跑反"①，准备逃到西北方的××（北山）去，途中住进了故旧赵太爷家（古堡）的一段故事。这段经历基本可与《邢公畹日记·断简一》的内容相对照。而赵家也正是以父亲的大姐夫家、宿松北山著名的段氏家族为背景，不过，在小说中已经完全"文学化"了。

《壶水曲》是《古堡》的"续集"，讲述"我"离开家乡后，在一所"临时中学"（安徽省立临时中学，原称"补习学校"）教书，因战事逼紧，"我"随学校一路流亡，穿行了许多地方，千辛万苦到达湘西一座小山城（洪江），这时学校也改为国立中学了。《壶水曲》几乎就是父亲在国立八中教书的记录，是深刻影响父亲一生的一段难忘经历。他教过的国立八中的学生欧阳沙（1946 年考入西南联大），曾写过一篇文章《怀念邢庆兰先生》，记述了《壶水曲》中的故事。在昆明的日子里，不断有国立八中的师生旧交前来探望，讲述当年及父亲离开后的事情。这些情节一直萦绕父亲心头，于是他创作了小说《壶水曲》。

---

① 过去安庆土语将外出躲避兵燹灾祸叫"跑反"。

# 二

据《邢公畹日记》载，自 1942 年至 1946 年间的作品，至今我们仍未找到的篇目至少还有以下线索：《翠湖边上》（大约 1942 年）、《茶棚与饭铺》（1943 年发表于《旅行杂志》，"饭铺"日记中又有作"饭店"）、《昆明的黄昏》（1945 年 1 月 9 日日记载）、《发现与了解》（1945 年记载）。其他还有《江城》（曾用题目《城的悲哀》）、《乡愁与怀梦草》、《说中国话》、《外行诗话》，以及在罗常培先生推荐的《当代评论》（《文学评论》，抑或是杭立武编的《世界学生》）投稿的《灰色马》等几篇。署名是"邢庆兰"还是"邢楚均"，或者用了其他笔名就不清楚了。父亲曾用过的笔名，除"邢楚均""兰生"，还有"叔灵"（见于民国三十二年〔1943〕十一月黎烈文编的《申报·自由谈》）。说起"叔灵"这个笔名，以前很多人包括我们都不知道，直到最近才发现。根据这个线索，我们又从当年的《申报》上找到父亲写的两篇杂文《随感》和《"文化失调"》。

其余《朗诵与国文教学》《挽歌的故事》《论"看"》与《鲁迅及其风格》等虽然发表于 1947 年[①]但实际上，这几篇文章的写作时间都早于发表日期。父亲一生钟爱古诗词，来自家学渊源，他的高祖桐城派文人明孟贞公讳昉就著有《石臼集》，且编辑唐人诗选集《唐风定》22 卷，据说家里曾藏有旧刻雕版，族人亦曾议重版。20 世纪 50 年代，塘沽的一位族人还特地来南开找父亲商议，后来大概也不了了之。父亲从事古诗词记音、翻译，从读大学就开始了，他的日记和笔记簿中曾有记载。特别是到昆明以后，父亲在西南联大向闻一多、罗常培、朱自清、游国恩、罗膺中等许多大师请益，于古典诗词有了更深的理解。闻一多和朱自清两位先生亦曾邀请父亲参加他们发起的研究活动。父亲对朱先生欲将中国过去的文学放在一个"新的系统里面加以认识"深表赞同，并积累了许多"古诗新译"素材，其中就包括《挽歌的故事》里的内容（比如民国三十七年〔1948〕一月三十一日《申报·文史》上发表的《"吹箫给丧事"说》）。抗战胜利后 1946 年父亲北上"复员"南开大学，就着手整理这些素材；1947 年 7 月适逢一多先生殉难周年稿成，父亲在文后特地加上了一

---

① 《朗诵与国文教学》发表于民国三十六年（1947）五月《国文教学》，作者署"三十六年五月十日，南开大学"；《挽歌的故事》发表于民国三十六年（1947）《国文月刊》第 61 期，作者特别附注："本文篇中挽歌都译成白话，算是对朱自清先生《古文学的欣赏》（《文学杂志》第 2 卷第 1 期）一文的响应"，而且作者签署"三六，九，廿八过录毕，于南开大学"。

段纪念文字；9月28日又"过录"一遍寄《国文月刊》发表。

《朗诵与国文教学》的情况与《挽歌的故事》大体相同。据《邢公畹日记》1943 年（民国三十二年）1 月 9 日载："前三日晚为中文系讨论会，由张慎祥君宣读《诗经中之成语》。"父亲为之提出自己的意见。1 月 12 日载："晨往校中，莘田先生告云聚餐会改在此星期五，叫我赶快预备讲稿……讲题拟即用《新诗的节奏》，拟提出以下诸讨论题……"以后连续三天的日记详细记录文章写作大纲。大体即《朗诵与国文教学》所叙述的内容。有兴趣的读者、研究者可参见《邢公畹日记·昆明日记》中的原文。

## 三

父亲的小说、散文虽然当时就有李广田、沈从文、冯至等许多名家推崇，但后来父亲断然割舍了与小说之缘，再也没有继续，所以，他的艺文创作一直没有得到应有的重视和研究。甚至他的"处女作"一般都认为是《童时回忆》，其实在那之前，父亲在《安徽教育》上就发表了"同题作文"《春天的下午》，时间在民国二十四年（1935）四月十三日，那才是他正式发表的"处女作"。同时期（在安徽大学读书期间），父亲与同学袁微子（学中，中共地下党员，著名教育家、人民教育出版社编审）、张肇科（先甲，即参加革命后改名的鲁歌，曾任内蒙古大学副校长、中文系主任，原《红旗》杂志社最早的五编委之一张先畴正是他的亲兄弟）等，一起办过"秋罗文艺社"，出版《秋罗》杂志。据了解，"秋罗文艺社"背后的支持者正是在中国共产党影响下的进步教授许杰、周予同、陈望道。他们反对复古读经，提倡大众语言，抨击反动统治，但不久就被勒令停刊，袁微子也被捕入狱。《白地》月刊第 1 卷第 3 期（1935）署名"兰生"的小说《小红姑娘》即父亲所作，同一期的作者除有赵景深、周而复等名家外，还有与安大有联系的邬宗镛、陈以德。《白地》月刊是刊载文艺理论、小说诗歌、译作和漫画的纯文艺刊物，地址就在安庆天台里，具有一定的地方性或同人性质。我们将《春天的下午》和《小红姑娘》也收入本书提供给读者和研究者，相信这样做还是有一定价值和意义的。

## 四

关于《邢公畹艺文集》的编辑问题，有必要说明一下。本书各篇文章的出处，皆标以首发日期及出版单位，但有些再次重发的篇章文字与首发可能有所不同，有些是作者后来做的修改补正，有的是编者根据作者本人之嘱在编辑本书时一并进行的最后修订，这里特地加以说明，每篇文章就不再一一标注了。另外，除了根据编辑准则要求进行必要规范外，本书尽量保持历史原貌，对一些当时的语句、文字使用习惯都没有加以更改，所以读起来可能会有小小的隔碍。另外，篇后的附记是编者对本篇的写作背景及有关信息的说明，相信对读者阅读和研究会有一定帮助，这也是本书的一点小小特色吧。

父亲一生最重要的时光是在西南联大和南开大学度过的，他的几乎所有艺文文章背后都有一段感人的经历，这些文章不仅是他整体文学创作的成果，几乎也是近代中国学人成长的必由之路。我想，本书的价值也许不仅在于这些文章本身，以文为鉴，激励我们做一个有益于民族、国家和人类的人，更是其意义所在。

# 目　录

# 童时回忆

我欢喜春，因为春可以予人以许多绚烂艳丽的故事的联想，而现在便是春。然而她能给我一点甚么呢？打我记得清的时候起，仿佛也曾有过一些绚烂艳丽的故事，只是当时短于感受力，所以也就不能有所领略；现在自度可以领略，然而她已和我隔离很辽远了。

人说，且铁青地拉长着他的脸孔，"你已经这么大了！"可不是？已经这么大了！几多嵯峨的重负逐渐压上我的肩；无形的鞭子在我的心上挞下几多青紫的痕；痕像冻疮一般地迸裂了，便流出鲜红鲜红的血，那血是心上的。

秀丽的湖山都打扮得格外袅娜，刚发的草上，将要密密地印上许多兽蹄、鸟迹和皮轮的花纹。畜牲们的血也将凝上桃枝，宝石般地颤颤地发光。然而这与我有什么干系呢？

但我却想起另外一些无聊的事，那是属于我的幼年间的，和这春原不相干，但牵强来说，那童年便是我生平的春。

那时正是父亲将死在××——二叔住的一个小县——的祖母雇了小船盘回故乡去后，二叔又有了这意思，说是最好将久厝在边远的一个小城邑××作幕客死的祖父也盘回老家。"树有万丈，叶落归根。送老还山，免得祖宗做异乡的客鬼，也是为人子的一番孝心。"说着便拿出一些适度的盘缠来交给父亲，父亲也同意，大概没有三两天吧，便又起程向那边城××进发。待他事毕之后，归来的那情形狼狈到怎样个程度，现在也记不得了；仿佛一到家便将包袱、雨伞和一只大白鹅——是故乡的族人送他的——摔在地上，连堆满了黄色的尘土的鞋袜都来不及脱便倒在床上；此后大概是镇日呻吟，作寒作热，染一身恶疮。绵愒了半把年，方才有了转机，慢慢吃得硬饭，可是母亲已经眼圈深陷，不成人形了。那××原是瘴气极盛的地方，加之扳援跋涉的劳苦，父亲必然有这样的结局，大抵这在首途之前便可以逆料到的，只是二叔拿"孝子慈孙"的大帽子一压，便有不得不去之势了。这事后来家人们谈起来时，都断定是二叔的坏心眼，然而人已生还，事也过去，那坏心眼究竟是怎样的一个目的和步趋，现在也不得而知了。

我的故乡据说是山明水秀，非常美丽的，可是我一直到现在都没有去过，单是从乡人的口中听得一些叽哩咕噜外国话似的乡音，所以那故乡不但与我很生疏，而且对它不知其然地生下一种厌恶。祖父我固然一总也没有见过；即使祖母，现在回忆起来影像也颇模糊，仿佛常常为了炒菜的油盐放得多了或少了的缘故，便交握着手站在厨房门口，翻着眼珠数落母亲的一个瘪嘴老太婆；母亲也因此常常背着人哽咽。那老太婆有时也给我糕果——用劲将握起的手向前一伸，仿佛练习国术，道："拿去！痨虫！"我惶恐地接下那赐予来，可是随即便偷偷将它丢到"猪食缸"里去了。

那时我家住在一个×公祠里，这里所谓的祠乃是前清皇室赏给杀"长毛"的功臣的祀祠。这类祠很多，想来当时堆在这小城镇里的"功臣"也颇不少吧？只是那些"公"的后代不争气，也许是因为"长毛"早经杀尽，天下业已太平，因此家道也随着破落下来，便只得将那房子租给人住了。然而那类祀祠，人都不愿住，那地场虽大，屋宇也高昂，可是非常阴森，一进去便使人禁不住栗然，仿佛那黑洞洞的中间有许多鬼魂和妖魔在往来地追蹑着，所以人都以为住了不"旺相"，但租价却非常便宜，所以我家便以这原因住下了。那时父亲在一个县知事家里教书，回来得很晚，我们因为要候门，所以睡得也迟。我和姊姊在灯下玩，母亲打鞋底，麻线穿着布叠沙沙地响，后面大殿里时常传过来怪气的惊叫，和大声的追逐或搏击；次日如果上大殿去看，便可以寻得出一些毛团和血迹来。大约屋子一古老，昼伏夜出的动物如黄鼠狼之类也就藏得多了；那在夜间是很可以予人以幽灵之感的。每次父亲提着纸灯笼回来的时候，一路故意高声咳嗽，借以壮胆，想来那声音飞入黑的空洞中去又重行刺到耳膜，是反而会使得他自己心悸或者胆落的。我靠着房门，看着那远来的烛火隔着古老的油纸吐出那苍黄得可怕的微弱的光来，那光将沿着墙走的父亲的影子，模糊不定地涂绘到墙上去，那影子黑魆而且高大，单调而又飘忽，两腿一划一划地走。那黑影也便以同样的步调走进我的稚弱的心。

×公祠的隔壁是一所庵堂，庵堂里的厨房和这边的院落原是有门相通的，只是自这边屋宇开始出租之后便也封闭了。门旁有窗户，时常从那里传出洗碗盏和搓竹筷的声音，有时也从那里伸出光光头和白胖脸来。

这院落是很清爽的，有两棵金桂，又有许多长春菊围着这两棵树根蔓延开来。院落外面是一个大水塘，夏天的早晨，太阳没有出来，知了也还没有叫，那时节隔墙听着女人们的捣衣声，劲紧而且空洞，远近的空气也应和着劈啪，那情景是颇好玩的。倘使在秋天，傍晚时候独自坐在白石片的台阶上，对着一点一点加浓的夜色，隔壁尼庵里的金桂的香也逐渐更加清幽更加隽永地扑进鼻子，这也是当一闻到桂花香的时候便立刻浮现的情景。而特别是那么一个黄昏：因为一直下了几天雨，墙外池塘里的水便涨进这地势并不高起的院落里来，那时节父亲从故乡带来的白鹅也长得和我一般高了，它便在那水里钻。长春菊也开了，金黄地铺满一地。尼庵的烟囱里冒出的蓝烟轻轻落下来，浮在水上、白鹅上和金黄的花上，那烟霭朦胧如一张网，坐在石级的照例是我独个儿，所以我也被织进这网里去，连着我稚弱的淡漠和孤寂的襟怀，也连着晚风带来的尼姑们娇声的佛号和细吹细打的法器响。然而于今我是被隔在这网外了。

我进了小学不多年，政局便有了变动，有许多军队开到这小城镇里来。这宽敞的祀祠便是驻军的好地场。便是这时，我家住的厢房门被父亲用木条封起，另外开了新门，一直通到外面。便从那封起的门缝里，军队特有的古怪气味袅袅地透过来，也可以看得见闪来闪去的绿色军衣的影子；还有时从门槛下面的空隙里钻过一些子弹和走油的膏药来。因为和军队是邻居，所以我也认识一些大兵，他们都是云贵的人，大个子很少；脸上大半都带着病容；脚时常是精赤的；身上的绿军衣的颜色也褪得非常难看了。就中我最喜欢的是一个伙夫，名字我已忘记，为什么特别喜欢也记不清了，单记得有一次他送我好几粒枪弹，有大的，有小的，非常玲珑可爱，我高兴地拿回家，却被父亲痛打一顿，大概因为兵凶战危，子弹之类都是不祥之物，而我居然给带了回家，所以也将那暴戾之气感染到这安善的家里来了吧？

有一天，是一个阴晦天气，我放学回家，一听隔壁营盘里静悄悄的没有一点儿声响，营盘居然安谧是天大的一个古怪，想着，我便将手罩住眼睛凑向门缝外望，刚好我这"取景框"便圈进了那伙夫。那伙夫脸色惨白，瑟缩地站着，眼里流出忧怨和乞怜的光直向前看。我听见怒吼、喝斥和抽马的皮鞭的声音在空气里爆炸。接着我便看见有两个人将他的两手反剪到身后，用粗绳将他捆绑起来，又在他手里插进一面写着许多字的长方形的白纸旗，接着便被簇拥走了，许多赤脚踏着湿地啪啪地响，喇叭也喧哗起来。我连忙转身，指望跑到门外去看，可是那门早经拴起；大抵是为了阻挡那游魂怨气的缘故吧？可是我在板门上却发现一个脱落了树结而现出的小圆洞，我便将一只眼睛贴上去：过去的三对是绿衣的号手，那号手的面颊都膨起两个大包，太阳穴旁的青筋条条绽起，脸上充腾着血色，嘴唇却都瘪下一个小圆圈，对着喇叭嘴便用力地按在那上面；那喇叭的调子是尖锐而且凄厉的；接着便是一个用白手绢包了头的兵，手里提了一大条纸钱；接着便是许多掮枪的兵；中间便有那伙夫，反剪着手一步一步地走。

许多年以后，搬了家，人也渐渐长大，那类故事早经淡忘了，可是这一夜心绪忽然觉得不宁帖，觉也睡不着，灯火的带子因为吸不到石油吱吱地叫着，夜已是这么深了，可是我忽然发现一行剪纸般的队伍贴在床畔斑驳的墙上慢慢移动，我发觉这队伍与我并不生疏：当前三对号手，他们的面颊膨起两个大包，太阳穴旁的青筋条条绽起，嘴唇都被喇叭嘴印成一个小圆圈，那么地吹着无声的喇叭；接着是一个用手绢包了头的兵提着一大条纸钱；接着是许多掮枪的兵，中间一个兵反剪着手，背后插着一面狭长方形的旗，低着头，看着自己的赤脚一步一步地向前走。待到我全然记起了这故事来，便也连带记起来别的，美的，或是不美的。

所谓回忆者，大抵像是水灾中打捞农民的尸身，抓住人头向水外一拖，也便妻室儿女地拖起一大串来了。所以这篇文章是拉杂的。

一九三五年，三月十一日写于安庆

（原载《太白》1935 年第 2 卷第 4 期，署兰生）

## 附 记

《太白》是由陈望道和鲁迅发起主编，上海生活书店出版，背后是上海左翼作家群体。20 世纪 30 年代是中国现代文学史上一个繁荣和充满争论的时代，各种流派、风格迥异的文学期刊杂志异彩纷呈便是其表征。1934 年 9 月 25 日创刊的《太白》即为其中之一。"太白"这个名字是陈望道提出，经鲁迅拍板定下来的，连杂志封面都是用鲁迅和郑振铎先生主编的《北平笺谱》的花鸟果蔬套色信笺为底版的。

"太白"的意思有三：一是大力提倡"大众语"，使文学语言更接近民众的"白话"，"太"是"极致"，合起来就是"白而又白"；二是二字笔画简单，不到十笔，好写好记，易于推广；三是最重要而又不便明说的"启明星"的意思，暗指中国黎明前最黑暗的时候的指路明星。鲁迅先生同意这样几层意思，但表示不要明说，就像他做主编并不标明一样。所以《太白》的宗旨是要用战斗的小品文去揭露、批判当时的黑暗现实，在文学品格上，它作为《论语》《人世间》的对立面出现，反对那种"营建不满于现状而又自感无力改变，甚至不愿'不屑'于斗争而退缩到'恬然苟安'的'灵性'之上，借幽默、闲适以避世"的文人心态，因而在沉闷的文坛激起层层波澜。《太白》的编辑、作者，主要是这样一些人，据不完全统计，除陈、鲁二人外，计有茅盾、郑振铎、胡愈之、黎烈文、叶圣陶、傅东华、郁达夫、巴金、朱自清、夏丏尊、许地山、唐弢、徐懋庸、吴组缃、艾芜、聂绀弩、艾思奇、蔡希陶、周建人、阿英等超过254位，实际撰稿人有231位。

## 附文一

# 春天的下午

红的桃花，绿的杨柳……风来了，花瓣疏疏的落了一阵。太阳光很明亮的照进自修室和自修室外的池塘。塘内的水草，兀自绿油油的，鱼游出来，斗的见了摇摆的水草影，又缩了回去。桃瓣又疏疏的落了一阵，落到池塘里，一片，两片……叮当，叮当……

"喂，老李，甚么课？"

"三角。"

"三角？！"

"对，三角。"

手很不自然的抽出架上的三角来。随手又拉出新天斯买的小说。一步，一步的随了众人幽灵也似的下了楼，踱过走廊、校园，到了课堂。身子兀自很乏力的斜倒在位上。教员上堂了……"密斯脱王！" "到——"怪声音！他不愿再听下去。双手捧着昏倦的头。春风微微的嘘进了教室。这寂静的空间里，除了"到——"的怪声气而外，兀自没有别的声息。教室外杨柳依然丝丝的飘，桃花依然片片的落。杨柳树上斗的飞来，一只啄木鸟，割喙，割喙的声音，刚而促。割喙，割喙……他慢慢的昏沉过去，"Page 七十三！" ——这灵魂以外袭进的声音，使他感到异常的不安。

"诸位同学要知道：$\cos 2A + \sin 2A = \cdots\cdots$"——他实在不愿再听下去。抽出小说来读，这花花绿绿的封面，使他异常眼花缭乱。翻开："定价大洋五角"。再翻，无边的寂寞："啊！这桃花开了！杨柳绿了！爱我的人儿啊！不知飘零到何处去了？我昏了！我醉了！……"是的，他慢慢的昏沉了，小说掉到三角上，三角掉在地上；手臂掉在桌子上，头掉在手臂上。呼——呼——猛的又是一阵割喙，割喙……的声音。"密斯脱王！"他微微的抬起头来，讲台上那眼镜里的两道眼光，正射在他的身上。粉笔头敲在桌子上发出割喙，割喙……的声浪，这声浪使他感到有坐起的必要，有拾书的必要。他如是拾起地上的书，将小说抛到座位里，坐起来，看见黑板上涂满了横写的白字，这白字，一个一个的跳进他的眼里，他于是感到眼睛涨的满满的，举手揉眼睛，猛的不自主打了一个呵欠。"花谢花飞飞满天！"他回头一看老李正在读《红楼梦》。"红销香断有谁怜？！"他风流自赏的应了一句。"菱——湖——公园。"甘甘脆脆的四个字不知从哪里飞进他的耳内。是的，菱湖公园，绿的柳丝，红的桃花，碧的湖水；红的湖心亭，青的浮萍……这些，这些在他眼前慢慢的浮动；青的浮萍跳到碧的湖水里；红的湖心亭跳到桃花里，桃花跳到绿的柳丝里。于是：红的、绿的、青的、碧的……混合成一个花花世界，这世界，又跳动，幻化，女人的腿，白，黑，眼珠，红，胭脂，嘴唇，黑的眼珠睨过来笑，微微的笑了，红的，胭脂，嘴唇，吻，吻过去，快吻。咕通，额头撞在坐桌上。哈！哈！哈！全堂都笑起来。这单调的笑声，使他感到格外的寂寞，沉闷。那胭脂，嘴唇，兀自在眼前摇摆，跳动……终于化成一棵黑子，一棵黑子，从右眼浮到左眼，从左眼转而落到碧的湖水里……小圈，大圈，太极圈……他终于又睡到手臂上……红圈，绿圈，叮当……擘拍！"老王！下课了！""唔！""下课了！""唔！"他抬头一看，教室里只剩了最后走的老李同他。两个共打两个呵欠。一步一步的踱出教室。"我好比……笼中鸟……有……翅……难……张……"他越哼声音越低，越低越哼不出，终于沉寂了。

一九三一，四，十三，于月黑热昏之夜

（原载《安徽教育》1935 年第 2 卷第 3 期，署邢庆兰）

## 附 记

一般都将《童时回忆》当作邢公畹文学创作的"处女作"。其实早在《童时回忆》发表四年前，他的这篇作文《春天的下午》就已发表于《安徽教育》"学生园地"栏目中，按说，《春天的下午》才算是"处女作"。这是一篇"同题作文"，《安徽教育》第2卷第3期还发表了周衍柏的同题文章，而且那一期发表的"同题作文"就有三组。该篇应当是父亲（时名邢庆兰）在安庆六邑中学上学时的一篇作文。当然，也不排除可能是应《安徽教育》"同题作文"征文选题。

安徽省政府教育厅编译处发行的《安徽教育》第2卷第3期于民国二十年（1931）三月十日出版，安庆文美印刷局代印。"学生园地"有小南门贡巢方琦德、方珂德双胞胎兄弟回忆幼年时代在南京生活的片段。方氏兄弟为方守彝之孙、方孝冲之子，一二·九运动领导人物。丁务实的《我们底学校》，描写了安庆城内东北隅六邑中学，有史料价值。六邑中学大门朝南，背靠城墙，西面是财政厅和公共体育场，东面是安徽大学和同仁医院。"在上学和放学的时候，便是这条街上的最热闹时候：大学生，中学生，小学生，男学生，女学生，着魔也似的，按着钟声，各寻他们或她们的学校，向里面跑；或被饥饿的驱使，各向他们或她们的家里奔走，都是要经过这个学校的大门口。"这一条热闹的街道就是同仁医院路，现更名健康路，东连锡麟街。上学放学的学生包括安徽大学、省立第一女中、女中附小、六邑中学，以及在培媛旧址复校的圣保罗中学的学生。当年徐锡麟率安徽巡警学堂学生攻打军械所，也是走这条路。

## 附文二

# 小红姑娘

大抵人们一有了困难和哀愁，总是期望着有所排遣，虽则有的是与大众的困难和哀愁连成一片，不能特地去排遣的，而朦胧于这关系的人，也巴巴地期望着突然解决掉了，仿佛一旦有了神通，获得秘诀似的。而天真如小红姑娘那样的少女又那能例外哩。"看客加多吧！看客加多吧！"

她诚虔地向无知的天和地祈祷着。

小红姑娘跨在马上，刚从江面上爬起来的风，很快地便扑在她的黑色短衣上了，飘飘的，飘飘的，虽则积在地面上的雪刚化完，而这风，和煦温醇，中人如酒，却分明是春天的风了。"春天啊"她反复低徊地念着，像吟着一节名诗中的警句一样。她在马背上认真地挥了一鞭，马蹄得得地加起劲来，脖上的铃子也叮郎郎地愈加响了。

她绕着广场走，场中两支彩色的高柱上集中着扯满到全场的红绿布小旗的绳索，风一来，布匹扯成的屋和旗子们全部都泊泊地响。锣鼓不住地筛着，那闹声哄进她的耳鼓，不觉使她有些心烦。她掏出手绢揩一揩脸上细碎的汗粒。教师李的十八般兵器，支蠹在地上，被太阳晒着，洒出银色的千万条细线。而麻绳栏棚外面的看客是寥寥的，寥寥的。她愈加心焦了，使劲鞭了一下那慢慢怠堕下去的马。

霎时之间，她勒住了马，她看清元和舅在那边高峻的黑幔之后探出上半身来了，摇着帽子，大声地喊着：

"各位先生，各位老板，各位太太……"

她的弟妹们聚在一起，遥遥地对着黑幔，拍着小胸脯，大声地应着那幕前致词："啊！""啊！"

小红姑娘的全身忽然痉挛住了，她不一会准得看见那些弱小者的嫩胸脯上一块一块青紫的疤痕，她腾出手弹去将落未落的泪点。

而看客是寥寥的，寥寥的。

她的心猛烈地痛楚着，她担不住这悲哀的景象骎骎地侮蔑。她的叔父、舅父和请来的师父们在火里钻着，刀丛中间钻着，爬在蠹上天的旗杆上翻着筋斗；她自己哩，走绳索，爬上凌空的梯子，做出极危险的姿势跑马，她的小弟妹们将头发结在长绳上，吊颈鬼一般地凌空的摆。这一切全然是为了那些观赏者而做的，他们生活在壮丽的公馆里，度着绮罗一般的日子，将她们的痛苦和危险当作赏心乐事。许多回她想探手进胸，掏出那银装的小匕首，她想毁灭掉这一切存在，教那些存在全数消灭，春梦一般地了无痕迹。

夜来，全马戏班的人们都回到他们自己的船只上去了。这是一个上好的月夜，小红姑娘一个人独坐在船头，江浪哗哗地击冲着船底，船儿轻轻地簸荡着。隔岸的山头和人家的篱落都浴在月光中间，水田里也依约地打扮成绿味了，小红姑娘烟一般的叹息，慢慢袅娜地消融在茫漠的夜气里。浪花摧着船只升沉着，几乎将她沉没到一个深沉的酣睡中去。但她突然立起身，倾耳一听，顺风吹来了极美妙的歌声和乐器的合奏。她回转头看着：江干的电灯，蛇一般游进她的眼，那后面，有高大的洋房耸着。霓虹灯跳动着火灾一般的红光，并且结成一个个的字："××电影院""××歌舞团"。铜鼓爆炒豆一般地响着，钢琴，康勒特和梵哑铃也更清晰地飘进她的耳朵。

她恍然于这旧式的马戏班的少了看客的缘故了，都市的人们已经有了另外的一些享乐的方法，他们要的是发泄兽欲，剥去那些少女的衣服，拿狼一般的眼光去蹂躏她们赤裸的身体，叫她们笑，哭丧着脸是难看的，要笑，便有钱。

"骚婊子们！"

刚骂一句，接着她便自疚了。

她不愿意看那些，她扭转了头，刚一扭转头，月光便铺进她的眼，黑影一般的心思便蓦然一齐涌上心来。她要生活。她偷偷地又在落泪了。

小红姑娘站起来了，她张开两只手臂，她的娇小的身体的轮廓刻画在白味的月光里显得格外袅娜。

月！月！她偏要生活下去！她舞一般地跳了起来，而且歌唱着。

船儿飘！

浪儿摇！

月儿照照！

人儿悄悄！

风呀！吹罢！吹罢！

叫船儿像云一般地快！

云一般地飘！

甜蜜的家园丢在脑后，

不要管它！

乘长风！

驾着大浪！

飘过无数的关山！

无数的村庄。

全是人间的土，

那一块儿息得下呢？

飘呀！

抛下锚！

扯下帆篷！

叩着村庄的门，

叩着人间的门，

各位先生！

各位太太！

我们要活！


　　她抬头看着桅樯上的黑色的绳索，死蛇一般地被风吹来摇去，但那每一次的摆动，却分明地抽在她的心上。

（原载《白地》1935 年第 1 卷第 3 期，署兰生）

## 附　记

　　《白地》月刊 1935 年 10 月在安徽安庆创刊，属于文艺类刊物，由安庆白地月刊社主编，三民印刷局印刷，第 4 期"春季特大号"还专门送到南京印刷。1935 年 12 月停刊，停刊原因不详，停刊时仅出版至第 1 卷第 3 期。《白地》是一份典型的文学刊物，刊载各种文学作品，内容主要分为创作小说、散文小品、诗歌选粹等，并且每个栏目中均有中外作者的作品。从各栏目内容来看，"创作小说"一栏主要是刊载各种类型的原创小说，这一栏目自第 3 期开始改名为"小说"，但栏目内容并未改变，以刊载各种短篇小说或微型小说为主。这些短篇小说一般篇幅较短，小说情节也相对比较简单，大多以与日常生活关联性较强的故事为主题。当然，该刊也包括少量中篇小说。除了原创小说作品以外，该刊也会登载一些由报社编辑翻译的小说译作，如《两个官僚的故事》。所有的这些小说在该刊中占据了绝大多数篇幅。"散文小品"栏目中的内容无疑是散文和小品，以散文为主，包括各种游记、回忆录、纪念文摘、随笔等，作品类型丰富，风格多样，典型篇目有《黄昏》《记钟敬文》《随笔二章》等等。同时，该刊中也会刊载诸如《小品文杂谈》之类的文艺评论文章，也登载包括独幕剧等戏剧剧本的创作作品。"诗歌选粹"一栏刊载各种诗歌集锦，以新式诗歌为主，也包括词曲等其他形式。尽管该刊资源有限，出版的时间也较短，但也可以算作民国时期安庆地区典型的文学刊物之一，对于研究民国时期的文艺作品和文学出版物有一定的史料价值，该刊的一些小说、文艺评论文章也从各个侧面反映了安庆地区的文学创作水平。

# 古　堡

　　六年前我有一个"家"，那里面埋藏着温暖，虽然那温暖时常为生活底艰难所冲淡，但总归胜过现在做客的生涯罢！然而连着故乡的天地，那"家"也已经失去了。

　　当那个小城市失陷的前三天，天上正凄凉地落着雨，淅淅沥沥忽大忽小。街上走路的人像是淡墨涂成的阴影似的移动着，雨打在他们的伞上、帽上，或头发上，他们都没有什么感觉，因为几百年来未有的大变动把他们的心搅动得太厉害了。我们这一家就在这一天雇了两辆土车、一匹牲口，预备沿公路朝西北走，尽我们有限的力量离开灾害。车夫们在堂屋吃过了饭便把行李和铺盖用绳子锁在车上，把驴夫床上的干草拖下来切碎，拌着豆子，将驴子喂饱之后，便同声催着上路了。我朝我的窗子投过最后的一瞥：漆台上一杯高脚玻璃杯的雨花石，上面的方形中簪着几枝横斜的腊梅，从潮湿的空气中隐隐透过幽香来。我看见一滴泪从父亲的眼角滴下。我们不晓得前面有什么会被我们撞到，饥饿、恐怖、暴病、死亡。我们只带着沉重的心走着，走着。

　　雨已经停了，路也愈走愈干。土车的轮子把公路上的尘土辗成雾，先是贴着地低迷，慢慢随风漾起，扑上行人的头发、脸孔、双肩，在车上蜷伏着的母亲和姐姐，疲劳吞灭了她们的叹息。轮轴的咿哑和车身的低昂，单调而又突然，变成催眠的歌吟和节奏。她们的头慢慢搭上肩，眼皮也阖起，坠进酣睡，但时常忽然又惊醒了，在空中挥舞着两手，模糊地喊着，以为敌机又来了，慌张地四下一望：无边的大野在死般的寂静中展开来，没有一棵树、一座山；飞鸟在天边闪动着小黑点；吐着白沫的水田里，农人挟着巴斗，右手使劲向下画着半规撒播种子；田埂上却很热闹，乱草中间葛根苗开着淡红的大花头，蛇果乱点着血似的深红，覆盆子已结成橙黄的小果实，蒲公英则戴着雪样的絮球了。看到这些，从噩梦中醒来的人仿佛得到安慰，又恢复了平静。父亲不习惯地跨在瘦驴上，背上还背了个小包袱，我拄了一根粗树枝，紧跟着驴子，觉得驴子的小腿、脚、步伐，活像一个穿着高跟鞋的都市的女人，一上一下地走着。我看着，走着，想着，把三个念头放在心里打着圈："路，泥土，脚。"但存在我的深处，无论如何总不能消灭一个不满，就是：我虽爱泥土，虽爱自己的双脚，但我现在所走的路却仿佛并不是为自己走的，只是为了我父亲、母亲和姐姐走的。

这样的路，一直继续了四天。

有一天，傍晚的云彩上凸出一个红太阳，已经快到黄昏时候了，路途却正遥远着。

"八十里路赶不完，今天到××只怕不行了。"推车的顾自说着。灰土已将他的眉毛染黄。

"那怎办呢？"大家全焦急起来。

"到赵家庄还行，只是摸黑些。月望夜，也不打紧。"

"那庄子还有多少路呢？许人借宿么？"

"不是的！"驴夫举起鞭子指了一下前面的一丛树影，说："赵三太爷，好人好人！占大义，讲道理，这方圆百十里地谁个不服他？庄子，大的很哩！长长短短，总有几百条火；就是'手提'也有。一有事，大锣一筛，你看那红枪板刀，你看那钢叉铁尺，远远近近，是个佃户也好，不是佃户也好，都来到。他们不是的吗，他们'独木难成林'，有个千儿八百，就好办事。"

晚风扑上身异常凉爽，母亲和姐姐各自和车子合成一个大黑影，驴夫的脸和舞动的鞭丝也看不清爽了，那一丛烟雾似的树林的影子也渐渐迎过来，可是：

"庄子里可许人借宿一下呢？"

"我说赵三太爷是个大好人，平息年成，不说是有面子的，就是云游的僧道，过来过往的教师，谁个不受他周济？如今却比不得，年头坏，'画虎画皮难画骨，知人知面不知心'。半夜三更要想进庄子去投宿，只怕有些为难。要是不行，也不要紧，只稍走里把，集子里有的是饭店。"

父亲坠进沉思，用指甲骚着秃头，慢慢问道：

"不晓得这赵三太爷可名叫绍孟，字浩然，三十多年前曾在北京高等警官学堂蹲过的那位？"

赶驴的忽然站住，从腰带后抽出烟管，却把鞭子补进去，划着了火柴，两手便合住一团红光，偏着头，把衔在嘴里的短烟管就过去，吸着才走，一边慢慢说：

"你老说的那是大太爷，赵好人。从前在北京发过财，如今是不问事了，关起房门来的日子多，人说他有些傻起来，其实倒真是个有才气的人。"

父亲在驴子背上欢喜得几乎跳起来，说：

"赵浩然！原来就是他！他在这里！"又转头和我说：

"这浩然先生便是你大伯生前的一位好友，你大伯过世之后便和我们稀疏了消息。那时节，似乎这三太爷也间或到我们家里走动，记起来仿佛就是名绍孟，字浩然的那位。你大伯也常和我说起：'这赵家兄弟肝胆照人，倒是很可交的。'如今你大伯过世已经小小二十年了，这浩然先生算起来也怕在五十开外、六十边近了吧！"

父亲沉浸在回想里，叙述中夹着轻微的喟息在黑暗中飞过。已失去的许多好日子造成老辈的哀愁，但跟我却毫不相干；大伯的模样，我也记不大清楚了。我只高兴着，今夜或者可以饱饱吃一顿，舒舒服服地睡一觉了。

东方已升起了月亮，圆圆如大铜锣，光明中夹着生疏的异彩，田地、池塘、茅屋、道路，一齐织进雾一样朦胧的银色罗网中。四野极其宁静，只是土车咿哑着，偶然有村狗朝这边叫两声。人和牲口的影子投在地上，像淡墨在纸上晕开似的移动着。

"到了！好了！去问问看吧。嘿！嘿！"赶驴的说着，一边吆喝着驴子。

我大踏着步，一边抬头看：迎面有一丛数百年的古树烟似的矗上天，但虽能显得髯松，数目却只得三四棵罢了；月光像雨点似的泻到沙沙响的细碎的叶片上，那些叶片都闪闪地发着光。林荫旁有一座大古堡，像一匹伏在地上的异兽用链子锁在一个铁桩上似的。堡外的深濠，在月光底下像一条光明的带子，散落在这异兽的身旁，濠中有时忽然跃起大鱼，"泼扑！"波纹便慢慢漾开。隔着濠，疏落的碉楼在流波似的瓦片中，起阴影的图抹，使它的棱线挺直如刀口。沿濠的窗口里吐出橙黄色的灯光，在濠水里蛇似的蜿蜒的游着。我们这一行人正待拐弯走上一条宽田埂，忽然听到一声大喝：

"谁？"

仔细一看，一个汉子提着弹带出来站着。不一会，又聚拢两三个来，连声喝问着。这边推车的就连忙大喊：

"来拜望三太爷的！来拜望三太爷的！"

父亲把手揣进怀乱掏一阵，终于恍然地又拿出来，挥着空手说：

"我们是××来的，过来拜望大太爷跟三太爷，劳驾说一声，我叫唐彦承。劳驾劳驾！"

提灯的汉子顾自走了，余下的人咕哝着什么，有一个便说：

"那就请过来吧！"

这时，人们跟在空车和驴子后面走，推车的打量着濠那边的几条黑影，半晌，忽然大喊道：

"济保！"

那边济保答应着，接着闲扯起来。于是那边几个人也沿着濠隔水随着车走，拐了一湾，正待过桥，这边却来了一盏很亮的马灯和一大堆人。过桥之后，那一簇人也正好到桥头了，当中有两个穿马褂的胖子，样子很相像，只是一个蓄着八字胡，戴了眼镜；一个却没有。那八字胡的将两手筒在袖子里，高高拱着说：

"啊！啊！果然是彦翁么？小价上来说，我们都不很相信。只是早一晌省上那边风声很紧，我们总是惦念老哥府上，想也该早就上我们这边来避一避的啦。宝眷都……"

"这便是贱内，这是小儿、小女，来见过赵伯伯罢！唉！二十多年来久疏问候，实在觉得不安。也是天缘凑巧，适才听到车夫们谈起，才知道是到了贤昆季高隐之处。现在'急则相依'，可谓'临时抱佛脚'了。"

"啊！彦翁！且不说我们是总角之交，就是过路的人，我们也该尽一点地主之谊。千万不要说那些话。"没有开口的赵三太爷这时忽然开口了，一臂还拱着手。接着一阵子忙乱，长工将我们的行李搬进去，我们也被拥进一个阁子。这个阁子里外有两个小圆门，外边的门头上有两个蓝底金字的嵌砖横额，在马灯的光映中光彩夺目，写着瘦瘦的两个柳字："巽阁"。这"巽阁"便是三太爷会客的处所，里面四壁白净，有四个挂花布帘的窗子，天花板上吊了一盏戴白搪瓷罩的煤油灯；灯底下是一张黑退光漆的圆桌，四围是许多藤椅；东边有一个大炕床，床头的墙上悬了一块大金字匾。另外一个小圆门，出去便是五六级石阶，一直通入内室。内眷们从这里拥出来，把母亲和姐姐接进去。

现在这个小阁子热闹起来了，老头子们道着契阔，交谈着往事和近况，慨叹着"世变沧桑"。大意不外说：自曾李张变法以来，世界就一天不如一天了。当时陈议也未始不好，只是枪炮实业虽然可以富国强兵，然而这事由清政府作主，结果自然闹得一塌糊涂，国既不能富，兵也不能强，徒然引起万民的"机械心"，以致人心不古，奸邪百出。倒反而不如闭关自守时，"抱瓮灌园"来得淳朴合古了。后来三太爷又慨叹一声说：

"不过哩，世运推移，有个定数，生今之世，也实在不能返乎古。所以……"三太爷用手指肃然侍坐的两个朴质中显出一点摩登气的青年人说："小儿小侄的声光电化之学，我也极为赞成。其实，二三十年前，我何尝不是'心向往之'的，只是一切伦常纲纪，都把它毁坏，那就是叫人痛心的事。"

正说之间，长工们搬过酒菜来，大太爷原是和三太爷分爨的，今晚因为相陪故人，三太爷留着，所以也不回去了。我已经饿得很久，觉得这热腾腾的酒菜把这小阁子填充得格外热闹，格外生动，但同时也第一次发生一种"无家之感"。这时，玻璃窗外，又淅淅沥沥地落起雨来，我偷眼瞧了瞧父亲，灯光底下，只觉得他眼中很潮润，说：

"今天真是叫'焉知二十载，重上君子堂'了。"

"不，彦翁，"三太爷举着杯子说，"若是说敝乡，你还只能算初次的稀客哩！请干这一杯吧！"

大太爷呷了一口酒，扶着杯子转头向一个年轻人说：

"我适才的意思灏侄以为如何呀？"

那年轻人连忙欠一欠身说：

"伯伯见地是。不过我以为物质文明虽然进步了，可是有许多精神活动却仍然相同。譬如说古代战争是运动战，而今却以阵地战为主，但勇猛直前的气魄却别无二致。况且，若是论到阵地战中的迂回、奇袭等，就更觉得有不变者在了。平心而论，修齐治平之道和从前确乎是大不相同了，但修齐治平还是要修齐治平的。社会由一个个阶段进展到另一个阶段，其中必然要经过它必要经过的阶段。不论我国要朝哪一条路走，可是目前第一步所争的仍然是国家思想，法制精神，地方制度，经济竞争，军国民主义。我们读《管子》，就知道两千年前的管仲，相桓公，霸诸侯，一匡天下，也就是靠这五个条件成就了他的功业。不过那个时候是以中国为天下，以齐为国家罢了。我国既久已失去这些条件，所以必须赶快把它补起来。"说罢，却瞥了我一眼，我顿时觉得很惶恐，因为我从来没有想到过修齐治平的大道理，幸而也还没有谁来考问我，我就连忙伸手去夹一筷子韭菜炒腊肉，装个样儿。可是那边的大太爷仿佛也并没有把这年青人的一番话放在心里似的，接着说：

"一切都有一个定数。今年春上，集子里有人扶鸾，扶到三个'在'字。扶瑶翁——这是敝邑中学堂里一位国文教员，他就解得好，说：'在城好，在乡也好，在数难逃。'凡事都是一个'数'，这个年头儿啦……"说着，一边又指着"灏侄"这班人说："他们哩，是合该遇到的。"言下颇有一点愤然。"你我们哩，彦翁！那就是等到的。小娃娃哩，是赶到的。……"

"彦翁！"三太爷忽然插进来说："你知道水淹泗州城的事么？说是乾隆年间，泗州城里有一家人家，平素乐善好施，有一天有一个游方和尚来他家化缘，这个人照例慷慨布施。和尚临走时就说：'施主！这泗州城不久就要陷落了！你家快办一只船放在门口吧。办了之后，你天天就过桥到那边庙门口去看看，如果那里的石头狮子眼睛红了，便是你家上船的时候。'这人家听了这些话，果然打了一只船放在门口，并且每天都到桥那边去看。看的日子久了，便起了旁人的疑心，动问起了，这人便说：'不是别的，上月有个师父说，这石狮子眼睛红了，泗州城就要陷落。'听的人都暗暗好笑。石桥底下有一个猪肉作坊，其中有一个屠夫，就留心到这老倌天天都打桥上□□□□□听到这些话，心里才明白。第二天，这屠夫起早杀过猪□□□□□□看看太阳，知道老倌还没有来，就抓了一把猪鬃，蘸□□猪血，匆匆赶到庙前把石狮子的眼珠子涂红。这老倌来一看，急忙转身，仿佛看到一个大鬼；但走了三步，又回转来睁大了眼睛，红眼对黑眼看了几下，这才赶到家里，招呼家里人上船。刚上船，那里就天崩地裂一声响，四下里白浪滔滔，眼见泗州便陷落了。彦翁！上天何曾能垂象示人，只是假手于人，从中透出一点消息罢了。"

夜已很深，雨却停了，窗子外面，风呼呼地响，使人从心里面沁出一缕凉意。长工早已捧过饭来了。在吃饭的时候，三太爷又问起父亲究竟打算走到哪里。又说：

"何不就在舍间宽低一晌？"

父亲沉吟了半晌，连忙谢却。我知道父亲身上的钱不多，我们能走到哪里，可是三太爷和大太爷执意挽留，且说：

"能打得很多少时候呢？说不定开年就平息了。这里总算还没出省，回去也方便些。何况我们这一辈年行已高，半世奔波劳碌，难道还没有受够么？至于世兄呢虽然可以出去走走，可是时候乱，我看也可以不必了。小儿小侄自从上海大学回来，虽然他们天天嚷着要出去，我们总是主张不必多此一举，'留得青山在，不愁无柴烧。'彦翁以为如何？"

一些话说得父亲唯唯否否，没有肯定的回答。三太爷和大太爷也告辞出去了。

睡觉的时候——这铺是临时开在这间客房里的，紧靠着窗子，这时风仍旧没有停，鼓起的窗帘后，隐隐透进月光来。父亲说骨头酸，睡不得。我们又起来把铺移到墙角，避开直吹的风，可是父亲还是翻来覆去的睡不得。我的心也极乱，只觉得有一件很大很大的事情放在我的前面，我不知道这是一件甚么事，可是我应当立刻去做，但我现在又苦于不能做，因为有许多看不见的细丝把我束缚起来，使我不能任意地动。我觉得我生活在一股极大的旋风之中，我应该乘潮似的挟着飞沙走石在这旋风中冲走。然而我不能，因为这股风把我的屋子，我的家，整个地旋了起来，我虽在窗口看见，而且羡慕着许多新奇的，活泼的，伟大的，有力的人与物陆陆续续飞过，可是我不能跟着他们去，因为这屋子有一种力量，它把我关住，关住，关住。它只让你在屋子里颠簸，滚转，或者整地粉碎。

　　第二天，瓦雀们聚在窗外的一棵大楝树上唧唧嘈嘈地叫；阳光从蓝条子的窗帘上透过来。父亲咳嗽着，披衣坐在床头；我拔着鞋子，决意将这座古堡巡礼一次。刚好所谓"灏侄"的那年青人来了，父亲叫我称他一声"灏哥"，他名字叫赵灏纯。我们从圆门里走出，便是一个大平台，三边连连摆起一围盆景的月季花，在憔悴的叶片底下偶然还可以发现一两朵"最后的月季"。下平台，沿着一条鹅卵石路走下来，便是一个大池塘。塘东一丛桃树，连接下去的便是疏疏落落的一些银杏树和栗子树。这些中间耸起一个朱红亭子，不过年深日久，油漆早已经斑斓脱落，且有一角已经塌下来了。亭边堆了一些砖瓦和木材，大概是准备修弥它的。从池塘的西边看过去，这亭子和它的栏杆匾额都很清楚地映在水里。沿池塘走过去，进了一个侧门，便是一个天井，在一排芭蕉后面耸起一幢楼房。同式的楼房前后仍各有一幢，这是中间的一幢。芭蕉下面，有四个小孩蹲在地上用竹签挖泥里的蚯蚓。赵灏纯告诉我，这点基业是他的曾祖父筱湖公亲手经营下来的，而今老小一共七房，连小弟兄们和同住的亲戚一齐算，光景三百多人。各房分爨。问事的是他的父亲和大太爷。其余各房的人哩，打马将、抽大烟、上集子去嫖姑娘，女的就镇日和老公吵嘴。言下很不以这班人的生活为然。穿出天井西边的侧门，便是一座小土山，叫作金山。山上有极高大落了叶子的香椿树林，和一丛一丛的矮茶树，远远看去，香椿树林子中有三四个石凳子，我们□□□坐下来。四面一看，这古堡的全部都在眼底了□□□向一个□是一幢大楼房。我们刚才穿过的那一□□□□□□叫作"蝴蝶厅"，从前是姨太太们的住处。挨着"蝴蝶厅"后面有一幢很紧翘的小楼，叫作"小中宫"，从前是筱湖公静修之处。从"小中宫"出来，有一道回廊连过去，穿一个圆门，那边有两幢殿宇，微风送来殿角的风铃响，便是祠堂。靠山脚有一个阁子，便是"巽阁"了。一道很高的很厚的青灰色的墙围在这四周，除掉因地形不得已的歪曲而外，大体是一个八方形，有四个碉楼规矩地分配在这八方形的边线上，墙外环绕着一道河，小波纹粼粼地翻着白光。东边一碉楼旁的树下有四个小孩子坐在草上垂钓。古堡的四周，铺开了千百顷长着青青的麦子的良田。赵灏纯又告诉我："这些田都是他们家里的，年成好，仓里都堆不了。这些房子的建造，传说当年很费一个老地理先生的斟酌，这都是按八卦方位造的。"这是一个模型——在一大片绿色中间，不规则地曲折着阡陌的黄线，绿色的中心，便坐镇着这一座青灰色的古堡。小风随着香椿树的细枝轻轻地响，我静静地坐着，听着，我仿佛听见这座古堡在低声地告诉我全部中国历史，至少，古老的庄园时代一直到今日的历史。我仿佛看见一个陈死人穿着殓服：大红袍，乌纱帽，玉带，朝靴，伸手揭开盖脸的纸幡，坐了起来，向我摇一摇头，瞪一瞪眼，当纱帽的两翅还在颤动的时候，他又躺了下去，大声地打鼾，他其实并没有死。我仿佛看见"笙歌归院落，灯火下楼台"的富贵气象。

第三天吃早饭的时候，三太爷说："金山脚下，我们理落出来两间空房，是新建的，本为舍侄完婚之用，不幸舍侄在今年春天便弃世了，所以一直闲着，堆了些杂东西。如果府上不嫌弃，可以搬过去住，也完聚些。"

父亲当下觉得很好，谢了谢三太爷的美意。又讲：

若蒙他们能借一点炊具那就更感激了。三大爷连忙说："这一层彦翁千万不可见外，你我们如一家人，吃饭就请过来吧！"

父亲坚执不肯，因此我们就搬到金山脚下自爨了。

我不知道用什么方法来打发这侘傺无聊的寂寞的时光，每夜土山上高大的秃树林的细枝丫上，挂着极蓝极蓝的星星，像是一丛一丛发着亮光且又会讲话的小花儿，眨着眼睛，打给我许多谜语，一个接一个，可是我一个也不能懂，像一个不识字的小孩子得到一本插图精美的故事书一样，虽然知道这里面包含了许多好听的故事。

下了几场雪，接着又是几场雨，太阳就常常见面了。野外腾起春天的泥土的气息；田里的麦子打着波，白菜也已经开着小黄花了。路旁和陌上的野菜都纷纷地长起来，把各种春天的清新的滋味从泥土里带出来，给地底孩子们；灯笼棵儿、地儿菜、马郎头、无儿肠……。古堡外面有许多用白布或蓝布包了头的女人们蹲在地上用剪子剪这些野菜，他们把不会走的婴儿放在身旁的嫩草地上，这些孩子穿着打补丁的红布或花布短袄呆呆地看着出世不久的蝴蝶笑。这是一幅极其宁静的画图。这宁静投入我的无底底空虚的心里，我只感到落下去，落下去，沉重的落下去。我想：一个"家"跟安置这"家"的地方的关系，正如一个植物的根跟合宜的泥土、水分和温度的关系一样。"苜蓿随天马，葡萄逐汉臣"。然而和古波斯国的，无论在口味上、形态上一定有所不同，因为倘使一模一样，它决不会活在中国的土地上。而我还是一个我，可是我的"根"却解毁坏了，现在倒像是被插进另一株树的茎中，吸收着一点养分似的。我的心一直浮动，这地方却一切宁静，宁静得像一座冬夜的深山。而这外面却有一个大时代在行进，然而我怎么能冲出去呢？我想：一个有能力的人当跑到大时代的心脏、鼻孔和手颈的上面去；没有能力的人却退到大时代的屁股上来，伟大的心音、呼吸和脉搏于他全极辽远。而这儿便是一个屁股，整个的屁股。

有一天晚上，我的梦想实现了，赵灏纯提了一盏马灯来，他今天下午从集子上转来，带回一包信件和一封电报，说这电报是我的。我拆开来一看，才晓得是表兄静从××打来的，说那边有工作可做，赶快来吧！

第二天早晨，我便轻松地走上我自己的路，苏东坡词句云："长恨此身非我有。"可是，草绿天空，一声笑却冲出我的嘴。我把所有系念的、关情的丝缕都斩断，把一切惦记都扔在古堡里，把冲出去当作生活的唯一目标。我一回头，古堡的墙里有几树桃花伸出头来，朝我摆个凄苦的笑脸，莫管它！莫管它！我记起 Artzibasshef 的小说 *Morning Shadows* 中的一段对话，大意说："一个人必须要晓得每一件事，因为借此能懂得生活中所有的美丽和喜悦，且以开拓我们的眼界。"

（原载《世界学生》1943 年第 2 卷第 5 期"文艺专号"，署邢楚均）

## 附　记

《世界学生》1942 年 1 月创刊于重庆，月刊，属于综合刊物。该刊由世界学生月刊社负责编辑和出版工作，社长为杭立武[①]，该社位于重庆中三路 189 号。文信书局负责该刊的总经销，书局位于重庆保安路 170 号。该刊在 1943 年 9 月出版了第 7 期后，改名为《世界文艺季刊》。《世界

---

① 编者注：杭立武（1904—1991），安徽滁县（今滁州）人，教育家、政治家、外交家、社会活动家，中研院社会所特约研究员。曾任中英庚款董事会总干事。全面抗战爆发后，除担任蒋介石与英国驻华大使及丘吉尔首相驻华私人代表魏亚特（Gen.Sir.Curton do Wiart）的联络员外，还受命护送珍藏于南京朝天宫的中央、故宫两博物院的中国历代文物至四川。1944 年 12 月任国民政府教育部常务次长、政务次长。1991 年 2 月 26 日在台北逝世。

学生》共计刊发了 99 位作者的 157 篇作品，其中原创作品 129 篇，国外译作 24 篇，编者署名 4 篇，编者作的《编余后记》《编后记》《编者小言》《编者的话》等文章没有计入其中。《世界学生》是民国时期创办的一本针对学生群体的综合性刊物。该刊创办于第二次世界大战期间，战争除了对于人们的生活和精神带来了伤痛外，还提供了重新审视世界、重新对待人生的不同视角。杭立武在首版刊物的发刊词中称：现今的局势要求的和平是"全世界永久合理的和平"，"而建立与维护永久合理的和平之新世界，尤其要靠着世界青年不断的奋斗努力"。编者认为青年肩负着时代的责任，承担着历史的使命，该刊的出版可以起到引领青年走上新道路的作用。

据父亲《昆明日记》1942 年 11 月载："晨赴校，途中晤广田，渠又为杭立武所办《世界学生》向我催稿。拟将《灰色马》写完以应之。"但后来，《世界学生》发表的却是《古堡》，而《灰色马》下落不详，其中有怎样的过程，现在我们已不得而知。

1945 年杭立武与商务印书馆接洽，把原《世界学生》改名的《世界文艺季刊》再次更名为《世界文艺月刊》，由世界文艺季刊社编辑，商务印书馆印行，主编仍由杨振声、李广田先生担纲。《季刊》以西南联大为阵地，聚集了一大批文学研究专业的学者及作家，又凭借《世界学生》积累的办刊经验和读者群，在此基础上，《月刊》更加如鱼得水。

# 壶水曲

　　我和子康成为知交是在新安江的一只茶叶船上。子康和我是同学，那年又同时加入一个临时中学教书，因而又同时随着学校流亡出来。我们夹在那两百多个年青人的中间，背着背囊，拄着木棍，费了差不多大半个月的时间和十几双草鞋，穿过了徽州山地，到达屯溪。我们把烂草鞋扔在江里，放下背囊，坐上了威坪老板的大货船；第五天，便到了兰溪。我们是不等天亮就要上火车的，所以权且歇在船上，这样可以省下住旅馆的钱。这些都是装运茶叶的船，正要在兰溪下货。靠着船舷，看故乡的月宁静地移动，橙黄的光辉投在细碎的波纹上，水面像纷纷落进了金屑似的荡漾生霞。我们离开家一天远似一天，而那个所谓"家"的，又早被遗留在数百里外，炮火最密的地方；伸在面前的只是一条满布灾难的千万里的长途，因此每过一个唤着新名字的地方，对着那不同的景物、不同的风俗和不同的言语，倒觉得有些依恋之情者，只是因为比起还未到达的地方来是更近于故乡的缘故罢了。我低头弄着不相识的江水，夜很凉，水也很凉，人声却早已静了。但是不一会，隔着几条船，我听见子康说话的声音。他大概是在我打瞌睡的时候过那边去的。那条船上有几个病了的同学，其中有两个刚好是他班上的，而病得又较严重，这都是流亡第一课不及格的孩子。

　　子康捏了一支亮着苍黄色的朦胧的光的手电筒，踏着跳板走上船来，说道：

　　"他们都要喝水，那两个热度最高的简直像是出水的鱼，干得搭嘴搭舌的。可是现在哪里找得出开水呢？"

　　我们抬头朝河街上看了一眼，所有的铺子全都紧紧地关了门，连门边的狗都睡熟了。茶馆酒楼的布招儿被露水打湿，沉重地垂着，仿佛也早入了梦；惟有一家茶馆的门灯耀着刺目的光，把弃置在街上的瓜子壳、香烟蒂和西瓜皮都照得很清楚。好像夜越深沉，它越要拼命放出那光似的。但是这对我们所要的开水却毫无帮助。

"自己烧罢。"子康在船头蹲下，揭开船板，把柴火搬出来，生好炉子，又弯腰从江里打起一壶水来，把咕咕的几声响和慢慢荡远开去的几圈波纹留在空虚平静的江面上。江那边，黑黝黝的森林的上空，寒冷的月亮正朝西方行进。远处有一只狗叫了几声。子康把军帽推到后脑壳上，在炉前坐下；伸出一条腿，重新打好松下来的裹腿布。焰舌从壶底钻出来，在壶的四周跳动着，把深红的颜色涂在子康瘦瘦的脸上、厚厚的镜片上和皮带的铜扣上。看着子康忽亮忽暗的脸，我便想起成年成月坐在灶前烧火的母亲。在敌人占领故乡之前的两个礼拜，家里的人都逃避到一个县份上的亲戚家里去，但隔不多久，便听说那地方也紧张起来，而今已不知在哪里去了。子康的家在乡下，二哥教乡村小学，父亲和大哥种庄稼。那时候，敌人势如破竹，他那地方是不会不遭兵燹的，但子康却从来没有提过家里的事，也许他觉得说了也无益，便不如不说的吧？子康是一个遇事随和、不多说话的人。我若拿自己跟他一比，便见出只是一个嚣张浮躁的人罢了。

水壶开始吟唱它的那一支极其古老的歌曲了，夜静炉红，宛然仍旧在太平时候温暖的家里，但是江风却很冷，四周如说谎一般的空洞，只有这水壶依然唱着那支奇怪而又复杂的歌罢了。我闭着眼睛静静地听着：起首是吱吱地响了几声，接着就仿佛置身于秋夜的园庭，石阶下、墙脚里，有无数的蟋蟀在振翼唧唧地叫。不一会，有一万棵绿叶成荫的树，枝上所有栖息着的蝉一齐叫了起来，灼热的针似的夏天底声音刺着人的神经。忽然有一只蝉抛了一个尖儿，婉转如横笛，直上天空，而万树衰残，所有别的蝉也都噤了口；却从远处隐隐地来了一千辆大车，满满地捆载着柴火或是大石头，慢慢地近了，又慢慢地远了。接着便听到了松涛与涧水的回旋，可是我的脸上却扑过一阵热气，所有的声音都没有了。我睁眼一看，子康已提了水壶走下跳板。对着这留下的一炉红炭，我重又闭起眼来，做梦似的想起一段往事。那时正是松井石根报告意德记者说："十天以内占领全上海，北京九国会议是多余的，这回局面已经变了，根本不须开会。而在必要的时候，将进取南京和汉口。"之后不久，果然，敌人跟着就开始轰炸我们的故乡，学校里却还在断断续续地上着课，为了躲避轰炸，我家曾在北关外准提庵旁租了两间茅屋，恰巧子康也和别的几个同学在附近合租了一间屋子。那时候，我和子康虽然都是毕业班的学生，但他是理院，我是文院，并不很认识；这回偶然成了邻居，也没有甚么深交，见面点头而已。有一天傍晚，跑警报的人都背了包袱进城去了，这里是乡村，原很寂静，这回又加上跑警报的人所遗留下来的惊慌，四近更显得忧郁。这时正是农历九月，荞麦花开的时候，满田是一片夹着轻红的粉白；门外白石牌坊的上半截叫夕阳淡淡地染满了一层胭脂，旁边还有错错落落的几堆石块，上面坐着几个还没有收工的石匠，在举着锤子凿石头："叮——叮——。"牌坊底下通过一条古道，这是通到山口镇去的，我和子康不约而同都在这里散步。路两旁泥坝上的羊甘藜花在晚风中显得更蓝，只见路转角处羊甘藜的枝叶不断地弹动，不一会就走出一大队满身泥土、被兵士解着的人们来。我们心里明白，这些都是应征的壮丁。他们穿的多半都很破烂，大手大脚，黑黑黪黪，满脸的忠厚，满眼的失望，一看就知道全是一些庄稼人。不过间或也有穿中山服的孩子，大概是曾在乡村小学里读过书的。他们每个人都背了一个灰布小包袱，这里面不用看就可以知道是几件洗换衣服和亲友邻舍们送给他们的一点钱，因为他们大致是不会再回来的人了。他们都用绳子捆着，绳头互相连接，像一大串鱼。还有几个居然钉着脚镣，大概是其中最倔强的了。忧郁在田里开着花，忧郁在叮叮响，而忧郁又一大串鱼似的游进我们的心。一个声音从我的心里冲出嘴：

"他们知道他们为什么要去打战吗？"

"自然不知道。"子康说，"不过只要自由民主的新中国的大前提没有错，暂时是少不了一只强有力的手腕去指挥的。"

那时候，我们还没有变成"吉卜赛"，没有看到更多的情形；但是贪污、腐败、荒淫、无耻的曲子已经在发着酵的事，却是时有所闻的。因此我知道，也许子康自己也知道，他的说法，不过是使咬啮着良心的一种矛盾"合理化"（rationalize）而已。子康又接着说：

"这是一个历史的关口，矛盾是免不了的，只要我们知道是哪一些人在扛着历史底闸门就是了。我们这一代也许没有甚么好日子过了，但是我们却有一个黄金的未来，那时候，我们的孩子，甚至我们自己，可以在令人欣喜的蜜一般的阳光之下、富强康乐的国土之上自由地生活着。金黄的穗子在田野里打着波；飞轮在工厂里风一般地转动；起重机轧轧轧地响；压路机啵啵啵地爬……"子康从心里微笑出来。

模糊中，子康提了水壶走了，河街上来了一个卖馄饨的人，忒忒地敲着梆过去了。跟在馄饨担之后，走来一队被兵士解着的人们，他们穿的很破烂，大手大脚，黑黑黪黪，满脸的忠厚，满眼的失望，每人都背了小小灰布包袱，而且都用绳子捆着，绳头互相连接，像一大串鱼；还有几个居然钉着脚镣。我跟在他们后面走着，仿佛要跟他们解释一点甚么。他们都停了脚，仿佛已经知我要跟他们"宣传"一点甚么了。可是我还没有开口，其中有一个农民便朝我走过来，他用左手把右肩上的小包袱朝上提了一提，便摊开两手，偏着头，用个女人的嗓子，跟我唱起歌儿来：

> 十里菜花十里黄。
> 肩背着宝宝手提筐；
> 满田野花无心采。
> 手托着腮儿坐到麦田旁。
>
> 十里菜花十里黄。
> 想起拉夫似虎又似狼；
> 他拉去多少有父的儿子有儿子的父，
> 他苦了多少有郎的妻子有妻郎。
>
> 十里菜花十里黄。
> 爹娘在家无人养；
> 若把菜花比起爹娘脸，
> 小小菜花不算黄。

他好像是在开玩笑，可是所有的人表情都非常严肃，而且这一支歌的的确确是在北伐之前、军阀内战的时候流行在故乡的农妇和儿童的嘴里的。我就跟他们说：

"各位同胞，我们这回当兵，跟从前军阀时候被人抓了差，是很不同很不同的。这个道理很容易明白：那时候是为军阀打内战，死了很不值得；这回是为了国家、为了民族。若是得胜了，我们的日子就过得更好了。"

他们都好像没有听我的话，其中有一个且狠狠地朝我挥了一下拳头，说：

"我们上船去！"

于是我们就上船了，这是一只古代航海的大帆船。

船在汪洋大海里摇晃着，许多时候过去了，我们看不见要到的大陆，有树木和禽鸟的礁石欺骗了我们，海天之际的蓝色云片欺骗了我们，风追赶着飞跑的船，船摇晃着。人们渐渐不安了，但是我说：

"诸位同胞！大陆，在前面了，那里满地是金银。"

我知道这话从前有人说过，所以我也照样说，根据就是这么一点儿，至于大陆究竟在哪儿，我可不知道。可是有一个人却从他的小包袱里摸出一把菜刀，逼上前来，大声喝道：

"那哪儿呢？"

我就大声呼喊，这些人就慢慢退后去了。我听见远处有人呼唤着一个很熟悉的名字，越喊越近，终于我悟出这个名字就是我的。于是我就睁开了眼睛：子康正在摇着我的肩膀，大家都纷纷在整顿背囊了。

我们都上了火车，天还没有亮。那两个病重的也被人扶持上去了，都证实是伤寒。到金华的时候，其中有一个糊里糊涂地吃了一点硬东西，真是叫"病来如山倒，病去如抽丝"。当我们重行上火车的时候，他就疴血了。列车铁挞铁挞地前进着，车厢里外都塞满了人和煤烟。这是慢车，车头有时又须扔下其余各节、独自去跑警报，所以走到夜晚十点左右才到南昌附近的一个小镇，那个肠出血的同学就死了，怎么办呢？车上是不能放的，而车又很快地就要开了。子康跟训育主任、军事教官商量了一下，决定把他交给附近的警察局。跟他生前要好的几个同学抬了他，从许多人头上举起来塞到车窗外惨白色的月光里。我们都从车窗上爬出去，把他放在一个警察派出所的门前的堤上，稻叶在田里闪着光，嵌在土里的破瓶破碗片在堤上闪着光，空气里飘动着虫子们的畅快的歌吟，夜是很充实的。有一个同学俯下身去，看着死者蜡黄脸上的一个痂，说道：

"爬蜈蚣岭的时候，他还笑我不行，走得不快，正说着，他自己就绊翻了，摔在岩石上，大家都笑他，敢是那时就已经起病了吗？这痂现在还没有脱，可是他母亲还不知道哩！"

这同学就哭起来，可是我们都已走进那个派出所的办公厅，只见上面挂了一张像，下面坐了一个人，都很有精神。那人是个胖胖的小胡子，背了斜皮带，穿着马靴，夹了一支香烟，大腿跷二腿地坐着，他问我们是哪一部分，有什么事。我们说我们不是军队，是学校。我们有一个刚才故去了的同学，车上人多，不能摆，请求官长帮一帮忙，代我们料理一下。他说：

"既是学校，自然都是明理的，我们怎能办得了这么多差？"

"原谅原谅吧！只当他是一个囚犯，一个路倒的人！"

"有死亡证明书么？"

"他的的确确是死了，而且我们也决不会谋害他的。"

"你懂得法律么？你的先生是怎么教的？"他火儿起来，认为那个同学顶撞了他。火车雌雌地吐了两口长气，我们把口袋里所有的钱凑起来，交给他，几乎跟他下跪。死者既不再知道身后的一切，我们自然可以把这尸体一扔了事；但是兔死狐悲，对于还在活着的自己，我们能这样做么？虽然明知道这样做了，将来对于死者的收殓，未必比一个正了法的囚犯高明多少，但不做岂不是尤为遗憾吗？我们又来到堤上，围着这蜡黄的年轻的脸和可怕地翻了白的眼珠子。子康蹲下来取下他左襟上佩着的绿缎符号，又从他口袋里掏出一个日记本和几粒蚕豆，一滴泪珠通过惨白色的月光滴在蜡黄的脸上。火车呜呜地叫了两声，接着便听见七擦七擦地响了。我们又爬进了车厢。我们看着月光之下的陌生的田野逐渐后退，我们还不知道这个小镇叫甚么名字，许多年轻的血所灌溉的祖国的田野是没有边疆的。

辗转到了长沙，我们暂住在水风井的一师附小里，等候着教育部的命令。那时长沙正被轰炸的厉害，日本人是专选热闹街、学校和医院来轰炸的，所以长沙原有的学校，差不多都搬走了。在没有空袭的夜里，灯火装点着楼台，笙歌流荡得满地，戏院里上演着香艳的剧本，银幕上回旋着清歌与妙舞，长沙和别的大都市是一样的。第三天，我居然得到一封寄到徽州的家信，上面说，托身的地方不久之前曾有战事，家中已无钱用，靠卖衣服过日子。我计算着日子，知道那地方曾经发生猛烈的拉锯战，那里有我的母亲。人类最残忍最骇人的器械与行为会在这样一个良善的好母亲的面前演出来吗？可是在酸辛的行旅中间，我们已经看到那些做大官的和做大生意的，把家里的大箱子、大柜，连哈巴狗和大马桶都占尽了舟车之便，高谈着复兴中国，快快活活地奔到后方来了。他们用甚么来复兴中国呢？用那些大箱子、大柜、哈巴狗和大马桶来复兴中国么？到了后方，我们把许多怪怪奇奇却又司空见惯的事，看在眼里，记在心里。到处的"太平光景"，只使年青的流浪的人们徒增家国之恨而已。但是子康也接到家里的信，他的脸色很阴沉，只说他们那里也打起来了，我就借此发起牢骚来。子康说：

"不要失掉信心罢！在南北美战争的时候，两年悠长的岁月中间，人民所过的是怎样可悲的日子啊！多少孩子牺牲，多少母亲忧怨，可是，却又有多少军需官在发财，这和我们所遭遇的是大致相同的。但亚伯拉罕·林肯全都清楚，他给予忧怨的伟大的母亲以安慰，却给予乘机发财的军需官的太太以极大的难堪。除此之外，亚伯拉罕还有甚么更好的办法呢？"

一夜雨，早起觉得很凉，小院子里的花木全都在晨风里瑟瑟发抖，身上衣很单薄，觉得秋天确乎是来了。我和子康去看一个轮回剧团演剧，当女主角一出来的时候，立刻改变了台下乱哄哄的空气，子康于是有些悲凉了。回来之后，我们照旧睡在楼板上。子康靠着墙，在一个小本子上写了半天，摸摸没有刮的胡渣子，看了我一下，就把那本子递给我，道："你看看，我写了四句话。"我接过来一看：

> 吴女如花粉泪干，潇潇风雨楚江寒。
>
> 新词唱尽人如海，一样荒淫举首看。

从此我知道子康虽是念物理的，但他的旧诗却写得很好。

自从流亡以来，我们走了好几个行省，穿过许多山、河、村落和城市；也穿过许多美好的季节。在这些季节里，千门万户都用时新的花草和应景的物事装饰起来：上元的灯火，中秋的藕，中元的香烛和纸幡，端午的菖蒲与艾虎。别家的幸福与温暖底液汁，仿佛从大门里溢出来，而注入流浪者的心中，强烈地发着酵。但我们终于到达湘西的一个小山城。

这个临时中学已经改成国立中学了，校址在一个大庙里，子康担任三班算学和一班导师，我是全校历史，于是我们就准备安下心来，住在这个古庙里，伴了许多无家的孩子读书，不过书都被炮弹和炸弹毁坏，除了教科书，实际上没有多少书可读了。

这个小山城中间有几条很热闹的长街，有酒楼、戏院、大油号和大洋货号。小巷叫"冲"，冲里安居着百万家财的朱红大门的人家，都是做木材或者桐油生意的。街后又有河街，从这里下一些石级便是沅江，江畔有四五丈高的小竹亭子，上面有人编制篾缆，粗粗细细的热带的蛇似的从上面垂下来，这是用来扎木排的。江上又靠了许多翘头翘尾的大货船和瘦腰身的苗划子，把朱红的橘子和橙子，鹅黄的柚子装进来，又把一桶一桶的桐油装出去。江心流走着大木排，上面有"排客"，头戴油得发亮的黄色尖顶斗笠，用玉屏竹铜头烟袋，吸着金棠叶子烟，法术高强，能捉鬼、拿妖、治病、医伤。沿河空坪上，常有唱杖头傀儡戏的，这戏曾著录于《东京梦华录》，倒是一个骨董哩。扯起布台，有两尺多高的王侯将相、院君小姐、丫鬟小厮、乌龟王八，纷纷地出来，翻着指甲似的眼珠子，借台后湖南土腔，说出许多故事，做出许多情节。台前围满了各色看客；间或也混有"过 20 年又来了"的人；又有张一柄大红油纸伞，把担子两头并起来变成一个摊子的粉担、面担、卤味担、米豆腐担。那些在船上生活的都蹲在船头，或捧一碗辣椒油拌的红饭，连吃连看，打着哈哈，有时且拍着屁股高声喝彩。这山城虽然各处都显出热闹，但对于我，却只觉得宁静如一面不响的鼓。我，连着早些时候的小小野心，一齐都给封了进去，压缩得很小，小得像那杖头傀儡似的。我开始有些无聊起来。但子康却仍然过得又严肃又紧张。他指导同学去讲演、歌咏、演剧、为伤兵写信、为民众办识字班，还监督同学做自己的功课。有一次，在宣传捐集破铜烂铁、贡献国家的运动之后，有一个学生正在子康的房里谈话，这个学生是一个识字班的教师；这时，外面正下着大雨。忽然有一群街上的孩子冲进子康的房里来找他们的教师，他们热诚地搬来了他们对国家的贡献——破锅、旧锁、钉头、桶箍，甚至自己玩的毽座，那上面还好好地连着鹅毛管，以及其他许多不知名的叮叮当当的东西。那许多天真的脸上露出服务的快感。我从子康的脸上却又看出从心里浮上来的微笑了。

当时全国国立中学的学生，饮食起居，无一不苦，原不用细说，我们这里有时甚且连饭也吃不饱。菜哩，永远是一罐盐煮的老蚕豆。有一天晚上，子康从庶务的嘴里听到一个消息，他就喜欢得甚么似的。这时，已经摇过下自习的铃了。学生们各人拿了自己的桐油灯，从课室里来到寝室里去。从课室到寝室，须要经过一个两百多步的小小山坡，灯光接着灯光，远远看来像一条光彩的长蛇。可是子康这就匆匆地赶来了。他找到走在队尾的他班上的几个同学，高兴地低声说道：

"同学们！明天我们有豆芽菜吃了！"

"豆芽菜吗！"

"还有'三斤'猪肉呢！"

"啊！"

这消息电一般地从排尾传到排头，这条灿烂的蛇立刻就飞舞起来，仿佛就要腾空而去了。子康回到房里，我又看到他从心里浮出了一个微笑。

转眼便到旧历除夕，天气正冷，学生每人都得到一套公家发的棉军服，学校也早放了寒假；子康却每天伏在桌上批改学生的周记和寒假练习。大街上铺满了爆竹屑子，有一些还在冒着蓝烟，小山城里充满着幸福的硫磺气。这些屑子上面，有头戴钢盔的军士和拖着重炮的马匹踏过。而这里的人们却连嘴盖耳朵地围了厚围脖儿，双手揣了篾制的烘篮，塞在长袍前襟底下，走出紧闭的门来办年货。少数的湖南学生都回家去了，但无家的学生们却无事可做。不知是谁出的主意，把殿上的大小神道都请下来，将他们依高矮次序排成队伍，向他们喊道：

"少息！立正！向右看齐！向前看！开步走！"

这是一串长而且快的口令，军事教官拿这个训练他们，他们就拿这个训练这些神道。前四个口令可以马虎过去，惟有后一个，那些神道们却决不能遵从。于是他们就抽出鞭子重重地鞭打他们；一直鞭到自己的额上沁出汗，方才把他们各归原位。

"真寂寞啊！"我几乎喊出来。

这一夜，子康居然搁下他的笔，把眼镜取下来用手绢擦着，回头跟我说道：

"我们也守个岁罢！"接着他就走到厨房里搬来一个小风炉，燃着了，又提了一壶水来放在上面。他便弯下腰，用两个拳头支持着腮，向火坐着，仿佛这就是守岁的姿势似的。我说：

"一年将尽夜，万里未归人。"

子康摸了摸胡渣子，说：

"比起唐人的这个，我更喜欢纳兰容若的那首《临江仙》：

> 长记碧纱窗外语，秋风吹送归鸦。片帆从此寄天涯，一灯新睡觉，思梦月初斜。　　便是欲归归未得，不如燕子还家——春云春水带轻霞。画船人似月，细雨落杨花。

"因为它可以叫人想到一种东西，一种叫人活得有意思的东西。我们追求着，我们把自己的热心照射于眼前的空间，热烈的追求着。这东西也许就在我们旁边而我们不觉得；也许我们曾经遇到却又失之交臂。我们去发现吧！去了解吧！我们发现了、了解了许多东西，也许就得到那一个东西了。'路曼曼其修远兮，吾将上下而求索。'所以'曲终人不见，江上数峰青'之所以被词人们一再袭用，如此的动人联想，起人宛转之思者，并不在其神灵幽渺，只是因为接触到一段心绪一种'唱尽新词欢不见'的淡淡的哀愁罢了。"

四周如说谎一般地空洞，水壶起首吱吱地响了几声，接着就开始吟唱它的那支极其古老的歌曲了。我说：

"我曾经做了一个航海的梦，去追求一个好所在，但是许多东西欺骗了我和我的同舟。风赶着船飞，没有一时一处不可以死。我就照着哥伦布说了一句：'大陆就在前面了，那里遍地都是金银。'我虽说得那么断然，但是哪儿是我的梦里的大陆呢？阿志巴绥夫借了他所做的小说质问过梦想黄金世界的理想家，因为要创造那世界，必先唤起许多人来受苦。他说：'你们将黄金世界预约给他们的子孙，可是有甚么给他们自己呢？'鲁迅说：'有是有的，就是将来的希望。但代价也太大了！为了这希望，要使人练敏了感觉来更深切地感到自己的苦痛，叫起灵魂来目睹他自己腐烂的尸骸。'可是那个好东西、好心绪、好日子、好世界是在哪里呢？如果在一个聪明睿智、作为人民的先知者的面前，我一定要问出来。"

"你这一问是多余的。难道你不在船上么？如果是有心人，应该都在船上，那吗，又有谁能泅水而逃呢？可痛恨的，倒不是这些船上的人，而是那些不使船下水，在船底凿眼，制造痛苦和腐烂的无知的人们。辛苦和灾祸的纠缠的中间，或者就不曾有什么永恒的真理吧！然而牛羊在草地上的放青，却又算不得生活。我们要多看，多认识，所以'发现'和'了解'是不可缺少的生活底课题。'看'的动作是生命从特备的窗口朝外面伸出来的触角。从海洋到陆地，生命紧邻着生命，而且无限地延续下去。但是要想发展为最高级的生命，则需要很好的看底能力。人说：在一片树叶上面就生有许多小眼睛，它们是由组成叶面的细胞发展而成的眼球似弧形的东西。我们可是实验出这弧形的小细胞有摄影器的透镜的功用，而且由它摄取的影片，居然也很清晰精致。树叶借此才能注视着太阳，仿佛一个婴儿用眼睛注视着母亲的眼睛，在她的热和爱里长大起来。昆虫和甲壳类动物中的复眼比起一棵树的眼睛要少得多了，但在视野的边缘上仍有着无数的交点，就是大多数的鱼和鸟的眼中的世界，那种两旁夹峙的世界，和人类的看法也是很不相同的。从我们人类看起来，我们所见的世界是正确的，因为我们能把许多东西看出一个所以然来。所谓好的看底能力，不在其复杂，也不在其锐利。鸷鸟的眼光比人类锐利得多，猫头鹰能看见极远的沙地上的一粒细沙，但这算甚么呢？我们却是要把眼睛当作良心底灯，单纯明白，叫我们学习认知那些最大多数的最重要的人与最重要的事。"

壶中唧唧嘎嘎的杂音下去了，如江水初平，有人依楼吹笛，悠扬婉转，直上天际。子康又接着说：

"'珠丸之珍，雀不祈弹也，金鼎之贵，鱼不求烹也'，种类不同，看法也相异。将来的视、听、感触的区域比现在大，正如现在的世界比哥仑布以前大一样。但是，世界尽管是在那里，哥仑布却很难得。荷兰作家拂来特力克·望·蔼覃的童话诗《小约翰》里说到自然之神旋儿带了约翰去参观蟋蟀学校，那里有一个肥胖的蟋蟀教员站在成百的蟋蟀中讲地理。他们只熟悉约翰家里二十六个小沙岗和两个池。凡有较远的，就没有一个能够知道一点点。那教师说：'凡讲起这些的，不过是一种幻想罢了。'它们中或者也会有哥仑布的吧，那就会被它们的牙咬死了。"

新正一过，晴和日子渐多，敌人的飞机于是连这个小山城也不放松了，一连扔了几次炸弹之后，这小城里的人懂得了抗战是怎么回事，而我们也很难安安稳稳地在古庙里上课了。很自然地，丘陵原野就成为我们的课室。有一天，我和子康各领一班学生走到郊外。那时候已交春令，棉衣已经过时，可是到底还不能穿单衣，而流亡的学生是没有介乎单棉之间的衣服的，于是就是这样雍雍肿肿的一大队，有的棉衣且已破了，从洞里垂出棉花来，就像是一队叫化。我们走到一个树林里，学生各据一块大石头，摆开笔墨纸砚。战时洋纸的来源断绝，学生们做算题，写英文，都用中国纸，因此只好用毛笔。但是子康班上有一个年岁小，个子也小的学生，同学们绰号他叫"小不点儿"的，却把笔墨弄丢了，他于是就用铅笔来演算题。用铅笔在平平的桌面上写字是不觉得甚么的，但是一到极其粗糙的石头上，可就一戳一个窟窿了。小不点儿起身想找一块较为平整光滑的大石头，然而却找不到，他就跟石头赌起气来，默默地坐在那里流泪。子康走了过去，看看小不点儿手上那节搋在怀里经过几千里路的短短的铅笔头子，看看他黄黄的脸，看看他冻得红红的穿着草鞋的脚，看看他一身垂出棉花来的制服，看看天上云，看看新叶子上的阳光，子康也流起眼泪来。其实小不点儿平常是一个很活泼的孩子，这回不知怎么一来勾起他的心思。记得有一次，我和子康在街上买了几个白薯回来，跑到厨房里，切成片子，用油炸了一下，端到房里来吃，小不点儿挟着他的算学练习本子推门进来，看了一看，就说：

"前方战士流血抗战，先生在后方吃油炸白薯片！"

子康拿出嘴里的一片白薯，笑也不是，不笑也不是，正想说话，他却放下本子走了。

由于子康的极其负责于所任导师的事和对学生的极其关切的心，便和其他同事在精神上逐渐砌成一道高墙。那些同事的生活是上课发牢骚，下课聚到有家眷的同事家中去打牌，有的且去嫖妓，而这些，子康都是不来的。其中有一位教国文的教员，胖胖身材，小小眼睛，常常舞着一根手杖走路，满腮颤动着痴呆的肉，却自以为飘逸潇洒。这是一个把《啼笑因缘》念了十遍的"文学家"。这人在同事的心中，分量很轻，因为他专吃白食；但在交往上，人家却仍然跟他仿佛很亲密，因为他是校长的堂弟。这堂弟酒酣耳热，常喜臧否人物。一切事，他以为别人都办得不对，但很自谦地觉得自己也无办法，而自己固然不行，别人却更不行。他所推崇的哩，或是大官，或是富商，而都很赏识他的文学的人。有一次，他和同事们闲聊，我和子康也在场，他夸耀着他家里是九代书香，因此家藏一个古砚，很大很大，不是秦砖，就是汉瓦，他对考古学很少研究，所以辨不出；但是一呵气就可以磨墨，是不用注水的。子康说：

"你就是花一天工夫，呵出一担水来又怎么样呢？"

同事们都大笑了。子康平日是个不开玩笑的人，所以使这人更觉得难堪。子康所任导师的那班的国文，正也是这人教，因此在学生的周记簿上，这人的教书成绩和子康的批改常有所对照，而使这人对子康在精神上久已有了戒备。这回这样给他下不去，从此以后，子康在教书做事两方面都常常遇到一些小小掣肘事件了；但子康仍然严肃、紧张、乐观、"合理化"地过着。

这个学校的校长、训育主任、军事教官虽都同属一个政党，但是听说他们中间却仍有派系上的不相容处，因此斗得很厉害，一部分的学生乃常有互殴的事。而对于子康哩，普遍都认为思想上是有问题的。在学校以外，这时，这小山城里早已发生查禁与监视的事了。想读书的学生，这时更觉无书可读。子康似乎也有些颓唐了，有他自己的诗为证：

女墙一道水粼粼，杨柳青青愁煞人；
几度雄溪桥上望，和风如盎为谁春。

高枝上的"知了"一叫，夏天又来了。学生捉到一条大蛇，便用碎碗片刮去它的毒牙，玩了一些时候，厌了，又把它杀死，剥下皮，造成两把胡琴，镇日地拉，唧唧嘎嘎，而且大声唱着：

"你把那，冤枉事，对我来讲。"

长夏悠悠。度日如岁，便静听着大蛇底胡琴的唧唧嘎嘎。

"真寂寞啊！"我几乎喊出来。

终于在暑假还没有终了的时候，我便离开了这里，子康却仍逗留着，他要把他教的那班学生送毕业。当我到了昆明的时候，还寥寥落落地接到他几封信，知道他很平安。过了一年，我预备到重庆之前，又接到他一封信，知道他决心离开那里了。他准备在贵阳的亲戚家暂时落一落脚，等一封桂林的信，信来了，他就立刻从贵阳动身。但我一到重庆，便听到桂林紧张的消息。果然，不久我便接到他从贵阳发来的信，和一本他自己写的题名《游牧杂记》的记事本子。信上说：

我到贵阳的时候，你还在昆明，这回因为桂林恐怕保不住，同时事情又未十分妥帖，但却已弄好遵义的事，因此又回到贵阳的时候，你却已经过身了。北去的飞鸿和南归的燕子，一朝相遇，也许早经白发萧然了吧！到处秀丽的湖山，原都是很好的生命底住宅；可是，到处都是火，到处都是败类，一想到青春的"首级"高挂到嵯峨的城阙上原是习见的事的时候，则所谓真诚的"赤子之心"的获得，岂不是更可珍贵的事了么？

得到这一封信之后，便不再有信来，那时候，他自然久已到了遵义了。过了 3 个月，间接地得到一个消息：子康死了，是伤寒病，身后是由他教书的那个学校替他料理的。

夜深人定之后，每一打开那本《游牧杂记》，子康的架着近视眼镜的瘦瘦的脸便在眼前浮现，他的沉思的样子、笑的样子和忧愁的样子，都在这脸上变幻着。《游牧杂记》是一本记事件，也记感想的小册子，各条系着年月日，近乎日记，钞的很工整。子康没有活到抗战胜利的日子，但在这本小册子里便已能看出来，一个热诚的青年教师，原先抱着一番"天下事大有可为"的心的，当抗战的高潮过去之后，一切恶劣的本相逐渐显露而煎熬着他的时候，如何在情绪上下了一个斜坡而滑入感伤的渊薮。下面是《杂记》中的一个断片：

近来心里常是一片寂静，一种并不宁帖的寂静，黏巴咭咭的仿佛浸透了水而被人拉下来扔在屋角的袜子；然而也不是"空虚"，因为它分明很有重量，沉沉地下坠，使人吃力。莫非仍然是所谓世纪末的悲凉么？但我所能说出的，虽然在流浪的中间，的确并不是由于春三四月，桃花谢后，田野间渐渐铺起新秧的嫩绿的时候对故乡的眷恋与悲叹。更不是对于儿时的幻想底国土的追怀，说，那是一个很好的世界：当花朵和树叶在晚雾中隐藏起来的时候，黑夜就从古老的铜灯中走出，而奇迹就从白发的老祖母的嘴中走出。她说："当晚雾把人间织成一片白的时候，白色的和淡红的野蔷薇的香就遮满了门外的山。这并不是人的世界，人在这样的世界里是一无所见的。何况这时即使是他们自己的花园，他们也都不去的哩。这便有许多夜的精灵往来。在这山上，很古很古的时候也有一个'城'，大街小巷，人烟稠密，正如我们常进的城一样。可是后来就全都没有了。

你们不是还可以在那里拾得城砖以及上了绿的箭头和铜钱的吗？古人为这事还写过诗，说：

"风吹城上树，草没城边路；

城里月明时，精灵自来去。"

而聪明的夜莺子就为这一切唱出极好听的歌。它们和野蔷薇就一遍一遍地谈论这些事，夜莺子用它们的歌曲，而野蔷薇就用它们的芳香。这样的谈论，哇拉哇拉嚷着的人却听不到，那必须是宁静地躺在床上的人。那么，睡觉吧！孩子们！"这样，古老的铜灯就用它奇怪而大的独眼惊异这甜蜜的睡。然而睡着的孩子却分明从铜灯的脚下看见了夜莺子，那是一个很好的女孩子，穿着蛛丝织的衣裳和珍珠结的鞋子，蹁跹地舞过灯前。年岁既大，"教育"就把这类稚气加以讪笑和鞭打，说，我们要正正经经地、好好地生活着。

然而我还是要找出那悲凉的根源来。

我想，好的生活便应当学习在狂风疾雨的海上飞行的燕子，不必靠灯塔的光芒和北极星的指示，在漆黑中张开有力的翅膀，箭一般地穿过高跳的浪花，那些像是想用全力将它们扑打下来的浪花，穿过狂风、暴雨，以及震怒的闪电。在闪电的一眨眼之间，人们瞥见那一群冲过去的影子。

燕子是一种寻找着"温暖底故乡"的鸟。为着那故乡，它们不惜身受任何困苦艰难的磨折。我想，人类也该有一个"温暖底故乡"。那是怎样的一个花好月圆、推诚相见的故乡啊！那里没有丑恶，只有美；没有暴力的抑压，只有智慧；没有蒙起来彼此瞧不见的面纱，只有爱。人说："到了完全之域者，只有灭亡而已。"如果这样说，岂不是会叫人疑心到情愿苟安于丑恶和暴力的底下的吗？人人知道自己的必死，然而还是要活；即使灭亡，也还是追求着完全的吧。因为人们虽然说不明白怎样才算是一种美好的、智慧的、自由的、相爱的"完全"或"谐和"之境，但是被压迫、被剥削、被侮辱和被虐杀的情形却是立刻可以说得出来的。"温暖底故乡"也许离开我们的"现在"还很远吧；但是却有许多笔描写过、赞美过；而且曾有许多青春的生命因此而得到杀戮。这样的"故乡"，不知道究竟在哪里，所可知道的，它只在"前头"，决不在"后面"而已。那些标榜往古的、神往于中世纪的，应该想到，人类一直寻了过来，足见"乐园"并不在后面；否则，他们为甚么轻易离开它呢？

从数不清的年代以来，许多人都渴望着这"故乡"，热爱着这"故乡"，却往往又错认这"故乡"。当落叶的十月爬上庭院的枫尖，而又满天烟雨凄迷的时候；当没有边际的波涛在夕阳的脚下顽皮地跳跃，你拨开一两茎如玉的芦枝，看到天际的白帆篷的影子的时候；当野蔷薇开满在田埂上，白莲花铺满池塘的时候；当你靠着异地的白石牌坊，看故乡的明月从晚烟中宁静地上升的时候；当送行的人全都从水边回去了，剩下船上的你，独自看着拔起的铁锚的时候；从你的心里，也许会腾起炊烟似的一缕乡愁，或者迸出一声轻微的叹息吧。但是你如果相信了你的心，以为它的确在想"家"，那就受骗了。这事极容易证明：当你如愿以偿，真地回到家或者故乡的时候，却又感到空虚和失望的事，你不能解释作自己心绪的改变。倘说是心绪改变，那么因故乡而发生的好心绪上哪儿去了呢？然而你又不能自己安慰，说故乡本就如此。倘使故乡本就如此，你为甚么又发生空虚和失望底悲凉呢？那么，你的心也许是燕子似的希望着一个永远保藏着温暖的家，那还不会出现的永远自由和平的家而不自知的吧。

人们常把灯蛾儿扑火的事用来赞颂追求光明的杀身，其实这是并不十分贴切的。灯蛾儿所追求的是"光明"，而杀死它们的是"灼热"，不是别的不爱光的灯蛾儿。人类所追求的是一个自由和平底乡土，而杀死他们的却是他们不爱自由和平的同类。但不管怎样，人民的眼睛是雪亮的，而且时光是可畏的，那些假装作爱和平、假装作爱自由的人，几乎立刻就会现出原形来。从数不清的年载以来，人类逐渐清除了他们，脚印接着脚印，朝前寻找他们的故乡，那对他们是一个蛊惑。

荷兰的拂来特力克·望·蔼覃借着他的童话诗《小约翰》说："一切动物，凡是在夜里到处彷徨的，正如我们一样，是太阳的孩子。它们虽然从来没有见过他们的晃耀的父亲，却仍然永是引起一种不知不觉的记忆，向往着发光的一切。千数可怜的幽暗中的生物，就从这对于久已迁移和疏远了的太阳的爱，得到极悲惨的死亡。一个不可解的、不能抗的冲动，就引着人类向那毁坏、向那惊起他们而他们所不识的大光的幻像那里去。"（鲁迅译文）那究竟是什么处所呢？古印度的人曾指出一个"极乐世界"，西方人则指出"天国"，我们古代的哲人也曾刊落述情析理的铅华，深切著明地提出一个"大同之世"的理想，这在性质上虽然和"极乐世界"或者"天国"是不相同的，但据说"天下同归而殊途，一致而百虑。"那么，我即使不懂得那些各种各样的弯弯曲曲的道理，似乎也可以说出来，人类确乎有一个"故乡"，它一直就为我们所关情。

正如我们看到两岸风物的转移，因此就体察到船的行走一样，从正义、自由、智慧、美与爱底量的逐渐增加上，我们可以体察出来这是到"完全"或"谐和"之境底路；我们倘使觉察出来它们是逐渐在减少，所接触的几乎全是邪恶、压抑、愚昧、丑与不仁，那么就是走上一条曲折的路了。人们立"完全"或"谐和"为生命的极境，也许这境界终于不见人生的吧；因为倘使真踏入所谓"完全"或"谐和"之域，其实就一个无路可走，也许倒反生趣索然了。岂不是正因为它只存在于期待与悬望的中间，这才觉得颠倒的梦想与前冲的勇气的可贵么？岂不是那"走"比那"到"更可贵么？岂不是因为好的光、好的颜色和好的声音带来了"故乡"的消息，因而使人得到生命的力量了么？美丽的故国的山河，夜夜都走进沙漠间的征人的梦：在多难的日子里，有谁能拒绝"故乡"的消息呢？

为了被侵略的祖国的存亡，在各处千里万里的流亡道上的年青人，捐弃了他们的所有，单留得一个"生命"在准备捐弃之中。一个美丽的梦想，一个伟大的创造，使他们能空万念、轻死生，试把自己的生命安排打点，怎样能化成一股力量，铸成祖国的将来和全人类的将来。一年一年过去，中国的国际地位已逐渐增高，这是因为在它的下面逐渐垫上了无数不知名的人的血、肉、汗水和眼泪的缘故。但是这些人们自己却在黑暗中间消灭，如今已无人能指出他们的坟墓。子康只是他们中间的一个，并没有甚么"丰功伟业"足以震动人的听闻，因为他从未想到窃取声名和威望，他只是一个抱着热烈的希望，在黑暗中紧守着岗位的教育工作者罢了。但是，抗战胜利了，这样的叫人喜得发狂的事情，子康竟是不知道了，这于子康该是一件极可惜的事。然而子康怀着黄金般的希望而死，岂不更胜于现在在煎熬中过着绝望的日子的人吗？

今夜，新凉入天地，灯火极觉可亲，而我的身畔的水壶又开始吟唱它的那支古老的歌曲了。对着窗外沉在黑暗里的没有边疆的祖国的田野，我虔诚地合起双手。

三十六年，九月，四日，灯下写完

（原载《文学杂志》1947年第 2 卷第 1 期，署邢楚均）

## 附　记

　　《壶水曲》发表于民国三十六年（1947）《文学杂志》第 10 期，写作时间标为九月四日，但这只是最后发表前修订的日期，实际上《壶水曲》的写作时间，是在民国二十九年（1940）至民国三十三年（1944）十一月四日之间。据父亲 1944 年 11 月 4 日日记记载："晚不寐，寒甚。闻系北极寒流入滇。卧床有三印象，（1）地坛废园内之毛毛虫，（2）骤雨时，行人未携雨具，皆以所携物遮颜，如无物即以手遮之，（3）《壶水曲》。"可知，此时《壶水曲》早已成稿，且父亲"印象"极深。

　　《壶水曲》是以父亲在国立八中高中部第三部任国文教员的生活经历为题材创作的一篇小说。父亲民国二十六年（1937）七月从安徽大学中文系毕业后，九月考取中研院史语所，十月，抗战军兴，史语所疏散，他也随家人"跑反"投奔宿松北山亲戚，一如小说《古堡》所述。《古堡》结尾，"我"得亲戚介绍到一所"补习学校"教书。真实的情况是，民国二十七年（1938）一月，经表兄叶子静（孟安，安徽大学教员）介绍，他到安徽省立第四临时中学任教。当时（1938）这个学校是第五战区司令官兼安徽省政府主席的李宗仁，为了专门收容战区流亡学生就读而成立的。同年九月，南京政府教育部重新统一更名为国立八中（朱镕基、劳安都曾是国立八中学生）。父亲随学校在抗战的硝烟中颠沛流离辗转至湘西洪江。民国二十九年（1940）一月，他赴昆明经罗常培先生介绍到云大附中任教员，离开了国立八中。同年八月，父亲接到史语所"复课通知"，因而离昆赴四川李庄师从语言学大师李方桂先生学习。

　　国立八中的经历，是父亲人生的一次淬炼，是一段深深烙入灵魂的难忘岁月。他在昆明的日子里，还经常有国立八中的故旧来访。在民国三十一年（1942）十一月二日的日记中，我们看到："午饭后，洪江高三部同乡卢英立君来谈，知高三部自我走后之极大事变，如迁移至呈贡；晓初之离开而就旋死于机械化学校（晓初即黎晓初，亦安徽同乡旧友。实际此讯为误，1946 年父亲"南旋北上"返乡安庆时，曾晤黎晓初，故当未死），其党羽因被指为打死和尚而开除馨尽；张中之君被捕；倾寰之到永绥；丹华君之弟某人返皖为安徽女中校长；慈浩然、朱伯鉴、张应中、吴肖鲁诸君皆返桐城；高三部其后在洪江镇日动手枪和刀子打架，等事。"国立八中旧生欧阳沙（后来亦考入西南联大中文系）曾著文回忆父亲在国立八中的情形。文章说：

　　邢先生是我进高中的第一位国文老师，也是我唯一敬爱的老师，那时候正是抗战的第二个年头，我们学校在湖南洪江一个庙里，邢先生刚从大学毕业不久，只不过二十五六岁，是我们老师中最年轻的一个。我们背后称呼他"小邢"。

　　我敬爱他并不是因为他是国文老师，而我自己喜欢文艺的缘故，也不是因为跟他很接近。我很少到他的房间里，要去也只是短短的一会儿。他从不像其他的老师将时间花费在"麻将"上，至于别的老师逛窑子、和其他客人打架更没有他的份，那些用学生作为自己工具的勾心斗角的事，自然也更为他所不齿。他不爱说话，脸上有时挂着并不真正愉快的微笑。除了上课，他就在屋子里看书。清晨或黄昏，他常常一个人孤独地衔着烟斗（那时薪金只五十多元已抽不起香烟了）走到附近田园看看稻上的朝露和阵阵被农人赶起的麻雀群，或者凝视着校门外山峦中挟紧了的激流的沅水。

　　在那古庙里，他写了《古庙的歌》，我们的音乐先生把它谱成曲。

"……

天阴我们听着屋角的风铃

天晴我们望着遥远的飞霙

夜晚的鼓和早晨的钟声

我消磨了无数的黄昏

守望着，守望着，

我们望着东天的破晓

我们望着大地的黎明……"

在这支歌里，他表现出他热情的希望，也显示出他对黑暗的憎恨。

"世界正敲着三更

强盗在分着金银……"

　　那时候，抗战的初期狂热已过，武装弃守后团结的裂痕渐渐扩大，在热情被窒息的年月，又因远离家乡，于是他沉默中既显出坚定，又显出忧郁。他写了《怀乡曲》，这也经我们的音乐先生谱成了曲。他怀念"在那数不尽的青山那边，在飘不断的白云那边""敌人种下了满地的疯狂"的家乡，他怀念爹娘："我那白发的爹娘，几次踏进我的梦里边，含着泪儿抚问：流浪的孩儿，你可平安？"我那时正是一个十五岁的孩子。我喜欢他的《怀乡曲》中的伤感，也喜欢他在其中描绘的回乡的美梦：

"那一天

野花开遍了家园

孩儿回来了回来了……"

他热爱祖国，在他另一个诗篇里，他写着：

"起来！中国土地的儿女，

海潮在啸了

流沙在飞扬

我们的血染红了这海棠……"

在那个中委做校长的学校里，说不上教育，青年正当的发展被摧残，相反地却鼓励投机、横暴和做奴才。我还记得一个自以为很有古文根基，在学校为非作歹的坏学生，因为他的作文遭受邢先生严正的批评，就无理的辱骂他。他向来温和的脸孔严肃起来。他说："每个人有他的尊严，不容侮辱。"我记得深为他最后所说的话和情景感动。"我做梦也没有想到，我今天在度粉笔生涯！"在那种乌烟瘴气的学校里，他自然不会久留。以后，他就到四川李庄中央研究院去做研究工作。

现在，我想起来：第一个使我认识鲁迅的是他。他给我们讲过《苍蝇和战士》《聪明人和傻子和奴才》等篇。我记得有一次作文题是《生活与战斗》，他给我们解释高尔基的话"人生即是战斗！"我也记得有一次在念完《哀江南赋》后，我说六朝骈体文真美，他对我说："鲁迅的《华盖集》《野草》更美。"他是一个热爱鲁迅的人。

这里大段引用国立八中学生的回忆，可以使我们了解父亲在昆明创作《壶水曲》的一些背景。而《壶水曲》几经修改直至民国三十六年（1947）才在《文学杂志》发表，也说明了他对这篇小说的重视和它在他心中的分量。

# 棺材匠

　　被人译成中文的西班牙作家阿左林的《三宝盒》那篇文章中有一段话说："如果人家要把我童年在那些阴沉暗淡的城市里所有的感触概括地述一遍，我一时总不能置答。我一定只写下三句话：

　　"'多晚了！'

　　'现在我们可以干甚么呢！'

　　'现在他就要死了！'"

　　这三句话在读者看来会觉得生疏吧；可是实在一点也不奇怪；它们把西班牙民族的心理概括住了；它们表明了听天由命、悲哀、逆来顺受、令人寒心的死感。"

　　我读完了就深深地感动着，因为我由此便记起一个消磨我的童年的小小江城。这城的南关正对长江，夏天水涨，江水间或入城，于是城外河街和城脚人家都纷纷铺搭跳板。朝北望，也有山，只不过是淡淡的几笔青翠，是大别山的尾巴，早已没气势了。这城，大路用长条花岗石（当地人管它叫麻石）铺垫；小路用青石条铺垫。不是路的地方尽是石子、瓦片和爬上爬下的黄土坡坡。很不容易看见古老高大的乔木，就是一棵葱茏的树和一小片绿草，除掉在那些偏僻的靠城根的地方，其实也就很不容易看见了，"地老天荒"是绝好的形容话。登"晒楼"而一望，满城都是屋顶；喝，真是叫"鳞次栉比"，连成一片单调沉闷的屋顶的海。所以你可以想象得到：城里大街小巷，人烟稠密——做官做府的，挑箩扛轿的，做买做卖的，拆字算命的，打拳卖艺的，牙婆，鸨母，和尚，道士，变把戏的猴子，咬破衣的狗……凡是在别的小城里能看到的，这里都有，但是，他们全都像是些影子，为别人而存在的影子。晴朗的月望夜，月色透进千门万户，隐隐约约，苍苍凉凉，就更其像是影子底国了。

　　十几年来，虽然在各处走动着，可是只要有甚么引起我想到那小城，那小城的人民的模样便像黄昏时候从屋角突然飞出来的蝙蝠，扇着翼膀，一只接一只地扑进我的心，我就深深地悲哀着了。

于是有一个脸孔便从模糊中浮现而且扩大：一个剃了光头的大脑袋，凸额头，大腮巴，瘪瘪嘴，黄黄的两撇鼠须，眼珠子也是黄黄的，但却闪闪地射着光；下面是一个五短身材。他捧了一个白铜水烟袋把纸媒夹在手里，挪开八字步慢慢移动了。他就是我所说的棺材匠，其实他只是个漆匠，也兼做木工；只因为现在正做着棺材生意，所以大家都这样喊他罢了。他似乎在生气。他穿过堂屋，又穿过小小破烂厨房，开开后门，一低头，看见猪潲缸里还浮起一块洗碗布，就愈加生气了。他昂起头，朝着屋后高高的城墙呼喊：

"带弟！带弟！"

城头抹了一层金黄的无力的阳光，于百静中也轻轻地呼喊回来：

"带弟！带弟！"

等了一会，却没有甚么反响，棺材匠气冲冲地冲出大门，穿过院子，院子里有两个木匠师傅，一个年长的新剃了一个光光头，坐在堆集的木料上吸水烟；另一个年青的围了一块白布围巾，坐在剃头担子上正剃着，他把涂满肥皂沫的嘴朝上伸着，凸成一个烧卖模样，仿佛想剃头师傅和他接吻似的。棺材匠没有理会这些，他一直冲出院门。院门外，横过一条鹅卵石铺成的小路；路的那边，隔着两三棵柳树，便是一个大水塘。两个青石埠头上，各据一个女人，一个洗衣，一个洗青菜。水面上有两组巨大的圆圈，一波接一波地朝塘心展开着，但等到两个圆一相切，那波纹便逐渐散乱了。

"带弟！带弟！你给我死回来！"

柳树梢上抹了一层金黄的无力的阳光，水塘里有发亮的白云的影子，于百静中也细声细气地呼喊回来：

"带弟！带弟！你给我死回来！"

仿佛从甚么地方有了答应的声音，棺材匠四面一看，却发现挂在院门旁边的"三高齐材会"的招牌上，被哪家小孩仍上一团烂泥。他心里想："且找着带弟，叫她拿抹布来把它揩掉。"

跟棺材匠的屋平排，有一个尼庵，庵前有一棵柳树，掩映着开了两个圆洞的红墙。庵门紧紧地闭着，门上有块横匾，上写"宝月庵"三个大字。宝月庵的那一边，还有一座小屋子，圆门上加了锁，门上有一块写着"斗母宫"的匾额，里面存了些客死的人的棺柩，宝月庵和棺材匠的屋之间有一个菜园，这菜园和斗母宫以及棺材匠的屋子都是宝月庵的庵产。现在，棺材匠已经走进了菜园的篱笆门，这才真正发现了那个所谓"带弟"的了。这是一个仍然裹着小脚的女孩子，约莫十二三岁的光景，凸额头，凹眼睛，嘴瘪的像一个八十岁的老太婆似的，脑后还斜翘着一条小辫子。带弟手里举着一个钉锤，正在把一根钉子打进篱笆的木柱里去。全世界的小孩子，如果遇见了钉锤，而同时又拾到一根钉子的话，那么随他是哪一国的人，都是要把这钉子打进木头或是砖缝里去的。可是棺材匠哪管这些，他冲上去喊道：

"狗娘养的！七十二行都不学，单学讨人嫌。"

泼的就是一个嘴巴子，打得那孩子把脸一转，举手护着头，一瘸一瘸地朝家走。棺材匠说：

"太阳都快落水了，还不给我烧饭去！"他早忘了揩烂泥的事。

棺材匠离开他的妻子已经有两年多了。两年前他在山口镇很不得意。后来他的一个开木行的亲家和一个在石灰行里管事的妻舅就共同写了一封信，叫他进城，说我们三人可以合伙开一个"材会"，赚多赚少，暂且莫管，只要生意有个起色，日后自能发达。棺材匠见了信，心中十分喜欢。就跟他的妻子说："带弟的妈！你带着孩子们暂且住在乡下，只要生意得法，我就接你进城。"他的妻子就说："那么你就带了带弟先去，她还可以替你烧烧煮煮，洗洗浆浆，免得把饭搭在别人家里。"两年以后，也许是棺材匠的指望过大吧，他只觉得这生意是不死不活的吊着，勉强顾个嘴罢了。亲家提过来的料子都是很好的莲花根子，他们自然不做"四块板"，四块板是说不上"搁"字的。他们搁的都是些"十角"和"三底"。只要料子一运到，他就把那两个木匠帮手找来，锯木、砍柱、做榫、刨光、做墙子、做天花板、涂漆灰、一道一道地加漆、起早歇晚，忙得没有一会儿闲空。两年之间，他总是梦想着，有那么一天，停在家里的货，都完全脱了手，因此就又回到山口镇，接他的妻子进城来住了。现在他走进菜园，看到这三大畦绿油油的菜，不由地就想起山口镇。而他的梦想，却不知哪天才能实现。他摸摸自己刚剃光的头，向尼庵的侧墙上扫了一眼，却不料从侧墙的窗眼里也伸出一个白胖脸的光光头出来。棺材匠连忙低下头，偷偷吐了一口吐沫。可是那一个光头却隔了窗子说起话来：

"老板老板！你可是想偷菜？"

"小师傅小师傅！菜我倒是不偷……"

那边赶快截断他的话，说：

"世上要是发场人瘟，老板的财也好放放账。可是如今家家都得了仙丹似的，尽让老板又是官，又是财，挤满一屋子，压断了楼柱子。"

棺材匠心头火直冒，说：

"想必小师傅怀里就有那个仙丹了。算了算了，世道太坏，我也要做和尚去了。我做了和尚再问你来要。"

说着，弹一弹纸媒子的灰，转身就大踏步回到自己的院子里来了。院子里那两个木匠的头都已剃完，年青的那个坐在马架上吸烟；年长的那个把手掌虚虚掩在头顶上，仿佛一个人把手伸在火炉上烤火的那种样子，说：

"诘！我这火气可真大，朝上直冒，火球儿似的。要不剃这头，可全给闷到心里去了。'秋里伏，热得哭。'听这知了儿竟是越叫越响了。"

棺材匠捧了水烟袋也和他并排坐到木料上来。棺材匠举手试试自己的头，发觉头上也是火气直冒的，他想起那个可恨的小尼姑，就觉得那火气越加沸腾而上了。

天色已渐昏黑，带弟捧了一只碗从屋里癞出来，她问她爹要了十个铜子儿，预备去打麻油，正跨出院门，她爹就骂开来：

"狗娘养的！你要打破了碗，老子就斩断你的手！"

带弟顺着鹅卵石路朝前走，这路在宝月庵的门前便沿着塘边折成一个直角；等到经过一个豆腐作坊的门前时，便换成青石铺垫的路了。夹着路便有许多瓦房和豆腐作坊对峙着，其中特别醒目的便是新盖的张家公馆和一家杂货店了。带弟癞进这店，打好了油，双手捧着碗，重行走上街时，后面却跟上了一群孩子，他们把脚尖翘起来，用脚跟一癞一癞地走着，笑着，齐声撇着山口镇的土腔唱一支嘲弄的歌（山口镇的人把"他"说成"克（渠）"；把"敲"说成"毂（壳）"；把"讲"说成"赶"）：

克打克！

克骂克！

克拿烟袋头子毂克！

克赶克不好！

克个妈妈壳！

他们一遍一遍地唱着，又一遍一遍地笑着，带弟把性命放在碗上，小辫子一翘一翘地走着，哪敢回嘴！终于最后一个孩子和身朝前一撞，撞在另一个小孩子的身上，"长江后浪推前浪，世上新人趱旧人。"就像这样，带弟连人带碗跌翻在地，孩子们一哄便散，而街上却爆炸开快活的笑声了。而带弟自然就坐在地上大哭，她觉得这回真的糟透了。她看看舞着许多蚊虫蜢虫的橙红的街灯和街灯之上的阴沉古怪的长天。她想，若是这个天慢慢地掉下来就好，那么，爹就跑来跟她说：带弟！快跑吧！天快掉下来了！快跑吧！快跑吧！于是爹就来牵她的手。带弟看看自己的手，手上全都是血，她就被自己的血吓呆了，立刻站起来朝家走，走了几步，却又转回来把那砸成两半的碗重又拿到手上。

院子里，年青的木匠正在讲着关于盖造张家公馆的话：

"张家公馆完了工，已经谢过土地，全家都搬进新房子了。包这生活的王老板有一天就叫我去清工钱的尾数。我进了门，一直走到厅堂的台阶底下，朝上一看，四扇隔门打得大开，厅堂当中摆了一盆清水，全家男妇老幼，排成一个队，每人手里都拿了一枝杨柳枝儿，蘸蘸盆里的水，一面洒着，一面绕着屋子打圈圈，嘴里还一面唱着歌：

> 木郎木和尚，
>
> 远远走他方，
>
> 作者自己受，
>
> 为者自己当，
>
> 所有魇与魅，
>
> 跟我不相干。

不明白这一家子发的是哪种疯。"

"道理大着哩！"年长的木匠拔出烟碗杆儿，吹出烟灰，又摸摸他的冒火气的头说："那个不是歌儿，是咒，咒的就是我们做木活的。他怕我们使了魇镇法儿，比方说倒安木柱，根朝上，梢向下，叫他家无上无下，做事颠倒。怕我们前梁移做后梁，死掉他老娘。怕我们'卯眼放竹，不动自哭'。怕我们在柱础底下压进纸人纸马；怕我们雕制木人，写下生辰八字，用长钉钉进心窝，悬上大梁，叫他家家主，不出百日之内，心痛而死。因此他们就洒水破法，把那些魇镇全给咒回来，咒到我们身上来。"

"可是我们并没有使甚么魇镇法儿呐！"

"哎！存心害人的人，可不总疑心人在害他的么？"

"狗娘养的！"棺材匠说。

年长的木匠对棺材匠说：

"张家发迹只不过是前两年的事，十年以前，住在花石牌坊第三家，叶家剃头店的脚屋里的时候，那个'老太太'还正半老不少的，可是老公一倒头，就只能靠选茶叶、划蜜枣、洗衣浆衫、说媒拉线度日，一心就守着那个小的。那个小的好吃懒做，东游西荡，手脚又不干净，还说自己是个顶天立地的好汉。那种整天唱黄梅调的好汉：

　　　　昨日里，闲无事。花街走过；
　　　　我不免，到他家，戳吃戳喝。"


木匠说着说着，自己也唱起来，但是听的人却被他弄懵懂了。一直唱到煞尾，听的人一齐明白他是在唱戏的时候，便都齐声给他帮腔起来。帮完了腔，大家都抿着一张要笑不笑的嘴，半天没有做声。年青的木匠终于开口：

"底下呢？"

"底下我唱不来了。"老木匠说。

"我是说那个小的后来呢？"

"阿！还不是吃吃喝喝，扒扒偷偷么。那个做娘的虽然勤俭发狠，可是手脚也本就很毛糙，出名的偷鸡婆。有一次动手，却被人瞧见，她倒反而先骂开来：'砍头的！你看见老娘偷的么？鸡在哪里？鸡在哪里？老娘拳头上能走马，肚子里能撑船，老娘敲起来叮叮当当响，站起来能顶天。老娘不跟你杂种计较。'这婆娘指望抽身就走，听话的可全都火儿了，有一个多事的就拿棍子来打她屁股，意思是说听起来可是叮叮当当响。那婆娘红了脸，说：'小人动手，你敢碰老娘不方便的地方！'可是自从这小的荡进京城之后，不上几年，就掌上印把子，做了大官回来。回来之后，正说自己是包文拯，是曾文拯，却被人在京里参了他一本。他家里'驴驮钥匙马驮锁'，老话说：'有钱能使鬼推磨'，他怕甚么？他反而又参了那个参他的人一本，原来那个人也是长了歪辫子的。这回你瞧人家有里有面，买田买地，盖大房子……"

院子里已经昏黑，年青的木匠站起身把那些大刨、二刨、斧子、凿子、钉锤、钻车收进家具篮子；又把横丝锯和直丝锯放松弦绳，扎在一块，连着家具篮子，一齐搬进堂屋。老木匠也站起来，放下烟袋，把磨刀石顺到墙角落里，那年青的就跟他说：

"诘！你也进京去，进京去荡他几年，发个财回来。回来之后，就不用自己搬磨刀石了，只要四平八稳地坐着，叫一声：'跟班的！把我那块金子打的磨刀石拿来！'"

两个木匠把白小褂子披在身上，笑着，正待出门；棺材匠也站起身来相送；于是，他们就在门后发现带弟了。棺材匠一看情形，就知道了所有的事，他就发一声吼，奔了过去，眼睛睁的像个牛卵子，正待举手要打时，老木匠就说：

"算了！'虎毒不食儿'，你待要把她杀掉么？打也打不出一个碗来了。算了算了！"

棺材匠看着哆嗦在门后的矮小的昏暗的影子，心里忽然说不出地怅惘起来。

几场连绵雨之后，秋风是一天凉比一天，人们都穿上夹衣了。新搁的货，白胚子都已完工，棺材匠闲着无事，镇天坐在矮凳上抚弄着一只小猫。那猫盘身睡在他的膝上，很舒服地打着唿噜。棺材匠看看户外的黄昏的天，心里不觉郁闷起来，想着：人说'七个和尚变只猫'，这猫可是不容易修的哩，不怪他睡着了都在哼着经。可是，可是七个尼姑又变成个甚么呢？想着想着，不觉打起瞌睡起来。棺材匠家里的活物除去他们父女俩之外还有两个，一个就是那只猫，另外一个就是一只鹅。所以带弟每天该做的事，除去烧锅饭、料灶、洗衣、浆衫之外，还要拌饭喂猫，抱鹅进屋。带弟看看太阳，太阳又快要下山了。宝月庵附近，近来又驻了一些兵，所以家家门户都关的早。带弟预备先抱鹅进来，关好大门，然后再点灯做饭。她拿了根叉叉棍走出大门，一看满塘新涨的水，心头不觉松快起来。她就扶着叉叉棍，一屁股坐在门前的石级上。柳树已经开始落叶了，水面薄薄地浮了一层嫩黄的叶子。塘中心正是那白鹅。人家都已在烧饭了，炊烟在屋顶上凝成了一片——空气里湿度很大，还怕有雨哩！因而，塘面上也薄薄地浮了一层蓝色的烟。带弟站起来找石子，打算扔那鹅上岸，可是一看那澄然的水，雪白的鹅，忽然有一支歌在她心里响着：

姐姐门前一道河，郎放鸳鸯姐放鹅；
郎放鸳鸯十八对，姐放白鹅飘满河。

带弟没敢唱出来，抬头看看，柳树梢头的夕阳已经渐渐没了。然而从水面分明又飘过另外一支歌来。带弟慢慢地听，这是一支从铜喇叭里吹出来的。带弟便知道在她们屋后的城头上，现在一定有三两个兵士，坐在雉堞上，有一个就拿着"小马号"对着城外的平畴、荒丘、土地庙和古道上寥落的行人吹。这是一支古老的进行曲：

> 谜，多来谜，多来谜，梭谜，
>
> 谜，多来谜，梭谜，来多来；
>
> 来，拉多来，拉多来，来来，
>
> 梭，谜来多来谜多来，多多。

带弟自然是不懂的，不过这调子使人忧悒，却又使人奋发；使人怀恋家园，却又壮人远游之志；两种力量的错综，辛苦和灾祸的纠缠的中间，若是居然也有一点茫然的苍白的幸福的话，则这神秘而又凄然的声音，正好说明着它。带弟自然不明白这些，她只觉得有一点想念她的妈妈和弟弟，她只觉得有一点东西像发了酵的面似的紧紧地贴到心上罢了。

冬至一过，有些畏寒的人已经穿上棉袄了，可是棺材匠的货始终还没脱手的。人越闲，心越烦，有一天晚上，他孤独地坐在灯下，猫在他的膝上打着鼾，带弟在帐子里打着鼾，夜静如海，不觉心绪萦绕起来。他决定明天一清早就调漆，把那两副只刮上漆灰的白胚子且加上头道。正盘算着，他忽然听见架在堂屋里的寿板轧扎一响，接着就是一阵冷风扑进房里，煤油灯闪了一闪，起了一阵烟子，终于熄灭了。黑暗中，他不觉毛骨悚然；慌忙立起身来，膝上的猫，在沉睡中猛然摔在地上，就惨叫了一声逃开了。棺材匠心里又恐惧，又欢喜，拱着两手，默默地祝祷着：

"客人！你挑罢！堂屋里有四副，厢房里有六副，都是为了你的。我们的货，着着实实，不比街上那些把洋钉挂挂的戳头货。你看，我们凡是完工的，哪一副不是漆了十几道，敲起来当当响的？哪一副不是上好的莲花根子？睡下去不进潮气，不生白蚁，子孙昌旺，大富大贵。放手挑罢！客人！"

棺材匠站了一会，也不再点灯，就上床睡了。

第二天清早，棺材匠就披衣起来了，清晨的风扑在身上很有些寒意。棺材匠捧着漆钵，拿着刷子，走到堂屋里，就在一个白胚子前蹲下来了。棺材匠闷闷地工作着，不时回头看进小院子，他奇怪为甚么太阳老不出来。不一会，他看见带弟捧了一只碗一瘸一瘸地走出堂屋。

"狗娘养的！……"

他想骂出来。可是他心里烦得厉害，就是一个字也懒得吐了。于是他就看着带弟寂寞的后影，一瘸一瘸地穿过院子，开开院门出去了，他这才发觉，院子里已经开始潇潇地下起小雨来。他把刷子扔在钵里，把钵搁在架寿板的条凳上，觉得心里从来没有这样烦过，便吁了一口气站起来，走到院门外。他站在"三高齐材会"的招牌前，远远看见宝月庵前的鹅卵石路上转出两个人来，这两人用粗木杠抬了一个大东西，用席子包裹着，一晃一晃地像条大海鱼。不一会便到了面前，他便看见两只黄蜡似的脚，硬硬地伸到席子外面来。经过墙边的电线杆时，那黄蜡脚还碰了一下，划了半个圆，便顺着鹅卵石路，朝北关过去了。棺材匠吐了一口吐沫，便转身回家。

棺材匠工作着，只是不起劲，他想："世道是有些变了。"

午饭吃了小半碗就饱了，晚饭简直没有吃，因为他没有起劲做工，所以也不很饿。他心头只是闷闷的。到了傍晚的时候，他觉得身上麻苏苏的，便扔掉刷子站起来，眼前金花一迸，"敢是太累了么？"他想，"那么睡一觉吧！"他就倒在床上睡了。可是又睡不着，只觉得头重脚轻，四肢无力。

"敢是病了吗？"他想。

于是他就睡在床上没有起来了。

头几天，雪老鸦在黄昏时候聒噪得很厉害，接着西北风就呼呼镇天吹着，横过屋顶上的电线也就不断地嘤嘤响着，终于朝无尽的远方伸展开来的铅色的天宇下纷纷地飘下鹅毛似的雪片来。

而棺材匠到底是病了，脸上烧得红扑扑的，小黄胡子痛苦地扯动着。

有一天，他试一试呻吟着，觉得这样可以使心里头轻松些，于是他从此就呻吟着了。

有一天，他正呻吟的时候，却瞥见堂屋的门里探进一个光光头，不一会便现出全身来，那光头穿着一身灰布海青，是宝月庵里当家的老尼姑。终于她跨进房门来，四面巡视着，道：

"老板！你病了么？不要紧吧？阿弥陀佛！平安清吉！不要紧的！"

"我敢是要死了哩！"

"不要紧的！不要紧的！"老尼姑朝门外许多寿板看了一眼说："就是怎样，也是不要紧的！不愁的！"

棺材匠转身向着床里边，不再理她。那老尼姑就走了。

看看冬尽春来，接连几场雨之后，太阳就常常露面了。从冲着菜园的窗户里，飘进春天泥土的香味来。园里的白菜已经开着小黄花，就是园径里和鹅卵石的路旁，也纷纷长满地儿菜，马郎头，枸杞头，无儿肠，灯笼棵儿，以及其他种种野菜，把清新的春天底滋味从泥土中带出来。棺材匠已经能够吃点稀饭了。带弟就在门前剪些野菜，加点油盐，炒了给她爹下饭。

棺材匠已经想吸水烟了，带弟扶他下床，居然坐在院子里吸水烟了。

有一天晚上，棺材匠捧着水烟袋坐在矮凳上，心里又烦起来，他的货始终还没有脱手的。他猛然听见"猫乌……"一声长叫，接着就是一阵瓦响，这是他的猫在叫春，他的猫是从来都不像这样叫春，是很规矩的。他放下烟袋站起来，开门出去，拿了一根长竹篙，想把那猫赶下屋。可是他没有力气舞动那篙子，因此就叫带弟来赶；可是带弟是一个小脚姑娘，也舞不动那篙子，于是只好让它们"猫乌！猫乌！"地叫着，屋瓦一路一路地响着了。

"狗娘养的！世道竟是变掉了！"

靠近清明，风雨渐多。

"清明时节雨纷纷。"棺材匠踏着木屐，走在鹅卵石的路上，听着红油纸伞上的潇潇雨，心里想着："可是世道是变掉了。"沿着塘转了一湾，慢慢便过了豆腐作坊，侧头看了一看张公馆，却看见有一张很长的白纸贴子贴在门旁，上面写道："刘母张太夫人治丧委员会"，不觉触动了他的心思。他便停下脚来，在门口张望了一下，却见那年青的木匠变了个斯斯文文的样子从张公馆的门房里走出来。他低着头走到门口，一抬头时，便看见了棺材匠：

"哟！是你么？"

"哟！是你么？"

"你怎么这样消瘦？你敢是病了吗？"

"病了一场，天保佑，已经好了。你如今在张公馆干差事么？财气很好吧？"

年青木匠迷细着眼睛，微笑着，得意地把头朝后一仰，意思又好像是说：莫打趣了，老兄老弟。但他没有说甚么，伸手拉他走进门房。坐在床铺上，跟他说：

"人生在世，我说呀，就是一点命，一点缘法。我在这里，老太太、老爷，都很喜欢我；就是太太、少爷、小姐，也都瞧得起我。这里的工钱虽不多，难得缘法好。"他又放低声音说："何况外水上面也是很可图的呢！这就比整天拉锯子，敲斧头要强得多啦！"

"不过，老弟呀！自古君子顾本，爬得高，可跌得痛啊！"

"本自然要顾，可是输下去的，也得翻回来呀！老兄！你过得好吗？本翻回来了吗？"

"莫提了！西望长安不见佳。我且问你，你们公馆里老太太可是不在了吗？"

"正是啊！前天晚上的事情。老太太精明一世，就是有一点甚么的，有一点儿那个，有一点儿好意思得，就是比方说左邻右舍，不管哪家的鸡跑进家，老太太就提了文明棍，从上房追下来——别看她年纪大，跑起来还挺溜速的哩！嘴里嚷着：'快点快点！抓起来！抓起来宰了'后来嘛，老爷也笑了，太太也笑了，少爷小姐都笑了，大家围起来捉。老爷哩，这回又快了，又快要挂牌上任了。"

"老弟！"棺材匠很紧张："你可要给我在老爷面前多多美言几句，你说我们那儿的货好，料子都是上好的莲花根子；漆水又厚，敲起来当当响，赛过铜磬；睡下去不沾湿气，不生白蚁，子孙昌旺，老爷高升。就是搁在堂屋里，也觉得大头大脑的，配上一根分经红线，多大气！多威武！"

"不行呐，老兄！老爷现在已经很新派。他已经说过，他不要那种老锋剑，老腐稗。他已经招呼人到上海去定购美国货的寿板去了，总在这天把两天就会运到。说那是一种全身紫铜的、方方的样式哩！老爷说：'那是一种民主寿板'。"

正说到这里，忽然有声音"门房！门房！"地喊了几声；接着就听见橐橐的皮鞋响。年青木匠扯了扯棺材匠的袖子，说：

"老爷来了！"

棺材匠正疑心木匠不替他帮忙，因此就壮着胆子，走出门房，垂手喊道：

"老爷！"

这才看清这老爷梳着西装头，架了金丝眼镜，鼻子底下留了两小撮胡碴子，穿了一身西服，袖子上系了一个黑布条。这老爷愣了半天，仿佛说，为甚么门房今天衣服、相貌、年纪，全变了呢？棺材匠上前一步说：

"老爷！我是问问老太太可要寿板来的。我们那儿的货……"

"出去！"

"那么你就出去吧！"年青木匠也板着脸说。

于是棺材匠就出去了。他沿着鹅卵石路朝回走，木屐的铁齿敲着石头叮叮地响着，雨在红油纸伞上潇潇地下着，忽然一阵风来，棺材匠把持不住那伞柄，那伞便滴溜溜地车轮似的在地上滚开了。棺材匠赶忙就去追，几回到手边，只一霎又逃走了。一个人在风里捕捉一件本不会动的东西的样子是很可笑的，迭更斯在他的《皮克威克传》里描写那个道貌岸然的伦敦绅士在风里捕捉他的帽子的滑稽样子，和我们的棺材匠是完全一样的。其实全世界人遇到这种事都一样，这里不必仔细描写的。可是那个伞却终于滚到塘里去了，它倾侧一下，翻了一个身，便安安稳稳地浮在水面上，就像是一匹红颜色的大荷叶。棺材匠在塘边呆呆地坐下来，开始感到自己的衰弱，他轻轻骂了一句：

"狗娘养的！世道竟是变掉了！"

棺材匠又接着想：

"我们可以干甚么呢？"

三六，七，三一，天津

（原载《文学杂志》1947 年第 2 卷第 6 期；
后收入《京派小说选》，人民文学出版社 1990 年；署邢楚均）

## 附　记

《文学杂志》1937 年 5 月 1 日创刊，朱光潜主编，常风助编。编辑部设在北平，由上海商务印书馆出版发行。1937 年 8 月 1 日出版第 4 期后，因全面抗战爆发停刊。1947 年 6 月 1 日出版复刊号第 2 卷第 1 期，1948 年 11 月初出版第 3 卷第 6 期后终刊，共出版 22 期。小说《棺材匠》就发表在《文学杂志》复刊后的第 2 卷第 6 期上，后在 1990 年人民文学出版社编辑《京派小说选》时被收入选集。然而这篇小说写作的起始年代却远远早于此时。

那是在安徽大学中文系学习上作文课时，在许杰先生指导下写的一篇课堂作文，是与《童时回忆》一样的"速写"，但最初的原作肯定与我们现在看到的大不一样，甚至是否叫《棺材匠》也不知道。当时被陈望道先生与《童时回忆》一起带到上海，后来将《童时回忆》发表于他主编的《太白》第 2 卷第 4 期。而父亲对《棺材匠》一直挂在心上，准备认真修改，尤其是在昆明经历那么多生活的淬炼，创作水平也达到了一个新的高峰。1945 年父亲在《昆明日记》1 月 31 日记载："前闻云南棺材铺亦有某材如可售出则前夜必有戛戛之响声事，此说如故乡同，暇时可将旧作《棺材匠》一篇回忆重写一过。"其后这篇回忆就一直在酝酿修改中。直到抗战胜利，联大"复员"时，父亲南旋北上回到故乡安庆，在姐夫段家北山残存藏书《玉匣记》中读到木匠"禳造作魔昧法"详细说明，文思豁然开朗，重新构思了小说《棺材匠》的谋篇布局，于是，一篇崭新完整的作品从简单的"回忆"脱茧而出呈献在我们眼前。这篇《棺材匠》充满了深刻翔实的文学和社会内容，表现了他浓厚的个人风格，堪称他的小说创作的代表性作品，令时人刮目相看。

至于署名邢楚均，还有一插曲。1990 年，人民文学出版社编《京派小说选》将《棺材匠》收入，编辑们对作者所知甚少，后来还是汪曾祺先生说好像南开大学的邢庆兰教授或许知道。于是出版社将信寄到南开来打听。父亲捏着信笺对我说："你知道'京派小说'么，我怎么成了京派？"我这才知道父亲曾用笔名邢楚均。母亲笑了，用长沙话对我说："那是你'伢'（长沙人土语称父亲叫"伢"）向我'献殷勤'时取的。"转而对父亲说："你又不是我们湖南人，'凑'（楚）么似均。"提起往事，父亲说："是罗，在西南联大教书时，我和周因梦（定一）一起去看沈从文，他不是叫我湖南女婿么。"沈先生从沅水走来，父亲也是在沅水边的小城结识了我母亲，而我出生后，就取名为沅。

# 随　感

有一次，有一个人，询问一个马贩子道：

"朋友！你想，一个女人如何才算是美啊？"

依理，这该是长长的弯弯的眉吧，该是樱红的唇吧，该是长长的睫毛吧，该是小银铃般蓝蓝的眼吧，该是细细的腰纤纤的脚吧；然而，天呀！这马贩子怎样答复啊！他讲：

"最好，他的脚，就像这样。"他指着马蹄。

这故事是证明了另一阶级的人，决不会了解某一阶级的，无论是在精神，在物质，其间似有不可逾越之高墙，而使之分成两个世界。

托尔斯泰同情于被压迫阶级，而且在老年曾单身出走，冀以摆脱满身无法摆脱的贵族味者。其结果，则觉悟自己不会成为一个革命者。（就因为是他是一个贵族。）"烦闷"的结局，使他逃进宗教。

＊　　＊　　＊　　＊

往读 G.L.Deckinson 的近代论坛，中间有位诗人，他说是人生的价值总是存在生活里，任何一种生活都有价值。因此在哀鸿遍野的农村，也就仿佛到处都塞满了"田家乐"。他说："甚至你们所詈骂的东西也有它的价值。可是同时又是那么好"。他并且引申这意义：

有一次，我读一篇那类可怕的文章——我想，那类文章总是有用的——关于佃民的生活状况。读了以后，我骑马到乡间走走，实在的境况并没有文章所说的那么坏。我并不是说一切都是很好的，然而却也好得使人惊讶。带着蓬松距毛的大马是休息在绿田上，牛儿正涉渡那清浅的小河，杨柳缘着溪岚拂，鸟儿依着芦苇，还有天鹅，鸥鸨同画眉。园里开着鲜花，望去是一片茫茫的白，太阳光洗着的一个小花园，还有掠地而飞的云影子。那篇所关心到的佃工却在良辰美景中工作。他并不像个苦痛的化身！他正在想他自己的马儿或者他的面包和干酪，或者那在路旁叫唤的他的孩子，或者他的猪、鸡。我自然不以为他了解四围的景色是多么美，但是我敢说他有种安逸的情绪。他对于自己的情状，并不操心，不像你们替他耽的那种忧心。

这位诗人又说：

我常常觉得我仿佛对于一切人，一切物，爱得想去拥抱他们，因为它们是那么好，肯在这光荣的世界里活着——一切汽车夫，马车夫，做买卖的，贫民窟的房东，贫民窟里的牺牲人们，娼妓，盗贼，无论他们如何地各自有他光怪陆离的背境，在那川流不息永远长存的生命大河里浮泛，不管是流过什么国土，这条河本身就是好的，值得存在的。

当诗人口齿伶俐地讲了一通之后，我讲点甚么好呢？诗人以为世界本来是好的，也本来是坏的，所以庸人自扰者，因为许多人都失去其"生的趣味"罢了，于是，最好是安于现状，"诗人"也就可以悠然地做下去了。这现状，诗人辈以为是"那么好"者，终于是"感情移入"的作用，倘使睁开眼，这现状，仿佛也就坏得使人惊讶了。

*　　*　　*　　*

不满于现状便怎样呢？有一批可敬的青年以为这容易，像拈阄一样随手拈一种主义，记诵些高文典册，发表些小说诗歌，再张皇四顾，世界仍然腥臭而且嘈杂。笑一笑："我原是理论家。""实行者"原也有人，但大抵都是糊里糊涂地乱冲一阵，与自杀者无异。但也有的谨慎地遵着"将"令的，那结局也很难言，在中国仿佛也就有利用之嫌了。——所谓"将"者，原有其历史性的，远如秦末暴动中之刘邦，近如清代的洪杨。人民偶有奋起，辄为此辈狡黠者所乘。

革命之前的一班鼓唇摇舌者不一定能了解革命，暴风雨之后，则会反而使他感到幻灭，因此也就沉默甚至反叛了。法国的诗人波特莱尔当巴黎公社初起时很赞助，但看看革命渐渐并不像自己所度想的结果的时候，也就开始反叛。

在中国，与其说是主的好坏的问题，倒不如说是人的问题；与其说是人的问题，倒不如是悠久的历史的堕性的缘故。中国在想翻身，然而中国太古老了。

（原载《申报·自由谈》1934 年 7 月 11 日，署叔灵）

## 附　记

　　《申报·自由谈》专栏辟于 1911 年 8 月，开始由吴觉迷、陈蝶仙、周瘦鹃等主编，1932 年总经理史量才启用刚从法国留学归来的黎烈文担纲主编锐意改革。黎烈文曾参加文学研究会，思想倾向民主进步，他主编《自由谈》以后呼吁"惠寄描写实际生活之文字，含有深意之随笔杂感"，大量采用鲁迅、茅盾等左翼作家的杂文，使《自由谈》从茶余饭后消遣之资变为进步舆论的阵地。父亲的《随感》和《"文化失调"》两篇文字就发表于黎烈文做主编时期，当时他只是安徽大学中文系一二年级的学生，署名也使用的是"叔灵"这个笔名，所以长期以来大家并不知道这是邢公畹的作品。直到最近才确定"叔灵"即父亲早期使用的笔名，这两篇文章才得以重新与读者谋面。

# "文化失调"

"中国现代文化之动向"，在今日，成为时髦的题目了。

倘使自鸦片战争时代起算，的确，"动"是动得非常厉害，至于"向"，则人各异其词，而且无往不言之成理。

老百姓生活不下去了的动，这里且不多说，只看负有文化使命的知识分子怎样？外国的枪炮巨舰攻入之后，有些人在故纸堆中探出头来，不免有些胆战，于是乎"中学为体，西学为用"起来。

一直到新文化运动起来之后，一干人更认定德先生和赛先生为现代文化的两轮。同时，通都大邑，大量生出买办之外，也蠹起冲天的烟囱，环绕这四周的，还有青年男女在拼命地跳舞着，另一方面怎样呢？三家村里的学究却在教学生写这类文章（见某省教育刊物）：

> 论者有言曰。惟天生民有欲。无君乃乱。君也者。万民之所瞻仰。社稷之所寄托。虽在平安无事之时。"由"不可无之。而况于敌国鹰瞵强邻虎视之日哉。……
>
> ——《高宗复辟论》

> ……菩萨者何？菩萨者也，萨者济也，尊称神祇故有菩萨之号。敬者何？恭敬之心也。释道本外国之种，尚知恭敬：菩萨我国之人，高居华夏，素称礼仪之邦，岂可不知敬菩萨之道哉？
>
> ——《说敬菩萨》

\*　　\*　　\*　　\*

"中国现代文化"是："真龙天子，电影明星，跳舞，跑狗，赛马，国粹马将，剑侠，同善社，峨嵋山，少林寺，哥老会，鸦片，雪茄，白面，'花瓶'，钻狗洞，仙人跳，十姊妹，××主义，××主义，空中英雄，自杀……"

这"动"的迹象之被表现在年青人的行动中者，可设譬以明之——贾宝玉的父亲是洋行买办，因此贾宝玉得留学美国，等到学成归国之后，便在上海出风头，刚巧林黛玉在那儿读书，于是一见倾心，一同去看电影，打牌，跳舞，跑狗，赛马……于是开房间，完成一手交钱一手交货的恋爱，但照例就有一个失恋，就比方林黛玉罢——林黛玉便哭起来，做了许多诗，这便遇到职业文学家，于是发现比自杀更高贵的一条路——革命，倘她不愿这样走，又不愿自杀，那末她将遇到"剑侠"，将她拿来跳仙人跳，玩钻狗洞，这下场头可说不来，也许是"野鸡"。

中国现代文化是最奇怪的文化：有两千年前的，有两百年前的，乃至最时髦的。这些"文化"，有的混合，有的根本就对立，有的矛盾地互相容洽，于是到处都显见文化失调（cultural maladjustment）。

（原载《申报·自由谈》1934 年 7 月 14 日，署叔灵）

# 论"看"

我用极大的珍重和热诚，向你呈献这一篇谈闲天的文章，但要郑重声明的，这并非谈甚么哲学，我之不懂甚么是哲学，尤胜于我之不懂甚么是文艺。我看到从古到今的那一大套哲学上的名词早吓昏了。还有，就是文中所引的外国人的或古人的语句，除去极显豁的之外，其实也该说只是我的意思，因为不知道那些话的原说者的本意在哪里。

我以为人身上，而且此外一切动物的身上，最神秘的东西莫如眼睛，从它的上面，生命得到许多好的颜色、光亮和形象。所有的动物最珍奇的动作，因此也就莫如"看"。除了"看"之外，所有的感触全是从外面朝里面进来的，如"吃"，如"嗅"，如"听"，如"摸"，必须有借于一些东西的走进身体，激动身体，或者接触身体；而惟有"看"，则是生命从特备的窗口里朝外面伸出的触角。空灵如箭，使天地失色，万物都揭开隐藏自己的帐幕。

猫和狗所看到的世界，是当前展开的一个竖起的平面；鸡和鸭所看到的世界，是两旁夹起的两个竖起的平面；苍蝇和蜻蜓所看到的世界，是把它们包围起来的大圆球。前者视野的边缘上只有一个交点，中者两个，末者无数。而人就是属于猫和狗一类的，但因为会思索，因此又高超于猫和狗。人类说"人为万物之灵"，那么，人的眼睛中所看到的世界是正确的，猫和狗次之，鸡和鸭又次之，苍蝇和蜻蜓则不在话下。我不能摇身一变，为鸡，为苍蝇，参加到它们一处生活，而有所非难于这说法。不过，世乱如此，在所有看的动作中，就避免伤害的方面讲，实在人不如鸡，鸡不如苍蝇。所以我想，与其把世界看得单纯，个如看得复杂；与其单研究以一统万的法则，不如先去看千变万化的实例，直白地讲：就是"踏实"。翻翻字典说："橄榄，果实名，尖长，色青，可生食，味清香苦涩，回味隽永而微有甜焉。"这是不行的，吃橄榄才了然于橄榄，为"伤害"所迫，才深知"伤害"的厉害。从门外走到火炉前面的，犹有风雪的记忆；然而从火炉前走到风雪里的，则往往突然地变成一个"悲观论者"。"类推"于经验以外的事，时常极其危险。比方说：老虎是"猫类"的动物，你把手放在猫背上抚摸，猫会哼哼地打呼，样子很贤淑；但是你把手放在老虎背上抚摸，老虎却哼哼地把你吃掉了。

你心上的神已经死去了，你因此占领了神的位置。你应当包容一切神的大心，圣者的爱，去看各式各样的人生的事实。道路传闻，不如目见；闻风叹慕，不及着力于自己所做的事，因为你正做着的事，未必没有意义。时代倘有所谓尖端，你万勿漠视尾巴；世上倘有所谓英雄，你万勿遗弃凡夫和俗子；天上倘有真理，你千万莫要糊涂于自己到底是人。但求打开眼睛，仔细端详而已。你能生活于你以外的人的生活中，经验到你以外的人的经验里，这样知道了别人，因此也恍然于自己。深深地体会了所谓物理和人情，方才能洞察于生死的大故。即使生命须透过"恐怖底网"的渗滤而毫不动心者，岂不是"踏实"的看法的总和么？

"不全则宁无。"（Give me all or nothing）挪威戏剧家易卜生（Henrik lbsen）袭用了这句话，我也想袭用这句话，只"看"一半，是极危险的事。所以我想，不但要"踏实"，而且要"完全"。你要洞见一切事、一切物的来去三生和轮回中的异点。单赞叹于花朵的清香和美丽，何不也看到它们的凋残和腐烂？单感伤于凋残和腐烂，何不也看到它的结子？单庆贺于它的结子，何不也注意到这种子的落地亡灭？单吃惊于其之灭，何不也看到它的嫩芽，它的子叶，它的新的花朵？"其分也，成也；其成也，毁也。"那么，单注目于花朵，则不如也看到根叶；单抬头向塔顶，不如也抚摸墙脚。鸟飞于空，并不觉察空气的大力；鱼游于水，并不知道水的存在。人类没有泥土，何尝能生长在到处？星光没有运动，何尝能照射到地面？"物有本末，事有终始，知所先后，则近'道'矣。"兴废存亡之间，何尝没有大故？只是人习惯于一孔之见，拘忌于自己所处的环境，不能综合一切的干联，终于不过是鱼和鸟而已。

人说：人因为要传达彼此的意见，彼此的经验，所以就有语言；语言不能传于后世，因此就有文字，因为文字可以著书立说，传之万代。那么，语言是空间的，文字是时间的。这话在"完全"上讲，是不对的。我并不是说语言的字眼，出口有先后，所以也是时间的；也不是说，现在有了留声机，语言也可以传之后世；而是说：文字拿来著书立说的有几个人？他的文字固然能传之后世，真正做到了时间底传递的目的，又有几个人？恐怕是微乎其微了吧！则所谓文字，普通是用来做甚么的呢？曰：写信，记账，告状，出招贴，散传单，印报纸……而在应用的"数量"上看来，与其说文字是时间的，不如说是空间的。而且应用者的数量愈大，则愈有简易的要求，因此文字就不断地变。倘说文字的功用单在著书立说，那么，语言的功用就单在讲演么？这样一看，就益发显然了。所以，你不但要看到事物的性质的变化，也要看到事物的数量和性质之间互相影响的变化。总而言之，要看得"完全"。

你是一个"人"，所以你必须求"人间味"底生活——生活底美丽与欢喜。这并非约束，乃是自然，正如水之必须向低处流，竹子必须冲开箨叶长出来一样。你何必这样地固执，这样地褊狭，这样地把自己监禁起来呢？你不如暂时放弃任何成见，暂时忘却一切前贤后哲，再虚心一点，理性一点，自由一点吧！"泰山不让土壤，故能成其大；河海不择细流，故能就其深。"人之能见"道"分明，又何尝在于追随伟大的偶像呢？太初如果有"道"而为人所发觉，则"道"绝不单独存在而远离这人间。"道"的圈子或可以大过实际生活的圈子，犹如笔尖上的一点墨滴到纸面上而洇开一样，浓圈之外又浸出淡圈来，然而这都是一个平面上的事，只是"浸出"，并非"浮起"。那么，我们倘有接受的能力，而"道"底力量不能及到我们，是"道"违弃了我们，不是我们违弃了"道"。凡有违弃我们的，我们就违弃他。质白地讲："道"是来适合我们的，不是我们去适合"道"的。人所争者，就在这接受的力量罢了。接受的力量就要看你"踏实""完全"的程度怎样。

凡你有所赞美，有所爱悦，有所哀怜，有所痛哭于别人的，你将在你之中发见他。泥土与你无干，但它可以化做你的肌肉。人说："水火不相容""冰炭不相投"，两相矛盾的中间，未必没有连续因应的现象可以排列。你曾经仔细想过甚么是"一"，甚么是"多"；甚么是"大"，甚么是"小"么？"一"积成"多"，无"一"不可以为"多"，这"多"又可以指为"一"，没有这"多"，也就无所谓"一"。"至大无外"的"大"，我们无法想象，数字在这中间失了效用。但"小"的极限可以拿"零"为界，然而超过于"零"的"小"，我们无法想象，数字在这中间失了效用，这就变成和"大"极相反的相同的东西。所以"天下莫大于秋毫之末，而泰山为小；莫寿于殇子，而彭祖为夭。"光明的那一端是黑暗，人因黑暗的量减少，所以发现光明。生的那一端是死，因为生里面就已经包含了死，死的量加多，才为众眼所见。惠施（约公元前380—？）云："日方中方睨，物方生方死。"举凡所有缺陷与完全，主观与客观，心与物，梦幻与现实，有限与无限，无不是相反相成，一物的两端而已。即使你不从实际生活经验中去体会那"道"，单是静观默想，做到了近代数理逻辑的工夫，而陈出种种常人以为不可能的可能的型式来，则其讲型式，岂不正也就是破坏形式主义的么？（此句用张申府先生意）这说法，你可以在我们的抗战正为了消灭战争而战的意思上体会得出来。

然则你的看法何必这样地固执，这样地褊狭呢？再自由一点吧！再自由一点吧！

从前念过罗斯金（John Ruskin）的一篇短文，叫《自由与约束》（Liberty and Restraint），大意说：聪明的法律和公平的约束是好东西，愚人们才大谈其自由。实则自由是低级动物性的，并不怎样光荣。以人的伟大和权能，能像鱼那么自由么？人必须做事，且不能做不可做的事，然而鱼却任所欲为。世界上所有的国家，并起来也没有海的一半大。而在交通上，人所自诩的还不是铁轨钢轮么？却又比不上鱼的鳍。所以结论说："约束是高级动物的特性，其所以超过低级动物者也在乎此。从天使之长的赐予，到昆虫的劳动；从植物的均衡，到微尘的吸力，一切生物与无生物的权力与荣光，都由于他们的服从而来，却不是自由。太阳没有自由，一片死了的树叶倒是大大地有了的。泥土为你陶制成形是没有自由的，但当它损坏了的时候，自由便来了。"诚然诚然！不过，人类中的奴隶是最服从，最被约束的。那么，他们是有最高级的动物的特性，算得"超人"的么？鱼未必是自由的；死树叶未必是自由的；碎瓦片也未必是自由的。它们都被约束，这是事实，无劳细表。然而它们都是有高级动物的特性的么？人比之树而能走，比之鱼而能住在地上，比之大半的鸟却又能在水里游泳，比之两栖类却又能飞，然则人是有低级动物的特性的么？岂不是因为有了"自由"，这才看出"约束"来的么？岂不是因为"自由"与"约束"就是一物的两端的缘故么？

这里，我应当说得更迂远一点：

太初有万古不灭的晃耀的金球，以不歇的力量迅速地旋转，因此松下微乎其微的一块，而且摔了出来，像一片死了的树叶从枝上落了下来一样。但因为它先前是旋转得极快的，不会马上就停止，犹如拿棍旋搅桶里的水，虽提出棍子而水仍在旋转一样，所以它仍旧在旋转，不过圈子大了，绕着那金球。而本身也自转，因此成了球。但这小球也松下更微乎其微的一小块，而且摔了出来，像一片树叶从枝上落下来一样。但因为先前它旋转得是很快的，不会马上就停止，所以仍旧在旋转，不过圈子大了，绕着这小球。而本身也自传，因此成了球。这就是我们这宇宙中三个最醒目的东西：太阳、大地、月。然则我们这宇宙大概是从"低级动物的特性"中产生，又被统属于"高级动物的特性"。然则这是"自由"呢？还是"约束"呢？那么，你就断断乎不可迷信所谓"约束"，因为它到底还是"自由"，正如你不要生吞"自由"这字眼，把它说作"妄为"一样，因为还有许多东西，不但在人类的感觉以外，而且在人类的思想以外，在不可思议的无穷大里存在着，统属着我们这宇宙。这以外，大概又还有。所以"自由"是有数量的。古人不能飞，今人能飞。今人虽能飞，只是少数。然而要紧的是，我们终于不过是"人"，因此是从希冀脱离压抑的"自由"里生出来的。

"人"在六合之间，将要颤抖于自己怎样的"小"和"促"啊！你何必这样地固执，这样地褊狭呢？再自由一点吧！再自由一点吧！多少世纪以来，你在你之间的思索里疲倦得快要死了！你千万莫再要任何的"愚昧""盲从""迷信"来障住你的清明吧！"人"啊！你所称为大地的，是怎样小的一个球儿啊！而现在为什么好不害羞地自己到处放火，叫火焰把它包起来了呢？到处的湖光山色，天空的云彩，原野里的花和草，树枝上歌唱的鸟雀，水面上滑走的虫子，夜晚的明月和流星，早晨的露水，凡此种种，慈爱的天然全都赠给人类作为生命底住宅。不要漠视它们吧！爱它们吧！它们全是你的，正如全是我的，也正如我们全是它们的一样——地的孩子，和太阳的孩子。

我们终于不过是"人"罢了！用全力爱这一切吧：爱所有真正益于你的东西，爱人类，爱祖国，爱朋友，爱母亲，爱你自己，爱你自己的剑。凡有敢于伤害这一切的，你要使你的剑饮血。因为，我们不过是"现在的人"罢了。

亲爱的好朋友！你把你的过去当作一场噩梦吧！醒过来！睁开你的眼！而且带着你将要饮血的剑。你将是你自己的，你的母亲的，你的朋友的，你的祖国的，全人类的。

你需要"看"，踏实的"看"，完全的"看"，自由的"看"！

三十年，十一月，二十四日

（原载《国文月刊》1941 年第 61 期，署邢楚均）

附　记

这篇写于民国三十年（1941）的文章，是父亲早年所写的"谈闲天"文字之一篇（大概写于他在国立八中和到四川李庄中研院史语所师从李方桂先生读研之间）。作者在昆明写的此类"谈闲天"的文章不少，《鲁迅及其风格》《朗诵与国文教学》《挽歌的故事》等都是，叫它"艺文"，大概是以区别作者的专业论文、小说等而言，古籍亦有"艺文"之分类。他有感于以前所写这类艺文（散文、杂文），"但觉剑拔弩张如政治论文，决毁弃之，立三原则：（一）不骂非笔墨所能救之人；（二）只谈分内，不谈国事；（三）形象的、幽默的"。得失之间，从《论"看"》到《鲁迅及其风格》，细心的读者是可以体察出来的。

# 鲁迅及其风格

鲁迅（1881—1936）的去世，到今年已有六年了。这六年间，中国在各方面的变动都很大。六年前，国内是那一种状态；但六年后的今日，由于牺牲了许多青春底生命、血、力量和汗，中国已有另一种气象；在国际上已取得一种新的看待，这种看待是鲁迅先生所不知道的。鲁迅曾说：中国倘使想得救，站起，必须要有很重大的鞭子打在身上。现在这鞭子已经过来了，而且中国确乎已在抬头。星星之火，尚且可以燎原，鲁迅生平著作行为，风动一时，声闻远方，影响料也会远及后世，则今日的"新看待"和当年他的言行对于年青人的感染，多少总有一点关系。民国二十五年（1936）十月，在上海开鲁迅先生追悼会时，蔡子民先生挽云："著述最谨严，非徒中国小说史；遗言太沉痛，莫做'空头文学家'。"这是蔡先生的看法。各个人所站的地方不同，因此对于所看到的事物也很难一致。"微子去之；箕子为之奴；比干谏而死。"孔子曰："殷有三仁焉。"可是《韩诗外传》（卷六）里却有这样一段记载："比干谏而死，箕子曰：'知不用而言，愚也；杀身而彰君之恶，不忠也；二者不可，然且为之，不祥莫大焉。'遂解发佯狂而去。"且一个能够得到许多人敬仰的人，他的长处一定不会单是一方面，所以各人所见的也就更加不同了。那么，我愿意说出我对于鲁迅的看法和想法。

以纯真的"赤子之心"，同情于天下诸般孤弱，而与黑暗的力量战斗的文艺家的身份出现，也以这身份死去。始终如一，表里相同，言行相顾，且是"道"极明，所以生死利害之私，不足以动其心，是鲁迅的一生最伟大处。他一生的波澜虽不多，可是光明磊落，肝胆照人，在他自身之中找不出一点矛盾，而成就了一种完整，完整如一首严谨的诗，掷地有金石的声响。这样讲来，鲁迅一生只是沿着一条路在走，并无所谓"转变"。夫"转"者，大大小小，总可以看出一个角度，或者甚至说："今日之我与昨日之我战"，但在鲁迅做人的根本义中，我们找不出这个角度。"转"且没有，更谈不上"变"。说他曾有一次两次的"转变"，那是另外一个看法。

别人所加于他的纸糊假冠上所题的字样，随了各自的爱恶交攻的目的的不同而时时地地都有所变异，但这些都不足为训。一直到他"老归大泽"之后，他自己所打出来的旗帜，也觉得"具体"而且"显然"，另是一番气象，但这也毫不相干。因为我觉得他的生活方法，以及观察事物和解释事物的态度，却前后可以呼应，始终没有抵触处。这中间的所以然，我可以指出三点来。

在宇宙间有一股大生命的洪流向不可知的前途永远冲进。末人们不能体察到这股大生命的洪流的存在和运行，正如鸟飞于空，却不知道空气的大力；鱼游于水，却不知道水的存在一样。以树为譬：花花朵朵，枝枝叶叶，无不通过这全树的生命，但是每一朵花，每一匹叶，各自都有其生、住、异、灭，各自都有其独立存在的意义。所以我们倘使深深地接触到一朵花或一匹叶子的生命存在处，便也同时接触到千万朵花，千万匹叶子的生命存在处。我们果然能深深地了然于自己，则也必能在自己里发现别人；则也必能在自己以外的别人的生命里活着，梦着，折磨着，如波特莱尔（Baudelaire）的散文诗《窗》所示者，正是一种艺术上圆融无碍，物我融通的观察方法，生活方法。那么，在这一个看法上，个人主义和社会主义诸名词，都将失去疆界。换句话说：在诸般事物的自己运动上便包含了一个极大的矛盾，我们要认取这矛盾，认取相反相成，一多相通的道理，则可以得到一个更远一点的看法。此其一。

机械唯物论者把自己的主观忘得干干净净，实在是一个错误，因为绝对的客观主义是不存在的。写实主义者把文艺当做反映生活的一面镜子，然而从这面镜子里所反映出来的人生底形象有的极可悲，有的却能使人发生微温之感的各个不同者，就因为这面镜子并不是一个"标准平面"的，其凸凹的程度，人各不同，因为在客观中无论如何总难免羼进主观的成分。有伟大的文艺家，以神的大心、圣者的爱，对于那时代、那社会，尽量地深深发掘进去，描写出来，连潜伏在时代意识和社会意识的底层里的非言语，无意识之境都接触到，把握住，则自然会暗示着未来的要求和欲望。离了现在，未来绝不会存在；但果然笔力能贯进"现在"底核仁，达到俗目所不及的深处，则也就是对于明日底启示和豫言。则所谓客观主义的极致即与主观主义同舟；现实主义的极致也和理想主义合一。此其二。

"山径之蹊间，介然用之而成路"，这路便是人用脚底造成的。鲁迅在五十余年不算顶短的生涯中，始终披荆斩棘，沿着一条自己造成的路在走。他曾经在许多青年的生命中看见了埋藏希望的处所，因此感到生命底欢喜，但绝不陷入浪漫的空想之境，而停止实际的行脚。对于生活底路途上所发生的任何小事件，都不失去兴趣，故能了然于人间苦的根源而往往不满于现状，而绝不陷入"宿命论"的圈套，停止实际的行脚。由于革命的幻灭和心底伤害的累积，以及渐渐感到自己的青春的消亡，而在看法上涂上一层感伤主义的色调。但也没有因这"色调"而失去锐气，停止实际的行脚。他的写作中的感伤主义的情调，另外还有一个解释，就是任何一种艺术到了最高境界，往往总罩上一层"唱尽新词欢不见"的淡远的哀愁。在艰难的行旅中，自己的血虽已消耗快尽，又很难于去喝别人的血，则继之以水；太阳虽已下山，则继之以夜。挂杖裹脚，决不停步。然而由于身外的青春固在，所以在他的永不停步的行脚中，天地间有许多新的事，新的物也同时在增多，这增多便造成他的感奋，而站着不动的人，因此就眼见他愈走愈远了。此其三。

由这样的三点，所以我说鲁迅是沿着一条路上走的。

以一个士大夫身份，生当时事日非的清朝末年，加以家境由小康坠入拮据，遂有了一种"孽子孤臣"的心境。他大概总想找出这些"不景气"的道理出来吧，但却看见了许多壮士和有见识的女子的成仁。复仇的火焰和对祖国未来的怅望，充塞了当时许多年青人的心。因为同类的被杀，故"烈士襟怀"成为当时的风尚。我曾在安徽省立图书馆的历史文物陈列室中看见许多先烈的照片，里面有一张记起来仿佛就是徐锡麟殉难时所拍。情形是这样：有四个彪形大汉，穿扎脚套裤，双梁鞋，和尚领的短褂；系腰带，将辫尾扎在腰带里；各各圆睁两眼。另有一个汉子靠墙站着，可是两眼已经翻白，两上肢和一下肢已被切断。一个大汉垫起脚跟，用全身之力提着他的头发，有两个大汉揪住他残余的上肢，使他不至倒下。另一个大汉，口衔利刃，两手拨开他已剖开的肚皮，臃臃肿肿的一大堆肠子和内脏就从这里拖下来。这类照片，鲁迅在国外时大概可以时常见到。不过他不但着意于被杀者，同时更着意于壮健的杀人者，因此悟出中国人的灵魂极待救治，也因此弃医学而从事文艺。章太炎之学，其源出于戴震，同时又兼承黄宗羲的史学。辛亥以前，章氏以历史为复兴民族的工具，而为当时最激烈的革命理论家。鲁迅曾亲炙于章氏，故他受章太炎的影响像很不小。如章氏主张复古时，鲁迅也古过一次。及其后章氏去世，鲁迅写《关于太炎先生二三事》时，仍尊称"先生"，且力为洗刷接收馈赠，参与投壶，并非晚节不终，只是白圭之玷。（注：此处根据文化生活出版社《文艺丛刊》中许广平所编鲁迅《夜记》中所收的《关于太炎先生二三事》。原文作

"这也不过白圭之玷，'并'非晚节不终。"但《工作与学习丛刊》中所收，则作"这也不过白圭之玷"，"无"非晚节不终。"并"作"无"，一字之差，谬以千里。然第一，"不过"与"无非"相对，不甚合体。第二，倘原作为"无非"，意在抹杀一切，则和下文"并世无第二人"不相调协。作者骨肉未寒，但他的作品就连忙需要"考证"和"校刊"来帮忙了，呜呼！）而对于他三入牢狱，七被追捕，用大勋章作扇坠，过总统府之门而大骂袁世凯的包藏祸心，则尤为推崇。那么，鲁迅的战斗精神和历史的兴趣，多少受了章氏的感染。

辛亥革命的幻灭，使他变得格外阴沉和悲叹。他从"世故"中认识了"如此"，复从古书中认出了"前身"，认出了"所以然"，故观察人生有独到的深刻；凡有言说，也无不鞭辟入里。但在当时，即使所谓故国者是怎样的可悲，子孙们又怎样的不长进，然而"胡马依北风，越鸟巢南枝"，究竟是自己的祖国，自己的所谓"同胞"，所以即使变得怎样的阴沉和悲叹，却也并没有失望。因为倘使真个对于生活、民族、国家，失去了爱，便当连失望也没有了。故云："绝望之于虚妄，正如希望相同。"

阿志巴绥夫（M. Artzibashef）借了他的小说《工人绥惠洛夫》质问过梦想着将来的黄金世界的理想家，因为要造这世界，必先唤起很多人来受苦。他说"你们将黄金世界预约给他们的子孙，可是有甚么给他们自己呢？"倘使站在"社会"和"自然"底月台上看，这个问题不应该问。因为问起来正如说"天上星斗为甚么要飞落？灯蛾为甚么要扑火"一样。但苦于这样的一个"月台"，始终是一个假设，因为我们到底是一个"人"。那么，这个问题就仍然显得有震悚人的力量，而它仿佛就曾经困扰过鲁迅一个长时期。在他讲《娜拉走后怎样》的时候曾经说："有是有的，就是将来的希望。"但接下去又说："但代价也太大了，为了这希望，要使人练敏了感觉来更深切的感到自己的痛苦，叫起灵魂来目睹他自己腐烂的尸骸。"这并不是答复，只是问题的补充。但鲁迅到晚年不再提起这个未曾解答的问题了，原因就是他已用行为来答复了这问题的一半。一个社会必须珍重许多青春的生命，这样才可以得到延续；但也必须有许多青春的生命遭杀戮，这样才可以得到"明天"。为了许多被迫害者获得合理的生存，你将保持这些青春的生命呢？还是指点这些青春的生命到杀戮的路呢？在人类中间号称都有却最不容易发现的东西，那就是"良心"。有"良心"的人往往有许多作为出自"良心"，却又为"良心"所驳斥，来往交攻，终于解决不下，而成为人间的苦痛之一。我有一个亲戚，现在在一个小地方用极大的努力可以赚得一点小钱，夫妻两口的生活可以过得去了，便想接他的寄居在收入颇好的亲戚家里的老母亲来同住。信写去了，不久便得到两封回信，这信是他那亲戚代笔，说："慈母用心，何所不至？既绝对想来，又绝不肯来。"绝对想来者，念儿心切；绝不肯来者，怕累儿受苦。鲁迅有一条辫子，这条辫子在日本便剪掉了，这也是当时革命青年的风尚之一，亦即章太炎《狱中赠邹容诗》中所谓的"快剪刀除辫"。回国后，就在脑后安了一条假辫子，凡有熟识他的人都知道这一条是假的，而他便戴了这一条假辫子走路，上课，向万岁牌行礼，但终于渐渐被指为"里通外国人"。有那么一天，这剪辫风流行到他自己的学生群里来了，他就连忙加以阻止，说这不行。但是"该剪不该剪呢？""该剪。"这是一个矛盾，这"矛盾"和"慈母用心"的矛盾是一类，和"爱社会的明天，也爱青春的生命"的矛盾也相同。所以在鲁迅的作品里常常可以看到他自己在走哪一条路的说明，却不易见也请别人走这一条路的劝导。他的说法是：自己发现路，自己走过去。只要有"良心"，而且想"走"，则这被发现的路容或曲直的不同，不会有归宿上的差异，亦即所谓"天下同归而殊途，一致而百虑。"因为自己的真诚的"赤子之心"便是这"路"的"灯"。

在写作体制上，鲁迅曾被誉为 Stylist，因为他曾用中国语言陈出许多可能的形式，可能的篇章结构出来。但他的文章的风格，一如其为人，有一些可以贯通之处，叫人一认就知道是鲁迅所写。大概地说来，有这样四点：

（一）深入和泼剌。在描写中他能抓住形象的根源和特点，所以一描就像；在议论中他开手就扼住问题的咽喉，使反对派的议论的致命处不能挣脱，而任意加以笑骂。（所举的例子不一定是恰好的，姑且写出来，以注说明而已。）

　　老尼姑告诉阿Q说，她们这里的命已经革过了。"阿Q很出意外，不由得一错愕，老尼姑见他失了锐气，便飞速的关了门。"

——《阿Q正传》

　　她还须更富有，提包里有准备，直白的说，就是要有钱。钱这个字很难听，或者要被高尚的君子们所非笑。但我总觉得人们的议论是不但昨天和今天，即使饭前和饭后，也往往有些差别。

——《娜拉走后怎样》

（二）幽默。他曾引别人的话说：没有幽默的一天，是最寂寞的一天。故他一生的写作，在严肃和悲苦中往往使人破颜。例如：

> 他是向来主张自食其力的，说女人可以畜牧，男人就该种田。所以遇到很熟的友人，他便要劝诱他就在院子里种白菜；也屡次对仲密夫人劝告，劝伊养蜂，养鸡，养猪，养牛，养骆驼。
>
> ——《鸭的喜剧》

> 绕到 L 君的寓所前，便打门，打出一个小使来。
>
> ——《马上日记》

（三）词汇丰富。在近代作家中，鲁迅恐怕要算是词汇最丰多的一位。这些词汇的来源有三处：土语、官话、古书。（旧小说或笔记小说也包含在内。岂但是词汇，连少数小说的话题都取之于旧书中，如《长明灯》见于唐刘𫗧《隋唐嘉话》："江宁县寺有晋长明灯，岁久，火色变青而不热。隋文帝平陈，已讶其古，至今犹存。"）下例中"口风""落后"都是土语：

> "阿……Q 哥，像我们这样穷朋友是不要紧的……"赵白眼惴惴的说，似乎想探听革命党的口风。
>
> ——《阿 Q 正传》

> 但是这句话的结果很坏。在昏暗中虽然看不见脸色，耳朵却听到：
> 一切声音都寂然了。静，沉寂的静；落后还有人站起，走开。
>
> ——《马上日记》

（四）有一系贯用的句法和承转字眼（如"然而""倘使""即使""单是"等）。

> 先前有人愿意我活几天，我自己也还想活几天的时候，活不下去了；现在，大可以无须了，然而要活下去……然而就活下去么？
>
> ——《伤逝》

单是觉得，没有法子，不能怎么办，所以默着罢了，我也知道说了也无用，但不说尤为遗憾。

——《〈一个青年的梦〉序》

不论是文艺创作还是学术研究，都必须要拿"道德力"做杠杆。凡缺乏纯真的心的人，无论在哪一方面都不能接触到问题或现象的核仁，因此也不会有大的成就，正如一二分深的泥土，它的力量开不出美丽的花朵一样。而鲁迅真像是一颗巨星，他的光辉，震惊了自己的故国，也震惊了我们的邻人和更远的远方。然而"盘根错节"，绝非从侥幸而来。

我从鲁迅所有的作品和别人对于他的言行的记述中，所见到的鲁迅是如此。这只是我一个人的看法，至于鲁迅的真价，则或者好过于我所述，或者不及我所想的这样好。

三十一年十一月十九日，在昆明

（原载《文学评论》创刊号 1943 年，署邢楚均）

## 附　记

据父亲《昆明日记》1942 年（民国三十一年）11 月 5 日载："晨往靛花巷访莘田师……并云《今日评论》又向我索稿……写短文三数篇，以应《当代评论》之索取。"第二天，他在昆华图书馆阅读了北新版《鲁迅纪念集》："察其忌辰，知生于 1881，殁于 1936，10 月，19 日（即民国二十五年），迄今已六年，蔡元培挽云：'著述最谨严，非徒中国小说史；遗言太沉痛，莫做空头文学家。'起语原自鲁迅遗嘱中语'孩子如无才能，可找点小事做，不要做空头文学家！'"遂起意作一篇有关鲁迅文章，并于日记中记录了腹稿，后仅用两三天便很快完成，此即后在《文学评论》上发表的《鲁迅及其风格》。

《今日评论》和《当代评论》均为西南联大出版发行的综合性周刊。前者创刊稍早，在 1939 年 1 月 1 日，但截至 1941 年 4 月 13 日，两年零三个月的时间里仅出刊 5 卷 114 期就停刊了。《当代评论》创刊于 1941 年 7 月 7 日，至 1944 年 3 月出至第 4 卷第 10 期停刊。《当代评论》初创时，为该刊撰稿的有陈岱孙、费孝通、王迅中、王赣愚、罗常培、雷海宗、贺麟、伍启元、潘光旦、曾昭抡、谷春帆等二三十人，多为西南联大、云南大学的知名学者，以及重庆学术界人士。该刊所载评述类作品，涉及经济、军事、教育、法律、文学、艺术、社会、民族诸多方面。

1942 年 11 月 21 日，父亲将誊写清楚的《鲁迅及其风格》稿子送到罗常培先生处，并询以杨杏佛被刺之背景。据当日日记载："罗先生云：'此事文中最好勿提，因《当代评论》社与三青团有关，而杨杏佛先生之死，与复兴社人有关也。'未几，孙福熙先生来访罗先生，相与又谈及此事。"孙福熙（1898—1962）浙江绍兴人，字春苔，笔名丁一、明斋，著名散文家、画家，与鲁迅有交往，时为昆明友仁难童学习校校长。日记又载："孙时正在上海，云此事渊源即《人权宣言》之发表，继后的日人纱厂发生罢工运动，其宣言中即有蔡子民、杨杏佛、鲁迅诸先生之名。终于杨先生被刺。蔡先生病中又有被放血 20c.c. 之事。孙福熙先生又称我所作已极成熟。岂明先生亦颇欲写我这类文章而未果。"岂明先生即周作人常用笔名，《北沟沿通信》就署名岂明，收入《谈虎集》。日记又载："孙云：'寄呈贡稿渠已收到，此篇《鲁迅及其风格》，渠亦急欲过目。'"然而从现在看到的影印件，这篇《鲁迅及其风格》发表于《文学评论》创刊号上，既不是《今日评论》，也不是《当代评论》。据载，《文学评论》创刊于 1943 年 12 月初。

根据父亲的另一则日记（1942 年 11 月 11 日）记载："午饭后往昆华图书馆阅书。知文化生活出版社《文艺丛刊》收许广平编鲁迅《夜记》的最后一篇《关于太炎先生二三事》作：'这也不过白圭之玷，无非晚节不终'。第一，'不过'与'无非'相对，不甚合体。第二，倘原作为'无非'，则和下文'并世无第二人'等语不甚调谐，作者骨肉未寒，但他的作品就连忙需要'考证'和'校勘'来帮忙了。呜呼！"

另，此文父亲亦呈祈李广田先生斧正，时在 1942 年 11 月 24 日，大约《鲁迅及其风格》文章尚未发表。故有称此文发表于 1942 年《文学评论》创刊号年代有误，应是 1943 年 12 月才对。文章写竣于昆明民国三十一年（1942 年 11 月 19 日）肯定是没有错误的。

# 朗诵与国文教学

朗诵对于国文教学是很重要的。一位对国文教学有经验的教师，时常在朗诵中间就已经收到了讲解的效果。对于一篇文章的作者来说，我们固然要替他解释那篇文章的主旨、层次、章法、句法，以及词句的意义；可是对于他表现于那篇文章中间的情绪和意旨，以及经营于文句之间的节奏，作为一个国文教学者似乎也负有传达的责任。那末，我们就不能把朗诵推诿做教学范围之外的一种特殊技巧了。

朗诵并不是吟唱；在文言文一方面，各地都有一种沿袭的朗诵腔调，但是这种腔调已经跨进音乐的领域，不在讨论范围之内。至于旧诗词呢，大半本来就有一定的曲谱，而现在已经失传。曲子虽然还可以唱得来，但是如果我们带了笛子上讲堂去吹歌起来，似乎也不是国文教学本身上的事。

最近我读到洪深先生所写的《戏的念词与诗的朗诵》一书，对于讨论这个问题有很大的帮助。（这本书是民国三十五年〔1946〕十一月大地书屋出版的。）在这本书中所接触到的许多问题，差不多大半都可以应用到我们的问题上来。在国文教学中所要求的朗诵，需要我们讨论的，不外乎：（一）吐字问题，（二）节奏，（三）情绪表现，（四）朗诵者的态度。（当我写到这里的时候，碰巧又得到本刊第 53 期，这一期中有《中国语文诵读方法座谈会记录》① 一文。不过就记录看，这次座谈会虽然提供了许多很珍贵的意见，但是所接触到的大半都是关于朗诵的外围诸问题，在具体的方案上，我们似乎不能得到更多的有系统的意见。）

现在我想把我的意见，依照刚才的次序逐一加以讨论，以供"同行"以及对国文教学有兴趣的人做参考。

---

① 编者注："中国语文诵读方法座谈会"，1946 年由魏建功发起举办，有三十多人参加，座谈了大约三个小时。朱自清还在《大公报》发表了文章《论诵读》。《国文月刊》发表会议记录在 1946 年 3 月第 53 期。

# 一、吐字问题

朗诵时必须吐字清楚，这是个基本条件。关于语文方面的功课，如果不能使学习者在听感上得到清晰的印象——不管是生字的读音还是连贯的文句的诵读——恐怕要算是最大的失败了。我的所谓吐字清楚不仅是指口齿明朗，同时也指着发音正确而言。那末，问题就来了。首先我们必须知道，想吐字清楚，就必须使用一系活的、实际的方言，譬如：北平话，上海话，广州话等。若是南腔北调，往往就易犯吐字不清的毛病了。从方言地图上看，"北方官话"所覆盖的地域最广大，而其间最为风尚的则是北平话；就历史说，六百年来演唱戏曲，居官临民，也就是习用着这北方官话。所以今日定北平音系为标准音，就是所谓"国语"，仿佛是很合道理的。不过还有一个必须注意的事实，就是，我们不能勉强所有的国文教师都能说一口很地道的北平话。如果勉强做去，那就是南腔北调，于教者学者两无益处。南腔北调的最大坏处就是没有固定系统，一个字今天这样读，明天却又那样读。如果这样，倒不如索性用乡音诵读，让不是同乡的学者，也可以从教者固定的读音中找出跟自己的乡音中的一套对比关系来。再就讲解上来说，如果用乡音则可以显微阐幽，畅所欲言，较之用南腔北调的话，收效反而更大了。

一个教国文的人常常会遇到这样的问题的提出：这个字"原来"该怎样读？或者说这个字怎样读才算"对"？仿佛超乎一切方言之上还有个标准音似的。没有的，一切方音都是"对的"，你的读法只要能对你的乡音负责，就是说你没有故意撇个别处的腔来念，总是对的。如果要撇，那就得努力成套地撇，那就是说学习另外一种方言了。再说"原来"这个词也是有毛病的，你要"原来"到甚么时候为止呢？秦、汉以上，《诗经》时代周王朝所用的官话，也就是"子所雅言"的"雅言"，虽有人构拟，然而材料缺少，难以征信。唐、宋以后，韵书多有保存，所构拟的语音系统也比较有接近事实的可能，然而也只是一些 formula，是不能恢复成活语言的。那末，剩下来的唯一的方法就是依照《广韵》的反切，读进自己的方音系统。如果这样做，在原则上是很好的，可是事实也有困难。我不说逐字翻检《广韵》的不胜其烦，也不说《广韵》反切字本身就有立法未精之处，而是说从《广韵》语言到各个方言之间是有一套规则的音变的。如果拿不稳这规则，也还是会弄出错乱来。何况音义后起的字，在《广韵》中是翻检不出来的呢。

　　所以所谓读得正确也只能解释作读在一种统一的语音系统之中罢了。我们发音吐字都要向着那活的语言去学习，如果遇到疑难，我们就比照着《广韵》的同音字去读。自然，你翻检《康熙字典》或其他的辞书也是一样的，只是你不要去翻检《国音字典》，除非你说的是北平话，或愿意学北平话。

　　四声问题是包含在字音问题之中的。我们解决了字音问题，同时也就解决了四声问题。一句话，一切朝自己的方音学习，没有入声的就不硬加入声，如北平话；去声分阴阳的就在去声分阴阳，不必不分，如长沙话；平上去入都分阴阳，而且入声又另分中调的，那就是九调，不必减少，如广州话。在洪深先生书中曾用许多篇幅来讨论中国字的四声阴阳问题：讨论"音长""音势""声调"表现在四声中的情形，讨论阴阳平、阴阳上、阴阳去的标准读法，仿佛超乎一切方言之上，仍然有个必须遵循的读法似的。在这里，我照样说，是没有的。就平声而论，有的方言念的就不是"水平调"，有的方言念的很高，而有的方言却念的很低。洪深先生对于这个问题的不苟的态度和辛勤的功夫，我是极其佩服的；不过，恕我坦白地说一句，洪深先生在讨论这些问题的时候，却犯了许多错误。关于这些错误，可惜我不能一一在这篇文章中细说，因为这些都是一些愈说愈钻进牛角尖儿的问题。

　　既然四声问题处理也被我们放进方言学习的课题里去，那末，"连读变调"的问题，我们似乎也不必特别提出来，只须向某一方言潜心学习就成了。在洪深先生原书（第 26 页）上所转引赵元任先生所举的连读变调的例子，如两上声字相连，第一字改作阳平，譬如"美女"念成"梅女"，"好马"念成"豪马"，"永远"念成"喁远"，"往往"念成"王往"等，但须知这只是就北平话而言，并不是说所有方言都如此。又，洪深先生所举的"晚上""打扮""钥匙""愿意"等例的第二个字，只是轻声，并非连读变调。

　　洪深先生又说："如果因为数个字音迅疾连出，舌唇齿口等部位不及调整改换，而至不能不改变声母，这在术语上名为'同化'（assimilation），中国语中是几乎没有的。"中国语中也是有的，譬如，在北平话中"南门"的"南"字本来念 nan，可是因为受了第二个字声母 m-的影响就变成 nam。又如"南口的"南"字受了第二个字声母 k-的影响就变成了 nang 了。这些虽然改变的是韵母，但也是一种"同化"。这些地方又都是岔出去的讨论，我以为一个朗诵者可以不顾这些，他果然能朗诵得合乎语言之自然，也就能得到这些了。

　　关于入声，洪深先生觉得"如果作者在写诗时曾是有意地使用入声字，旁人朗诵时便不应无别地将入声字母视抹杀。"他又引"国音常用字汇"的第六条"说明"云：

> 入声的读法，还应该兼存。因为讽诵前代的韵文，尤其是律诗与词，若将某某入声字读成阴平或阳平，或将一首诗中几个押韵的入声字读成阴平、阳平、上、去几个不同的声调，必至音律失谐，美感消灭，所以这是应该依旧音读为入声的。如张祜诗：
>
> "故国三千里，深宫二十年。
>
> 一声何满子，双泪落君前。"
>
> 此中"国"与"十"二字，决不可读阳平，必须读入声，音调方谐。（"一"与"落"二字，若读阴平与去声，虽无大碍，却嫌弛缓，故亦宜读入声。）又如柳宗元诗：
>
> "千山鸟飞绝，万径人踪灭。
>
> 孤舟蓑笠翁，独钓寒江雪。"
>
> 此诗押韵之"绝""灭""雪"三字，决不可读阳平、去声与上声，必须读入声。（"笠"字读去声，"独"字读阳平，虽无大碍，然亦以读入声为宜。）

意见是很好的，可是事实上在没有入声调的北平音系中要读出个入声来是怎么个读法呢？这问题在"常用字汇"里没有正面的解答。但在"字汇"的"附录三"里，却有这样一句："北平无入声，而叱牛马走声之'叱'字却是入声。"这话是不对的，因为在任何一系方音中都有些特别字，而这些特别字是不算在语音系统之中的。北平音系中既无入声，"叱"字即不得指为入声，虽然它很像其他方言中的入声。我们如果把语源上该归入入声的字，当诵读诗词时，都比照着"叱"字读出来，恐怕是一件很麻烦的事。因为不属音韵系统之内的读音，就是说撇出来的读音，一定是生硬而且不自然的。结局闹到满嘴叱驴，大概也就不会有什么美感了。

洪深先生所提出来的朗诵时不应抹杀作者有意使用的入声字的话是非常有道理的。可是，请仔细想一想：齐、梁以后，复古运动之前，文士们对于朗诵者的要求岂独是入声字吗？前有浮声，后有切响、双声、叠韵、轻重、清浊……太多了。然而你有什么办法呢？我们既然生在今日，没有赶上豪华的六代去做一个风流人物，难道还要我们会说他们的话吗？再说，群经、诸子、楚辞、汉赋、乐府、古诗对于我们朗诵者的音韵的要求，以及唐人律、绝，宋词，元曲对于我们音韵的要求，是我们所能胜任的吗？我们只能对自己的、活的音韵系统负责罢了。舍此他求，那就是"道在迩而求诸远"了。

不错，在古诗以及律绝、词曲中，我们如果读不出入声来，恐怕是足以使"音律失谐，美感消灭"的。但是，这正好说明了一件事，那就是说，作为文学中介的语言在其本身的盈虚消息的中间已经警告我们：这些东西早已该回归它们历史底地位，因为它们每一个细胞都已经僵化了，即使是美，也只是一种僵化了的旧时候的美；新兴的文学，在中介上，必然是充满了生命力的，活的，属于人民大众的。

## 二、节奏

无论哪种语言，当其在进行中时，都各自有其声音之美。这种声音美不是由于做作或矫饰出来的，而是属于语言素质上的。而节奏，就是当语句进行中造成声音之美的最有力的支柱。关于节奏底解释，我引洪深先生的话（原著第45—46页）于下：

> 所谓节奏，即相等的同长的"时隔"（time interval）被再现（即回复）的加强（stress）所刻划、所记出的意思。如果没有若干个相等的"时隔"（至少两个）连在一起，即不成其为节奏；而如果没有"加强"的回复或再现，我们无法得知"时隔"的起讫。

可是关于甚么是造成中国话的节奏的素质，洪先生没有说明白。我个人以为，造成我们的语言中的时隔的是"长词"与"合词"，刻划这时隔的是"轻声字"与"顿歇"。不过较长的并列性的、加附属词"的"字的和重叠的合词，在语句进行中则不止只支持一个时隔。（关于长词和合词，可参考王了一先生的《中国语法纲要》，在"开明青年丛书"中。此处所谓合词，王称仂语。）

所谓"时隔"，换个看法就是"音步"。

长词对单词而言，单词是一个"字"所造成的"词"，如："天""地""十""百""好""坏""吃""喝""很""最""你""我""是""非""和""与""吗""么"……在现代文章和诗中，一个单词很少能造成一个音步的。长词是由一个以上的"字"所造成的词，大致有四类。譬如：

窈窕　磐薄　参差　逍遥　崔巍　魑魅　仓庚　蝴蝶
葡萄　田鸡　虾蟆　手续　积极　介绍　赞成　胡同
哥果里　布尔雪维克

这是一类。又如：

陟降　窗户　干净　国家　妻子　兄弟　睡觉　忘记

这是一类。又如：

东西　利害　横竖　反正　好歹　动静　早晚　多少
姑娘　热闹　打发　裁缝　请教　得罪　开消　出动

这是一类。又如：

妈妈　舅舅　太太　弟弟　叔叔　指指　点点　站站
看看　刚刚　每每　远远　老老实实　干干净净
哭哭啼啼　吵吵闹闹　舒舒服服　玩玩笑笑

这又是一类。至于"合词"则是由一个以上的"词"所造成的词，大致有六类，譬如：

父母　山川　祸福　天地人　良辰美景　焚香拜佛　细致轻巧

像下面所引《红楼梦》的两句话，在引号中所示者，虽然字数很多，仍然应当算作一个合词：

昨儿见了老太太正房，配上"大箱、大柜、大桌子、大床"，果然威武。（第四十回）

合家"祭天祀祖、还愿焚香、庆贺放赏"已毕。（第二十一回）

以上就是所谓并列性的合词。又如：

书签　山顶　干粮　流水　破瓶　废物　瓷茶杯　流水账
脸盆　水缸　马车　水碓　丸药　枣泥　胡椒面　糖葫芦
卖的布　哭的小孩　出租的屋子　没上锁的门　成都寄来的信
细看　苦谏　躬耕　静静地坐着　一声不响地走了
大红　最好　颇佳　怪麻烦　很讨厌

以上是一类，中间有些是带附属词"的"字的。又如：

吃饭　骑马　读书　做大事　贪小利

这是一类。又如：

治好　打死　烧红　推开　弄坏　拿起了　赶出去

这是一类。又如：

问路　跳楼　打拳　贪心　跑马　刮风　看医生　走亲戚

这是一类。又如：

家家　件件　问问　尝尝　表白表白　热闹热闹　请教请教

这又是一类。一共六类。

现在我们进而谈轻声字。唐、宋以前的口语中有没有轻声字，我们不得而知。就文献看，唐、宋以后的口语中虽然大量地出现了"子""头""儿"等附属词，但是是不是轻声，我们也不敢十分断定。不过在今天，词义的分别，轻声是一个重要因素。常有个词字音完全相同，却靠轻声别意。譬如（加"．"表轻声）：

老子（人名或书名）　　　　老子（父亲）

莲子　　　　　　　　　　　帘子

虾子（虾卵）　　　　　　　瞎子

蛇头　　　　　　　　　　　舌头


北平话中轻声字大致有九类：

（一）两个字合成一个词，第二字往往念轻声，但是有一些并不念轻声。
念轻声的，如：

葡萄　琵琶　萝卜　石榴　胡同　先生　窗户
衣裳　暖和　干净　利害　得罪　开消　麻烦

（二）"子""头""儿"数字用作附属词时，如：

包子　皮子　馒头　石头　梨儿　馅儿

（三）"们"字用来表复数时，如：

我们　你们　姐妹们　兵士们

（四）"的"字用在作为修饰或限制的词的后面的时候，如：

我的书　红的花　青年的生活　苦闷的象征
骑马的　拉车的

（五）重叠词的第二个字往往念轻声：

叔叔　妹妹　看看　等等　偏偏

（六）"了""着""来"用在动词后面时，如：

吃了饭　睡了觉　算了　瞧着　骂着

拿来　你可干甚么来来着


（七）"么"字用在副词的后面的时候，如：

这么大的年纪！　那么不害羞！
有多么难看！　怎么能不理他呢？


（八）"呢""吗""罢""啦"等字用作语气词时，如：

还说呢？　怎么办呢？　你不去吗？
你回去罢！　他来啦！　别提啦！


（九）有的时候为了语言的经济作用，我们也可以斟酌情形，把原来非轻声的字轻读，如：

我最喜欢两种花：一种（是）兰"花"，一种"是"桂"花"。
那么（不）害羞！


我们知道了轻声字，也就能认识在我们的语言中原就有足以刻划时隔，因而造成节奏的东西。我们知道了长词与合词，也就解决了洪深先生所提出来的疑难，他说：


人们说话，不是说单字，而是说意义，将整句的意义分为若干清楚的完整的相差不大的部分或单位，——分明地而又接续不断地，严别轻重地而又彼此连系地传达给听者，在听者自然是更易把握与领会话句的意义，在说者自然便造成"话句的声调"。声调的必须条件，从内容上看，是分"意群"（sense group）；从形式上看是分"短语"（phrase）。意群与短语，在声音表现上，可视为一件事。这些本都是显而易见的，但在实施时却有困难。所谓"短"，短至如何程度；一个字，或两个字，或三个字……最多能至几个字？所谓"意"，一字孤立岂无意？两字三字或五字都可组成意群，而两个、三个或五个意群又可组成较大的意群……是否有一定的标准？

现在，我们可以较为肯定地提出一个标准：长词不能读断，因此它可以造成一个音步，合词在原则也不能读断；不过较长的合词，如并列性的，或词中一部分可以看成附加词的和有轻声字隔断的，那就不止一个音步了。像在前面曾经举过的例子中的这样的例子：

> 合家"祭天 祀祖、还愿 焚香、庆贺 放赏"已毕
> 没有上锁的 门
> 静静地 坐着
> 请教 请教

现在我们进而谈"顿歇"。顿歇不是休止，休止是声音完全停止，譬如在该用顿号，或者点号，或者句号，或者一段终了的地方，我们都各各用上一个不同拍子的休止；而顿歇却只是在音步与音步之间，不换气的略一顿逗，为时甚短，而声音却牵连不断。我们这样解释顿歇，是和洪深先生稍有不同的。现在我用空格表示顿歇，把何其芳先生《黎明》一诗解析于下（轻声仍加"．"表示）。因为这些东西，诗里面是表现得最明白的：

> 山谷中 有雾，草上 有露，
> 黎明开放着 像花朵。
> 工人们 打石头的 声音，
> 是如此 打动了 我的 心，
> 我说，劳作的 最好的 象征 是建筑：
> 我们 在地上 看见了 房屋，
> 我们 可以 搬进去 居住。
> 啊！你们 打石头的，砍树的，筑墙的，盖屋顶的，
> 我的 心和你们 的 心是如此 密切的 相通，
> 我们 像是 为着同一的 建筑 出力气的 弟兄。
> 我无声的 写出 这个 短歌 献给 你们；
> 献给 所有一醒来 就离床，
> 一起来 就开始劳作的 人；
> 献给 我们的 被号声 叫出来 早操的 兵士，

我们的 被钟声 叫起来 自习的 学生，

我们的被鸡声 叫到 田里去的 农夫。

　　散文与诗同样是有节奏的，不过诗的节奏比较整齐，而散文可以由好几种"时值"（duration）不同的音步组成。所以诗大半是一种节奏到底，而散文则不妨轮用好多种节奏。譬如鲁迅《示众》中有一段的节奏，解析起来，仿佛可以是这样：

　　像用力 掷在墙上 而反拨过来的 皮球一般，他忽然飞在 马路的那边了。 在电杆旁 和他对面，正向着 马路，其时 也站定了 两个人；一个 穿淡黄制服的 挂刀的 面黄肌瘦的 巡警，手里 牵着绳头，绳的 那头，就拴在 别一个 穿蓝大衫 上罩白背心的 男人的 左臂膊上。 这男人 戴一顶 新草帽，帽檐四面下垂，遮住了 眼睛的一带。 但胖孩子 身体矮，仰起 脸来 看时，却正 撞见 这人的 眼睛。 那眼睛 也似乎 正在看 他的脑壳。 他连忙 顺下眼，去看白背心，只见背心上 一行行的 写着些 大大小小的什么字。

　　朗诵古文时，我们虽然不赞成那种摇头晃脑的歌唱腔调，但是抑扬顿挫之处，我们既然没有方法知道它的本然的素质，也就只能承袭那一套传统的朗诵腔调，而除其歌唱成分罢了。在这一套传统朗诵腔调中，有一些字，似乎也有轻声的读法，譬如作为连接词"之"字和否定词"不"字。这情形在骈文中尤易看出，如陆贽文：

　　汉家 之传 十世 宜 光武 之中兴，

　　献公 之子 九人 惟 重耳 之尚在 。

　　我们又从"之乎（之于）为诸"，"之焉为旃"，"不可为叵"，"盍训何不"这些合声字的事例看，似乎在古文中仍然是有读轻声的可能的。

　　朗诵古文除去使用各种不同拍子的休止之外，还使用一种不同拍子的延长。这种延长与合词有关，与字调也有关。试讽韩愈《送董邵南序》开头一句（用直线表延长）：

> 燕赵古称—多　感慨悲歌——之士。

　　"称""歌"两个字皆平声，故可曼声引长。且"歌"字下照文法讲似不应逗，但为了抑扬，各地讽诵，往往于此一逗而延曼其声，以显衬出所谓"气势神韵"的空架子。气势神韵并不是什么神秘的东西，不过是一种腔调罢了。

　　现在仍把洪先生举过的王安石《读孟尝君列传》的例子举在下面，而解析一下它的节奏（以〇表休止）：

> 世皆称—孟尝君—能得士—〇士—以故—归之—〇而—卒赖其力—以脱于—虎豹—之秦——〇嗟乎——〇孟尝君—特鸡鸣—狗盗—之雄耳——〇岂足以—言得士—〇不然—〇擅齐—之强—〇得一士焉——宜可以—南面—而制秦—〇尚何取鸡鸣—狗盗—之力哉—〇鸡鸣狗盗—之出其门—〇此士—之所以不至也——〇

　　关于旧诗，游国恩先生在《中国语文诵读方法座谈会》中曾述及一种方法。这种方法也是我们在课室中常用的，不过也和朗诵古文一样，要除去其歌唱成分罢了。游先生所述的方法是：

> 凡律诗，无论五六言或七言，遇平声字皆须稍停，而延其尾音。古诗在平仄方面都有很自然的节奏，惟碰见意义有停顿处，声音亦不妨作停顿。

　　关于律诗，我把杜甫《登楼》的节奏解析于下：

> 花近—高楼——伤客心—万方——多难—此登临——〇
> 锦江——春色—来天地—玉垒—浮云——变古今——〇
> 北极—朝廷——终不改—西山——寇盗—莫相侵——〇
> 可怜——后主—还祠庙—日暮—聊为——梁甫吟——〇

古诗与词不另举例。

## 三、情绪表现

　　好的声音表现，不但要使原作的形式在听众间发生效果，而且在内容上也应该加以发挥。譬如，当我们体会出一篇作品的作者要求读者予以最大看重、最大注意的地方，我们也当予以"重读"；肯定、询问、疑难、惊讶……诸口气和欣喜、悲痛……诸情绪也应当予以适度的表现。这一切表现都应该向实际语言中去学习，语调和轻重都不要违反人情而变成过分的夸张。

诵读陈腐了的古文，在有些情形之下，我们仍然可以给它吹进几口生人气。譬如《论语》"子路闻津"那一段：

> 长沮曰："夫执舆者为谁？"
>
> 子路曰："为孔丘。"
>
> 曰："是鲁孔丘与？"
>
> 曰："是也。"
>
> 曰："是知津矣。"

像这一类，我们仍然可以把它读得活灵活现的。

我们设法使自己成为一个很忠实的"作者代言人"，在朗诵中，我们应当把极客观的"代言"当作一种艺术。所以我们既是一个"客观"的代言者，就应当尽量克服私生活中主观的情绪侵进"情绪表现"中来。但是，这是很困难的，尤其是在教书人不如豪门大户的狗的今日。

## 四、朗诵者的态度

在《中国语文诵读方法座谈会记录》中读到顾随先生的意见，他觉得朗诵有三个要点：一个是"要能对作品理解"，这是非常对的；又有一个是"要有语言'本钱'——好嗓子"，这条是使我们很伤心的；还有一个是"要拉得下脸儿来——不怕羞"。他说："我从前在课堂上讲《西厢记·长亭送别》一段，到'红娘曰：姐姐！你今日个怎不打扮？'我无意中突然挤窄了嗓子，模仿红娘的音调，惹得同学们大笑。"不过，顾先生说：这次笑过之后，后来的效果是很好的。那末，当我们讲《黑旋风报恩》的时候，是不是又要放宽了嗓子，用一个黑头的腔调，来模仿李逵的说话呢？像这样追求下去，我们势必要闹到彩排才放手。所以这种方法，尽管可以让兴致好的人采用，却是不足为训的。

关于朗诵的态度，我极同意洪深先生的说法。他说：

　　朗诵时，其实是诗人用自己的人格向群众说话。……这是朗诵的特点，也是朗诵与演戏不同之点。即使所诵的为故事诗或戏剧诗，亦无例外。故事或戏剧诗中，大都有人物的对话；朗诵这些对话时，当然应将人物的性格、情绪，刻划表现；但朗诵者与故事中人物，应保持相当距离：朗诵者应始终不失去诗人的人格。他的朗诵这些对话，应像演说者引用别人的话句；虽然同情地忠实地发挥话句的内容，但到底是别人的话，不是他自己的话。他只是引用者，他并不化身为那所引话句的发言人。这样，朗诵莎士比亚的剧诗，与表现剧中的一角，也可是有显明的分别。如果朗诵者放弃诗人自己的人格，而竟化身为故事中人物，完全使用故事中人物的口气与姿态，那便是"说书""唱大鼓"而不是朗诵了。

　　此外，在朗诵速度上，与其快，毋宁慢一点；在响度上，与其尖叫，不如让它跟说话成比例地增大一点；换句话说，要一个最有效率的中段音高。这里不细说了。

三十六年五月十日，南开大学

（原载《国文月刊》1947 年第 57 期，署邢楚均）

## 附　记

　　2018 年《语文建设》第 34 期重新节选了早在民国三十六年（1947）《国文月刊》发表的《朗诵与国文教学》这篇文章。其实，父亲写这篇文章的时间比这更早。那是民国三十二年（1943）正月联大中文系聚餐，拟请他做《新诗中之节奏》讲演（见《昆明日记》1943 年 1 月 9 日，其时作者正在写散文《昆明的黄昏之前》）。后来莘田（罗常培）先生告知，聚餐定于此周五（1 月 15 日），于是拟题《新诗的节奏》，此文腹稿从 12日起连续写了两三天，15 日在聚餐会上进行了宣读。日记记载：对朗诵方式"大家均不满意"。此事引起父亲的注意。1945 年联大新诗社为纪念"五四"召开诗歌朗诵晚会，据日记载："久闻朗诵之说，未能亲听以为憾。坐定后，知来者甚多，以郭良夫君致开会词，闻一多先生述小引，后即开始朗诵。始知朗诵者即以话剧说台词之方法轻重之，抑扬之即成，诵时或兼以表情，皆相当成功。内容皆嬉笑怒骂、滑稽，偶然押韵。总之，纯任感情的奔放。"转天，他在上声韵学课时告诫同学"不注意文中之 liaison 现象"。后来结合教学，他又充实了文章内容，写成《朗诵与国文教学》一文，充分表达了自己的见解。文章从实例、理论到教学生活实践，旁征博引，栩栩生动，以致三十多年后还引起人们的关注。按照文章行文所说"我写到这里"的时候是 1946 年 3 月，可以认定此时即《朗诵与国文教学》的定稿时间。

# 挽歌的故事

## 一

《水浒传》第二十三回（贯华堂本卷二八）："王婆贪贿说风情，郓哥不忿闹茶肆"中间，王婆道：

> 眼望旌节至，专等好消息。不要叫老身棺材出了，讨挽歌郎钱。

所谓"棺材出了，讨挽歌郎钱"是当时一句流行谚语。元、明的时候，有一种风俗，凡有丧事的人家，在出殡之前，就到"杠行"（当时称作"凶肆"）里去租借丧车、灵輀、穗帐以及其他各种威仪之具和职掌这些威仪之具的人。这些人中间，有一等专门唱一种悲哀的歌曲来送葬，当时称为"挽歌郎"，或叫"挽郎"；他们所唱的歌就叫"挽歌"，也称"丧歌"。

在宋·郭茂倩所辑的《乐府诗集》中的"相和歌"里，载有古辞 32 曲，中间便有《薤露》和《蒿里》两支歌。这两支歌便是自古相传、不知道作者是谁的两支挽歌了。在宋·郑樵的《通志》的《乐略》里也载着。相传这两支歌原先是一个歌的两章，到汉·李延年的手里，便把这两章分成两曲，《薤露》拿来送公卿贵人，《蒿里》拿来送士大夫和庶人了。《薤露》是慨叹人的生命如同薤叶上的露水，太阳一出来就会晒干，所以是很短暂的。原辞是：

> 薤上朝露何易晞，
> 露晞明朝更复落，
> 人死一去何时归？

【译文】

薤叶上的露水多容易干呐，

露水干了，明天早晨还能再落，

可是人死了，这一去是什么时候回来呢？

《蒿里》是说，人死了，他的灵魂就归于"蒿里"。不过这支歌又叫《泰山吟行》（见《通志·乐略》），所以又说人一死，灵魂就归于泰山。原辞是：

蒿里谁家地？

聚敛精魂无贤愚。

鬼伯一何相催促，

人命不得少踟蹰。

【译文】

蒿里是哪一家的地方啊？

不分好歹地聚集了许多鬼魂。

鬼官催促得多么紧，

叫人的生命不能稍稍逗留一会。

相传在战国的时候，有一个叫田横的人，原是齐王建的亲族。秦灭六国之后，田家便由贵族降成平民。当汉高祖派韩信打败齐国，统一天下的时候，田横就带了他的五百个将士，从齐国漂海到一个海岛上居住下来。后来汉高祖派一个使者去征他出来，他就和他的将士们出来了，但是只走到"尸乡亭"，便停住不再走，因为他想而又想，忍不住那忿怒和悲凉，便拔出剑来自杀了。他的人在敌人的压力之下，连哭也不敢哭，就作了这两支歌来悲悼他，用歌唱来代替痛哭，这就成为后世的挽歌了。在三国时候，谯周所作的"法训"（《太平御览》卷五五二引）和旧题晋·干宝所作的《搜神记》以及五代时马缟所作的《中华古今注》几部书里都像这样来解释挽歌的起源和《薤露》《蒿里》两章歌的作者。但是这个说法是不一定可靠的，唐·李匡乂（济翁）所作的《资暇集》（此集当作于唐末，《说郛》引作《资暇录》）云：

昔谓挽歌始自田横门人，非也。《左传》（按哀公十一年）曰："鲁哀公会吴伐齐，将战，公孙夏命其徒歌《虞殡》。"杜预注曰："虞殡，送葬歌曲，示必死也。"如是，则已有久矣。

所以挽歌其实在汉以前就已经有了。又，唐·段成式所作《庐陵官下记》云：

> 裟，鬼衣也。桐人起虞卿，明衣起左伯桃，挽歌起绋讴。

按"绋讴"之说，出于《庄子》。《太平御览》卷五五二引《庄子》逸文（按宋·王应麟《困学纪闻》卷十亦引之）云：

> 绋讴所生，必于斥苦。司马彪注："绋，引柩索也。讴，挽歌也。斥疎缓，苦用力也。引绋所以讴者，为人用力慢缓不齐，促急之也。"

司马彪以为挽歌之所以产生，是因为拖引柩车绳索的人用力慢缓不齐，所以要唱支歌来整齐大家的步伐和行止。还有一种跟司马彪的见解差不多的说法，《晋书》卷二十《志·礼中》：

> 《新礼》以为挽歌出于汉武帝役人之劳歌，声哀切，遂以为送终之礼。

章太炎在他的《国故论衡》中《正斋送》一文里也说：

> 其挽歌之流，为古虞殡徒役相和，若舂杵者有歌焉。

但是我以为挽歌是起源很古的一种丧葬仪式，当与宗教有关，而不是源于挽柩役人之歌的。

## 二

若说挽歌是上古的一种丧葬仪式，可是为什么《礼经》中却只有"哭踊"之仪，而没有挽歌的记载呢？我想，儒家虽是"述而不作"，但是对古代已有的包含了迷信与独断（dogma）宗教仪式，如丧祭礼，不但"加以澄清，与之以新意义"（参考冯友兰《儒家对于婚丧祭礼之理论》，见《燕京学报》第 3

期），而使其理性化；而且对于不合他们理论的一些仪式，是会被他们摒弃的。譬如《荀子·礼论》：

> 杀生而送谓之贼。

又如《列子·杨朱篇》：

> 焚之亦可，沉之亦可，瘗之亦可，露之亦可，衣薪而弃诸沟壑亦可。

而儒家于各地风俗中独独取了埋葬，且对杀生以送死的风俗加以攻击，是有其选择、有其理论的。儒家对丧礼，主张"颜色之戚，哭泣之哀"（《孟子·滕文公》）；所以《礼记·曲礼》说："里有殡，不巷歌。"《论语·述而》："子食于有丧者之侧，未尝饱也；子于是日哭，则不歌。"（皇侃本此二章相连）毛奇龄《论语稽求篇》说《礼记·檀弓》中所记的"吊于人，是日不乐"即指孔子这事而言。那么，挽歌的风俗，儒家自然是排斥的。所以虽然挽歌之俗一直在流行，可是《晋书·礼志》中曾说《新礼》要废除挽歌；《唐会要》也载着李德裕奏挽歌为非礼的事。可是《檀弓》中又记载着一个故事，说原壤的母亲死掉了，原壤却爬到棺材上，敲着棺材盖歌唱道："狸首之斑然，执女手之卷然。"所以儒家以为可恶之至。《庄子》上面也说，他太太死掉了，惠子就去吊问，可是庄子却伸着脚坐在地上，敲着瓦盆唱歌。惠子就说："你不哭倒也罢了，你倒唱起歌儿来，岂不是太过火吗？"（"不哭亦足矣，歌不亦甚乎？"）庄子就说："人家现在安安稳稳地睡在一个很大很大的屋子里去了，而我却去为她哭，岂不是不通道理吗？"《庄子·大宗师》里还有一个故事，说：

> 子桑户、孟子反、子琴张三人相与友……子桑户死，未葬，孔子闻之，使子贡往侍事焉。（侍事，唐·成玄英疏："供给丧事。"）或编曲，或鼓琴，相和而歌曰："嗟来桑户乎！嗟来桑户乎！而已反其真，而我犹为人猗。"子贡趋而进曰："敢问临户而歌，礼乎？"二人相视而笑曰："是恶知礼意！"

原壤、庄子、孟子反，他们所唱的，实际上就是一种挽歌。按《薤露》《蒿里》等歌即是一种相和歌。《宋书·乐志》："《相和》，汉旧曲也；丝竹更相和，执节者歌。"《史记·周勃世家》："以织薄曲为生，常为人吹箫给丧事。"《索隐》谓："《左传》"歌虞殡"犹今挽歌类。歌者或有箫管也。"所以周勃的吹箫，《庄子》的或鼓琴，即是指丝竹相和而言；而原壤的叩木，庄子的鼓盆，即是执节。可见古时挽歌的风俗，儒家虽不取，道家却把它理性化了。（先秦阴阳家书皆佚，其详不可考，然秦汉间方士，即从此变来，至东汉末年，乃流为道教，此与"道家"相去极远，但从前在昆明，闻一多先生曾和我谈及，说在"道家"之前仍有一道教，可称之"原始道教"，道家即从此出。其语极精，其详不得而闻，然我们所谈的挽歌风俗，似亦是可以包含于原始道教问题中者，注以此志哀。）

儒家对当时的政治社会制度，不但加以解释，且常予以新意义。譬如在战国间，世俗已有所谓孝不孝的品评（《孟子·离娄》："世俗之所谓不孝有五"；又说"匡章，通国皆称不孝焉"。）世俗之所谓"孝"，只是看能养不能养。且从"孝"字的字源上看，也只是指"蓄养"与"爱好"，这从"孝""好""畜"三字的周代读音上也可看出其同类关系：

　　　孝 xog　　好 xog　　畜 xiog

但纯任自然的"畜"和"好"的行为，是质而无文的，当加以形式上礼法的规定（"生，事之以礼；死，葬之以礼、祭之以礼。"）孟子更强调说："养生者不足以当大事，惟送死足以当大事。"墓葬的风俗，不知道起于甚么时候，但上世亲死而委之于壑，当也是一种葬法，不应当像孟子那样认为是"不葬"，因葬只是"收藏"的意思（《礼记》："葬也者，藏也；藏也者，欲人弗得见也。"）这从语源上仍然可以看出来：

　　　葬 tsang　　　舛 mwang
　　　藏 dzang
　　　丧 smang　　　亡 miwang

《易经·下系》："古之葬者，厚衣之以薪，葬之中野。"故"葬"与"舛"字也有语源上的关系。孟子之所以称"委诸壑"为不葬者，一来是因为委诸壑时的仪式已不知道，二是儒家对丧葬久已有新理论。

从字形学上看，"弔"字从人持弓，《说文》："问终也；古之葬者厚衣之以薪，从人持弓会驱禽。"汉·赵晔《吴越春秋》卷五《勾践阴谋外传第九》：

> 范蠡进楚人善射者陈音，越王请音而问曰："孤闻子善射，道何所生？"音曰："臣楚之鄙人，尝步于射术，未能悉知其道。"越王曰："然，愿子一二其辞。"音曰："臣闻弩生于弓，弓生于弹，弹起古之孝子。古者人民朴质，饥食鸟兽，渴饮雾露，死则裹以白茅，投之中野。孝子不忍见父母为禽兽所食，故作弹以守之，绝鸟兽之害，故歌曰：'断竹！续竹！飞土！逐害！'"（"害"，一作宍，"宍"，即肉字。）

弹之发生，恐怕只是为了打鸟雀，但吊的风俗和弹自然是有其关系的，所以《断竹歌》大约即是很古的一种挽歌。《文心雕龙》指为黄帝时歌，虽然不一定，但就音节、意思看，原始情调极重，应当是很古的歌。试译之于下（竹，恐是野蛮人之掷弹杆，今姑译为弓）：

> 弓弦儿断啦！
> 把弓弦儿接起来吧！
> 把土块打出去呀！
> 把祸害赶走哇！

# 三

到了秦、汉的时候，便渐渐有一等人把唱挽歌或用箫来和挽歌当作专业了。前所举《史记·周勃世家》所载的周勃"为人吹箫给丧事"的事当即和挽歌。以挽歌为专业的，如《后汉书》卷六十《礼仪志》：

> 礼，登遐……羽林孤儿巴俞擢歌者六十人，为六列，铎司马八人执铎。

又《太平御览》卷五五二引《晋公卿礼秩》：

> 安平王葬，给挽歌六十人，请公及开府给三十人。

唱挽歌与和挽歌是两事，如《后汉书·礼仪志》所载八个执铎的铎司马，即是《宋书·乐志》所称"执节者"，也就是唱挽歌的了。和挽歌可以用丝，也可以用竹，也可以用他人相和唱，前所引《庄子》中"嗟来桑户"那支歌，成玄英疏云："嗟来，歌声也。桑户乎以下，相和之辞也。猗，相和声也。"

但是俞正燮（理初）在他的《癸巳存稿》卷十一"吹箫给丧事"条中说：

> 《史记·周勃世家》云："以织薄曲为生，常为人吹箫给丧事。"《集解》如淳曰："以乐丧宾，如俳优。"臣瓒曰："吹箫以乐丧宾，若乐人也。"《索隐》云："《左传》'歌虞殡'，若今挽歌类。歌者或有箫管也。"《汉书·勃传》注，师古用瓒说。今按：《索隐》言是也。箫非编箫，为短箫，亦谓之鼓吹。谓箫之簧，鼓以吹之。自是秦、汉丧仪，非关乐宾。盖鼓吹二义：一是短箫。《宋书·乐志》云："鼓吹盖短箫铙歌。"郭茂倩《乐府解题》云："鼓吹，短箫铙歌；横吹，鼓角是也。"一是作乐之名。《汉书·韩延寿传》云："鼓车、吹车及诸付卤簿鼓吹。"陈琳、檄云："登高冈而击鼓吹。"宋·赵升《朝野类要》云："鼓吹、礼部之太常乐。盖雅乐为军门辕门所奏，无钟磬埙柷琴瑟，但鼓钹铙錾吹金筒箫笛是也。"丧事行车，用短箫以节行止；又以人死使人勿恶，非为乐宾。其后乃用铃铎。《晋书·五行志》云："海西公时，庾晞挽歌，摇大铃。"又，梁时，谢几卿执铎挽歌。唐制，挽郎与执铎代哭者同衣帻。《太平广记·李娃传》，二肆佣凶器者较能，拥铎而进，亦以节行止。

挽歌重在唱，而不在和，但就其可和来说，周勃吹箫仍与挽歌是一回事。《晋书·乐志》：

> 凡乐章古辞之存者，并汉世街陌讴谣：《江南可采莲》《乌生十五子》《白头吟》之属，其后渐被之管弦，即"相和"诸曲是也。

《通志·乐略》，列《薤露》于"相和歌"中，并且说："亦曰《天地丧歌》，亦曰《挽柩歌》。"《乐府诗集》相和歌辞中有古辞三十二曲，《薤露》跟《蒿里》也在里面，郭茂倩却没有把它放在"鼓吹曲"，即短箫铙歌中间，所以周勃所吹之箫（以及《史记》"伍子胥鼓腹吹箫，乞食于吴市中"所吹之箫）容或是短箫，但不必把它释为鼓吹的。俞氏又谓："丧事行车，用短箫以节行止。"因为要"节行止"，所以才用军门辕门所奏之鼓吹，但事实上，"发引"固然用挽歌，就是在家中行"祖载"之礼的时候，也用挽歌。（《白虎通》说："祖于庭何？夺孝子之恩也。祖，始；始载于廷也。乘车辞祖，故为祖载也。"）譬如《宋书》卷六九《范晔传》：

> 晔迁尚书吏部郎，元嘉元年冬，彭城王太妃薨，将葬，"祖"夕，僚故并集东府。晔弟广渊，时为司徒祭酒，其日在值。晔与司徒左曹王深及弟广渊宿，夜中酣饮，开北牖听挽歌为乐。彭城王义康大怒，左迁晔宣城太守。

这可以证明挽歌与"节丧车行止"是无关的。又，既知挽歌重在唱，那么，吹箫的人就不能同时又唱了。所以俞氏所举的庾晞挽歌，摇大铃；谢几卿执铎挽歌；以及《李娃传》中挽歌者拥铎而进，就是歌者一面唱歌，一面摇铃。摇铃是为了执歌节，因为照《李娃传》所描写的看，挽郎登榻而歌，后面并没有丧车相随，所以俞氏"丧事行车，用短箫以节行止……其后乃用铃铎"的说法也是不对的。所以铃铎并不是短箫的替代——铃铎用以执节，短箫用以和歌。不过汉以后，用管弦相和的似已不常见，就以《李娃传》看，他们是用别的挽郎来跟歌者相赞和了。

## 四

挽歌本是汉以前的一种丧葬仪节，但因为歌声很好听，所以就成为"街陌讴谣之辞"了。因此不但有丧事的人家歌唱它，就是结婚宴客的时候，也用以助兴。如汉应劭《风俗通》：

> 京师宾婚嘉会，酒酣之后，续以挽歌。

平常消遣也唱它，如《御览》引裴启《语林》：

> 张湛善好于斋前种松柏，养鸲鹆；袁山林出游，好令左右挽歌。时

人谓张屋下陈尸，袁道上行殡。

《御览》又引谢绰《宋拾遗录》：

> 太祖尝招颜延之，传诏频日，寻觅不值。太祖曰："但酒店中求之，自当得也。"传诏，依旨访觅，果见延之在酒肆，裸身挽歌，了不应对。他日醉醒乃往。

挽歌既然很好听，所以就很容易流为愉悦宾客的节目。如宋·王溥《唐会要》说：

> 长庆三年，李德裕奏：百姓厚葬，道途设音乐，习以为常，不敢自废，诚宜改张，准法科罪，然实未能禁也。丧祭用乐，发引用乐，封窆用乐，因以乐娱吊送者，皆沿习不改，与十恶中居父母丧做乐者不得同科。《读礼通考》并列之，非也。丧事用乐，所谓"非礼"，居父母丧，服未除而自作乐，所谓"不孝"，情不同也。

## 五

唐·白居易的弟弟白行简所作的《李娃传》（在《太平广记》卷四八四）中，说到妓女李娃，当那同她要好的年青人资财仆马荡然之后，就把她抛弃，而这年青人因此就变成挽歌郎的那两段，对于我们的研讨，颇有具体的说明。现在把这两段钞录在下面：

> 生惶惑发狂，罔知所措，因返访布政旧邸。邸主哀而进膳。生怨懑，绝食三日，遘疾甚笃，旬余愈甚。邸主惧其不起，徙于凶肆之中。绵缀移时，合肆之人共伤叹而互饲之。后稍愈，杖而能起。由是凶肆日假之，令执穗帷，获其直而自给。累月，渐复壮，每听其哀歌，自叹不及逝者，辄呜咽流涕，不能自止。归则效之。生聪敏者也。无何，曲尽其妙，虽长安无有伦比。
>
> 初，二肆之佣凶器者，互争胜负。其东肆车舆皆奇丽，殆不敌，惟哀挽劣焉。其东肆长知生妙绝，乃醵钱两万索顾焉。其党耆旧，共较其所

能者。阴教生新声，而相赞和。累旬，人莫知之。其二肆长相谓曰："我欲各阅所佣之器于天门街，以较优劣，不胜者罚直五万，以备酒馔之用，可乎？"二肆许诺。乃邀立符契，署以保证，然后阅之。士女大和会，聚至数万。于是里胥告于贼曹，（西汉置三公曹，主断狱。东汉改以二千石曹，主中都水火、盗贼、讼词、罪法，亦谓之贼曹。）贼曹闻于令尹；四方之士，尽赴趋焉，巷无居人。自旦阅之，及亭午，历举辇舆威仪之具，西肆皆不胜，师有惭色。乃置层榻于南隅，有长髯者拥铎而进，翊卫数人，于是奋髯、扬眉、扼腕、顿颡而登，乃歌"白马"之词。恃其凤胜，顾眄左右，旁若无人。齐声赞扬之，自以为独步一时，不可得而屈也。有顷，东肆长于北隅设连榻，有乌巾少年，左右五六人，秉翣（《周礼·夏官》："御仆大丧执翣。"注："翣，棺饰也。执之者夹蜃车。"《御览》卷五五二引董勋《答问》："翣似屏风，人持随丧车前后左右也。"）而至，即生也。整衣服，俯仰甚徐，申喉发调，容若不胜。乃歌"薤露"之章，举声清越，响振林木。曲度未终，闻者唏嘘掩泣。西肆长为众所诮，益惭耻。密置所输之直于前，乃潜遁焉。四座愕眙，莫之测也。

从这个故事里可以看出来，在唐代前后，"杠行"的规模已相当大；而且行里除去出租凶器之外，那些执穗帷的、掌翣的、唱挽歌的……都可由行里供给。而且那些挽歌郎也自有一个行会，他们中间优秀的常把旧词旧曲翻成新调，用以较能。而且当歌唱的时候，还有一些帮腔的人。

# 六

在《薤露》《蒿里》两歌之后，仍有后人新制的挽歌。这些挽歌在文学方面看，固然都是五言诗，但最要紧的，从音乐方面看，它们都是可以和管弦合奏，或用别人帮腔的"相和歌"。现在我们从《文选》和《乐府诗集》中选出几首来，并且加以翻译，让我们从文辞上来看一看挽歌的内容。

魏·缪袭（熙伯）所作：

生时游国都，死没弃中野。朝发高堂上，暮宿黄泉下。白日人虞渊，悬车息驷马；造化虽神明，安能复存我？形容稍歇灭，齿发行当坠，自古皆有然，谁能离此者。

【译文】

在生的时候，曾经到京城里去游玩；死去之后就被人扔在荒凉的原野里了。早晨从高堂出发，晚上就歇在黄泉底下；如同黄昏的时候，太阳已经落进“虞渊”，把车子悬挂起来，也让马休息了。大自然虽然灵奇，却怎能叫我再存在呢？我的身体跟容颜渐渐毁灭，而我的牙齿和头发不久也会脱落了。从古以来就有这们一回事，谁又能逃得开呢？

晋陆机（士衡）所作：

卜择考休贞，嘉命咸在兹，夙驾警徒御，结辔顿重基。龙幌被广柳，前驱矫轻旗。殡宫何嘈嘈，哀响沸中闱；中闱且勿欢，听我《薤露》诗：死生各异伦，祖载当有时；舍爵两楹位；启殡进灵轜。饮饯觞莫举；出宿归无期。帷衽旷遗影；栋宇与子辞。周亲咸奔凑，友朋自远来——翼翼飞轻轩，骎骎策素骐。按辔遵长薄，送子长夜台；呼子子不闻，泣子子不知；叹息重榇侧，念我畴昔时。三秋犹足收，万世安可思？殉没身易亡，救子非所能。今言言哽咽，挥涕涕流离。

【译文】

卜一卦来找一块吉地，好名字（《广雅》：“命，名也。”）都在卦上指示出来了。警戒着赶车的人早早驾起马，把马辔互相连接起来在山阜中间上上下下地走着。画着龙的帷子覆在很大的车盖上；前驱举着飘扬的引路旗。殡宫里闹哄哄的，悲哀的哭声从殡宫的门里沸扬出来。门里且不要嘈杂，听我来唱薤露歌吧！死的跟生的既已各成异类，那么，丧车终归是要移出来而行那祖载之礼、准备上路的了。灵柩移到两柱中间，奠上了几杯水酒；当起殡的时候，就把丧车拖进来。我们虽然为他饯行，他可已不能举杯同干；而且这回一出门哩，永远也没有回来的日子了。空空洞洞的帷幕之间与衽席之上都没有留存你的影子；而你的旧居，你也将不能再见。至亲好友都从远处赶来送你；他们的车子唧唧地飞驰而来，车上人鞭打着奔驰的白马。而现在大家却按下辔头，顺着丛莽慢慢儿地走，因为我们就要送你到一个漫长的夜之国里去了。喊你你也听不见，哭你你也不知道。我在棺旁叹息，回想从前的日子，一别三年五载，倒还可以忍受；而今却是万世千秋，岂能叫人设想？若是以身追随你去，倒是很容易的，但是想要救你转来，可就办不到哇！想说话话哽在喉咙里，弹眼泪泪流得满腮。

流离亲友思，恫怅心不泰。素骖驻轜轩，玄驷骛飞盖。哀鸣兴殡宫，回迟悲野外。魂舆寂无响，但见冠与带。备物象平生，长旌谁为旆？悲风微（《文选》五臣本作"鼓"）行轨，倾云结流霭。振策指灵丘，驾言从此逝。（这一首《乐府诗集》接在下首"永叹莫为陈"句底下，而合为一首。）

【译文】

亲友们泪流满面的哀思，乃恫怅于精神之不能相通。白马站在丧车的前面，驷马高车奔驰着，车盖飞扬着；悲哀的声音从殡宫里腾起来，回转可又迟留，弥漫于野外。魂车寂静，没有一点响声，只见中间陈列着你旧日的冠带罢了。虽然这些明器都像你生平所用的一样。可是这长长的铭旌岂不是为你作旗，说明了你已不在人世了吗？悲风吹拂着行进的车子；云雾积结于车盖之上。举鞭指一指新坟，从此你就是一去不再回来了。

重阜何崔嵬，玄庐窜其间。磅礴立四极，穹隆放苍天。（《乐府诗集》作"穹崇效苍天"）侧听阴沟涌，卧观天井悬。广（《文选》五臣本作"圹"）宵何寥廓！大暮安可晨？人往有反（《文选》五臣本作"返"）岁，我行无归年。昔居四民宅，今托万鬼邻；昔为七尺躯，今成灰与尘；金玉素所佩，鸿毛今不振；丰肌飨蝼蚁，妍骸永夷泯。寿堂延魑魅，虚无自相宾。蝼蚁尔何怨？魑魅我何亲？拊心痛荼毒，永叹莫为陈。（《乐府诗集》以"流离亲友思"段接此下，合为一首。）

【译文】

一重一重的山是如此高大，而坟墓就藏在这里边。圹中磅礴的地也立了四极，顶上的穹隆也模仿着青天；侧身听圹里江河的流涌，躺着看圹里星宿的罗布（《文选》李善注："古之葬者，于圹中为天象及江河。阴沟，江河也。天井，天象也。"）。这深宵是怎样的空阔啊！而大的夜又怎样能天亮呢？出门的人还有回家的日子；我的离开却没有归来的时候了。从前虽然住着正正当当百姓的屋子（《管子》："士、农、工、商，四民者，国之正民也。"），今天却跟鬼魂们做邻居；从前是七尺之躯，而今已成灰土；金子和宝玉，从前虽然一直佩挂；而今却连羽毛也举不起了。丰腴的肌肉只给蝼蚁吃，而美好的形骸乃永远消灭。我的厅堂里只是精灵们请着虚无来做客（李周翰注："寿堂，祭祀处。言祭祀之处，独魑魅与虚无相延为宾主。"）。蝼蚁于我，岂有甚么怨恨？精灵与我又何尝是亲戚故旧？我乃抚心悲痛，可是却能对谁去歌吟与叹息呢？

晋·陶潜（渊明）所作：

　　荒草何茫茫，白杨亦萧萧。严霜九月中，送我出远郊；四面无人居，高坟正嶣峣。马为仰天鸣，风为自萧条。幽室一已闭，千年不复朝。千年不复朝，贤达无奈何。向来相送人，各已归其家，亲戚或余悲，他人亦已歌；死去何所道，托体同山阿。

【译文】

　　荒草茫茫一片，白杨树萧萧响着；在凝结冷霜的九月里，人们把我送到城外原野里了。四面都没有人家，坟墓高高地耸着。马在仰天长嘶，风也萧萧作响；一等墓门关闭，那就千年万代也不能再见阳光。而千年万代也不能再见阳光的事，任你是好人或者大官也毫无办法。先前来送我的人，现在都已各自回到他们的家里，亲戚们或者还残留了一点儿哀感；而别的人也就已经歌唱了。既然死了，还有甚么话说，只有把身体交给高山罢了。

　　有生必有死，早终非命促；昨暮同为人，今旦在鬼录。魂气散何之，枯形寄空木；娇儿索父啼，良友抚我哭；得失不复知，是非安能觉？千秋万岁后，谁知荣与辱？但恨在世时，饮酒恒不足。

【译文】

　　既然有生，那就有死；那么死得早的也算不得甚么短命的了。昨天晚上还在做人；今儿早晨就已经成了鬼。魂气不知散到甚么地方去了；枯槁的形体却放进空虚的棺木里。我所疼爱的孩子，因为要父亲而悲啼；好朋友也抚着我而哭泣。而我哩，既不再知道得失，也不再能辨别是非。千年万载之后，谁又能知道死者所经历的光荣与羞辱呢？我恨只恨在世的时候，没有喝够酒罢了。

　　在昔无酒饮，今但湛空觞；春醪生浮蚁，何时更能尝？肴案盈我前，亲戚哭我旁。欲语口无音，欲视眼无光。昔在高堂寝，今宿荒草乡。荒草无人眠，极视正茫茫。一朝出门去，归来良未央。

【译文】

　　从前的日子没有酒喝，而今却满注于徒然的杯子里；虽然是美酒，却已经浮满了一层虫蚁，甚么时候，我再能尝它呢？盛着熟肉的高脚盘子排满于我的面前，亲戚故旧在我旁边哭着。我想说话，口中吐不出声音；想看，眼里没有光芒。从前在高楼大厦里睡觉，今儿个则在荒草丛中过夜；荒草丛中可是没有人睡觉的，看过去只是一片茫茫而已。这一天离开家门，可是回去的念头，确是没有时候停止的啊！

唐·白居易所作：

丹旐何飞扬，素骖亦悲鸣；晨光照闾巷，辒车俨欲行。萧条九月天，哀挽出重城。借问送者谁？妻子与弟兄。苍苍上古原，峨峨开新茔；含酸一恸哭，异口同哀声。旧陇转芜绝，新坟日罗列。春风草绿北邙山，此地年年生死别。

【译文】

红色的铭旌飘荡着，白马也悲哀地叫着，早晨鱼肚色的光亮照进街巷的时候，丧车就要上路了。萧萧的九月天里，凄凉的挽歌，一路唱出城门。若要问是哪些人来相送呢？妻室、儿女跟弟兄们。送葬的行列一直走进古老的青色的原野里，高嵩的坟已经筑成了；怀着凄然的心绪，大家同声哭泣起来。旧的坟已经荒凉了，而新的却一天天在排列开来。春风吹到北邙山上，野草就发绿了，这儿一直都是人们作着生死之别的地方啊！

# 七

从这几首挽歌中，我们可以看出来，歌者往往可以用一种亡人自叹的口气的。如缪袭、陶潜所作的，以及陆机所作的第三章都是；又可以从中看出魏、晋以前的人，对于死亡的看法。当时人觉得"魂气"（《论衡》："魂者，精气也。"）一散，即托躯体于山阿，旧日之"我"乃不复存在。死如离家出远门，可是从生人看，固然是一去不再回来；但从"造化"看，"众生必死，死必归土，此之谓鬼。"（《礼记·祭义》）所以"鬼"kiwed（上声）、"归"kiwed（平声）在意义上都是同源的字。（《尔雅·释训》第三："鬼之言归也。"《列子·天瑞》篇："古者谓死人谓归人。"）故魂气一散，形体日就朽腐，但魂气仍有其归宿。（《礼记·礼运》，郑玄注："鬼者，精魂所归。"）所以他们称坟墓为"灵丘"，为"玄庐"，为"幽室"，为"长夜台"。并在圹中立四极，仿苍天，造作江河，装置星斗，而且还预备了竹器、瓦器、木器，琴、瑟、竽、笙、钟、磬等物，即所谓"明器"。在上古宗教仪式里，这些明器可能都用实物，但到了儒家的手里，却把它修改了。孔子说："之死而致死之，不仁而不可为也；之死而致生之，不智而不可为也。"（《礼记·檀弓》）儒家折衷两者之间的办法，就是"备物而不可用"（同上）。

＊　　＊　　＊　　＊

1946 年 7 月 15 日下午 5 时 30 分，闻一多先生被谋杀于昆明，于今已事隔一年了。翘首西南，悲怀难遏。鲁迅先生诗云：

> 岂有豪情似旧时，花开花落两由之；
>
> 何期泪洒江南雨，又为斯民哭健儿。

想望孤坟于五百里滇池烟水的中间，水成云，云致雨，英灵常在，必定有一天挟风雨而来了，因作《挽歌的故事》以为纪念。

本文篇中挽歌都译成白话，算是对朱自清先生《古文学的欣赏》（《文学杂志》第 2 卷第 1 期）一文的响应。

三六，九，廿八过录毕，于南开大学

（原载《国文月刊》1947 年第 61 期，署邢庆兰）

## 附　记

《挽歌的故事》和《朗诵与国文教学》情况一样，也是发表在后，为文远在之前，《编前缀语》中已经略加说明。父亲一生钟爱古诗词，来自家学渊源，他的高祖桐城派文人明孟贞公讳昉就著有《石臼集》，且编辑唐人诗选集《唐风定》二十二卷，据说家里曾藏有旧刻雕版，族人亦曾议重版。20 世纪 50 年代，塘沽的一位族人还特地来南大找父亲商议，后来大概也不了了之。父亲从事古诗词记音、翻译，从读大学就开始了。他的日记和笔记簿中曾有记载。特别是到昆明以后，在西南联大与闻一多、罗常培、朱自清、游国恩、罗膺中等许多大师请益，于古典诗词有了更深的理解。闻一多和朱自清先生亦曾邀请父亲参加他们发起的研究活动。父亲对朱先生欲将中国过去的文学放在一个"新的系统里面加以认识"深表赞同，并积累了许多"古诗新译"素材，其中就包括《挽歌的故事》里的内容（如民国三十七年〔1948〕一月三十一日《申报·文史》发表的《"吹箫给丧事"说》）。抗战胜利后 1946 年父亲北上"复员"南开，就着手整理这些素材，1947 年 7 月适逢一多先生殉难周年稿成，父亲在文后特地注录一段纪念文字。9 月 28 日又"过录"一遍寄《国文月刊》发表。

# "打"字的历史


  这里说的"字"不只是指写在纸上的"文字",还指说出来的一个个的音节。俗话说"识文断字",把"文"和"字"分开来,这很有道理。"断字"就是要判断说的这个"字"该怎么写才能成"文"。平常又说"咬字清楚",可见"字"是嘴里说的,因为写在纸上的字是不能"咬"的。先有说的字,后有写的字;写的字是用来表示说的字的。中国文字的历史从甲骨文、金文算起,也不过是三千多年;而人类早在几万年,甚至十几万年前就会说话了。

  说的字要比写的字数量多些,各处方言都有不少写不出来的字,平常管这种现象叫"有音无字",其实说作"有字无文"更合适些。说的字在"音"和"义"的变化方面也比写的字快些,"打"字就是一个例子。

  "打"义为"敲击",所以有"打锣""打门""打铁""打架"等说法,这都是可以理解的;但是"打伞""打酒""打毛衣""打主意""打格子""打滚""打电话"等等就很怪了,因为这些说法里都没有"敲击"的意思。"打"字的无"敲击"义的说法是从宋朝开始的。这个字说成 dǎ,也是从宋朝开始的。根据唐写本《刊谬补缺切韵》的记载,"打"字有两个音:一个是"德冷反",隋唐音近于 dǎng,现在全国汉语方言惟独苏州说作 dǎng;还有一个是"丁挺反",音"顶"或"鼎",隋唐音近于 dǐng。宋朝人编的《广韵》里,这个字也是"德冷""都挺"两切,因为《广韵》是官书,所以沿袭隋唐之旧,其实在民间口语里早已变成"丁雅切"(dǎ)了。北宋欧阳修著的《归田录》里有一段说:

    今世俗言语之讹,而举世君子小人皆同其谬者惟"打"①字耳,其义本

---

  ① 打,丁雅反。

谓考击，故人相殴，以物相击皆谓之打；而工造金银器亦谓之打，可矣，盖有捶击之义也。至于造舟车曰打船，打车；网鱼曰打鱼；汲水曰打水；役夫馈饭曰打饭；兵士给衣粮曰打衣粮；从者执伞曰打伞；以糨黏纸曰打黏；以丈尺量地曰打量；举手试眼之昏明曰打试。至于名儒硕学，语皆如此；触事皆谓之打，而遍检字书，了无此字①。其义主考击之打自音滴耿。以字学言之，打字从手从丁（公睆按：应说"从手丁声"，这是个形声字），丁又击物之声，故音滴耿为是，不知因何转为丁雅也。

宋朝刘昌诗《芦蒲笔记》卷三有"打字"一条，补充了许多有关"打"字的乡谈市语，文长不录。

唐朝陆德明《榖梁音义》注解宣公十八年传注里的"打"字条说："音顶"。明末顾炎武《唐韵正》"打"字条引李膺《益州记》说，"鼎鼻山：周德既衰，九鼎沦散，一没于此，或见者鼻，故名。一名打鼻山。山上有城，亦名鼎鼻。'打''鼎'音近也"。可见"打"字唐朝人不说 dǎ，而说 dǐng。

清初朱彝尊说："古书自六朝以前无用'打'字者，始自《莫愁乐》云'艇子打两桨，催送莫愁来'。"这句话说错了，顾炎武已经指出汉朝王延寿《梦赋》里就有"撞纵目，打三颅"的句子。魏朝张楫《广雅·释诂》："打，击也。"清朝王念孙《广雅疏证》说："《后汉书·杜笃传》'椎鸣镝，钉鹿蠡'，'钉'与'打'通。《说文》'打，撞也'，'打'与'撞'亦声近义同。"可见"打"字至迟在后汉就已经用开了，不过只有"打击"的意思，而且只说作 dǐng 或者 dǎng。

为什么这个字在宋朝丢了鼻音尾，说作 dǎ 了呢？明朝赵宧光说："'打'字胡音丁瓦切，而世习通之，反以正音为错。"这话似乎有些道理。我读南宋洪迈《夷坚志》，里头有段话说："契丹小儿初读书，先以俗语颠倒其文句而习之，至有一字用两三字者。顷奉使金国时，接伴副使秘书少监王补，每为予言以为笑。如'鸟宿池中树，僧敲月下门'两句，其读时则曰'月明里和尚门子打，水底里树上老鸦坐'，大率如此。补，锦州人，亦一契丹也。""坐"字按照唐宋音近于 zuǎ，那么"打"就应该说作 duǎ，这正是"丁瓦切"。但这两句话决不是契丹话，而是契丹人照契丹语法来说的汉话（契丹语早成"死语言"，这两句话倒是研究契丹语法的惟一材料）。"打"字说成 duǎ，也不足以

① 丁雅反者。

证明是"胡音"，因为《古今韵会举要》和《洪武正韵》"打"字都作"都瓦切"，就是都说作 duǎ。

"打"字由 dǎng 音变成 dǎ 音只是中国音韵学上称为"阴阳对转"的一种现象，就如"杉木"却说作 shā mù，"鄱阳"却说作 pó yáng，"大栅栏"北京人却说作 dà shí là 一样。

以此文作为《石臼室读书杂志》第一篇。

（原载《今晚报副刊·日知录》1985 年）

# 说 "打喷嚏" 的风俗

"打喷嚏" 也说作 "嚏喷"。古代说作 "嚏"，也说作 "喷鼻"。《说文·口部》："嚏，悟解气也。从口疐声。《诗》曰：'愿言则嚏'。都计切。"清朱骏声《说文通训定声》："谓鼻有所触逆而喷气。《苍颉篇》：'嚏，喷鼻也'。"

我幼年，家住长江中游的一个城市。这里有个风俗：人们打喷嚏，常解释为有人 "念道"，所以才使自己打喷嚏。"念道"（"道"字说成轻声）就是 "思念" 的意思。这个风俗流行的区域很广，起源也很古。《诗经·终风》："寤言不寐，愿言则嚏。"汉朝经学家郑玄注解说："'言'，'我'。'愿'，'思'也。……汝思我心如是，我则嚏也。今俗，人嚏，云'人道我'，此古之遗语也。"宋元以来，诗、词、笔记中常常有人提到这个风俗。如宋苏轼《元日过丹阳，明日立春，寄鲁元翰》诗："白发苍颜谁肯记，晓来频嚏为何人？"

此外，还有一个有关 "打喷嚏" 的风俗，也从我的故乡说起。幼年时，每次打喷嚏，如果母亲在身旁，她必呼道："长命百岁！"呼声和嚏声几乎同步。中年时，我到北方生活，了解到北方也有这个风俗。可见这个风俗和上一个风俗有可能同样古老。后来我到苏联工作，发现那里也有这个风俗，但不限于长亲和小儿女之间，家人亲友不拘男女老少，一人打喷嚏，另一人或数人则几乎同时齐声呼 "百岁"。不过他们发展了一步，嚏者嚏毕，必须向呼者道谢，除非嚏者是一个很小的小孩儿。显然这和中国喷嚏呼 "百岁" 是同一风俗，只是语言不同。在俄国，嚏者若是男性，呼者就说（下面用拉丁字母转写俄文）：budjtje zdrovei! 嚏者若是女性，呼者就说：budjtje zdrovaja! budjtje 义为 "祝愿"，zdrovei 或 zdrovaja 义为 "健康" 或 "百岁"。嚏者嚏毕，就立刻道谢说：spasibo!

问题是中国上古与古斯拉夫部落并无来往，中古与古俄罗斯部族也无交往，这个风俗是怎么传过去的？

古代中国北方有一个游牧民族，北魏时自称"契丹"。唐朝末年，契丹的迭刺部首领阿保机统一各部族称帝，建立辽国（公元 983—1066 年间又重称契丹），与五代和北宋并存。辽设五个京城，疆域东至于海，西至黄河河套，南至今河北、山西北部，北至外兴安岭以北地区。国势盛极一时，以至有些国家称中国为契丹。例如俄语称中国为 kitai。

宋人王易（1004—1081）著《燕北录》①，书中记载辽道宗清宁四年（1503 年，即宋仁宗嘉祐三年）出使辽国时所见契丹风俗。有云"戎主太后嚏喷时，但见近位番汉臣僚等并齐道：'治兜离'，汉语'万岁'也。""治兜离"这三个字的唐宋时说法近于 diteulje（仍用拉丁字母拼写，d 下加着重号表示是卷舌音，但据推测，契丹语中可能并无卷舌音，那么这个"治"字记的是近于现代汉语 z 的音），这也就跟俄语的 zdrovei 或 zdrovaja 相近了。

契丹地区的汉人很多，有的还做了契丹的大官，汉族的喷嚏百岁风俗传入辽国是非常可能的。辽的上京道北部深入俄国境内，所以这个风俗从辽国传入古俄罗斯部族地区也是非常可能的。

契丹语已经成为一种"死语言"，即既无人说，也无人懂的语言。契丹有遗留的文字，不少学者在研究如何认读。像"治兜离"之类的汉字记录就是很珍贵的资料。

俄语里有不少来自蒙古语和突厥语的借词。蒙古语和突厥语都属于阿尔泰语。据研究，契丹语也属于阿尔泰语。所以俄语里有契丹语借词是可能的。比如 kitai 这个词明摆着是契丹语（把"中国"说成"契丹"，从今天来看，中国是一个多民族的国家，倒也没错，不过这说明古俄罗斯部族不知道契丹的南面还有一个宋朝）。俄语里当"健康"或者说"长命百岁"解的 zdrov 或 zdrar 两个词根所包含的一系列词是不是和契丹语有关，也是一个有趣的问题。

喷嚏时呼"百岁"这个风俗，我根据中国南方北方都有这一情况推测它可能是中国古代的一种风俗，但在文献记载上毕竟不见经传，所以也有可能本是契丹风俗，南传中国，北传俄罗斯部族。

汉语跟俄语一样，也可能有契丹语借词。例如宋元以来文献中有"梯己"一词，义为"私人所有的""私下的""心腹的"。这个词也写作"梯气""体己"。如《元典章·刑部四·老幼笃疾杀人》，"既杜思礼无目笃疾之人，依准本路拟决：杖一百七下，仍于本人梯己钱内，征烧埋银五十两给主"。元李文

---

① 见商务印书馆本《说郛》卷三八《重编燕北录》。

蔚《燕青博鱼》第三折:"自家同乐院里见了衙内,又不曾说的一句梯气话。"《水浒传》第三十三回:"当日,宋江与这体己人在小勾栏里闲看了一回。"有人怀疑"梯己"是契丹语借词,如清周亮工《书影》:"汴人语,如藏物于内,不为外用,或人不知之者,皆曰'梯己',后阅《辽史》,梯里己,官名,掌皇族之政教,以宗姓为之,似即今宗人府之官,所以别内外亲疏也,或即梯己之意与?'梯里己'但呼'梯己',二合音也。"按《辽史·百官志》:"惕隐,亦曰梯里己。"又说:"大惕隐司,太祖置,掌皇族之政教……太祖有国,首设此官,其后百官择人,必先宗姓。"《辽史·太祖纪》:"二年春……辛巳,始置惕隐,典族属,以皇弟撒剌为之。"看来,"梯里己"是从"惕隐"音变而来,"惕"音变为"梯里","隐"失去鼻音尾,字首喉塞音变 k-,因而变"己"。借到汉语,变"梯己""梯气""体己",这也是可能的。

如果汉语里有契丹语借词,那么,某些契丹风俗,如喷嚏呼"百岁",很可能也就传播过来了。

(原载《寻根》1994 年第 1 期)

# 傀儡戏寻根

## 一、总　说

　　傀儡戏现在常称木偶戏，用木偶表演歌舞、戏剧，演员在幕后操纵，并道白吟唱，配以音乐。但是在中国古代，演员化装、戴面具或假头舞蹈，也称傀儡。

　　孙楷第先生曾论证中国近世戏曲的演唱形式来源于古傀儡戏和影戏。[①]一般说来，在人类文化发展史上，傀儡戏是最古老、最原始的戏。在印度就有古典梵剧起源于傀儡戏的说法。但傀儡戏起源于印度之说，则很片面。因为傀儡戏的发源地不止一处，印度是一处，中国也是一处，两者没有传播上的关系。许地山先生认为中国戏剧的内容和形式受印度梵剧影响而产生，其中提到傀儡。他说："梵文'傀儡'作'补特利迦'（此云'女儿'），'都醯特利迦'（此云'女儿'），'补吒利'（此云'色相'），'补吒利迦'（此云'其色相者'）……'补吒利'和'补吒利迦'在今日印度还是用来名傀儡的。……今日泉州傀儡……方言作 kha-le（畹按：泉州称悬丝傀儡为"嘉礼"，即"傀儡"的转音），与希拉语'可来'音近；布袋傀儡称 po-te，与梵语'补吒利'音近。"[②]这种说法比较牵强。中国"傀儡"是个双音节词。古代汉语单音节词多，但是也有复音节的，如"蟋蟀""螳螂""蝴蝶""傀儡"等。凡是复音节词往往有不同的写法和说法。如"傀儡"，汉朝人写作"魁礧"（见《续汉书·五行志》刘昭《注》所引汉朝应劭《风俗通义》文），也写作"魁壘""魁礨"；也说作"魁礧子""窟礧子"。"傀儡"的中古音[③]当为 $^c$khuǎi-$^c$luǎi，上古

---

　　① 孙楷第：《近世戏曲的演唱形式出自傀儡戏影戏考》，载《沧州集》，中华书局，1965 年。

　　② 许地山：《梵剧体例及其在汉剧上的点点滴滴》，《小说月报》第 17 卷号外《中国文学研究》。

　　③ "中古音"就是唐宋音；"上古音"就是周秦音，在字音左上角加*号表示。这些音都按照李方桂先生的构拟形式，请参看李方桂《上古音研究》，商务印书馆，1980 年。记音符号用国际音标，古调类平、上、去、入分别用传统的圈角方式标写，如：$_c$□平，$^c$□上，□$^c$去，□$_c$入。现代侗台语、汉语方言字音都用国际音标标写。今调类用 1、3、5、7 表示阴平、阴上、阴去、阴入；2、4、6、8 表示阳平、阳上、阳去、阳入，写在该字标音的右上角。藏文也用国际音标转写。

音当为 $*^ckhw\ni d$-$^cl\ni d$，前上古音可能为 $**^ckhwl\ni d$。中国傀儡戏以其高超技艺影响了近邻各国。唐代就已经传入朝鲜，朝鲜文"傀儡子"一词就是用汉字写的。《旧唐书·音乐志》："窟礧子亦云魁礧子，作偶人以戏，善歌舞，本丧家乐也，汉末始用之于嘉会。齐后主高纬尤所好。高丽国亦有之。"①有人说，日本的傀儡戏是从中国经朝鲜传入的，但是日语"傀儡"读为カイウイ（kairai），非常像"傀儡"两个字的唐朝音。傀儡戏在日本有很大的发展，到江户时代初年与用三弦弹唱的净琉璃曲结合，形成木偶净琉璃。木偶戏使日本古典戏剧演员的动作姿态有木偶化倾向；悬丝傀儡传入缅甸后，对缅剧的舞姿也有很大的影响。这些都能证成孙楷第先生的"今艺人扮戏之台步……恐与悬丝傀儡有关"的说法。傀儡戏也传入越南，孙楷第《傀儡戏影戏补载》说："元，陈孚《陈刚中诗集》卷二《交州稿》有《安南即事》排律一篇，为使安南而作。自注云：'尝宴于其集贤殿。……殿下有踢弄、上竿、杖头傀儡。'"从以上资料看，好像有过一个以中国为中心的"傀儡文化圈"，而与印欧系傀儡文化相区别。英语称"傀儡，木偶"为 puppet，这个字从古法语 poupette 来（现代法语作 poupée "玩偶"），古法语这个字又从拉丁语 pupa（此云"女儿、玩偶"）来。德语"傀儡"说作 puppe，显然和拉丁语有关。看起来这些词和梵语有词源上的关系。俄语"傀儡"有两个说法：一个是 марионетка，这是个法语借词，法语原文是 marionnette，还有一个是 кукла（俄语"木偶戏"称为 кукольный театр），俄国人不认为这个词是外来词，实际上这个词就是汉语的"傀儡"（кук-对"傀"或"窟"，-ла 对"儡"）。傀儡戏是经由契丹传到俄罗斯去的（关于中国的文化词和风俗经由契丹传到古罗斯部族去的情况，请参看拙作《说"打喷嚏"的风俗》，《寻根》1994年第1期）。

## 二、忆　旧

从前在街头巷尾演唱的传统木偶戏，现在各地城市中可能都看不到了。我出生在长江中游的安庆，今年已经八十一岁，所以小时候还能在街头看到这种戏。演出者是北方农民，趁年头岁尾农闲的时候到南方来演唱。这种戏大致如清朝李斗在《扬州画舫录》中所记："围布作房，支以一木，以五指运三寸傀

---

① 《音乐志》："高纬尤所好"以及"高丽国亦有之"都是承接上文"木偶戏"说的。孙楷第先生引《乐府诗集》卷八七《杂歌谣辞》所载《邯郸郭公歌》之序所引《乐府广题》说："北齐后主高纬雅好傀儡，谓之郭公，时人戏为郭公歌。"并说由此知道高纬所好的是"郭公戏"。郭公即郭郎，是人扮演的滑稽舞剧。《音乐志》所说是"行文之疏"。孙氏的说法较武断。"郭公"又称"郭老"，也是一种悬丝傀儡戏。宋代莆田诗人刘克庄《后村先生大全集》有《观社行》一诗："郭郎线断事都休，卸了衣冠返沐猴；棚上偓师何处去？误他棚下几人愁。"

儡，金鼓喧阗，词白则用'叫嗓子'，均以一人为之，谓之肩担戏。"安庆叫扁担戏，一条长扁担，一头挑了一个黑漆圆笼，里面装了各种木偶、道具、锣鼓；一头挑了一个木制小戏台，台分前后，中间是一道彩漆屏障，上面有"出将""入相"两个小门，都挂了门帘。台脚悬了一圈一人高的蓝色布幕，不演时朝上卷起，上覆戏台，便于挑行。遇到空旷地方，便歇下担子，用扁担支起戏台，倚着人家山墙，演出者放下布幕，隐藏在内，倚靠在扁担上，用两根小木棍撑起前台天幕，打一阵闹台锣鼓（有特制的锣鼓架，用脚踏动），吸引观众。然后木偶扮成的王侯将相、院君小姐、贩夫走卒、精灵妖怪纷纷出台做戏。它们的服饰、脸谱、扮相，都和舞台上旧戏角色一样。王侯将相等角色所演的是"大出戏"，傀儡比较高大，内装三支操纵杆，主杆支持木偶身躯和头部，侧杆两支，支持木偶双手。演出者左手举主杆，右手举侧杆，操纵木偶动作。但词白并不用"叫嗓子"，听起来是山东、河南口音，唱腔类似梆子，孩子们都听不懂，只是看个热闹。演"小出戏"才用"叫嗓子"，有白无唱。在"大出戏"之前表演，演的都是滑稽小戏（这是宋代东京瓦子里杖头傀儡的传统，叫作"回头小杂剧"），但用的是布袋傀儡，比较矮小，木脑壳中空，木偶衣裳系在颈上，演出者食指顶着木偶头，大拇指支持木偶左臂，其余三指并拢支持木偶右臂，木偶脚任它自由摆动；但扮演老虎的布袋几乎只是一个老虎头。有一出戏表演一个人打虎，后来被老虎吞进去了，颇有汉朝《东海黄公》戏的遗意。[①]这类戏情节简单，"叫嗓子"的嘤嘤叫声，好像小木偶自己在说话。另外还有"王小二磨豆腐""孙猴儿打妖精"之类。孙猴儿腰系虎皮围裙，手执金箍棒，把那妖精的木头脑袋打得梆梆脆响，孩子们都乐了。

"叫嗓子"又名"嗓叫子"。宋朝沈括《梦溪笔谈·权智》说："世人以竹木牙骨之类为叫子，置人喉中吹之，能作人言，谓之'颡叫子'。尝有病瘖者，为人所苦，烦冤无以自言。听讼者试取颡叫子，令颡之作声如傀儡子，粗能辨其一二，其冤获申。"可见宋朝演木偶戏就用"叫嗓子"了。

扁担戏北京称"耍苟利子"[②]，山东称"戳骨櫑子"。"苟利""骨櫑"都是"傀儡"的转音。

1938年抗日战争时，我随一所中学迁往湘西。经过榆树湾时，发现那里

---

①　张衡《西京赋》："东海黄公，赤刀粤祝，冀厌白虎，卒不能救。"《文选》李善《注》引《西京杂记》："东海人黄公，少时能幻，制蛇御虎，常佩赤金刀。及衰老，饮酒过度。有白虎见于东海，黄公以赤刀厌之，术不行，遂为虎所食。"

②　清·富察敦崇《燕京岁时记》："苟利子即傀儡子，乃一人在布帏之中，头顶小台，演唱打虎跑马诸杂剧。"

的一个草坪上正在演悬丝傀儡戏。这种戏我从前没看过，比扁担戏要精致得多。我蹲在一棵树荫下看了好半天。傀儡棚是用白布围成的，戏台略高于地面，以黑布为屏障，演唱者在屏后用黑线牵动傀儡和道具，看起来好像傀儡自己在动作。傀儡衣饰鲜明，在黑色的背景前光彩焕发。后来珍妻①告诉我，所看的可能是《蔡状元修洛阳桥》，桥修成后，各行各业人等都从桥上走过。当时我看见一个穿一领黄色布衫，腰系红绢褡膊，腿绑护膝，脚穿八答麻鞋，头戴范阳笠儿的白胡子老汉，推了一辆满载货物的独轮车，最初推不上去，后来一使劲才推上了桥面。老汉推车的姿态，车轮的滚动，都栩栩如生。可惜草坪上人声喧闹，我听不见音乐唱腔，估计跟湘戏差不多。珍妻说，湖南本地是有悬丝傀儡戏的。悬丝傀儡戏以福建泉州为最好，历史长，艺术高，称为"嘉礼戏"。"嘉礼"也是"傀儡"的转音。据泉州老艺人说②，从清朝道光年间到民国初年，泉州城内大小傀儡戏班还有六十多班，拥有艺人三百多人，雕刻木偶头像、手、脚，以及制作冠戴帽饰服装的，都有专门的工人。嘉礼棚的面积约七尺见方，高约三尺上下；棚顶用四根竹竿扎在台柱上，称为"外竿"；另用四根较短的竹竿扎成方框，再用两根长竹竿交叉扎在棚顶，把小方框扎在上面，称为"内竿"。外竿用来悬挂全部傀儡，内竿悬挂即将出场的傀儡。戏棚正中是一道彩画屏障。戏棚正面外竿挂了一幅不宽的横幕，高低正好能遮住演员的面部，称为"小人眉"。图 1 是古代傀儡戏棚及演出情况。只是这幅图没有画上小人眉，也没有外竿。泉州傀儡的造型也非常优美，尤其以头像最为显著，精巧细致，保存了唐宋的绘画风格。图 2 是泉州木偶剧院保存的一组明代木偶头（采自《泉州文史》1980 年第 2 期）。

图 1　古代傀儡戏棚及演出情况

图 2　明代木偶头

①　编者注：即我母陈珍，著文时母亲已逝世半年了，故父亲在篇末说，以此文为"珍妻半年祭"。
②　陈德馨：《泉州提线木偶艺术发展史初探》，见《泉州文史》1980 年 2、3 两期合刊。

## 三、人饰傀儡和木偶傀儡

王国维在《宋元戏曲考》中指出：小说、傀儡戏、影戏"三者皆以演故事为事。小说但以口演，傀儡、影戏则为其形象矣，然而非以人演也。其以人演者，戏剧之外，尚有种种，亦戏剧之支流"。他举出"三教"①、"讶鼓"②、舞队三种。关于舞队，王氏把宋代周密《武林旧事》卷二所记从"查查鬼"到"打娇惜"共七十种舞队名目全部抄下，然后说："所纪舞队全与前二者（按指"三教""讶鼓"）相似。……其中装作种种人物，或有故事。其所以异于戏剧者则演剧有定所，此则巡回演之。然后来戏名、曲名中多用其名目，可知其与戏剧非毫无关系也。"但《武林旧事》所记的南宋都城春节舞队实际是"大小全棚傀儡"的名称，所以这七十种舞队名目其实都是"人饰傀儡"戏。孙楷第在《傀儡戏考原》中正确指出："近世傀儡戏有二派：一派以真人扮演，如宋之傀儡'舞鲍老''耍和尚'等是也。'舞鲍老''耍和尚'戴假首，与汉之舞方相同。今戏台扮鬼神及元夕扮傀儡，尚存此制。一以假人扮演，如宋之傀儡戏棚所作杖头傀儡、悬丝傀儡是也。此二者性质不同而皆谓之傀儡。以真人戴假头扮傀儡，始于汉之舞方相。以假人扮傀儡始于何时，与舞方相亦有关否？此为不易解答之问题。"孙氏认为汉朝的魁𣜜戏不是木偶戏，而是演者戴假头"舞方相"，到北齐变为"舞郭公"（公畹按：郭公戏仍然是木偶戏，请看前《音乐志》注释），都是人饰傀儡。至于木偶傀儡，孙氏怀疑是从隋代开始的。

现在我把《武林旧事》记录的作为春节舞队的"大小全棚傀儡"选一些为例，有的从词面就可以看出是由戴假头或假面的演员扮演的（括号内的字是原注）："查查鬼（查大）"，"李大口（一字口）"，"长瓠敛（长头）"，"兔吉（兔毛大伯）"，"大憨儿"（畹按：金院本名目中有"憨郭郎"），"快活三郎"，"快活三娘"，"瞎判官"，"猫儿相公"，"男女竹马"（畹按：泉州安溪县山区仍有竹马戏，近世各地社戏也都有竹马灯，东北称"跑竹马会"），"大小斫刀鲍老"，"交衮鲍老"，"扑旗"，"抱锣装鬼"，"狮豹蛮牌"，"旱划船"，"踏橇"（一作"踏跷"）。最后两种，现在各地春节街头仍然有表演的。"旱划船"安庆称"踏划船"，北京称"跑旱船"，是一种民间舞蹈。用竹片和彩色的布或纸扎

---

① 宋·孟元老《东京梦华录》："此月（按十二月）即有贫者三教人为一伙，装妇人神鬼，敲锣击鼓，巡门乞钱，俗呼'打夜胡'，亦驱祟之道也。"

② 宋代民间迎神赛会时扮演的杂剧。《朱子语类》卷一三九："如舞讶鼓，其间男子、妇人、僧道杂色，无所不有，但都是假的。"

成一条无底的船，船头船尾都点了蜡烛。船中一人扮古装女子，用手提着船舷，或是用带子缚住船舷系在身上，踏步舞蹈。有时另有一人扮演艄公，是个丑角，手持木桨伴舞。"踏跷"安庆称"踩高跷"。《说文·足部》："跷，举足行高也。"演者扮成旧戏或传说中人物，脚踏双跷，高步舞蹈。跷为两根木杖，长的有一丈多，木杖上部有踏脚装置，用布带将跷绑在小腿外方。舞队中其他戏目大多看不到了。关于"舞鲍老"《水浒传》第三十三回却有描写："当下宋江等四人在鳌山前看了一回，迤逦投南看灯。走不过五七百步，只见前面灯烛荧煌，一伙人围住在一个大墙院门首看热闹。锣鼓响处，众人喝彩。宋江看时，却是一伙舞鲍老的。宋江矮矬，人背后看不见。那相陪的梯己人却认得社火队里，便教分开众人，让宋江看。那跳鲍老的，身躯扭得村村势势的。宋江看了，呵呵大笑。""村村势势"为宋元口语，也说作"村沙样势"，意思是"呆头呆脑的"。图 3 为明代容与堂刻《水浒传》插图。可以看出装鲍老的戴着假面，举右脚起步，耸左肩，扭头向左；另有两个少年儿童伴舞，一个"以小锣相招，和舞步"（《东京梦华录》）；鲍老矮矬，表示是"侏儒"，王国维说："古之优人，其始皆以侏儒为之。"这是一个极古老的传统。这一伙舞鲍老的都是社火队里的。"社火队"是古时候城市乡村迎神赛会扮演百戏的群众组织。这些戏以游行演出为主，有"清音社"奏乐歌唱，但不能停下来表演长篇故事，只能扮成形象让人观看，成为"人形傀儡"，宋朝行话称为"拽"（《集韵·祭韵》："拽，拖也，山东语。时制切。"音为 jwæi'），如《东京梦华录》卷九："殿内杂戏，为有使人（畹按：指外国使臣）预宴，不敢深作谐谑，惟用群队，装其似像，市语谓之'拽'。"当然，社火也可以在固定舞台上表演，如《东京梦华录》卷八："六月二十四日，州西灌口二郎生日，最为繁盛，庙在万胜门外一里许……天晓，诸司及诸行百姓献送甚多，其社火呈于露台（即庙内固定戏台）之上……自早呈拽百戏，如……倬刀、装鬼、砑鼓、牌棒……之类。"这些戏是可以游行演出的。如"倬刀"就是"倬刀鲍老"（畹按：不是《水浒传》描写的那种

**图 3　明代容与堂刻《水浒传》插图**

"鲍老"），"牌棒"大致就是舞队中的"狮豹蛮牌"。演出情况如《梦华录·驾登宝津楼，诸军呈百戏》所说："狮豹入场，坐作[①]进退奋迅举止。"这里的"狮豹"都是人戴着假头或假形扮演的。这种演法在汉代就已经有了（见图4汉代画像石）。《梦华录》同条又说："有花

图4　汉代画像石

妆轻健军士百余，前列旗帜，各执雉尾、蛮牌、木刀，初成行列拜舞，互变开门、夺桥等阵，然后列成偃月阵。乐部复动《蛮牌令》，数内两人出阵对舞如刺击之状，一人作奋击之势，一人作僵仆出场。凡五七对，或以枪对牌、剑对牌之类。"所谓"装鬼"，前举傀儡舞队中的"抱锣装鬼"大概就是这种戏的一种。演出的情况如《梦华录》同条所说："烟火大起，有假面披发、口吐狼牙烟火如鬼神状者上场，着青贴金花短后之衣，贴金皂袴，跣足，携大铜锣随身，步舞而进退，谓之'抱锣'。"前举傀儡舞队中的"扑旗"，露台上也演出。《梦华录》同条说："一红巾者手执白旗子，跳跃旋风而舞，谓之'扑旗子'。"

　　《梦华录》卷五所记宋代都城（今开封）瓦子勾栏里所演的傀儡戏有"杖头傀儡""悬丝傀儡"，这两种都是木偶傀儡。关于"悬丝傀儡"，1977年河南济源县出土的宋代彩绘瓷枕上有幅图（见图5），图上没有傀儡棚，大概是三个儿童弄傀儡做游戏。值得注意的是席地而坐的儿童，左手是一个"小提鼓"（不是锣），右手以杖（不是槌）击之奏节，另一个儿童吹笛应节步舞，"笛鼓追随"，可见宋代演傀儡戏用的是"清乐"；而且宋代山村演社火用的也是"清乐"。宋·陆游《游山西村》："箫鼓追随春社近，衣冠简朴古风存。"另外还有

图5　宋代彩绘瓷枕画像

---

　　① "坐"义为"停止"，"作"义为"前进"。《周礼·大司马》："以教坐作进退疾徐疏数之节。"郑玄《注》："习战法。"有人句逗为"狮豹入场坐"，误。

"药发傀儡"，孙楷第认为就是一种烟火，不是木偶。另外还有"水傀儡"，也是木偶。《梦华录》卷七描写道："近殿……又列两船，皆乐部。又有一小船（畹按：此即船形傀儡棚），上结小彩楼，下有三小门，如傀儡棚，正对水中。乐船上，参军色进致语[①]。乐作，彩棚中门开，出小木偶人、小船子，上有一白衣人垂钓，后有小童举棹划船，缭绕数回，作语。乐作，钓出活小鱼一枚。又作乐，小船入棚。继有木偶筑球、舞旋之类。亦各念致语、唱和，乐作而已。谓之水傀儡[②]。"据宋朝灌园耐得翁《都城纪胜·瓦舍众伎》中还举有"肉傀儡"一项，并且解释说："以小儿后生辈为之。"孙楷第认为是"乐人擎小儿舞，唱小词"。[③]

# 四、寻　根

关于傀儡戏起源的说法一般有二。一是周穆王时工人偃师所造，见《列子·汤问》。《列子》是一部伪书，这个故事完全抄袭佛经，所以不可信，但不能据此证明周朝无傀儡。一是汉朝陈平造傀儡，见于唐朝段安节《乐府杂录》等书，后来证明这个说法也不可信，但这也不能用来证明汉朝无傀儡。汉朝应劭《风俗通义》说："时京师宾婚嘉会皆作魁㯩。酒酣之后，续之挽歌。魁㯩，丧家之乐；挽歌，执绋相偶和之者。"孙楷第认为这里的魁㯩不是木偶戏，而是人扮演的方相舞，只是孙楷第没有直接的证据。《说文》没有"魁㯩"字（"魁"字义为"羹斗"，与此义无关），应劭把"㯩"字写作从"木"，是有表"刻木"的意思的。特别是 1979 年山东莱西县西汉墓出土十三件木偶，其中有一具"身高一百九十三厘米，与真人等高，整体用十三段木条（细部已腐烂，没有计算）雕凿出关节，构成骨架，全身机动灵活。腹部、腿部的木架上还钻了一些小孔。一起出土的还有一段长一百一十五厘米、直径零点七厘米的银条，可能为调节偶人身躯手足用的。这具木偶当即提线傀儡，可为傀儡戏起源添佐证（见图 6）。可见孙楷第的汉朝魁㯩是"人饰傀儡"的说法是错的。但他说汉代傀儡戏就是"方相舞"仍然有正确的一面，不过这应当用发

---

① 看来傀儡棚船中真人仅有演员，乐船上后，靠近棚船。致语、唱和、作乐，都在乐船。但孙楷第句逗为"……正对水中乐船。上参军色致语。"傀儡棚船自是一船，非"小船中贮水。上结彩棚，……"（见《沧州集》页 249）此船应正对皇帝待的水棚，不应"正对乐船"。

② 编者注：在水中表演的这种"水傀儡"在越南非常流行。

③ 编者注：其实大约就是现在流行于北方多省"秧歌"中的"抬歌""挑歌"（"歌"亦写作"阁"）。他们都是一种大人"举"小孩游舞的秧歌。

图 6　1979 年山东莱西县
西汉墓出土木偶

掘的实物、古文字、汉藏系语言去证明。

莱西汉墓傀儡的衣冠服饰都已经腐烂，但从面部刻痕中依稀可辨"四目"。一般傀儡为了便于提弄都较矮小，而此器与人等高，大概是用于扮作"方相"的。

"傀儡"的前上古音当为 \*\*ᶜkhwləd，这个字和"鬼"字同源。"鬼"的上古音为 \*ᶜkwjəd，而从"鬼"得声的"（腂）"字却为"都罪反"（见唐写本王仁昫《刊谬补缺切韵·贿韵》），声母是舌尖音，所以"鬼"字的前上古音可能就是 \*\*ᶜkhwləd，试看藏文称"（雕塑的）偶像"为 sku-ɦdra（见格西曲札《藏文词典》页 42），这个字可以和 \*\*ᶜkhwləd 对应（khw-对 sku，-ləd 对 ɦdra），而藏文 ɦdre 义为"鬼怪，精灵"。广西罗城仫佬语言称"鬼"为 la:i⁴，是"儡"字音（ᶜlwǎi<\*ləd）的遗迹，可以和藏文 ɦdre 对应。但广西武鸣壮族语言和贵州望谟布依族语言都称"鬼"为 fa:ŋ²（<\*b-），这就是"方相"的"方"字（\*ᶜpjaŋ）的遗迹。广西环江毛南族语言称"鬼"为 ma:ŋ¹ɕeŋ⁶，显然是"方相"音的遗迹。泰国语言称"木偶、木偶戏、偶像"为 hun⁵，这个字和泰语"魂"字（khwan¹，壮语说作 hon²，布依说作 hən¹）同源，也就是汉语"魂"（\*ᶜgwən）字，"鬼"与"魂"是同类的。

当然，最早的方相舞确实是人扮演的。关于方相和鬼的关系，除汉藏语言外，还可以用甲骨文来证明。甲骨文有 𦥑 字，隶定为寇，于省吾释为"宄"[1]，他说："《说文》：'宄，奸也。外为盗，内为宄。从宀九声，读若轨。'……寇从宀（即古宅字）从攺，攺从攴九，九与鬼声近通用。《礼记·明堂位》之'鬼侯'，《史记·殷本纪》作'九侯'。此与轨从九声之音读相同。甲骨文'鬼方'之'鬼'作 𭷎，周器梁伯戈'𢼊方蠻（蛮）'之𢼊作 𭫎，乃兜之孳乳字。𢼊字象以攴击兜。从攴从攺古同用。此与甲骨文寇字从攺，象以攴击九之即击鬼适相符合。《周礼》：'方相氏掌蒙熊皮，黄金四目，玄衣朱裳，执戈扬盾，帅百隶而时难（公畹按：难字即傩字，下同），以索室殴疫。'《礼记·月令》

① 于省吾：《甲骨文字释林》，中华书局，1979 年。

引《论语》：'乡人难'郑《注》：'十二月，命方相氏索室中，驱疫鬼'。……甲骨文言敁，周人言傩，名异而实同。……""轨"从"九"声，上古音为 $*^\mathrm{c}kwji\partial gw$ ，和"鬼"字通用当是一种方言现象。梁伯戈"鬼方"之"鬼"作"敁"，当即甲骨文"寇"字所从之"殳"字，同时也是"寇"的声旁，所以"寇字"的上古音当为 $*^\mathrm{c}kwj\partial d$ ，即"鬼"字音，不过"寇"是动词（前上古音 $*\!*^\mathrm{c}khwl\partial d$ ），义为"驱鬼"。上古"人""手""目""妻"等字都可以用成动词，所以"鬼"字也可以用成动词。

总之，商代的"寇"是一种驱鬼逐疫的巫舞，周代继承了这个仪式，称为"傩"（湖南、湖北、贵州等省乡村的傩舞、傩戏仍然保留了"傩"的遗迹）。傩本来是披熊皮、戴黄金四目假面、执戈扬盾的方相舞。到汉代就用木偶来表演这种舞蹈。随着戏曲的发展和木偶制作的精美化，慢慢形成各种木偶戏；而戴假头、假面的方相舞队也演变为人饰傀儡的舞队。

有关"傀儡"的语音演变请看下式。

$*\!*^\mathrm{c}khwl\partial d$ 包含两个词：

鬼 $>*^\mathrm{c}kwj\partial d$ （鬼） $>^\mathrm{c}kjw\check{e}i>$ 北京 $kuei^3$

寇 $>*^\mathrm{c}khw\partial d\text{-}^\mathrm{c}l\partial d$ （傀儡） $>^\mathrm{c}khu\check{a}i\text{-}^\mathrm{c}lu\check{a}i>$ 北京 $khuei^3\text{-}lei^3$

傀儡还有许多转音和谐谑的说法，如"魁檋""窟礧""骨榴""苟利""嘉礼""郭秃""郭郎""郭老""郭公"等。日语カイウイ，俄语 кукла，也是转音，但与欧美 puppet 无"亲缘关系"。

1995 年 5 月 10 日，珍妻逝世半年祭

（原载《寻根》1995 年第 5 期）

# 关于《阿叶哈毫姑娘的故事》

　　"灰姑娘"的故事是世界上流传最广，并得到极大关注和研究的故事类型之一，在许多国家和民族的民间故事中都能觅得踪迹。"灰姑娘"的故事在全世界究竟存在多少种"版本"，至今没有一个准确数字。1892 年出版的玛丽安·洛尔夫·考克斯（Marian Rolfe Cox）的"灰姑娘"故事集中，总共记录了 345 个此类故事。据统计，迄今已在亚、非、欧、美，发现了"灰姑娘"类型故事 700 多个。德国格林兄弟记载的"灰姑娘"的故事，1812 年出现第一个版本，其后至 1857 年一共有 7 个版次。在欧洲，很长一段时间里，人们一直认为 1697 年法国人夏尔·佩罗（Charles Perrault）《故事集》中"鹅妈妈的故事"是"灰姑娘"最早的记载。现在欧洲已发现了一些更早的"灰姑娘"的故事。而我国唐代段成式在其《酉阳杂俎·续集》中所记述的侗族故事《叶限姑娘》，被认为是世界上"灰姑娘"故事最早的记载，大约是在公元 9 世纪中期。但我国学者杨宪益先生认为，这个故事是公元八九世纪从南海传入中国的。本文证明了，作者 1943 年在我国云南新平采集到的傣族故事《阿叶哈毫姑娘》与段成式记述的侗族故事《叶限姑娘》、德国格林童话里的《灰姑娘》以及俄罗斯童话《水晶鞋》一样，属于同一"灰姑娘"故事类型。而《阿叶哈毫姑娘》的意义在于：傣语和侗语都属于侗台语系，傣语属于台语群，侗语属于侗水语群，现在傣族人讲述的《阿叶哈毫姑娘》与唐代侗族人讲述的《叶限姑娘》是同一母题、同一类型，就可以证明，这是一个台语和侗水语还没有分开的时代，操说侗台语的人群所传述的故事。而侗台语存在的年代大约在考古学上铜石并用时代的晚期，即龙山文化时期（约公元前 2600—公元前 2000 年），如果说那个时候就从欧洲传来了"灰姑娘"的故事，这种说法的确是有困难的。那么，在龙山时代就已经在我国侗台语族人民当中传述的这个故事，是怎么传述到近东和印欧语系人民中间去的呢？那真是一个让人感兴趣的谜。

## 一

60 年前①，即公元 1943 年，我到云南新平县西南 120 里、红河西岸的傣雅族居住区漠沙调查语言。我在该地区住了半年，搜集了不少民间故事。其中惟有白成章老人在 1943 年 3 月 24 日所说的《阿叶哈毫姑娘》那个故事最能引起人们极大的兴趣。因为这个故事跟唐段成式（？—836）在所著《酉阳杂俎·续集》第一卷《支诺皋上》（见汲古阁本《津逮秘书》第 3—5 页），所记载的广西侗族所传的《叶限姑娘》的故事是同一类型的；而中国学者都一致认为叶限姑娘的故事就是欧洲和近东自古流传的灰姑娘（Cinderella）的童话。既然这是一个同一母题（motif）的流行在各地的古老的童话（各地说者为了适合于各地不同的社会情况和风俗习惯，在细节上当然有一些改变），它总有个最先讲述的地方。这个地方是哪儿？我们学者看法不一致。1936 年，于道源先生认为最早要数《酉阳杂俎·续集》里所记的《叶限姑娘》的故事（于说详后）；而 1947 年杨宪益先生却认为这个故事是公元八九世纪从南海传入中国的（杨氏的说法详后）。

我们知道，傣语和侗语都属于侗台语系，傣语属于台语群，侗语属于侗水语群。现在傣族人讲述的《阿叶哈毫姑娘的故事》，既然跟唐朝侗族人讲述的《叶限姑娘》的故事是同一类型的，即同一母题的，就可以证明，这是一个台语和侗水语还没有分开的时代操说侗台语的人所传述的故事，而侗台语存在的年代，大约在考古学上铜石并用时代的晚期，即龙山文化时期（请参看拙作《原始汉藏人的宗教与原始汉藏语》，见《中国语文》2001 年 2 期），如果说那个时候就从欧洲传来了"灰姑娘"的故事，这种说法的确是有困难的。

## 二

现在我把傣雅族白成章老人讲的《阿叶哈毫姑娘的故事》写在下面。老人是用傣雅语讲的。我的记录是傣雅语记音。现在将记音用汉语直译出来。

从前有一个人，夜间去照青蛙，得到一只青蛙，（就）拾进背箩，

---

① 编者注：本文写于 2003 年 7 月，父亲在天津医科大学第一附属医院做第二次前列腺手术之后。及今（2006 年 7 月），重新整理父亲的遗稿，已是先父去世整 2 周年了。

（但是它）跳出背箩去。又拾进背箩，又跳，又拾进背箩。拾十几次。他以为得到很多，（其实）仅仅只有一只。第二天天亮了，他去犁田，他的妻子去送饭，只一只青蛙，给她丈夫去吃那一只。她的丈夫以为（是）他的妻子吃完了，吃完哩只给一只。丈夫发起脾气来，把妻子打死了。他把妻子打死了哩，死了变（成）牛来给他犁田。现在他没有妻子，有一个女儿。他的女儿叫阿叶哈毫。他讨了（一个）新妻子，跟来一个女儿，叫玉娘。阿叶哈毫看牛，那牛就很规矩地跟着。阿叶哈毫拿纺车挂在牛角上，那条牛就来教她纺线、纺纱、织绸缎。这回被那条牛教织绸缎了。新妻子让玉娘去看一次牛，那条母牛直是跑着，跑去吃人家的田，回来告诉她的父亲，她的父亲发起脾气来，要杀那条牛吃呢。阿叶哈毫来告诉这条牛："父亲杀你吃呢！"一面说，一面对着水牛哭："父亲要杀你。"

"你父亲杀我，我尿出尿来，你（就）去擦我的尿。"

她父亲拉牛去杀，阿叶哈毫（就）去擦那条牛的尿，（结果）美丽得很。她父亲让玉娘去擦一次尿。这个玉娘去擦了那条牛的尿（就）生了病（几乎）要死。她父亲把那条牛剥了皮，把那条牛的皮给阿叶哈毫拿去埋，她的父亲煮那条牛的肉。牛皮告诉阿叶哈毫："你拾我的骨头去埋，过三天，去掘出埋的那些。"别人吃那条牛的肉，阿叶哈毫拾骨头，拾了去埋。她把那牛的皮埋在一处，骨头另埋一处，那牛的蹄子另埋一处。过三天，去刨出埋的那些，刨出皮变成丝质衣服，美丽得很；刨出牛蹄子①变成鞋子，美丽得很。她的父亲让玉娘刨一次，刨出牛骨变成土蜂把玉娘的全身都蛰肿了。

那阿叶哈毫美丽得很，官看见阿叶哈毫，娶去做官太太，生出孩子了，回到婆家去。她父亲让玉娘送阿叶哈毫去，走到路上，被玉娘将她打死，推进水塘里去。玉娘回去替换了阿叶哈毫。她丈夫认不出，阿叶哈毫的孩子（却）哭得厉害，她丈夫认不出他的妻子，谁是他的妻子他（也）不认得。

那个官打发男帮手（去）庠鱼，得到一条鱼。阿叶哈毫被玉娘杀死了呢变成鱼，那条男帮手庠到的鱼就是阿叶哈毫。男帮手庠鱼回去，把鱼关着。阿叶哈毫的孩子去看鱼，鱼竖起尾巴来擦阿叶哈毫的孩子的眼睛。玉娘跟她丈夫说："鱼要不得，拿尾巴戳咱们孩子的眼睛！"她丈夫把鱼

---

① 编者注：据《红河上游傣雅语》（语文出版社，1989年1月）原文校勘。

煮了吃了。那鱼骨变（成）布谷鸟。有一个男帮手去割草，那只鸟唱着说："男帮的，穿破衣！"男帮手说："我没有人补，衣服破完了。"那只鸟唱的很好听。男帮手（回）来告诉官，让官去听鸟雀唱。官去（了），那鸟不唱；回来哩换男帮手的衣服（再）去，那只鸟就唱起来，唱得很好听。官说："你若是我的妻，进袖子来。"那只鸟进他的袖子来，得到那鸟了，拿回家来，用绳拴着。阿叶哈毫的孩子去玩那只鸟，那只鸟就啄（他）鼻孔。玉娘说："这鸟要不得，杀了吃了。"玉娘（把它）煮了吃了，忘记吃它的头，那只鸟的头搁在灶上。有一个老大娘来串门子，看见那只鸟头就要那只鸟头。老大娘得到那只鸟头忘记吃哩就出去了。老大娘不在家哩，鸟头变（成）人来，会煮菜煮饭给老大娘吃。那个老大娘吃了，说："也不知道是谁煮菜煮饭给我吃。"那老大娘等着，看到哩（就）就推门进去抱住，说："你做我的孩子。"答应了。那老大娘（把这事）说出去，官就去看，他就讨，才省悟是他的妻子。她丈夫很懊悔，打出主意来，这回就打一对刀，有一把是拿钢做的，有一把是拿锡做的。官这样说："你们俩去相杀，谁死哩做不到妻子，谁活哩可以做妻子。"叫阿叶哈毫拿钢刀，叫玉娘拿锡刀，锡刀斫了不得死，玉娘死了。

三

现在我再把唐段成式《酉阳杂俎·续集》第一卷《支诺皋上》所载侗族人所说的《叶限姑娘》故事转载于下。

南人相传，秦汉有洞主吴氏，土人呼为吴洞，取两妻。一妻卒，有女名叶限，少惠，善陶（一作"钩"）金，父爱之。末岁父卒，为后母所苦，常令樵险汲深。时尝得一鳞，二寸余，赪鬐金目。遂潜养于盆水，日日长，易数器，大不能受，乃投于后池中。女所得余食，辄沉以食之。女至池，鱼必露首枕岸；他人至，不复出。其母知之。每伺之，鱼未尝见也。因诈女曰："尔无劳呼！吾为尔新其襦！"乃易其弊衣，后令汲于他泉，计里数百（一作"里"）也。母徐衣其女衣，袖利刃，行向池呼鱼，鱼即出首，因斫杀之。鱼巳长丈余，膳其肉，味倍常鱼；藏其骨于郁栖（按：即"粪堆"）之下。逾日，女至向池，不复见鱼矣。乃哭于野。忽有人披发粗衣，自天而降，慰女曰："尔无哭，尔母杀尔鱼矣！骨在粪下。尔归，可取鱼骨藏于室，所须第祈之，当随尔也。"女用其言，金玑衣食，随欲而具。及洞节，母往，令女守庭果。女伺母行远，亦往，衣翠纺上衣，蹑金履。母所生女认之，谓母曰："此甚似姊也。"母亦疑之，女觉，遽反，遂遗一只履，为洞人所得。母归，但见女抱庭树而眠，亦不之虑。其洞邻海岛，岛中有国名陀汗，兵强，王数十岛，水界数千里。洞人遂货其履于陀汗国，国主得之，命其左右履之，足小者履减一寸，乃令一国妇人履之，竟无一称者。其轻如毛，履石无声。陀汗王意其洞人以非道得之，遂禁锢而栲掠之，竟不知所从来。乃以是履弃之于道旁，（即遍历人家捕之）若有女履者，（捕之）以告，陀汗王怪之，乃搜其室，得叶限，令履之而信。叶限因衣翠纺衣，蹑履而进，色若天人也。（始具事于王）王载鱼骨与叶限俱还国，其母即为飞石击死，洞人哀之，埋于石坑，命曰懊女塚。洞人以为禖祀，求女必应。陀汗王至国，以叶限为上妇。一年，王贪求，祈于鱼骨宝玉无限。逾年，不复应。王乃葬鱼骨于海岸，用珠百斛藏之，以金为际。至征卒叛时，将发以赡军，一夕为海潮所沦。成式旧家人李士元所说。士元本邕州洞中人，多记得南中怪事。

《叶限姑娘》的故事的说者李士元，段成式说他是"邕州洞中人"，按邕州为唐朝所置，元朝改为南宁路，今广西邕宁县治①。段成式所说的"洞人"，现在称为"侗族"，是国内少数民族之一，唐朝也称"峒岷"。柳宗元（778—819）《柳州峒岷》一诗所记即是侗族的风俗，诗云：

> 郡城南下接通津，异服殊音不可亲。
> 青箬裹盐归峒客，绿荷包饭趁墟人；
> 鹅毛御腊缝山罽，鸡骨占年拜水神。
> 愁向公庭问重译，欲投章甫作文身。

"郡城南下"的"通津"大致是指西江流域各地，西江流域至今仍是多说侗水语（Kam-Sui Language）的人民居住（如：西隆、凌云等地）。

《阿叶哈毫姑娘的故事》和《叶限姑娘》的故事里，人名的"叶"（je³）是台语女性排行"大姐"的意思，"哈毫"和"限"大概都是乳名。当然，je³

---

① 编者注：邕州，唐贞观六年（632）置，治所在宣化（今南宁市南），辖境相当今广西南宁市及邕宁、武鸣、隆安、大新、崇左、上思、扶绥等县，大体都是今天壮族居住区。

是今天的说法，按"叶"字的汉语中古的说法是近于 jiæp³ 这个音的。①

# 四

杨宪益先生在所著《零墨新笺》（1947 年出版）中所收第 10 篇题为《中国的扫灰娘（Cinderella）故事》的论文中提出《叶限故事》跟欧洲的"灰姑娘"的故事是同源的。杨先生说：

> 这篇故事显然就是西方的扫灰娘（Cinderella）故事。段成式是西元九世纪人，可见这段故事至迟在九世纪或甚至八世纪已经传入中国了。篇末说述故事者为邕州人，邕州即今广西南宁，可见这段故事是由南海传入中国的。据英人柯各斯（Marian Rolfe Cox）考证，这故事在欧洲和近东共有三百四十五种大同小异的传说。可惜这本书现在无法找到。在欧洲最流行的两种传说，见于七世纪法人培鲁（Perrault）的《故事集》和十九世纪初年德人格灵姆兄弟（Grimm）的《故事集》里。据格灵姆的传说，这位扫灰娘名为 Aschenbrödel。Aschen 一字的意思是"灰"，就是英文的 Ashes，盎格鲁萨克逊文的 Aescen（æscan, æxan, ascan），梵文的 Asan。最有趣的就是在中文本里，这位姑娘依然名为叶限，显然是 Aschen 或 Asan 的译音。通行的英文本是由法文转译的，其中扫灰娘所穿的鞋是琉璃的，这是因为法文本里是毛制的鞋（vair），英译人误为琉璃（verre）之故。中文本虽说是金履，然而又说"其轻如毛，履石无声"，大概原来还是毛制的。

不过按段成式的记载，这个姑娘"蹑金履"，所以不是毛制的。只不过这双鞋虽是金制，但"其轻如毛，履石无声"，所以极为稀罕。

现在我从《格林姆童话集》里把这个童话译在下面。我是根据译本 *Grimm's Fairy Tales* 译出的。这个译本是我从旧书店买来的，几乎每一篇都有古老的、精美的插图，惟独《灰姑娘》没有。它的封面和扉页都没有了，是重新装订的，因此我不知道它的出版地点和年月。

---

① 编者注：这一段话是据父亲以前的讲述补正，在《红河上游傣雅语》"阿叶故事补注"中可见原文。

　　从前有个富人的妻子病得很厉害，当她感到自己快死的时候，把她唯一的女儿叫到床边，对她说："我的好孩子，虔敬吧！真诚吧！这样上帝就将永远保佑你；我也将从天上朝下看着你，想着你。"不一会儿，她闭上眼睛，死了。那个小姑娘每天都跑到她母亲的坟地上对着坟哭。她一直是真诚的、虔敬的。冬天来了，雪制成一个白色的罩子罩在坟上；到了春天，太阳把这个罩子提走了，而她父亲另娶了一个妻子。

　　这个妻子带来她的两个拖油瓶的女儿。这两个女儿脸很美，心却很狠毒。这样，这个可怜的前妻的孩子生活上不幸的岁月就开始了。这两个姐姐说："这个傻瓜怎么能和我们一同坐在客厅里呢？把这个厨娘赶出去！"她们就脱下她的好衣服，给她身上穿上一件灰色的旧外衣，脚上穿一双木头鞋。她们说："看看这个从前骄傲的公主现在的打扮！"她们嘲笑着把她赶进厨房。她不得不从早到晚苦苦干活。起早就出去打水，回来生火，做饭，刷锅。两个姐姐不顾一切地凌辱她，嘲笑她，把豌豆和蚕豆倒进灰里去，她不得不再拣出来。晚上她累极了，可是她没有床睡，不得不坐在灶边的灰里，这样她就弄得很脏，因此她们称她为"灰姑娘"。

　　有一天，她父亲要去赶集，他问他的两个女儿要他带点什么给她们。一个说："带些漂亮衣裳来。"另一个说："带些珍珠宝石来。""那么你呢？灰姑娘！"他对她说："你想要点什么呢？"她回答说："爸爸！在你回家的路上第一根碰到你帽子的树枝，请你折下来带给我。"因此，他为他的两个拖油瓶女儿买了些漂亮衣裳和珍珠宝石；而当他回来的时候骑马穿过一处绿丛林，有一根榛树枝子碰了他的帽子，他就把它折下来带着它。他一到家就把他的两个拖油瓶女儿所想要的东西给了她们，把那根榛树枝子给了灰姑娘。她向他深深道了谢，就跑到她娘的坟边把树枝种在那里。她哭了很久，她的眼泪落下来浇到这根树枝上，这根树枝就长成一棵美丽的树。不管哪一天灰姑娘跑到树底下哭泣祈祷，总有一只小白雀子飞到树上，如果她说出希望，这只小雀子就会把她希望得到的东西扔下来给她。

　　不久，国王订出了要连续开三天舞会的日期，全国美丽的姑娘都被邀请了，因为国王要从这些姑娘里为他儿子挑选一个新娘。当这两个拖油瓶女儿听说她们也能出席的时候，她们非常快乐，把灰姑娘叫来，说道："把我们的头发梳梳，把我们的鞋子擦擦，把我们的纽扣扣紧，我们要到皇宫里去参加舞会。"灰姑娘顺从地做着，但是她哭了，因为她也想和她们一块儿去舞会，所以她请求她的后娘，希望她能答应。

"你！灰姑娘！"她说："你全身都是灰土和脏，你想参加舞会？你没有衣服和鞋子，你怎么跳舞？"但是她坚持她的要求。这个母亲最后说："我现在把一升豆子倒在灰里，你能在两个小时之内把豆子拣出来，你就可以去。"

于是这个小姑娘离开屋子，从后门走进园子，喊道："你们驯良的鸽子们，斑鸠们，你们所有天上的鸟儿们，来帮我把豆子聚到升子里，坏的你们就吃了吧。"立刻从厨房窗户里进来两只白鸽，后面还有斑鸠，一会儿所有天底下的鸟儿都吱吱叫着飞到灰上。它们开始啄啊，啄啊，啄啊，把好豆子都聚到升子里，只过一个小时就把事情办好了，鸟儿们又飞走了。于是这小姑娘拿着升子到继母那里去，高兴地想着这回她可以去参加舞会了，可是这个继母说："不能，灰姑娘，你没有衣服，不能跳舞，你只能被人笑话。"当她开始哭的时候，这个后娘说道："要是你能在一个小时之内拣干净两升我倒在灰里的豆子，你就可陪同她们去。"这后娘心里想着："她办不到。"两升豆子一倒进灰，灰姑娘就从后门走进园子，像先前那样喊道："你们驯良的鸽子们，斑鸠们，你们所有天上的鸟儿们，来帮我把好豆子聚到升子里，坏的你们就吃了吧。"立刻从厨房窗户里进来两只白鸽，后面还有斑鸠，一会儿所有天底下的鸟儿都吱吱叫着飞到灰上。它们开始啄啊，啄啊，啄啊，把所有豆子都聚到升子里，只过半个小时就啄完了，它们又飞走了。这个小姑娘拿着两个升子到后娘那里去，高兴地想着她可以参加舞会了，可是后娘说："这对你一点儿帮助都没有；你不能和我们一块儿去，因为你没有衣服，不能跳舞；你去了一定让我们丢脸。"她随即转身，背对着这个小姑娘，和她的两个骄傲的女儿赶紧离开了。

现在家里没有一个人了，灰姑娘走到她母亲的坟边，站在榛树底下，说道：

"亲爱的树啊，你摇摇吧，摆摆吧，金子银子给我扔下来吧。"

于是那鸟儿扔下一套金银服装和一双用银子装饰的丝织的鞋子。灰姑娘赶紧穿上，然后到了舞会。她的两个姐姐和后娘都认不出她，当她是一个外国公主，因为她穿了金银服装，看起来那么美丽。她们想不到是灰姑娘，认为她现在坐在家里从灰里拣出那些豆子。一会儿，王子就来到她这里，牵了她的手，领着她去跳舞。他不跟任何别的人跳舞，一直不松开她的手；如果有别的人请求她去跳舞，他就说："她是我的舞伴。"他们一直跳到晚上。她要回家的时候，王子说："我和你一块儿走，看你平安到家。"因为他想知道这个姑娘是谁家的。她从他那里飞跑出去，跳进一个鸽子棚。王子一直等到她父亲来，他告诉她父亲，有个奇怪的姑娘跑进了这个鸽子棚。这个后娘想："难道这是灰姑娘？"他们拿来一把斧子砍开王子所指的那扇门，但是那里头没有一个人。他们来到屋里的时候，灰姑娘穿了脏衣服躺在灰里，灶台上点了一盏油灯；因为她很快地从鸽子棚的另一边跳出去，跑到榛树底下，脱下她的华丽衣服放在坟上，鸟儿就把衣服拿走了，后来她穿上她的灰色外衣，坐在灶旁的灰中间。

第二天，舞会重新举行，她的后娘和两个姐姐又去参加了。灰姑娘跑到榛树底下像以前那样唱：

"亲爱的树啊，你摇摇吧，摆摆吧，金子银子给我扔下来吧。"

于是这鸟儿扔下一套比上次更加光彩夺目的服装，而当这个姑娘在舞会上出现的时候，每个人都被她的美貌惊呆了。王子一直在等待着她来，牵着她的手，不跟任何别的人跳舞，如果有人来请她，他照从前那样回答："她是我的舞伴。"一到晚上，她就要离开，王子跟在后面，希望看到她进谁家去；但是她从他那里逃开了，跑进屋子后面的园子里。那里立着一棵很好看的高大的树，上面悬了许多好看的梨子，枝子都在沙沙响，好像里头有只松鼠，但是王子看不出声音是从哪里发出的。他等着，一直等到她父亲来，他告诉她父亲："那个奇怪的姑娘从我这里逃走了，我想她已经爬上了这棵树。"她父亲心里想："这莫不是灰姑娘？"他就拿了一把斧子砍倒了这棵树，但是树上没有一个人。他们走到厨房里看见灰姑娘躺在灰地上。这之前，她从树的另一边跳下来，把华丽的衣服脱下来又还给榛树上的那只鸟儿，再穿上她的旧的灰色上衣。

第三天，她的后娘和两个姐姐都已经出发了，灰姑娘又跑到她母亲的坟地，唱道：

"亲爱的树啊，你摇摇吧，摆摆吧，金子银子给我扔下来吧。"

于是这鸟儿扔下一套比以前更加华丽的闪闪发光的服装，还有一双纯金的鞋子。她到了舞会，他们惊奇得不知说什么才好。王子和当初一样，只和她跳舞，任何人来请她的时候，王子说："她是我的舞伴。"一到晚上她就想走，王子跟在她后面，可是她跑得那么快，他追也追不上。但是他早已想了一条计策，把整条路都涂上了树胶，所以这个姑娘跑的时候，左边的鞋子就被粘住，掉下来了。王子拾起来，看见这只鞋很小、很精美、是纯金的。第二天早晨，他带了这只鞋到她父亲那里，说道："我的新娘不是别人，是那个脚能穿上这只金鞋的人。"这两个姐姐非常高兴，因为她们都有一双美丽的脚。大姐带了这只鞋到房间里来想试试，她的母亲站在旁边。但是这鞋太小了，她的大脚趾就挡住，穿不进。她母亲拿来一把刀，说道："把你的大脚趾砍下来，要是你做了皇后，就不用走很多路了。"这个姑娘把大脚趾砍下来，忍着痛，把她的脚挤进鞋，走到王子那里。于是他就把她当作他的新娘，把她放在马上骑走了。当他们经过这座坟的时候，有两只小斑鸠停在榛树上，唱道：

"朝后望，朝后望，

有血在鞋上；

这鞋太小了，

她不是你的新娘。"

于是王子回头一看，看见血在流；他就转回马，把假新娘再送回家，说道："她不是那个真的。"于是另一个姐姐偏要试一试这鞋，她到房间里穿这鞋，脚趾都能进，只是脚后跟太大了。她母亲拿来一把刀，说道："把你的脚后跟砍下一块来，要是你做了皇后，就不用走很多路了。"她把脚后跟砍下一块来，忍着痛，把她的脚挤进鞋，走到王子那里。于是他就把她当作他的新娘，把她放到马上骑走了。当他们经过那棵榛树的时候，有两只小斑鸠停在那里，唱道：

"朝后望，朝后望，

有血在鞋上；

这鞋太小了，

她不是你的新娘。"

于是他回头一看，看见血从她的鞋子里滴出来，长筒袜染得很红；他就转回马，把假新娘再送回家，说道："这也不是那个真姑娘；你还有别的女儿吗？""没有，"她父亲说："除去小灰姑娘，那是我已故妻子的女儿，她不可能是那个新娘。"王子要求一定要她出来；但是这个后娘说："不能！不能！她太脏了，我不敢让她见人。"但是王子坚持他的要求，所以人们就去叫灰姑娘，她先洗洗手、洗洗脸，走进来朝王子行了屈膝礼，王子把金鞋给她。灰姑娘在一个凳子上坐下来，脱下她那沉重的木鞋，穿上这只鞋，非常合脚；她站起来的时候，王子细瞧她的脸，认出这就是和他一起跳舞的美丽的姑娘，喊道："这真正是我的新娘。"这个后娘和两个姐姐都非常惊愕，脸都气白了，但是王子把灰姑娘带上马骑走了。他们走到那棵榛树底下，两只白色的小斑鸠唱道：

"朝后望，朝后望，

没血在鞋上；

这鞋正合适，

她正是你的新娘。"

它们唱完了就飞落在灰姑娘的双肩上，停在那里；有一个盛大的舞会庆祝婚礼。两个姐姐的眼睛都瞎了，这是对她们邪恶的惩罚。

这只能说是灰姑娘的童话在德国民间流传的一种说法。在这个说法里，灰姑娘在舞会上所穿的鞋就是金的，跟唐代侗族的说法一致。

# 五

灰姑娘的童话在俄罗斯另有一种说法。1950 年（？），莫斯科电影制片厂曾拍摄一部童话电影片，名为《水晶鞋》。这就是以俄罗斯民间传说的灰姑娘的故事为蓝本的。这部片子在中国放映过，我曾经看过。现在把这部电影片的情节叙述于下。①

从前有一个姑娘，非常聪明能干，什么活儿都做的巧，长的也俊。大家比话说，说她的手是金的，就都喊她做巧金姐。巧金姐的父亲在朝里做官，娘已经死了，父亲讨个晚娘，还带来两个拖油瓶姐姐。这两个姐姐都像她们的娘一样，好吃懒做不要脸，成天捣侈，穿漂亮衣服扭屁股，自以为美。对巧金姐哩，给坏的给她吃，给破的给她穿，要她拾柴禾、洗衣服、打水、做饭、烧茶、种菜……做得动的要她去做，做不动的也要她去做，还得看脸色，挨臭骂，反正"地方婆子骂四邻——有势力都使出来"。巧金姐哩，但凡能使出来的气力都使出来，辛辛苦苦地干活。一天

---

① 编者注：以下段落原稿是粘贴在衬纸上的一份已经陈旧发黄的剪报。我仔细翻检旧笈，终于找到它的"出处"：那是一份 1950 年 2 月读者书店出版的《十月文艺丛书》第 2 辑《雪》上刊载的父亲题为《论民间故事的调查和改造》的文章。原稿上还有父亲的一段注："《论民间故事的调查和改造》一文的前 4 段，曾承方纪同志提出宝贵意见，注此志谢。"此段文字是父亲当时对苏联电影《水晶鞋》内容的转述，又转引在此，父亲没有做修改，完全忠实于历史。

到晚，只听见她的一双老木头鞋踢磕踢磕地忙来忙去。有时候，在树林里、在厨房的灶门前，看看没有人，就唱支伤心曲子罢了。她的曲子唱得可好，人都喜欢听。那个官虽说也心疼他的亲生的女儿，只是填房的那个婆子是只母老虎，一见她的面就稀松，奈何她不得。

有一次，皇上为太子选妃，召开一个跳舞会，邀请满朝文武带着家眷去参加。那个半老不老的婆子非常高兴，打扮得花枝招展，领着两个女儿，正要上马车，就想起了巧金姐的话，婆子在厨房的扶梯上偷听到巧金姐自言自语说："要是能在皇上花园门外张望一下就很好了。"婆子两手提着拖到地上的宫式长裙，站在马车的踏板上，朝下弯腰嘱咐巧金姐说："你要到皇上的花园门外去看看是可以的，只要你把活儿干完你就可以去。你先把房子拾掇好，窗子擦干净，地板擦干净，衣服洗完；再把园子里的草割干净，种上蔷薇花；再把大麻袋里的豆子挑选一下，黑豆归黑豆，白豆归白豆，分成两袋，你就可以去了。"说完，就钻进马车里去了。巧金姐站在马车旁边很忧愁。她爹拿条马鞭子坐在头里，朝她看了半天，打不出主意来，只好摇了摇头，把鞭子啪地一抽，两匹马昂起头，迈开蹄子，那马车就嘎郎郎地走了。

巧金姐一进屋就大声唱曲子，一面拾掇屋子，擦窗户，擦地板，累得她满身又是汗又是灰，扯破衣袖来揩脸上流下来的汗珠儿，不觉弄得一脸黑。接着她就洗衣服，洗完衣服就坐在小凳子上选豆子。选着、唱着，猛然看见窗外一亮，有大光辉照进来。她推开门窗跳出去，四面一望，这光是从天上的一朵白云里来的。她抬着头，看见这朵光辉的云彩，穿过松树梢头，慢慢落到地上。这回她就看见一个漂漂亮亮的仙女，戴着珍珠的冠冕，穿着光彩的轻纱衣裳，拿着一根魔法杖，还带了一个小神仙，这是一个结结实实、漂漂亮亮的小男孩儿。两个神仙要赏赐老老实实做工的人，就叫土拨鼠帮她种蔷薇花，叫麻雀帮她选黑、白豆。两个神仙跟她有说有笑，愿意帮她的忙，让她也去参加皇上的跳舞会。仙女用魔法杖一指，有一个大南瓜从园子里滚出来停在面前，仙女再用魔法杖一指，一眨眼这个大南瓜就变成一辆漂亮马车。巧金姐喜欢得跳起来，就要上车，仙女说："别忙别忙，没有马拉，车怎么走？"说着，就跑来四只小耗子，仙女用魔法杖一指，四只小耗子就变成四匹高头大马，巧金姐欢喜得拍手，就要上车，仙女说："别忙别忙，你这一身又破又脏的衣裳，怎么去做客？"说着，就用魔法杖朝她身上一指，又破又脏的衣裳马上变成了一身光彩的轻纱衣裳。小神仙上前跟她说："好是好，你的老木鞋还是不相称。我正在学习仙法，且试试看可能帮你的忙。"说着，抬头看天，双手捧着，树枝上就有两匹树叶落到手里来。小神仙把手一摇，就变成一双通明透亮的水晶鞋了。小神仙把水晶鞋送给她，说道："送给正直劳动的人。"仙女也很喜欢，高声喊道："田鼠！田鼠！"有一只田鼠听见呼唤，慌慌张张地打领带、穿外衣、揣怀表，赶忙走出洞来变成一个马车夫，拿条马鞭子坐在头里，神仙们把巧金姐送上车，说："你要小心，劳动的人！你要是在夜半一点钟以前不回家，尽惦着喝酒跳舞，这个法术是会破的。"田鼠回头敬个礼，把鞭子啪地一抽，四匹马昂起头，迈开蹄子，那马车就嘎郎郎地上路了。

月色很好，大树和田野都朝车子后头退，路上没有人，巧金姐心里怦怦跳。走了许久，就看见灯火辉煌的宫殿了。马车在宫门前停下来，羽林郎通报进去，说："远路来了一个高贵的女客人！"皇上就亲自出来迎接。这个皇上也是一个很正直的人，他还有点小孩儿脾气，一听到什么不公平的事就气得冒火，把皇冠和假发取下来朝后直扔，嚷道："寡人不做这个鸟皇上了！不做了！不做了！"这个皇上是沉不住气的。可是他一见巧金姐心里就欢喜，跟她有说有笑。扶着她正要走上玉石台阶，巧金姐说："陛下！您的围领绽了线哩！让我给您缝起来吧。"皇上和巧金姐就在台阶上坐下来，巧金姐取下胸前带线的针，替皇上把围领缝好了。围领缝好了。皇上从怀里掏出一面小镜子来，左照照，右照照，乐得合不拢嘴。巧金姐仍然把针别在胸前，挽着皇上的手一直跑上台阶，穿过中门，两边分立着金盔金甲的羽林军，他们都朝皇上和巧金姐折腰行礼，巧金姐心里怦怦跳。皇上把她带到一个大殿的阁子上，从阁子朝下望，满殿都是客人，男的穿着整齐的朝服，女的穿着豪华的舞衣。皇上喊了一个公爵上阁子来跟巧金姐相见。这公爵年轻英俊，就是皇上的儿子了。公爵一见巧金姐，就从心里喜欢起来。皇上和公爵把巧金姐领下阁子跟客人们相见，大家都震惊于这位远客的光彩。戴阔边眼镜的司舞大臣舞上来，请巧金姐带头跳一次团体舞，巧金姐马上就答应了。她的歌喉亮，舞姿也活泼，大家不知不觉都应着她歌舞的节拍歌舞起来。巧金姐转眼一看，有一个嘴眼都给白胡子、白眉毛遮了起来的老头子，穿一件长毛皮坎肩，坐在椅子上替她拍手打拍子，看样子好像是皇上的爸爸。巧金姐舞过去，朝他递过手。皇上的爸爸不觉也立起身来，不过岁数太大，跳起来一跛一跛地像一只熊。大家更开心，舞得更起劲，一曲接一曲，一场接一场。巧金姐抬头看钟，钟上指着夜半 11 点 3 刻。休息的时候，公爵领她到一个游廊里坐着，叫她在这里待一会儿，他去亲手选最好的冰糕来给她吃。正在这时，小神仙忽然来告诉她一句话："皇上下令把全国的钟表都拨回了一个点头，按照真的时候就要赶快回家了。"巧金姐又吓又急，伏在地上想哭。公爵兴冲冲地端了冰糕进来，巧金姐就赶快跟他辞行，公爵像头上浇了一桶凉水，他还有一肚子话没有说哩。现在就说道："那不行！"巧金姐拔脚就跑，公爵拔脚就追，一前一后就像两只离弦的箭。巧金姐一直冲下台阶，匆忙中间，掉下一只水晶鞋，可是赶到宫门，正是夜半 12 点敲完最后一下的时候，眼见那一辆驷马高车变成一个老南瓜和四只小耗子、一个田鼠，而耗子跟田鼠也匆匆走散了。巧金姐低头看看身上，早已是又破又脏的衣裳了。她一闪身躲在柱后，紧紧贴着柱子，就好像柱脚的一个雕像。当公爵穿过大殿的时候，客人们的舞队正好挡住他。磨姑半天，赶到宫门只拾到一只水晶鞋回来。公爵心里很烦，皇上问明了缘故，就命令一队羽林军穿上飞靴，带了水晶鞋，把那个应该是公爵未婚妻的女孩子找回来。那时候，巧金姐早已由小神仙送回家去了。

羽林军飞到巧金姐的村庄上落下，婆子和两个女儿正从市上回来。她们向羽林军问明了缘故，婆子搂着队长，要求把水晶鞋拿出来给她两个女儿试试。可是两双肥脚哪一只都塞不进去。三个人正在没有办法，忽然看见巧金姐从山上拾柴回来，大女儿想出主意："巧金姐的手不是金的吗，让她的手来替我穿，一定可以穿进去。"主意一定，就由婆子说话："巧金姐，你过来！你把这只鞋子拿着，你是顶好的孩子，愿意给人帮忙。这回你要是帮你大姐把这只鞋子穿上脚，咱们就有办法了。"巧金姐接到鞋，知道了是怎么一回事，正在思想的时候，婆子发一声吼道："要不哩，你跟你爹都给我滚。"巧金姐赶忙拿着大姐的脚，左揉右揉，几下子就穿进去了。小女儿看见大女儿穿进去了，气得发贼恨，一脚就把一个花钵儿踢翻，滚到坡子底下跌得粉碎。

羽林军把大女儿带到宫里来，一瘸一拐地跟客人们见礼。皇上一见这副嘴脸，把皇冠和假发取下来朝后直扔，嚷道："寡人不做这个鸟皇上了！不做了！不做了！"司舞大臣走上前来说道："陛下放心！我有办法。"司舞大臣跟大女儿说："既是水晶鞋的主人，就请过来跳舞吧。"说着，就过去搀着她的手跳起舞来。司舞大臣看她是左脚穿着水晶鞋，就常常把右脚举起来跳。跳不了几下，那个假冒的就痛得倒在地上。全宫殿的人都拍手大笑。婆子发起恨来，骂道："我早就恨透了你们这班蠢东西了！你们一国都是猪，容不得好人。现在我决定离开你们。"全宫殿的人更加拍手大笑。正在这时，小神仙领了巧金姐和公爵推门进来，婆子就带着两个女儿逃走了。

在俄罗斯民间传说中，灰姑娘（巧金姐）在舞会中穿的鞋是水晶的，不是金的。鞋是金的，还是其他质料的，不是主要问题。

# 六

清华大学外文系教授 R. D. Jameson 曾著《童话型式表》一书，于道源先生曾把其中灰姑娘型的型式表翻译出来，刊载于当时北京大学编辑的《歌谣周刊》第 2 卷第 25 期（1936 年 11 月 21 日出版）上。

现在我把于先生所译的灰姑娘型的型式表抄在下面：

A. 一个小女孩子受人虐待

A1. 她的继母和异母妹虐待她；或是

A2. 她的父亲想和她结婚，她在得到了所赠的衣服以后就逃走了；或是

A3. 因为她告诉她的父亲说：她爱他就好像爱盐一样，因此就被赶出家庭；或是

A4. 她的家里的人都想杀死她。

B. 她在家里或是在外边操作贱役的时候

B1. 她已死的母亲，她的死母坟墓上的一棵树，或是一个超自然的生物，供给她饮食同衣服；

B2. 鸟来帮助她；

B3. 山羊、绵羊或牛来帮助她；

B4. 在这个动物被杀之后，从它的身体里面生出一棵"宝树"（Gift-bearing tree）来；或是在它的身体里面找到一个盛着衣服的匣子；或是埋葬它的骨殖的地方能够供给她衣服。

C. 她遇到了王子

C1. 她穿了美丽的衣服，化装到一个大宴会里同王子跳了几次舞，可是他却打听不出她是谁来。或是他在她到教堂里去的时候看到了她；

C2. 有时是她向他暗示她的受折磨，于是使得他觉得奇怪而发生兴味；

C3. 有时是王子从钥匙孔里看见她穿戴她的美好衣饰。

D. 她的被证实是

D1. 用鞋去实验；

D2. 用她失落在他的汤里或是面包里的指环；

D3. 用她的能力去做几件艰难的工作，如去摘金苹果等事。

E. 她与王子结婚

F. 若是她受折磨是由于她向她的父亲说：她爱他像爱盐一样，那样她现在拿没有盐的食物给他吃，证明盐对于人类的幸福是何等重要。

于先生译完了这个型式表，还在后面写了一段《译者附记》，道：

这个型式的故事几乎是全世界都流传的。柯克司（M.R.Cox）曾经把这个型式的故事搜集到三百四十五个，作成了 *Cinderella: Three Hundred and Forty-Fire Variants of Cinderella, Catskin, and Cap O'Rushes*（London, Folklore Society, 1893）一书。但他还没有把这个故事最早的记录搜集进去。最早的记录要推我国唐代段成式的《酉阳杂俎》里所载的一个（见《酉阳杂俎·续集·支诺皋上》第二页，据商务《四部丛刊》本）。这在前几年已经是经周作人提到过了（原文见《儿童文学小论》，儿童书局出版）。我国现在流行着的童话属于这一型的也颇不少。据我所知，在前十几年（民十四五）的《妇女杂志》（商务刊行者）上面，曾有人记录过一篇这一型式的故事。

我们根据这个型式表来分析《阿叶哈毫姑娘的故事》，认为这个故事属于灰姑娘型。

A. 阿叶哈毫的父亲打死了她的母亲，另娶一个后妻。后妻带来一个女儿叫玉娘。

　　B．让阿叶哈毫去看牛。

　　B1．那条牛是她母亲变的；

　　B2．那条牛教她纺线、织绸缎；

　　B3．后娘叫玉娘也去看牛，那条牛就乱跑；

　　B4．玉娘告诉她父亲那条牛不好，她父亲杀了那条牛；

　　B5．阿叶哈毫把牛皮埋在一处，牛蹄子另埋一处；过三天，她把埋的那些刨出来，牛皮变成丝质的衣服，牛蹄子变成精美的鞋子。

　　C．阿叶哈毫打扮得很美丽，官讨去做妻子。

　　C1．阿叶哈毫生了孩子，回娘家去。后来她父亲让玉娘送她回婆家，玉娘在路上把她打死了，推到水塘里；她变成一条鱼。玉娘到官那里冒充是阿叶哈毫。

　　C2．官的男帮手去戽鱼，戽到那尾鱼，拿回去养着。

　　C3．玉娘告诉官，那尾鱼不好，拿尾巴戳孩子的眼睛。官把那尾鱼煮了吃了。鱼骨变成一只布谷鸟。

　　C4．官的男帮手去割草，听到那只布谷鸟唱得很好听，回来告诉官。官去听，把那只鸟带回来养着。

　　C5．玉娘把那只鸟煮了吃了，鸟头忘了吃，放在灶上。

　　C6．一个老大娘来讨了这个鸟头去；当老大娘不在家的时候，鸟头变成人，帮她做饭。有一次，被老大娘看见，就抱住她，要她做女儿。

　　D．她的被证实。

　　D1．官知道了这件事，就从老大娘那里讨来做妻子；

　　D2．官看出来她就是他原来的妻子。官打了两把刀，一把钢的，一把锡的；把钢的给了阿叶哈毫，把锡的给了玉娘，对她们说："你们相砍吧，胜了的是我的妻子。"阿叶哈毫把玉娘砍死了。

　　照这样看，这个故事的简单的原始型式在中国考古学上龙山时代（约当公元前 2600—公元前 2000）的侗台语族人民中就已经在传述；那么，它是怎么传述到近东和印欧语系人民中间去的呢？真是一个让人感兴趣的谜。

# 民间文学的远古递承性

民间文学有三个特点：一个是泥土气息，一个是讲述性，还有一个是远古递承性。

民间文学作品产生于田间陌上，小手工业作坊里和惊险艰难的旅行中；是人们，主要是农民，在沉重的劳役之后，抒发其痛苦与欢乐、反抗与幻想的集体作品。这种作品不可能反映压迫和剥削他们的人的生活经验、思想与感情；也不可能有通都大邑的柳巷花街、马龙车水、王侯第宅、纸醉金迷的描写；所以作品朴质厚重，饱含泥土气息。

民间文学主要是口口相传的作品。同一"母题"的故事在每一代的传说中，由于社会生活的变化和善于讲故事的人的才能，踵事增华，往往有所发展，从简单的变成复杂的。

上古的文学都是这种民间文学。文字产生之后，渐渐有了专业的文学家。文学家的作品跟民间文学作品的差别，刘勰在所作《文心雕龙·情采》的评论中颇有所见，他说："昔诗人什篇，为情而造文；词人赋颂，为文而造情。何以明其然？盖风雅之兴，志思蓄愤，而吟咏情性，以讽其上，此为情而造文也。诸子之徒，心非郁陶，苟驰夸饰，鬻声钓世，此为文而造情也。故为情者要约而写真，为文者淫丽而烦滥。""要约而写真"大体就是这里所说的"朴质厚重"。不过刘勰的话有过火的地方，"为情者"固然是"要约而写真"，"为文者"却不一定是"淫丽而烦滥"。当然，他这里是指汉朝词赋家的作品来说的。

民间文学既然是口口相传的作品，某一故事由于某些原因而失传，那么，整个社会就会永远忘记这个故事。有了文学家，某些口传的民间故事就有可能被记录下来。记录下来的故事跟文学家自己的创作有时也不难区别。区别之处在于民间故事有朴质厚重的泥土气息和有多种讲述（或记录）式样的同一母题。

举个例子看。托名晋·陶潜撰的《搜神后记》里有一则故事：

> 晋安帝时，侯官人谢端，少丧父母，无有亲属，为邻人所养。至年十七八，恭谨自守，不履非法。始出居，未有妻，邻人共愍念之，规为娶妇，未得。端夜卧早起，躬耕力作，不舍昼夜。后于邑下得一大螺，如三升壶，以为异物，取以归，贮瓮中。畜之十数日，端每早至野，还，见其户中有饭炊汤水，如有人为者，端谓邻人为之惠也。数日如此，便往谢邻人。邻人曰："吾初不为是，何见谢也？"端又以邻人不喻其意。然数尔如此，后更实问，邻人笑曰："卿已自取妇，密著室中炊爨，而言吾为之炊耶！"端默然心疑，不知其故。后以鸡鸣出去，平早潜归，于篱外窃窥其家中，见一少女从瓮中出，至灶下燃火。端便入门，径至瓮所视螺，但见女。乃到灶下问之曰："新妇从何所来，而相为炊？"女大惶惑，欲还瓮中，不能得去。答曰："我，天汉中白水素女也。天帝哀卿少孤，恭慎自守，故使我权为守舍炊烹，十年之中，使卿居富得妇，自当还去。而卿无故窃相窥掩，吾形已见，不宜复留，当相委去。虽然尔后自当少差，勤于田作渔采治生，留此壳去，以贮米谷，常可不乏。"端请留，终不肯。时天忽风雨，翕然而去。端为立神座，时节祭祀。居常饶足，不致大富耳。于是乡人以女妻之，后仕至令长云。

《搜神后记》这部故事集，尽管不是陶潜写的，但看文章风格，词汇面貌，以及称林县为"林虑"（隋开皇三年〔583〕废林虑郡），也决非隋唐间人所作。螺中仙女的故事，大概是陶潜以后不久的人根据民间的口述记录下来的。

故事有四个要点：（一）一个幼年失去父母的勤恳正直的穷苦农民，无力娶妻；（二）他拾到一个大螺，大螺是一个仙女变的，当他去耕地的时候，仙女出来替他做饭；（三）他很奇怪每天都有现成的饭吃，邻人把看到的情况告诉他；（四）他设法见到仙女，仙女帮助他富裕起来。

拿这个记录跟其他的记录和讲述式样相比较，可以设想这个记录以及记录时的讲述也许是不完全的。唐·皇甫氏《原化记》：

> 常州义兴县有鳏夫吴堪，少孤，无兄弟，为县吏，性恭顺。其家临荆溪，常于门前以物遮护溪水，不曾秽污。每县归，则临水看玩，敬而

爱之。

积数年，忽于水滨得一白螺，遂拾归，以水养。自县归，见家中饮食已备，乃食之。如是十余日。然堪为邻母怜其寡独，故为之执爨，乃卑谢邻母。母曰："何必辞？君近得佳丽修事，何谢老身？"堪曰："无。"因问其母。母曰："子每入县后，便见一女子，可十七八，容颜端丽，衣服轻艳；具馔讫，即却入房。"堪意疑白螺所为，乃密言于母曰："堪明日当称入县，请于母家自隙窥之，可乎？"母曰："可。"

明旦诈出，乃见女自堪房出，入厨理爨。堪自门而入，其女遂归房不得，堪拜之。女曰："天知君敬护泉源，力勤小职，哀君鳏独，敕余以奉媲。幸君垂悉，无致疑阻。"堪敬而谢之。自此弥将敬洽。

闾里传之，颇增骇异。

时县宰豪士，闻堪美妻，因欲图之。堪为吏恭谨，不犯笞责。宰谓堪曰："君熟于吏能久矣。今要虾蟆毛及鬼臂二物，晚衙须纳。不应此物，罪责非轻！"堪唯而走出。度人间无此物，求不可得。颜色惨沮，归述于妻，乃曰："吾今夕殒矣！"妻笑曰："君忧余物，不敢闻命；二物之求，妾能致矣。"堪闻言，忧色稍解。妻曰："辞出取之。"少顷而到。堪得以纳令。令视二物，微笑曰："且出。"然终欲害之。

后一日。又召堪曰："我要蜗斗一枚，君宜速觅此。若不至，祸在君矣！"堪承命奔归，又以告妻。妻曰："吾家有之，取不难也。"乃为取之。良久，牵一兽至，大如犬，状亦类之。曰："此蜗斗也。"堪曰："何能？"妻曰："能食火，奇兽也。君速送。"堪将此兽上宰。宰见之，怒曰："吾索蜗斗，此乃犬也。"又曰："必何所能？"曰："食火。其粪火。"宰遂索炭烧之，遣食；食讫，粪之于地，皆火也。宰怒曰："用此物奚为！"令除火埽粪。方欲害堪，吏以物及粪，应手洞然，火飚暴起，焚爇墙宇，弥亘城门，宰身及一家皆为煨烬。乃失吴堪及妻。其县遂迁于西数步，今之城是也。

故事里的农民变成小市民，可以推想故事已经从农村传入城市，但母题没有变。跟《搜神后记》所记的相比较，多了欺压与反抗一个情节。这个情节是故事里的重要组成部分，其他参考资料说明：这个情节似乎不是皇甫氏的"创作"，而是他的记录。也说明这个故事到唐朝末年仍然在民间流行。唐以后，好像口头上已经不再传述。令人惊异的是广西壮族自治区今天仍然用壮语讲述母题完全相同的一个故事。龙州的说法是（见李方桂：《龙州土语》，商务印书馆，1940，第39—48页，第145—147页）：

有一个人，父亲临死的时候留给他一文钱。他就拿这文钱买了一个鱼钩去钓鱼。每天钓些鱼去卖，这样过日子。

有一天，他钓到一条红鲤鱼，舍不得卖，放在缸里养着。以后，这个人每天钓鱼回来总看见有做好的饭菜放在那里。他非常奇怪，寻思是邻居来替他做的，于是就去向邻居道谢，邻居们也觉得很奇怪，因为没有谁去替他做饭。

第二天早晨，他不去钓鱼，只在家里守着。守了一早晨，什么也没看见。过了一天，他跑到邻居家去，隔着篱笆朝自己家里偷看，看见有个女人出来替他做饭。他马上跑回家，拉住这个女人问道："你是谁啊？"女人说："我就是你缸里的那条红鱼，为报你不卖不杀之恩，就变成一个人，每天替你做饭。"从此以后，这个女人就成为他的妻子。

这个人很穷，无法生活，天天都犯愁。女人说："你不用愁，我有法子叫你不穷。"这个女人马上变成一条鱼，游到水底下去，拿出一个葫芦来。从此以后再不用煮饭，饭啊，菜啊，都可以从葫芦里叫出来。这个人就对他妻子说："咱们这样穷，叫些银子出来不行么？"他的妻子说："行。"于是就叫出些银子来买地盖房，购置器物，这个人就慢慢阔起来了。

这事传到官家，官就把他叫来，向他要葫芦。他回到家里就哭，妻子问他怎么回事，他就把这事告诉了她。他妻子说："别的东西都可以拿给他，葫芦不能给。"于是官就跟他要一群羊，他就赶来一群羊给官。官又跟她要一群水牛，他就赶来一群水牛给官。反正官要什么就给什么。有一天，官又要一头象，他又赶一头象来给官，对官说："大老爷跟奴才要这么多东西，奴才都有得给；只是大老爷要这么多，怕不大好意思吧？"这个官说："呀！我跟你要，这就是命令，你当然要拿来给我，说什么好意思不好意思？你现在赶快拿只'意思'来给我！"

他回家就把这事告诉妻子，他妻子说："要就要吧。"马上就从葫芦里叫出一只"意思"来。他把这只"意思"领到衙门里。全衙门的人都来看"意思"。这"意思"肚里全是火，一下子就炸开来，全衙门看"意思"的都烧死了，官也烧死了，衙门也烧光了。

广西壮族自治区所传说的这个故事，当然我们可以设想是六朝前后、隋唐以前的某一时期，从汉语区传播过去的。不过事实是否如此，并不能肯定。但可以推断，这个故事尽管母题未变，可是细节上曾经有过无数的变化。作为母题支柱的是两个"动物"：一个是鳞介类的女精灵（"田螺"或"鱼"）；还有一个是能"食火""粪火"的奇兽，汉族故事里的"官"称为"蜗斗"，这是胡诌的；壮族故事里的"官"称为"意思"，更是胡诌的。壮族讲述者在讲述到"意思"这个词的时候，在前头加了一个[tu]字，[tu]是加在动物名词前头的量词，可见是把"意思"当动物看的。这个奇兽使人联想到《淮南子·本经训》里所提到的"九婴"，一种长了九个头的能喷水吐火的怪物。那么，找出这个故事的极简单的核心，则可以推到在氏族社会时期，那时候汉族、壮族可能还是一个民族，汉语、壮语可能还是一种未分化的母语。邃古茫茫，难于稽考，但却说明了民间文学的远古递承性。

# 周代民族语言的翻译和调查

"民族语言"这个名称是按照现代的说法来用的，但这个说法实际上是一个权宜的说法，因为汉语也是一种民族语言，只不过汉语里的"普通话"是我国宪法规定要在全国推广使用的，但普通话以外的各地汉语仍然是一种民族语言。这个题目中的"民族语言"实质上是指"非华夏族语言"，因为啰嗦而又生僻，所以说成"民族语言"。

早在西周初年，"中国"这个名称就已经用来称呼华夏族居住的地区，如《左传·成公七年》："中国不振旅，蛮夷入伐……。"（《十三经注疏》页1903）又如《诗经·小雅·六月序》："小雅尽废，则四夷交侵，中国微矣。"《疏》："中夏之国微弱矣。"（《十三经注疏》页424）秦朝以后，"中国"扩大为当时国境内各族所共有的地区，如《史记·天官书》："其后秦遂以兵灭六王，并中国……"（页1348）"中国"的涵义实质上成为"祖国"，而朝代则是统治阶级在各个不同时期所建立的国家的称号。朝代有兴亡，而中国总是存在着，发展着。①

从周代语言看，宗周诗歌称"雅"，"雅"有"正"的意思，"雅言"看作"正言"。《左传·襄公二十九年》："……为之歌秦，曰：'此之谓夏声，夫能夏则大，大之至也。其周之旧乎？'"（《十三经注疏》页2007）西周都城在丰、镐，所谓"雅言"，其实就是一种以秦晋方言为基础的"通语"。东方齐、鲁、卫等大国诸侯本从西方迁来，所以称为东夏，东西通称为诸夏②。孔子是鲁国人，说的是鲁国话，也就是一种夏语，但是他读《书》，诵《诗》，执礼却用雅言，可见夏中又复有雅。荀子在《荣辱》《儒效》两篇中谈风俗习惯（其中也包含语言）有楚、越、夏三分之论。夏又说作雅。他在《正名篇》中说："散

① 参见范文澜主编：《中国通史简编》修订本第一编，人民出版社，1949年，第65页。
② 同上书，第180页。

名之加于万物者，则从诸夏之成俗曲期，远方异俗之乡则因之而为通。"他的意思是说：散名的使用，应当以夏语中的"雅言"（"诸夏之成俗曲期"）为规范，远方的方言区（"异俗之乡"）即以雅言为标准而加以通译。"雅""夏"两个字虽然音近，但毕竟是不同内涵的两个字（拟音参看李方桂《上古音研究》）：

雅：$*{}^{c}\eta rar > {}^{c}\eta a >$ 北京 $ia^3$

夏：$*{}^{c}grar > {}^{c}\gamma a >$ 北京 $\varepsilon ia^5$

　　周代民族语言众多，周王朝为了向这些民族传布命令、了解情况，设置了翻译语言的官员，叫作"象胥"。《周礼·大行人》："王之所以抚邦国诸侯者……七岁属象胥，谕言语，协辞命。九岁属瞽史，谕书名，听声音。"汉郑玄《注》："属犹聚也。……七岁省而召其象胥，九岁省而召其瞽史。皆聚于天子之宫教习之也。……郑司农云：'象胥，译官也。'……玄谓：胥读为谞。……此官正为象者，周始有越重译而来献，是因通〔名〕言语之官为象胥。云胥，谓象之有才智者。辞命，六辞之命也。瞽，乐师也。史，太史小史也。书名，书之字也，古曰名。"（《十三经注疏》页 892）

　　这种翻译官，汉朝仍然继续设置。《汉书·百官公卿表》："典客，秦官，掌诸归义蛮夷，有丞。景帝中六年更名大行令，武帝太初元年更名大鸿胪。属官有行人，译官。"（页 730）又"典属国，秦官，掌蛮夷降者。……属官，九译令。"（页 735）

　　设置这种翻译官的原因及其细致情况，《礼记·王制》有记述："广谷大川异制，民生其间者异俗，刚柔、轻重、迟速异齐，五味异和，器械异制，衣服异宜。修其教不易其俗，齐其政而不易其宜。中国戎夷，五方之民皆有性也，不可推移。东方曰夷……南方曰蛮……西方曰戎……北方曰狄。中国、夷、蛮、戎、狄，皆有安居、和味、宜服、利用、备器。五方之民，言语不通，嗜欲不同。达其志，通其欲，东方曰寄，南方曰象，西方曰狄鞮，北方曰译。"唐孔颖达《疏》云："达其志，通其欲者，谓帝王立此传语之人，晓五方之志，通转五方之欲，使相领解。其通转东方之语官，谓之曰寄，言传寄之外内言语；通传南方语官，谓之曰象者，言放象（公晚按：谓模仿象似）外内之言；其通传西方语官，谓之狄鞮者，鞮，知也，谓通传夷狄之语与中国相知；其通传北方语官，谓之译者，译，陈也，谓陈说外内之言。"（《十三经注疏》

页 1338）关于"寄""象""狄鞮""译"，郑玄《注》云："皆俗间之名，依其事类耳。'鞮'之言'知'也，今冀部有言'狄鞮'者。"《疏》云："今日之言必有从于古，欲证古有狄鞮之言。鞮与知声相近，故鞮为知也。"

郑《注》"鞮"为"知"，"鞮""知"都是古佳部字，孔《疏》"译"为"陈"，"译"与"绎"同音，都是古铎部字，"绎"陈也。

鞮：* $_c$tig > $_c$tiei > 北京 ti$^1$

知：* $_c$trig > $_c$tgě > 北京 tʂʅ$^1$

译、绎：* rak$_。$ > jiæk$_。$ > 北京 i$^5$

四方民族语言翻译官各有专名，但总起来称为"象胥"。原因可以参看《周礼·秋官·象胥》（《十三经注疏》页 869）。

汉朝的扬雄写了一部书，叫《輶轩使者绝代语译别国方言》。他在《答刘歆书》里称这部书为《殊言》。东汉应劭《风俗通义·序》提出"方言"这个术语并指出周秦调查方言的做法，而且把扬雄的书也简称为《方言》。这样，"方言"这个语词就作为学术术语行用起来。但必须说清楚，我国传统的"方言"概念跟现代语言学的"方言"概念是完全不同的，后者指一种语言的各种地方变体，而前者是用来跟"雅言"对举的非普通语和民族语言。

清朝江永在他所写的《音学辨微·引言》里说："《周官》'象胥谕言语，协辞命；瞽史谕书名，听声音'，当有其书，今不存。"其实从扬雄的《方言》里可以探出这类书的消息。

《风俗通义·序》："周秦常以岁八月遣輶轩之使（公畹按：即《周礼》所称"行人"）求异代方言，还奏籍之（公畹按："奏籍"就是记录于册以上奏），藏于秘室。及赢氏（公畹按：即秦）之亡，遗脱漏弃，无见之者，蜀人严君平有千余言，林闾翁孺才能梗概之法。扬雄好之，天下孝廉卫卒交会，周章质问，以次注续。二十七年，尔乃治正。凡九千字。"（页 3）

周室东迁，行人采风之类的事都废止了，扬雄有机会见到周秦秘室所藏的方言记录残编和编撰条例，非常爱好，就在残编的基础上继续编写，他是想整理和丰富周秦輶轩之使的奏籍之书的。

前面提到荀子对语言有楚、越、夏三分之论，实际上也只是南北两系：南有楚越，北有诸夏。但无论是南系，还是北系，其中包含的方言都很复杂。我们看《说苑·善说》所载越人歌，楚人完全听不懂，可知楚越两语之间的差距大。所载用汉字音译的歌辞，今天我们也完全看不懂，可知当时的越语跟汉语的差距也大。可是《说苑》所载越译人用楚语说的译文，今天我们却能看懂，可知当时楚语跟汉语差距并不大，所以《孟子·滕文公》说：楚国的陈良"悦周公、孔子之道，北学于中国，北方之学者未能或之先也"（《十三经注疏》页2705）。可见在学习上语言并不出现很大的困难；但是他说楚国的农家许行是"南蛮鴃舌之人"，这是骂人的话，孟子能听懂楚国话大概是没问题的。蒙文通《越史丛考》："《方言》载吴越词语十余条中，其中以楚越对比者二事：卷六载：'伆，邈，离也。楚谓之越，或谓之远，吴越曰伆。'吴越与楚，语言之异至显也。卷 2 又载：'荆扬之间，凡言广大者谓之恒慨，东瓯之间谓之蓡绥，或谓之羞绎纷母。''荆扬之间'即楚，东瓯是越国，楚、越语言之异，于此亦极分明。且此东瓯语亦尚未能译读。总此数事观之，楚、越语言之异，已非同一语言之地方变体，而当为不同民族之语言矣。"（页 12）我们从《方言》的记载中，可以推想，周代輶轩之使对民族语言是做过大量的调查工作的。

## 参考文献

阮元校刻：《十三经注疏》，中华书局，1980。

司马迁：《史记》，中华书局，1975。

班固撰，颜师古注：《汉书》，中华书局，1962。

范文澜主编：《中国通史简编》修订本，人民出版社，1949。

李方桂：《上古音研究》，商务印书馆，1980。

应劭撰：《风俗通义》，上海古籍出版社，1987，据中法汉学研究所《风俗通义通检》重印。

蒙文通：《越史丛考》，人民出版社，1983。

（原载《民族教育》1989 年第 3 期）

# 古典诗词格律的基本原则

　　现在还是有些人对古典格律诗感兴趣，并且能够欣赏；中学语文课里也还有古典诗歌鉴赏这一部分，这都是好现象。能欣赏古典诗词的人的精神境界要比不能欣赏的远大得多，因为他能接触到祖国传统文化的一个方面。我曾经好几次听到有人当众朗诵元朝作曲家马致远所作的《天净沙》那首小令。小令实际上也是一种格律诗。诗道：

　　　　枯藤老树昏鸦，
　　　　小桥流水人家；
　　　　古道西风瘦马，
　　　　夕阳西下，
　　　　断肠人在天涯。

　　但是有的人把最后一个诗行的节奏弄错了，他读成"断肠人，在天涯"，说明他虽然能欣赏这首诗，但还没有透彻地领会诗人的心境；从全首小令的格律说，这样读也就不响亮了。应该读成："断肠，人在天涯"。"肠"字后应逗，"人"字应重读。"人"是诗人自指，"人在天涯"是一件事，"断肠"就是"伤心"，其所以"伤心"，就是由于"人在天涯"，所以说："断肠，人在天涯。"

一

　　欣赏古典诗词，必须对古典诗词格律有所理解，才能体会它的节奏。

　　这里所说的"古典诗"是唐代神龙、景龙之间（705—710）兴起、开元以后（即 713 年以后）全部建立起来的一种格律诗，也就是一般所说的五言律诗、七言律诗、五言绝句、七言绝句。五七言律是唐朝人对梁、陈二代使用对偶手法的五言四韵和七言四韵的诗体的格律化。五言绝句开始于汉朝人的小诗，这种小诗在齐、梁间很流行；七言绝句开始于齐、梁间；这两种诗体都是到唐朝初年才格律化的。

　　照这样看，不论律绝都是一种格律诗，都应该称为"律诗"①。唐朝人称七律为"长句"②，又称为"七言四韵诗"③。"长句"对"绝句"而言。长句、绝句在当时统称为"律韵"④或"律"。唐代诗人皮日休（约 834—902，曾参加黄巢起义军）说："诗逮吾唐，切于俪偶，拘于声势，易其体为'律'，诗之道尽矣。"

　　按照当时各种曲谱的要求，填入各种组合式样的长短句，就称为"词"。曲谱各有名称，称为"词牌"。但作为文艺作品的词实际上也是一种格律诗。

　　在古典格律诗这一方面，古代的文艺巨匠给我们留下许多动人心魄的篇章。对这些宝贵遗产，我们应当具备欣赏能力。

　　诗的句子跟散文的句子不同，它要求非常响亮、非常均匀的"节奏"。不管是高声朗读还是在心里头默默低吟，有了节奏才好听。诗的"格律"就是保证诗句在诵读进行中能得到所要求的节奏的规则。"格律"和"节奏"是两回事，不能混为一谈。格律是保证诗句产生节奏的规则，而节奏则是语音本身的旋律。

　　诗跟散文、小说、戏剧等之所以不同，首先当然在于它的内容。诗是一种高度集中地反映社会生活、能发人深省的文学形式。诗所表现的感情是饱和的；诗所表现的想象是丰富多彩的；从而诗的语言也要比散文精练得多，和谐得多。

二

　　有些人认为唐人绝句当以王昌龄（约 698—约 756）的《出塞》为压卷之

---

① 参看明代胡震亨：《唐音癸签》卷一《体凡》，古典文学出版社，1958 年，第 1 页。
② 参看唐代王定保：《唐摭言》卷八，乾隆丙子雅雨堂刊本，第 10 页。
③ 同上书，卷三，第 11 页。
④ 同上书，卷十，第 15 页。

作（如李于鳞、王世贞①，但也有人不完全同意，如胡震亨②）。现在我们来欣赏这首诗：

> 秦时　明月　汉时　关，
> 万里　长征　人未　还；
> 但使　龙城　飞将　在，
> 不教　胡马　度阴　山。

　　秦汉筑万里长城，用以防胡，是国家大事。"秦时明月汉时关"是一种歌谣句法，但给人以月光下平沙万里、雄关高耸的祖国巍峨形象，所以能动人。"人未还"实际是说都阵亡了。"龙城飞将"指李广。李广驻军在卢龙城，卢龙城在汉代属右北平郡。《史记·李将军传》："广居右北平，匈奴闻之，号曰汉之飞将军，避之数岁，不敢入右北平。"最后两句是说如果边防将领得人，就不至于有许多人阵亡了。这里生动地突出了"龙城飞将"的英雄形象是使人振奋的。所以这首诗可以说是唐人绝句的压卷之作。

　　这是一首七言绝句，一读就可以感到它的节奏之美。前头已经说过，我们所讲的节奏，是语言本身的节奏，不是音乐的节奏。唐初梨园教坊所唱的歌曲多用五七言绝句，甚至还有采用律诗的。词在当时本就有一套曲谱，如《菩萨蛮》《河传》本是教坊舞曲，《雨霖铃》是觱（bì）篥（lì）曲，《忆王孙》《水调歌》是唐代清商旧曲，《忆秦娥》《如梦令》是唐人自制新曲，作者按谱填词，称为"倚声"。一首诗词有了曲谱，这就在语言节奏之外，另具一套节奏——音乐的节奏。诗歌跟音乐是两种不同的艺术，不能把音乐的节奏跟诗词本身的节奏混为一谈。我们所讲的是诗词本身的节奏，也就是语言的节奏。

　　诗词之所以能具有这样的节奏，是因为作诗填词是按照一定的"格律"进行的。从前人学习作诗填词，首先就去学习辨别字音的"平仄"。有的人认为"平仄"不容易掌握，这是因为没有把自己方言里的"四声"搞清楚，"平"就是平声，包括阴平、阳平，"仄"包括上、去、入三声。其实构成古典诗词格律的因素，除平仄外，还有别的。总起来说，一共有四个：

　　顿挫——构成字音休止而余音延曼的因素；

　　字数——跟顿挫结合，成为构造"音步"的因素；

---

① 见王世贞：《全唐诗话》，丛书集成初编本，第 6 页。
② 见胡震亨：《唐音癸签》，古典文学出版社，1958 年，第 86 页。

平仄——构成声音高低抑扬的因素；

韵脚——构成声音返复的因素。

## 三

这四个因素中，"韵脚"最容易理解。大家都知道古典诗词必须押韵，比如所举《出塞》这首诗就用"关""还""山"三个字做韵脚，互相压住。诗歌为什么要押韵呢？如果回答说为了好听，从而也好记，这当然也不错；可是为什么押了韵就好听呢？是这样：一首诗不止一行（我们称一个诗句为一个"诗行"，是因为一个诗句往往并不相当于语法上的一个句子的缘故），把好几个诗行组合起来，在内容上既已成为一个诗篇、一个整体，就必须有作为整体的标志。于是我们就把每行最后一个音节（字）押起韵来，让它在语音上互相扣住（当然，由于国内各民族习惯不同，作品风格不同，押韵的可以不是最后一个音节，不在"脚"上），这样，这首诗就成为一个整体了。譬如 guān（关）、huán（还）、shān（山）相押，全诗除第三行为了造成韵脚上的间歇外，每个诗行的结尾都落到 -an 这个音组上；这样就造成一种同音返复的现象，从而在听觉上、心理上造成一种等时律动。《出塞》这首诗第一行是"秦时明月汉时关"，那么人们对它的第二行就有了一个期待，期待一定时间后再回到 -an 这个音组上。如果把第二行改成"万里长征人未归"，意思一样，平仄一样，可是听起来就跟第一行不能联成一个整体了。

好些人把传统的"韵"的概念跟音韵学上"韵母"的概念混同起来。必须知道，"韵"是两个或两个以上的字的音韵关系上的事，而"韵母"只是一个字的语音结构上的事。瑞典汉学家高本汉说："'韵'是指一个字里自主要元音起的后一部分，而不管这个主要元音之前是否有 i 或 u 作为第一个成素。"[①]他不理解中国审辨音律的传统，错误地把"韵"和"韵母"看成同一范畴而略具差异的东西。"韵"跟"韵母"固然有关系，但单文只字并无韵之可言。唐朝人称七律为"七言四韵诗"，《唐摭言》载周墀赠王起的一首七言四韵诗就是一首七律。这首七律第一行押韵，所以共有五个韵脚[②]，五个韵脚而称为"四韵"，可知首句先吟，单音未叶，不能成韵。

---

　① 见高本汉：《中国音韵学研究》，赵元任、罗常培、李方桂合译，商务印书馆，1940 年，第 16 页。

　② 见唐代王定保：《唐摭言》卷三，乾隆丙子雅雨堂刊本，第 11 页。

# 四

构成诗词格律的另外两个因素是"顿挫"和"字数"。"顿挫"是字音休止但余音延曼，仍占了一个节拍；"字数"又叫"言数"，指每个诗行共用了几个字。拿《出塞》这首诗说，每行共用了七个字，所以叫"七言"，也就是七个音节。音节与音节之间的距离不是平均的，每两个音节后就有一个顿挫，最后一个字没有伴随音节，常为韵脚，所以一个字就有一个顿挫。

顿挫是由"音步"产生的。《出塞》这首诗每行有四个音步。每个音步一般说来在意义上都相当于一个词或者一个词组，例如"关""还"都是词，"秦时""汉时"是词组，"明月""长征""万里"也都是词组。只有单音节音步（一般是韵脚）前的一个音步不一定是词或词组，例如："人未""度阴"既不是词，也不是词组。这一音步常常跟下一音步合成一个词组，例如："人未还""度阴山"。但每行第一音步决不跟第二音步的第一音节合成词组；七言中第二音步决不跟第三音步的第一音节合成词组。古代诗学家对这一现象作过这样的解释，如胡震亨说：

> 五字句以"上二下三"为脉（公畹按：胡氏所说的"脉"指"节拍"），七字句以"上四下三"为脉，其恒也。有变五字句"上三下二"者，如元微之"庾公楼·怅望，巴子国·生涯"；孟郊"藏千寻·布水，出十八·高僧"之类；变七字句"上三下四"者，如韩退之"落以斧·引以墨徽"，又"虽欲悔·舌不可扪"之类；皆蹇吃，不足多学。[①]

前头我们说过，诗的句子跟散文的句子不同，它要求非常均匀的节奏。节奏必须有个单位，单位与单位之间必须有个划界的标志。"音步"就是节奏的单位，顿挫就是单位与单位之间划界的标志。我们称诗的一个节奏单位叫一个"音步"，是因为诗行的行进就如同人在走道儿，要一步一步地向前迈进，步伐整齐不乱，所以称为"音步"。

---

① 见明代胡震字：《唐音癸签》，古典文学出版社，1958年，第26页。

# 五

构成诗词格律的最后一个因素是"平仄"。平仄就是高低抑扬的声音有规律的交错，这是古典诗词格律上的特色。古典诗词之所以具有这样的特色，是由于汉语的"字"（语言里的字）是具有声调的。这就是说，平仄是由字调造成的。试听下面这个诗行（我们用—表平调，用 / 表升调，用 \ 表降调）：

　　秦时·明月·汉时·关
　　/ / · / \ · \ / · —

高低抑扬交错，所以好听。

这里会发生这样的疑问：我国方言复杂，同一个字的声调，这地方念得高，那地方念得低，而多少年来朗诵古典诗词一直是各地用各地的方言，那么，所谓高低抑扬就没有个标准了。要解决这个问题，必须懂得"调类"和"调值"的区别。调类就是指这个字属于平、上、去、入哪一类；调值是指这个字在某一地区实际读音的高低升降。譬如"关"是平声（仔细说是阴平），这就是它的调类。某字属于某一调类，全国方言都是一致的。"关"字在北京话里固然是平声，在天津话里同样是平声。可是某一调类的字实际音读的高低，各方言可能大不相同。譬如"关"字北京话说的调值高，天津人说的调值低。各地区的人在朗读旧诗词的时候，其节奏上的高低抑扬的构成固然是调值在起作用，可是在格律上却是调类在起作用。格律上不同调类的错综组合导致了节奏上不同调值的错综组合。譬如有 $a^1$、$a^2$、$a^3$、$a^4$ 四个字，分属于平、上、去、入四个调类，这四个字在甲、乙两方言里各有不同的调值，如下表1：

表 1　不同调类的字在方言的调值举例

| 方言 | $a^1$ | $a^2$ | $a^3$ | $a^4$ |
|---|---|---|---|---|
| 甲 | ā | ǎ | à | a |
| 乙 | a | â | á | ā |

同一首古典诗词，在甲方言用它所有的一系列高低抑扬的调值去朗读，很好听；在乙方言则用另一系列高低抑扬的调值去朗读，也好听。

掌握古典诗词格律平仄这一因素，只要能辨别平仄两类便足，如"亲"

"秦"是平,"寝""沁"是仄,这对北方人来说,并不难分。最麻烦的是仄类的入声字,因为北方没有入声调。也就是说,入声这一调类在大部分北方方言里不能得到调值上的表现。不过入声字在元朝以后派入上、去两声的问题不大,因为上、去声还是仄,例如"秦时明月"的"月"字是个入声字,北方说成去声,去声属仄,在这里不会破坏格律。只有那些派入平声的入声字就有影响了。例如唐诗人杜牧(803—852)《秋夕》诗:"银烛秋光冷画屏,轻罗小扇扑流萤。"按照北方声调来念,那就是:

平囗平平仄仄平,平平仄仄囗平平

这就错了。所以北方人对那些派入平声的入声字要特别留意一些。

# 六

某一体裁的诗和某一词牌的词都有一定的格律。我们想掌握那些格律,就必须分析具体的诗词,得出它的"格律谱",一面细心体会这首诗词的内容;通过内容,就易于记住它。

为了写出具体诗词的格律谱,我们约定下面一系列符号:

(1)用"—"号表示平,读作"平";用"|"号表示仄,读作"仄"。

(2)本该是平声,但也可以换用仄声的,用"⌐"号表示,但仍然读作平;本该是仄声,但也可以换用平声的,用"⌐"号表示,但仍然读作"仄"。

(3)用"·"号表示顿挫。

(4)韵脚用字母 A 表示,大写表平,如"A",读作"平";小写表仄,如"a",读作"仄"。

现在我们就用这些符号标出《出塞》这首诗的格律谱:

大家可以看出来，只在第一字、第三字、第五字的地位上可以出现平仄换用现象；第二字、第四字、第六字不出现平仄换用。有一个传统的作诗口诀道："一三五不论，二四六分明。"就是指这个来说的。

（5）相押的韵脚用相同的字母表示，换了韵就用另一个字母表示。现在我们就用唐代诗人李白（701—762）所填的《菩萨蛮》这首词作为换韵的例子：

| 平林漠漠烟如织， | 一 一 · ｜ ｜ · 一 一 · a |
| 寒山一带伤心碧。 | 一 一 · ｜ ｜ · 一 一 · a |
| 暝色入高楼， | 一 ｜ · ｜ 一 · A |
| 有人楼上愁。 | ⌐一 · 一 ｜ · A |
| | |
| 玉阶空伫立， | ⌐一 · 一 ｜ · b |
| 宿鸟归飞急； | ｜ ｜ · 一 一 · b |
| 何处是归程？ | 一 ｜ · ｜ 一 · B |
| 长亭更短亭。 | 一 一 · ｜ ｜ · B |

（6）两句对仗，上句末右上角加"∨"号，下句末右上角加"∧号。现在举南唐后主李煜（973—978）所填的《捣练子》这首词作为对仗句的例子：

| 深院静， | 一 ｜ · ｜ᐯ |
| 小庭空， | ｜ 一 · Aᐱ |
| 断续寒砧断续风。 | ｜ ｜ · 一 一 ｜ ｜ · A |
| 无奈夜长人不寐， | 一 ｜ · ｜ 一 一 ｜ · ｜ |
| 数声和月到帘栊。 | ｜ 一 · 一 ｜ · ｜ 一 · A |

（7）叠字或叠句，平仄符号用双线，韵脚符号的右上角加阿拉伯数字。举宋代词人秦观（1049—1100）的《如梦令·春景》为例：

| 莺嘴啄花红溜， | ⌐ ｜ · ∟ 一 一 · a |
| 燕尾点波绿皱； | ∟ ｜ · ∟ 一 · ｜ a |
| 指冷玉笙寒， | ∟ ｜ · ｜ 一 · 一 |

吹彻《小梅春》透。　　　┐　│　•　└　─　•　─　a

依旧，　　　　　　　　　＝　a¹

依旧，　　　　　　　　　＝　a²

人与绿杨俱瘦。　　　　　─　│　•　│　─　•　│　a

# 七

　　比较细致地分析五言绝句，可以作为分析古典诗词格律的基础。五绝一共四行，两联，每行五个字。五绝的正例有三个原则：（1）第一行可以用两个平声字开始，通常称为"平起"，也可以用两个仄声字开始，通常称为"仄起"；（2）第一行不押韵；（3）二、四两行押平声韵。现在举唐代诗人戴叔伦（约 732—789）的《题三闾大夫庙》作为平起式的例子：

沅湘流不尽，　　　　　─　─　•　─　│　•　│

屈子怨何深！　　　　　│　│　•　│　─　•　A

日暮秋风起，　　　　　│　│　•　│　─　─　│

萧萧枫树林。　　　　　─　─　•　└　│　•　A

　　仄起式第一联常常对仗，举唐代诗人张仲素（约 769—约 819）的《春闺思》为例：

袅袅城边柳，　　　　　│　│　•　─　─　•　│ᵛ

青青陌上桑；　　　　　─　─　•　│　└　•　Aᐱ

提笼忘采叶，　　　　　─　─　•　─　│　•　│

昨夜梦渔阳。　　　　　│　│　•　│　─　•　A

　　可以看出，仄起式就是把平起式的第二联（即第三、四句）跟第一联（即第一、二句）对调了一下。

　　根据平起、仄起这两个格律谱，我们可以找出古典诗词平仄错综展开的几个基本原则：（1）以两平两仄相连展开为常，如"│　│　•　─　─　•　│，　─　─　•　│

|·一"，这就是六朝人所说的"宫羽相变，低昂舛节"的意思①；（2）同声相连，例不过三，而且只限于诗行前半，如可以有"－－·－|·|"或者"||·|－·－"的形式，不能有"－－·－－·|"或者"||·||·－"或者"－－·||·|"或者"||·－－·－"的形式；（3）一联之间，上下两行同音步者平仄一般相对立（注意第二行跟第三行不是一联），如"||·－－·|，－－·||·－"，这就是六朝人所说的"两句之内，角徵不同"②的意思。

五言律诗的第一行一般不押韵，押韵的只是一种变例。如果押韵，平起的应该把第一行后半"－|·|"三个音节改成"||·－"。如中唐诗人李嘉祐（约 757 年前后在世）的《白鹭》：

| 江南渌水多， | － － · \| \| · A |
| 顾影逗轻波。 | \| \| · \| － · A |
| 落日秦云里， | \| \| · \| \| · \| |
| 山高奈若何！ | － － · \| \| · A |

把仄起不押韵的第一行后半的"－－·|"改成"|－·－"就成为押韵的了。如唐代元稹（779—831）的《古行宫》：

| 寥落古行宫， | ∟ \| · \| － · A |
| 宫花寂寞红； | － － · \| \| · A |
| 白头宫女在， | ┐ － · － \| · \| |
| 闲坐说玄宗。 | ∟ \| · \| － · A |

押仄声韵也是一种变例。如唐代顾况（？—806 后）的《忆旧游》：

| 悠悠南国思（sì）， | － － · － \| · \| |
| 夜向江南泊； | \| \| · － － · a |
| 楚客断肠时， | \| \| · \| － · － |
| 月明枫子落。 | \| － · － \| · a |

---

① 见《太平御览》卷 585 引《齐书·沈约传》。别的书作"宫商相变"，不妥。
② 见《南史》卷 48《陆厥传》。

　　正例规律虽然整齐，但很呆板，作家常常根据内容的需要，在不损害语言节奏范围内摆脱这种束缚，从而导致一首诗的某一行或某一联里有一两个字不合于这种正规格律，术语叫作"拗"（ào）。前文提到的传统作诗口诀"一三五不论，二四六分明"，其中所谓"不论"可以看成是可拗的范围。这个口诀概括得很明快，我们读古典律绝的时候也很能解决问题。但是要进一步知道，这个口诀是不全面的；因为不仅一三五可拗，二四六也可拗（有些人只承认二四六不合规律叫拗）[①]。如唐代王建（约766—880）的《新嫁娘词》：

| 三日入橱下， | — ⌐ · ⌐ ∟ · ǀ |
| 洗手作羹汤； | ǀ ǀ · ǀ — · A |
| 未谙（ān）姑食性。 | ǀ ∟ · — ⌐ · ǀ |
| 先遣小姑尝。 | — ⌐ · ǀ · ∟ A |

　　第一行第二个字当平而拗成仄，第四个字当仄而拗成平；当然第三个字也是当平而拗成仄。节奏既拗，就得把它重新调协起来，术语叫"救"。现在把第二行写成合于正规格律的句子，这就把第一行拗句救正过来。第三行第二个字也是当仄而拗成平，第四个字当平而拗成仄，从而把第四行第二个字也从平拗成仄，第四个字从仄拗成平，这也都是"救"。

# 八

　　七绝的正例是第一、二、四行押平声韵，平起仄起都可以。我们用五绝做出发点就容易掌握七绝的格律了。仄起式如李白的《赠汪伦》：

| 李白乘舟将欲行， | ǀ ǀ · — — · ∟ ǀ · A |
| 忽闻岸上踏歌声； | ⌐ — · ǀ ǀ · ǀ — · A |
| 桃花潭水深千尺， | — — · ∟ ǀ · ǀ — · ǀ |
| 不及汪伦送我情。 | ǀ ǀ · · — · ǀ ǀ · A |

　　"踏歌"是唐代民间很流行的传统风俗，众人手牵手，以脚踏地为节拍，

---

[①] 这里不管是二四六，还是一三五，任何地方出现不合平仄正例的现象都叫作"拗"。王力先生也有同样主张，见所著《汉语诗律学》，新知识出版社，1958年，第90页。

合唱谣曲。汪伦是天宝年间江南一个农村（今属安徽贵池）的人，会酿酒，很钦佩李白，常用美酒款待他。李白离开这个村庄要走的时候，汪伦又和村子里的人来踏歌相送，李白很感激，写了这首诗送给他。

从上谱可以看出，仄起的七绝是用平起的五绝扩展而成的；也就是说，在平起的五绝各行前加上与原第一音步平仄相反的一个音步。那么，如果用仄起的五绝加以扩展就成为平起的七绝了，如前举王昌龄《出塞》。现再举唐代刘禹锡（772—824）的《柳枝词》为例：

| | | | | | | | | | | |
|---|---|---|---|---|---|---|---|---|---|---|
| 清江一曲柳千条， | 一 | 一 | ・ | \| | \| | ・ | \| | 一 | ・ | A |
| 二十年前旧板桥。 | \| | \| | ・ | 一 | 一 | ・ | \| | \| | ・ | A |
| 曾与美人桥上别， | ∟ | \| | ・ | ⌐ | 一 | 一 | 一 | \| | ・ | \| |
| 更无消息道今朝。 | ⌐ | 一 | ・ | ∟ | \| | ・ | \| | 一 | ・ | A |

律诗一共八行，四联；中二联要求对仗（首联也常有对仗的）。对仗就是"对对子"，是六朝人所说的"俪词"的格律化。对对子主要从意义上要求，要求一联之内，上下两行相对的词在实质意义上能产生对立而又统一的联想效果；在语法意义上是同一词类的词。两个词相对，愈是统一的范围小而对立性却强的就愈工整。"统一的范围小"指两事物的种类极为相近，"对立性强"指两事物本身的区别极大，甚至在性质上处于两极端，如："天"和"地"，"山"和"水"，"水"和"火"，"东"和"西"，"人间"和"天上"，"三天"和"一年"，"你"和"我"，"坐"和"立"，"黑"和"白"，"开门"和"扫地"，"岂有"和"断无"，"因为"和"所以"。

五律首句常不用韵。仄起五律在格律上只要把仄起五绝重复一次就成，如唐代杜甫（712—770）的《春望》：

| | | | | | | |
|---|---|---|---|---|---|---|
| 国破山河在， | \| | \| | ・ | 一 | 一 | ・ \|∨ |
| 城春草木深。 | 一 | 一 | ・ | \| | \| | ・ A∧ |
| 感时花溅泪， | ⌐ | 一 | 一 | 一 | 一 | ・ \|∨ |
| 恨别鸟惊心。 | \| | \| | ・ | \| | 一 | ・ A∧ |
| 烽火连三月， | ∟ | \| | ・ | 一 | 一 | ・ \|∨ |
| 家书抵万金。 | 一 | 一 | ・ | \| | \| | ・ A∧ |
| 白头搔更短， | ⌐ | 一 | ・ | 一 | \| | ・ \| |

浑欲不胜簪（zhēn）　　⌞　|　　•　|　　—　•　A

平起五律在格律上只要把平起的五绝重复一次就成。

格律上平起、首句用韵的七律，基本上就是平起、首句用韵的七绝的重复式，只是第三联第一行不用韵，所以把最后三个音节"|—•—"改为"——•|"。如杜甫《咏怀古迹》：

群山万壑赴荆门，　　—　—　•　|　　|　•　|　　—　•　A

生长明妃尚有村。　　⌞　|　　•　•　—　　•　|　　—　•　A

一去紫台连朔漠，　　|　|　　•　⌐　—　　•　—　|　　•　|∨

独留青冢向黄昏。　　⌐　—　　•　⌞　|　　•　|　　—　•　A∧

画图省识春风面，　　⌐　—　　•　|　|　　•　—　　•　|∨

环佩空归月夜魂。　　⌞　|　　•　—　—　　•　|　|　　•　A∧

千载琵琶作胡语，　　⌞　|　　•　—　—　　•　⌐　⌞　|　|

分明怨恨曲中论。　　—　—　•　|　|　　•　•　|　　—　•　A

平起、首句不用韵的七律是平起、首句不用韵的七绝的全部重叠。这种格式和仄起的格式都不再举例。

# 九

律绝的格式不多，不过五七言、平仄起错综相配而已。词的格式很多，由顿挫、字数、平仄、韵脚的变化而构成种种"词牌"（相对"律绝"来说，就称为"调"）。清代万红友的《词律》（共 20 卷）共收 660 调，1180 体。现在我们把小令（"令"就是"曲"的意思）、中调、长调，各举数例，从格律上加以分析。

李煜的《相见欢》：

林花谢了春红，　　　　—　—　•　|　　|　—　A

太匆匆！　　　　　　　|　—　•　A

无奈朝来寒雨晚来风。　—　|　　•　—　—　　•　—　|　　•　|　—　•　A

胭脂泪，　　　　　　　　— — • a

相留醉，　　　　　　　　— — • a

几时重？　　　　　　　　| — • A

自是人生常恨水长东。| | • — — • — | • | — • A

李白的《忆秦娥·思秋》：

箫声咽，　　　　　　　　— — • a

秦娥梦断秦楼月。　　　　— — • | | • = = • a¹

秦楼月，　　　　　　　　= = • a²

年年柳色，　　　　　　　— — • | |

灞陵伤别。　　　　　　　| — • — a

乐游原上清秋节，　　　　| — • | | • — — • a

咸阳古道音尘绝。　　　　— — • | | • = = • a¹

音尘绝，　　　　　　　　= = • a²

西风残照，　　　　　　　— — • — |

汉家陵阙。　　　　　　　| — • — a

秦观（1049—1100）的《江城子》：

西城杨柳弄春柔，　　　　— — • ⌐ | • | — • A

动离忧，　　　　　　　　| — • A

泪难收，　　　　　　　　| — • A

犹记多情曾为系归舟。└ | • — — • — | • | — • A

碧野朱桥当日事，　　　　| | • — — • — | • |

人不见，　　　　　　　　— | • |

水空流。　　　　　　　　| — • A

韶华不为少年留，　　　　— — • | | • | — • A

恨悠悠，　　　　　　　　| — • A

几时休？　　　　　　　　| — • A

飞絮落花时候一登楼。└ | • ⌐ — • └ | • | — • A

便做春江都是泪，　　　｜｜　•　—　—　•　—　｜　•　｜

流不尽，　　　—　｜　•　｜

许多愁。　　　｜　—　•　A

李煜的《浪淘沙》：

帘外雨潺潺，　　　└　｜　•　｜　—　•　A

春意阑珊，　　　└　｜　•　—　•　A

罗衾（qīn）不耐五更寒。　　—　—　•　｜　•　｜　—　•　A

梦里不知身是客，　　　｜　｜　•　┐　•　｜　—　｜　•　｜

一晌（xiàng）贪欢。　　　｜　｜　•　—　•　A

独自暮凭栏，　　　｜　｜　•　｜　—　•　A

无限江山，　　　└　｜　•　•　A

别时容易见时难。　　　┐　—　—　｜　•　｜　—　•　A

流水落花春去也，　　　└　｜　•　┐　•　—　｜　•　｜

天上人间。　　　└　｜　•　—　•　A

晏殊（991—1055）的《浣溪沙》：

一曲新词酒一杯，　　　｜　｜　•　—　—　•　｜　｜　•　A

去年天气旧亭台。　　　｜　—　•　—　｜　•　｜　—　•　A

夕阳西下几时回？　　　｜　—　•　—　•　｜　—　•　A

无可奈何花落去，　　　—　｜　•　｜　—　•　—　｜　•　｜ᵛ

似曾相识燕归来。　　　｜　—　•　•　｜　•　｜　—　•　A^

小园香径独徘徊。　　　｜　—　•　—　｜　•　｜　—　•　A

辛弃疾（1140—1207）的《贺新郎》：

绿树听鹈鴂（tí jué），　｜　｜　•　—　—　•　a

更那堪、　　　｜　•　┐　—　•

鹧鸪声住，　　　｜　—　•　—　｜

杜鹃声切？　　　　　| — • — |

啼到春归无啼处，　　— | • • — • — — • |

苦恨芳菲都歇。　　　| | • — • • — • a

算未抵、　　　　　　| • | • •

人间离别。　　　　　— — • — • a

马上琵琶关塞黑，　　| | • — — • — | • |

更长门、　　　　　　| • — — • 

翠辇辞金阙。　　　　| | • — • — • a

看燕燕，　　　　　　— • | | •

送归妾。　　　　　　| — • a


将军百战身名裂，　　— — • | | • — — • a

向河梁、　　　　　　| • • — — •

回头万里，　　　　　— — • | |

故人长绝。　　　　　| — • • • a

易水萧萧西风冷，　　| | • — • — • — |

满座衣冠似雪，　　　| | • — — • a

正壮士悲歌未彻。　　| • | • — — • | • a

啼鸟还知如许恨，　　— | • — • • — | • |

料不啼清泪长啼血。　| • | — • — | • • — • a

谁伴我，　　　　　　— • | | •

醉明月？　　　　　　| • — • a

十

　　律、绝、词都是一种格律诗，构成格律的因素是：顿挫、字数、平仄、韵脚四者。顿挫和字数合起来构成诗行里的音步。从律绝来说，除每行末一音步外，音步经常以两个音节构成。两个音步之间有一个顿挫。顿挫所在的地方，除一部分韵脚前的顿挫外，大致都符合于意义上和语法上的要求。每一音步之内，平仄基本相同，除非有拗的地方。音步的展开以两平两仄相连为常。从律绝说，一联之间，上下两行同音步者平仄相对。从词说，跟律绝最大的差异是每行的字数不整齐，而且长调的行数要比律绝多得多。但词的音步的构成跟律绝是一样的。比如：除行末一音节外，音步也是经常由两个音节构成的。两个音步之间有一个顿挫。顿挫所在的地方，除一部分韵脚前的顿挫外，大致都符合于意义上和语法上的要求。每一音步之内，词句平仄也是基本相同，当然，词句有许多拗的地方。不拗的地方，词句音步的展开也是以两平两仄相连为常，如"满座衣冠似雪"是｜｜·－－·｜｜。绝句里，一联之间，上下两行同音步者平仄相对；但在词里常有以单音节开头独成音步的单行，如苏轼（1036—1101）《洞仙歌》的最后四行是：

| 但屈指、 | ｜ · ｜ ｜ · |
|---|---|
| 西风几时来？ | － － · ｜ － · － |
| 又不道、 | ｜ · ｜ ｜ · |
| 流年暗中偷换。 | － － · ｜ － · － ｜ |

古典诗词格律的基本原则大致如上所述。

# 关于教育的故事

六十多年前，我在一个小城市的一所小学里读书。我想谈的就是那时候的两件事：一件是关于一个同学的，一件是关于一个老师的。

有一个同学，叫黄顺祥，家里很穷，他就一面当报童，一面上学。他的功课很好，又肯热心帮助人，所以同学们都敬爱他。他为什么那么热衷于上学呢？因为那时候一般人对教师都很尊重，上学可以跟老师学到许多有关文化素质和道德品质上的好东西，并不仅仅为了取得识文断字的小小技艺；而教师中大多数也的确素质很高。这里我讲一位地理老师，他叫何世伶，他热爱小孩子，大家也都喜欢他。他讲课，口齿、条理都很清楚；山川形胜，都邑人文，都是我们闻所未闻的。那时候，知识青年中有一股"曼殊热"（苏玄瑛，号曼殊，是一位诗僧，博学多才，通英、法、日、梵诸文，参加南社，参加过一些革命运动，但身世飘零，死后葬在西湖。作品哀感顽艳，深得当时青年们的同情)，何老师也不例外，所以当他讲到杭州西湖的时候，他就给我们介绍了苏曼殊的生平及其创作；还讲到他去凭吊曼殊大师墓的情况；并为我们背诵了他自己作的三首凭吊的诗。他没有用传统吟唱的腔调念，只是用自然语言有节奏地朗诵着。诗句平易，他没有写在黑板上，他略加解释，孩子们都能听懂。他朗诵道：

> 一棺寂寞葬湖边，万树阴森绝可怜；
> 如此生平如此死，我来流泪伏碑前。
>
> 右林处士左苏小，异代相期作比邻；
> 好月照波风荡候，可曾诗酒钓湖滨？

一只白鹭掠湖飞，疑是诗魂化鸟归。

怅望碧空无限恨，青蒲白水映残晖。

全班四十多个小孩子都静静地听着，沉思着。我第一次沉浸在诗的境界里，也第一次领会到中国语言的音乐性，印象很深，六十多年过去了，我依然能把这三首诗背下来。后来我在一本旧的《语丝》杂志上发现，何老师早已把他的诗发表在这个刊物上了。

有一天，黄顺祥悄悄地告诉我们说："何老师被枪毙了。我昨天送报的时候，看见他（被）捆绑着游街的。人说他是共产党。"我们一下愣住了，等醒悟过来都觉得很悲痛。若干年后我才明白，何老师是死于国民党反动派的反人民的"清党"政策和屠杀政策的，但是当时我们并不懂这些，何老师也并没有给我们讲过"共产主义"；我们只是觉得何老师是个好人，是我们的好老师，敢于杀害我们这样老师的人一定是坏人；所以何老师被杀害这件事本身，对孩子们又起了某种意义的教育作用。

唐朝韩愈写了一篇《师说》，有一句说："师者，所以传道、授业、解惑也。"古今"道""业"的内容不同，但必须有"道"，不能"无道"。"业"是技艺，"道"却涉及文化素质和道德品质，所以一个社会必须尊敬教师。古人称"尊敬"为"严"，称"教育"为"学"，《礼记·学记》上说："凡学之道，严师为难；师严而道尊，道尊然后民知敬学。"黄顺祥一面当报童，一面上学，就是"敬学"的好例子。

（原载《天津日报》1980 年 4 月 6 日）

# 关于《方言文学》的补充意见

[附记] 1951 年，《文艺报》曾展开一次关于《方言文学》的讨论。我曾发表两篇文章，现在都收在这里。为了使读者了解当时讨论的过程，我先把当时《〈文艺报〉编辑部的话》和刘作骢先生的文章都附录在前面。

## 《文艺报》编辑部的话

在《文艺学习》第二卷第一期（一九五〇年八月一日出版）上，有一篇邢公畹同志的题为《谈"方言文学"》的文章。这篇文章的主要内容，是指出他自己在一九四八年五月三日在天津的一个纪念"五四"的文艺晚会的讲话中，曾经提到了关于"方言文学"的问题，那时他复述了茅盾同志在当时所发表的对于"方言文学"的意见，大致说："……方言就是某一地区的白话，离开方言的白话，在理论上是不通，在事实上是没有，……理论上的大众语正如理论上的国语，今日并不存在；今天有的是实际上的大众语，就是各地人民的方言。把今天实际的大众语用作文学的中介，就是方言文学"。但到后来，当他读过了斯大林的《论马克思主义在语言学中的问题》后，觉得他过去的意见"有仔细检讨的必要"，他指出了"'方言文学'这个理论至少有两个错误的偏向：第一，'方言文学'这个口号不是引导着我们向前看，而是引导着我们向后看的东西；不是引导着我们走向统一，而是引导着我们走向分裂的东西。第二，'方言文学'这个口号完全是从中国语言的表面形态的基础上提出来的；不是从中国语言的内在的本质的基础上提出来的"。

对于这些看法，《文艺报》读者刘作骢同志提出了不同的意见，为了希望在这一问题上能展开研究，我们曾将刘作骢同志的意见寄给邢公畹同志，并接到了他的答复，对《谈"方言文学"》一文作了一些补充和解释，同时我们也约请周立波同志对这个问题提供了一些意见。现一并发表。邢公畹同志的来信的题目系编者所加。

在目前的文艺创作中，在语言的问题上是存在着一些不同的意见的，有些同志在创作时，在语言的运用上也遇到了一些困难。我们觉得，为了进一步学习群众语言，更好地从群众的语言中提炼并丰富文学的语言，使我们的作品得以更真实生动地反映人民的斗争生活，在这一问题上是值得展开研究和讨论的。我们希望语言学的专家、文艺工作者和广大的读者同志能对这一问题发表自己的意见。

## 我对《谈"方言文学"》的一点意见

### 刘作骢

8 月份天津出版的《文艺学习》2 卷 1 期上，有篇邢公畹先生的《谈"方言文学"》，下面注明是"读斯大林论马克思主义在语言学中的问题"后的一些意见，这些论点，我觉得很有提出讨论的必要，当时我曾把我对邢先生的意见写信给《文艺报》的编辑同志，他们来信说希望我能写成文章。可是后来因为工作的关系，一直没有工夫写，现在，我只能还是把当时的一点意见再写出来，供大家参考。

邢先生说："方言文学并不是引导我们向前看，而是引导我们向后看的东西；不是引导我们走向统一，而是引导我们走向分裂的东西。"又说："方言文学这口号，完全是从中国语言表面形态的基础上提出来的，不是从中国语言内在本质的基础上提出来的。"

在我看来是完全不对的，我们在斯大林这篇论文中是找不出这种论点的，说方言文学是引我们向后看的，引我们走向分裂的东西。斯大林说："事实上语言的发展不是用消灭现存的语言和创造新的语言的方法，而是用扩大和改进现存语言基本要素的方法。并且语言从一种质过渡到另一种质不是经过突变，不是经过一下子消灭旧的和建立新的那种方法，而是经过逐渐的长期的语言新质量和新结构的要素的积累，经过旧质量要素的逐渐衰亡来实现的。"这也正如鲁迅先生所说的，"在启蒙时候用方言，但一方面又要渐渐加入普通的语法和词汇进去，先用固有的，是一地方语的大众化，加入新的去，就是全国语言的大众化"。（《门外文谈》）

陈望道先生曾有个建议，我觉得是很好的说明：

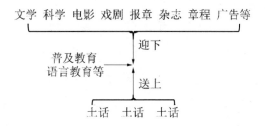

但是为什么邢先生却要说方言文学是引导我们向后退的，引向分裂的呢？这的确是很奇怪的！我们就拿中国实际的情况来讲，是百分之八十的文盲，而不是百分之八十的知识分子，目前是普及第一，并不是提高第一，而我们的提高，也是在普及的基础之上提高，这怎么能说"方言文学，不是从中国语言的内在的本质的基础上提出来的"呢？

邢先生也曾提出两点不须要方言文学的原因来："第一，语法结构全民族完全相同的，虽然个别特殊方言有小小出入的地方"；"第二，基本词汇是全民族大致相同的，所以就目前中国语言的内在本质来讲，提出方言文学的本质来是没有必要的"。

我想邢先生还是忽略了中国实际情况，那百分之八十的文盲大众。斯大林说："有方言习惯语和同行语存在并不是否定，而是肯定有全民语言的存在，因为方言习惯语和同行语是全民语言的支脉，并且服从于全民语言。"我想邢先生大概只看见这一句："并且服从全民族语言"，而提出方言文学是没有必要的论点，但忽略了"有方言习惯语和同行语存在不是否定，而是肯定"这句重要的话了。

鲁迅先生在《门外文谈》上曾说："我说要在方言里加入新的进去，那新的来源就在这地方，待到这一种出于自然又加人工的话一普遍，我们的大众语就算大致统一了。"邢先生说方言文学没有提出的必要，可见是完完全全不对的。

邢先生也曾引证马克思的话："'方言、习惯语，集中为统一的民族语言是由经济和政治的集中来决定的。'但在这以前，文艺工作者、新闻工作者、教师等文化干部，对于统一语言的形成是能起积极的作用的。"这我是完全赞同的，可是接连下一句却又说得奇怪了，"在这一点上，我们更不应该继续谈方言文学这口号"。

我们又来看看鲁迅先生对这方面的说明吧:"至于已有大众语雏形的地方,我们可以依此为根据而加以改进,太僻的土语是不必用的,例如上海人叫'打'为'吃生活',可以用于上海人的对话里,却不必用于作者的叙事中,因为说打工,人一样能懂。"(《门外文谈》)这是说得很明白的,这里并不是不要方言,而是要方言,而是"依此为根据而加以改进"。也正如"旧形式是采取,必有所删除,既有删除,必有所增益,这就是新形式的出现"的意义一样,如果说不需要,也不应该谈方言文学这口号,那就是不对的了。

以上是我与邢先生不同之点,也可以说是我对语言问题的看法,对与不对,还请邢先生及大家指教。


编委会的同志们:

刘作骢先生的文章已经收到,并且仔细地读过了。我对这篇文章提出以下的意见,以供同志们作参考。

第一,刘先生引证斯大林的话"事实上语言的发展不是用消灭现存的语言和创造新的语言的方法,而是用扩大和改进现存语言基本要素的方法。并且语言从一种质过渡到另一种质不是经过突变,不是经过一下子消灭旧的和建立新的那种方法,而是经过逐渐的长期的语言新质量和新结构的要素的积累,经过旧质量要素的逐渐衰亡来实现的"来反驳我的"方言文学并不是引导我们向前看,而是引导我们向后看的东西;不是引导我们走向统一,而是引导我们走向分裂的东西"底说法。在这里显示着刘先生既没有仔细看我的文章,也没有懂得斯大林的理论。我的意见是依据斯大林的理论出发的。

首先,我们应当把"语言"和"方言"区别开来,斯大林说:"当然,除了语言(language)之外还有方言(dialect)、土语(local vernacular),但是部落和部族统一的和共同的语言是占着统治地位,并使这些方言、土语服从自己。"这里所谓"语言"是指"全民语"(或称"共同语"和"标准语")而言,譬如我们常说的"俄语""英语""德语"就等于说"俄罗斯标准语""英国标准语""德国标准语"等等,即令是资产阶级语言学者也是这样说的。(参考去年出版的 Louis H.Gray 的 *Foundations of Language* 第 2 章第 25 页)那么,问题是很显然的,作为一个文艺工作者是不应该使用方言土语来创作,而应该使用共同语来创作的。我的文章是在说明中国的共同语正在加速的发展之中，却没有一点说到"消灭现存的语言和创造新的语言"这一类的意思。正相反，我的文章已经引用了斯大林这一段话来说明"方言"跟"共同语"并不是两个互相敌对的东西，但这并不意味着"创造"一种新语言，也不能据此以为继续"方言文学"的口号的理由。斯大林论到方言的发展和语言的发展中的关系时说："地方（地域）方言，是替人民群众服务，并且有自己的语法构造和基本词汇的。因此，某些地方方言在民族形成过程中可以成为民族语言底基础并发展成为独立的民族语言……至于说到这些语言中的其他方言，那么它们丧失了自己的独特性，溶入这些语言中，并在这些语言中消灭了。"（《答桑席叶夫》）在我的文章中已经明白地说过"我们既不是把旧的方言消灭了来创造一种新的民族统一的语言，也不是把一种旧的方言单纯地提升新的民族统一的语言"。因为一种方言之成为"民族语言底基础"，并不由于这一方言本身内部的原因（譬如说由于它的音韵系统简单，词汇丰富，语法特别精密，等等），而是由于一些外在的非语言的（Non-lingustic）原因；也不由于自上而下的命令底力量，就是所谓"提升"，而是由于在经济和政治的集中的条件下，人民自觉自愿的选择和决定。

判断一个语言区中有没有标准语，或者说某一方言在这个语言区中算不算标准语，普通是观察够不够这样一个条件，就是在这一语言区中（譬如汉语所覆盖的广大地区中），无论是"标准语"的说者还是"非标准语"的说者，大家都主观地承认这一个方言是标准形式，是"好的"，或者"正确"的；而别的一些方言则非标准形式，是"坏的"，或者"不正确的"。因而标准语说者决不去学习非标准语（除非个别的人有特别的需要），但是绝大多数的非标准语说者都乐意去学习标准语。在其他方面，如文章的写作，语法、字典辞书、教科书的编制，也必定都以这个标准形式为根据。在我国汉语各方言区中，能显然达到这一条件的方言，严格讲来，目前虽然还没有，但是部分的城市居民和文艺工作者、教育工作者，已渐渐认为北方话，特别是北京方言为中国的（汉语的）标准话了，这个趋势是不可忽视的。

假定北京方言是我们的标准语了，我们进一步再来分析，是不是北京方言跟其他方言在内在的本质上是互相敌对的呢？不是的。北京方言的语法结构跟其他方言是完全相同的（除去某些方言中小小不同的地方）；基本语词跟其他方言也是相同的〔当然，北京方言跟其他方言一样，也有些"土话"（patois）。这些"土话"，多数不是共同语的构成分子〕。因而斯大林说："有方言习惯语和同行语存在并不是否定，而是肯定有全民语言的存在，因为方言习惯语和同行语是全民语言的支脉，并且服从于全民语言。"刘先生虽然引了这段话，但是他却完全完全没有懂得。因此，我们愈下苦功来学习各方言区人民的语言，就愈能使我们的语言丰富有味。毛主席说："人民的语言（畹按：这不是指某一地的方言）是很丰富的，生动活泼的，表现实际生活的。这种语言，我们很多人没有学到，所以我们在写文章做演说时，没有几句生动活泼切实有力的话，只有死板板的几条筋，像瘪三一样，瘦得难看，不像一个健康的人。"

但是基本语词和语法结构是不能架空存在的，它们必须有自己的作为表面形态的语音。就在这一套一套的音韵系统的差别之间，我们才有了方言与方言的差异。换句话说，方言的差异主要地也只是表面形态上音韵系统的不一致。把问题联系到写作上来，很巧的，我们所使用的文字是表意体系的方块字，所以在目前阶段中，即令是吴、闽、广、客家等方言区的作者，要把自己的作品写成标准语的，也并不是特别困难的事。

第二，在过去的解放战争时期，主要支援战争的是农民，革命的阵地也在农村，因此文艺活动主要是反映农民的活动，而文艺作品所使用的表现中介主要也是地方色彩极为浓厚的语言（方言）。那个时候，我们要在国民党统治区进行文艺上的斗争（甚至在我们最初进入大城市的时候），我们就必须介绍农村，介绍农民，因为那也就是介绍革命。因而在表现中介的问题上，我们提出了"方言文学"的口号，从那个阶段来说，并不是不正确的。因为这个口号是作为对反动统治阶级斗争的策略之一而提出的，是具有一定的革命意义的。但是，自从中国人民的革命力量解放了若干大城市之后，就迅速地在全国范围内得到了胜利。中国人民的任务是要在政治上、经济上、文化上完成新民主主义的改革，实行民族的统一与独立，由农业国变成工业国。特别是在人民政治协商会议召开之后的今天，我们可以说，我们的国家已经是一个独立、民主、和平、统一，并且不断走向富强的国家了。那么，在今天，我们是应该以正在发展中的统一的民族语来创作呢（那就是说在我们的创作中要适当地避开地方性土话），还是应该用方言来创作呢（那就是说在我们的创作中特别去使用并且强调那些地方性的土话）？当革命力量没有进入大城市或刚刚进入大城市的时候，我们提出"方言文学"的口号，这是正确的；当革命在全国范围内取得了胜利之后，我们要求以正在发展中的民族共同语（全民语）来创作，这也是正确的。这两个不同的口号适应于两个不同的时代，但这两个口号本身却是互相矛盾的，要求它们不矛盾是不可能的。

第三，毛主席在指示我们如何学习语言的讲演中，除了刚才所说的要学习人民语言之外，又告诉我们要学习外国语言和古人语言。把它联系到文艺创作上来，如果坚持"方言文学"的口号，学习外国语言和古人语言就成为不可能了。但是事实上，一种标准语（共同语）的发展是以一种方言为基础，而又逐渐溶入许多其他方言中的甚至外国语言中的词汇的。在语言学中，普遍把标准语分为两种形式：一个是书写的，一个是口说的。前者称为"文学的标准语"，后者称为"日常的标准语"。从语言学的经验上来讲，不管在哪一个语言区域中，人民所写的很少跟所说的是完全一致的。尽管书写的语言是从口说的语言（以及外国的和古代的语言）中提炼出来，而反过来对日常语言又能发生巨大的作用，但是两者之间，到底是有其差异的：文学的标准语是由文艺巨匠们加过工的语言，日常标准语是未经加工的语言（参考高尔基《我们怎样学习写作》）。在这一区分上，我们就更不能继续"方言文学"的口号。

这封信，本可以早复，因为在得到信之后，我又受科学院语言所之约，到北京去参加关于斯大林《论语言学》那篇论文中的理论跟中国语言研究的联系问题的座谈会，所以耽误了复信的日子。但是我在参加了这个会议之后来复这封信是更合式的，因为紧接着罗常培所长报告之后，胡乔木同志在会上作了这样一个要求，他要求全国语言科学工作者对目前写作上的混乱状态——那就是说写作上的无语法状态和用词杂乱状态等要担负起一个澄清的任务。他相信目前中国语言中，特别是书写语言中，是有一个共同的、全民性的语言存在的。因此他要求语言科学工作者指出来中国语言的语法结构的式样，以及中国语言的基本词汇的内容。我觉得乔木同志的发言是一个极其正确的号召，为了响应这一号召，我更乐意于回答这封信。

这封信，我希望能发表。刘先生的原文，如果可能，希望也能发表。他的文章中的写错和写脱的字，我大致都替他改正了。谢谢编委会的同志们和刘先生，使我能有机会说出我在前篇文章中所没有说完的意见。此致
敬礼！

邢公畹

# 文艺家是民族共同语的促进者

读了本刊（按：指《文艺报》）第 3 卷第 10 期上周立波先生的《谈方言问题》以后，觉得有一处我须要再说明，另有几处须要我们明确一下，才能够正确地深入地讨论我们的问题。

须要说明的是：周先生说"就我所知，过去和现在，都没有人正式提出'方言文学'的口号，也没有人把这口号'作为对反动统治阶级斗争的策略之一'而提出"。关于这一点，请周先生参看茅盾先生在 1948 年所发表的《谈方言文学》等文件。关于我们要讨论的问题是怎样提出的，请周先生看一看我在《文艺学习》上所发表的《谈"方言文学"》那篇文章，那篇文章就是刘作骢先生读过而又提出不同意见的。

须要明确的是：（一）我们所要讨论的是"语言"跟文艺创作之间的关系呢，还是"文体"（也就是周先生所说的"文字"）①跟文艺创作之间的关系呢？（二）在我们讨论范围中的"方言"，是指某一地区的人民口语底体系呢，还是泛指各地方言中的"词汇"呢？明确了这两个问题，就可以把意见集中到核心上来，免去许多题外的争论。在第一个问题中，我们要明确的是、我们所讨论的是"语言"和"创作"的关系，不是"文体"和"创作"的关系。语言，是指人民说在嘴里的活的话（也包括记录它的、从生的"文字"）②；把某一型式的语言用入写作，成为某一种写作体式就是"文体"（譬如说：文言文，白话文）。运用某一种文体来创作，就成为某一体式的文学作品（譬如说：白话文学，方言文学。见后面所引茅盾的文章）。

---

①② 在许多人的文章和讲话中，常用"文字"一词，兼指"书写记号"和"文章"而言。譬如说："某人文字清通"，"本刊征求诗、小说、独幕剧、散文、报告，以及以上各类的翻译文字"。这里都是指"文章"。一方面是有现成的"文章"一词废而不用；另一方面，在某种上下文中（譬如在周先生的文章第三段里）又容易使人误解，这就是胡乔木同志所说的用词杂乱状态之一例。而周立波先生在他的文章中，不但用"文字"来兼指"书写记号"和"文章"，并且同时又指着"文体"，所以更加杂乱。

从五四前夜到 1948 年茅盾先生写《谈方言文学》止，其间文艺家们对作为文学中介的语言的看法，大致可以分为以下四个发展阶段（见表 2）：

**表 2　文艺家们对作为文学中介的语言的看法**

| 序号 | 类型 | 发展阶段 | | | |
|---|---|---|---|---|---|
| | | 1 | 2 | 3 | 4 |
| 甲 | 语言 | 摹拟的古代汉语 | 用政治力量从上而下地推行的"国语" | "理论上的大众语" | 某一地区的人民口语（方言） |
| 乙 | 文体 | 文言体 | 白话体（语体） | "'大众语'体" | 写说合一的体式 |
| 丙 | 作品 | 文言作品 | 国语文学 | "'大众语'文学" | 方言文学 |

我们所要讨论的问题是"甲""丙"之间，特别"是"甲 4""丙 4"之间的关系。但周立波先生把它看成了"乙""丙"之间的关系而加入了讨论，如他的文章第三段所论。茅盾先生在当时所批判的是"2"和"3"，特别是"乙2"跟"甲2""丙2"之间的矛盾情形。他的批判是正确的，他说：

"白话文学"一名词已成立三十年了。五四以来的新文学通称为"白话文学"（或称之为"语体文学"）。白话，就是我们口说的话。但各地人民口说的话有各式各样，甚至不能通晓，这样就称为方言。但方言即某一地区的白话，离开方言的白话，在理论上是不通，在事实上是没有。

五四以来的白话文学有一个不成文的定义，就是应该取得"文学语言"的地位的是中国北方通行的口语（即中国北方方言），或者是以中国北方话为基础的南腔北调的语言（即蓝青官话）。三十年来，北方话隐隐然成为新文学的"文学语言"的正宗。广东、福建等方言区的人民先得学习北方话，然后才能从事新文艺的创作，甚或仅能从书本上去学习新文学的"文学语言"，结果写的和说的依然分离，"我手写我口"仍然做不到。而且在事实上，叫广东、福建的人去写北方之"口"也是不合理的。一种地方语升级为全国通行语（国语），必有待于政治、经济、交通诸条件的成熟，其势不可强为。十多年前想用单纯的政治力量来推行北京上层社会的通用语，使之成为国语，成效如何，现在可以看到。所以"国语文学"一名，现在还不能成立，我们不能武断说北方话就是"国语"。但"白话文学"之名现在可以成立，而且已经成立，但它在事实上应该就是"方言文学"。

　　理论上的大众语正如理论上的国语，今天并不存在；今天有的是实际上的大众语，各地人民的方言就是今天的大众语。

　　小调、唱本，无例外地是久已存在的方言文学的大本营，人民创造了自己的文艺形式，用自己的语言来歌唱。当然，问题的中心不在形式如何，而在是否用了人民的语言来表现人民的生活。（摘录《再谈方言文学》）

　　从上文，我们可以明确在我们讨论范围中的第二个问题了，那就是，在"方言文学"一词中的所谓"方言"，是指某一地区的人民口语底体系，不是泛指各地方言中的"词汇"；而周先生没有把它们分别清楚就说了许多话。明白地说：方言文学就是，譬如说，北京人用北京话来写的作品，广州人用广州话来写的作品，长沙人用长沙话来写的作品。各地民间小调、唱本，大致就是这样的。我的前后两篇文章都在想指出茅盾先生在革命力量没有进入大城市的当时提出这个理论来是正确的；但是当革命在全国范围内取得胜利，因而取得了统一与独立的今天，我想这个理论是会叫各个方言区的作者把自己的作品故意封锁在自己的方言区里的。因此我说：它不是引导我们向前看，而是引导我们向后看；不是引导我们走向统一，而是引导我们走向分裂的东西。但是周先生说："我以为不会。"比起 1948 年来，我们的社会发展条件已经改变了，因此我发问："在今天，我们是应该以正在发展中的统一的民族语来创作呢？（那就是说，在我们的创作中要适当地避开地方性的土话）还是应该用方言来创作呢？（那就是说，在我们的创作中特别去强调那些地方性的土话。）"但是周先生引了我的话接着说："我以为我们应该继续大量采用各地的方言，继续大量使用地方性的土话。"那么，我们广东作家就要给这样的句子给周先生念："北风同埋日头，有一遍，喺处来争论，睇边一个嘅本领大。"而我们的湖南作家就要给这样的句子给周先生念："李家三挨姐屋里的细崽，到城里去把牛把买，等达夜下子偕冒看达回来，连不晓得何解。只怕是出达某子箩壳咧！"这些都太远了，南方的，"简直好像外国话"（？）。那么，跟北京相邻的我们天津的作家就为周先生准备了这个："蚂子眼儿的时候，来啦个二不楞子，打我个脖子拐子，嗞弄拔啦。"这样的写法，我想也不是周先生所巴望的，因为周先生也是以正在成长中的民族共同语（就是他所谓"普通话"）为骨干来创作的。

　　周先生说，"邢先生说：过去我们写农民，用方言，都有革命的意义。现在全国解放而且统一了，'特别是在人民政治协商会议召开之后的今天'，似乎不能再用方言来创作、来写农民了"。这是周先生想象中的我的意思。我的真正的意思在《关于'方言文学'的补充意见》的"第二"那节文章中。至于"写农民"哩，我想只要中国有农民，总归是值得写的。

如果我们认识了"方言"是"某一地区的人民口语底体系"，而不是"各方言中的词汇总称"，那么在周先生的文章中，从第 7 段到第 17 段中所讲的，正是我所说的"'方言'跟'共同语'并不是两个互相敌对的东西。所以，我们愈下苦功来学习各方言区人民的语言（各方言中的生动词汇），就愈能使我们的语言（共同语）丰富有味"这层意思的绝好解释。而周先生说："北方各省的话，大致都相同，懂得的人多。……而南方话，特别是广东、福建的有些方言，写在纸上，叫外乡人看了，简直好像外国话。这样的方言不宜全部采用。"这其实就是我所说的"在今天，我们应该以正在成长中的统一的民族语来创作"。周先生说："有些字眼，普通话和方言里都是有的，只是字同音不同，那就应该使用普通话里的字眼。湖南人读'还'如'偕'（畹按：请周先生再注意，在某种情形下，北京人也是把'还'说成'偕'的），读'没'如'冒'，写的时候还是用'还'和'没'，不必写成'偕'和'冒'。"这其实就是我所说的"在我们的创作中，要适当地避开地方性的土话"。

文艺工作者（包括诗人、小说家、编剧家、演员等）没有一个不是希望他的读者（或观众）的圈子越来越扩大，他的语言越来越丰富有味的，因而他们中间的绝大多数都是实际的"民族共同语促进者"，虽然时常是不自觉的。

一个文艺工作者如果想进一步学习各地人民语言以扩大并丰富自己的词汇，我想或者可以用以下的三种方法去做自己的笔记：（1）比较词汇，（2）搜集成语，（3）留心活用。

第一种方法又可以再分为两类，一个是各地互比，另一个是同地互比。所谓各地互比，是说同一语词（严格地说，应称"义型"）各地说法不同，我们搜集在一起，互相比较，就其中选择一个"好的"。所谓"好的"，是说它的共同性较大，或者意味较深长，或者较为生动活泼，或者历史较长久。譬如北京话里的"小孩儿"，长沙称为"细人了"，苏州称为"小干"，安庆称为"小孩子"，安徽南部称为"小把戏"，西南方言称为"小娃娃"，南京称为"小娃儿"，广州称为"细佬哥"，客家称为"大细儿"，但其中以"小孩儿"的共性最大，其次是"小娃娃"。又如北京话里的"冰糖葫芦"，天津称为"糖堆"，云南称为"沙宁果"，许多南方方言称为"糖山楂"。称"沙宁果"没有表出

"糖制"一层意思，"糖山楂"就比较完整实在，可以用，但却不及"冰糖葫芦"意味深长。又比如北京话称老年人的"健康"为"硬朗"，安徽则称为"恨劲"，湖南则称为"健旺"。三个相比，"恨劲"不如"健旺"，而"硬朗"则尤其生动活泼。又如北京话里的"媳妇儿"，湖南、湖北称为"堂客"，苏州称为"家小"，安徽称为"烧锅的"，也兼称"奶奶"，云南称为"婆娘"，广州和许多北方方言都称为"老婆"。"老婆"的共同性是较大的，但各方言中往往又兼有"妻子"或"妻室"或者"妻房"的说法，同前面那些语词相比，"妻子"的历史较长——"妻"（"子"是词尾）是属于基本语词（basic word stock）里的。因此它的共通性比"老婆"还要大。许多方言中所称的"头"，湖南称为"脑壳"，北京称为"脑袋"，安徽北部称为"脑袋瓜子"，但"头"是属于基本语词里的，它的历史较长。以上是就各地同有这一语词，就是所谓"同义词"（synonyme）来说的。还有一类是某一语词只见于某一地区，其他地区不易发现相当的，也须比较才能知道（某地特有的产物和风俗，在别的地区当然不能有这些产物和风俗的称谓，这里不再讨论）。譬如早晨睡过了该起床的时候，安徽话叫"失晓"。就我所知，其他地区似乎没有。但是这个语词在宋朝和元朝就已经见于记录，其他地区应该是有的，很可疑。还有一类可以作各地互比的词汇是所谓"同形词"（homographe），就是同一语词（严格地说，应称"书写形体"），各地意义却有所置换或变化。譬如：北京（及北方大部方言）的"南瓜"等于安徽的"北瓜"，但北京并无所谓"北瓜"，安徽的"南瓜"又称"金瓜"；苏州的"南瓜"等于常州的"北瓜"，而苏州的"北瓜"却等于常州的"南瓜"。又如"奶奶"，在北京是"祖母"，在安徽却是"妻子"。这类情形，就当以共同性较大的北方话为准。所谓同地互比，是说同一语词（义型）在同一地区，由于规定成分的细微变化而发生意义上的细微差别，须要我们去掂掇它们的分量的。譬如北京话里，说"光溜溜的"是一种不舒服的感觉；说"光溜溜儿的"是指一种舒服的感觉。又如形容"细"，可以说作"细不激的"，如果说作"细不激儿的"则是细得有趣，如说"细细儿的"则是略细，如说"细细的"则是很细。"胖胖儿的"是略胖，"胖胖的"是很胖，"胖搭搭儿的"是胖得有趣。

第二种方法是搜集成语。所谓成语可以分成两类，一类是谚语，另一类是惯用语（也就是鲁迅先生所谓的"炼话"）。各方言区都有许多隽永有味的谚语，并且有的谚语是通行区域很广同时历史很长的，如："只许州官放火，不许百姓点灯。"陆游《老学庵笔记》卷五云："田登作郡，自讳其名，触者必怒。……于是举州皆谓灯为火。上元放灯，许人入州治游观；吏人遂书榜揭于市曰：'本州依例放火三日。'"但对于文艺家更有用的是惯用语。譬如"棋逢敌手"这个成语，在北方农村中的说法是"针尖对上了麦芒"，在南方有些方言区中则说成"八两遇到了半斤"。北方农民说大地主只有一个独子的叫"千顷地，一棵苗"。讨个老婆不生孩子，叫"种地不打粮食"。说一个人真不外行，叫"拔麦子不腰疼"。我在天津还听见一句描写胖子的惯用语，叫"立正看不见自己的脚"，这大概是从部队里流行出来的。另外有些歇后语也可以归入这一类，北京的如："旗杆上绑鸡毛——好大掸（胆）子"；长沙的如："瞎子上坟——估堆"，"暴帐帐子——气满"。

第三种方法是留心活用。1938 年的秋初，我在湖南西部沿着沅江独自走路，一路上高山断岸，滩声刺耳，长长短短的黑松林，正是强人出没的地方。走到北溶附近，遇到一个背了包袱雨伞请假回家的兵士，他告诉我这一带是"凶山恶水"。我心里佩服得不得了，因为唯有这两字才能把这样的山山水水形容得恰到好处。1937 年冬天，我在安徽的一个乡间，有一天清早到塘里去提水，有个大嫂告诉我："水冷得咬手了。"用"咬手"来形容水冷的程度，就已经够生动了；但细细咀嚼，还有更巧妙的地方：天冷了，水也冷急了，于是它遇到人的手就使劲咬他一口。船夫称船的摇荡颠簸叫"船打摆子（发疟）"。农民管一个人挥霍无度叫"拿钱飏场（当风飏去谷子的糠皮和灰）"。摔了翻个儿叫"倒栽葱"。人民这些活用的语言以及善于活用语言的能力都是从实际生活里、从生产劳动里凝练出来的。

根据刚才所谈比较词汇的方法，我们可以把前面所举的广东（广州）、湖南（长沙）、天津三种方言里的三个例句加以修改，成为："北风同着日头（"日头"还可以改为"太阳"，但如果改成北方土话里的"老爷儿"，就反而不如"日头"好了）有一回，在一块儿来争论哪一个（"哪一个"也可以改为"谁"）的本领大。""李三奶奶家的小儿子，到城里去卖牛，等到晚上还没有看见回来，不知道是甚么原故，恐怕是出了甚么祸事哩！""黄昏的时候，来了个莽闯人，打我一个嘴巴子，一溜烟跑了。"（这些修改只是举例，不一定恰当的。）

我在《谈"方言文学"》那篇文章里说，"如果我们的思想意识里存在着一个'方言文学'的狭隘观念，我们就很容易故意做出这样的事：并不为了特殊需要而把表达得本很细致生动或正确的有全民性的普通词汇，调换为异乡人所不懂的土话"。相反的，如果我们在中介使用这一方面，有着发展民族共同语的想头，就会使自己的词汇更丰富、更确切，读者的圈子也更扩大了。

一九五一，三，十七，天津

## 附文三

# 谈方言问题

### 周立波

　　看了邢公畹和刘作骢两先生的文章，我也想来凑凑热闹，谈谈我对这个问题的看法。

　　两位先生涉及的问题是很多的，本文不能一一谈论，我只根据创作实践的经验，说些点点滴滴的感想。

　　就我所知，过去和现在，都没有人正式提出"方言文学"的口号，也没有人把这口号"作为对反动统治阶级斗争的策略之一"而提出。自然，文学是对敌斗争的武器之一，但不是光指文字，主要指内容。文字，方言，是"我能往，寇亦能往"，敌我双方都能利用的。同样的方块字，蒋介石匪帮用来诌反动的胡说，我们用来写革命的文章，区别主要在内容，而不在文字。五四时代，中国文字有过一次显著的改革，那时候，用文言的多半是些守旧的，甚至反动的人物，用白话的是进步的，革命的势力。但是不久，反动的统治阶级，特别是蒋介石匪帮也用白话了，蒋匪的所谓"民族主义"文学家都是用白话来创作的，但是他们这样做，决不能，也没有改变他们的反动面貌和本质。这也说明了文学的革命与否的基本的标志，不是文字，而是内容。

　　邢先生说：过去我们写农民，用方言，都有革命的意义。现在全国解放且统一了，"特别是在人民政治协商会议召开之后的今天"，似乎不能再用方言来创作，来写农民了。他在另一篇文章里又说："方言文学"这个口号"不是引导着我们向前看，而是引导着我们向后看的东西；不是引导着我们走向统一，而是引导着我们走向分裂的东西。"

　　前面说过，没有人提出"方言文学"的口号，但我们过去曾用方言来创作，来写农民，将来也会用方言创作，也还是要写农民的。至于用方言是否会引导着我们"向后看"，并且"走向分裂"呢？我以为不会。斯大林说得对："方言习惯语和同行语是全民语言的支脉，并且服从于全民语言。"采用方言，不但不会和"民族的统一语言"相冲突，而且可以使它语汇丰富，语法改进，使它更适宜于表现人民的实际的生活。

邢先生又问："在今天，我们是应该以正在发展中的统一的民族语来创作呢，（那就是说在我们的创作中要适当地避开地方性土话）还是应该用方言来创作呢（那就是说在我们的创作中特别去使用并且强调那些地方性的土话）？"

我以为我们在创作中应该继续地大量地采用各地的方言，继续地大量地使用地方性的土话。要是不采用在人民的口头上天天反复使用的生动活泼的、适宜于表现实际生活的地方性的土话，我们的创作就不会精彩，而统一的民族语也将不过是空谈，更不会有什么"发展"。

在创作中怎样采用方言的问题，是一个实际的问题。我们的文字是统一的，写在纸上的汉文是全国一致的方块字，而我们口说的方言却是非常之多，非常之复杂。特别是南方，不但省和省之间的口音有重大的区别，有些交通不便的地区，县和县之间的口音，也各不相同。但是，正如邢先生所说，北方话，特别是北京的方言，已有作为中国汉族标准语的趋势。北方各省的话，大致都相同，懂得的人多，光有音，写不出字来的词，比较少。而南方话，特别是广东、福建和江浙等地的部分土话，在全国范围里不大普遍。这几个地方的有些方言，写在纸上，叫外乡人看了，简直好像外国话。这样的方言，不宜全部采用。鲁迅和茅盾先生的创作，并不全部使用他们的家乡话，就是很好的例子。但就是难懂的南方话，我们也应当汲取它的丰富的字汇，精妙的语句，来改进我们的语言。像"煞有介事"已经成了普通话。最初使用这话的时候，除了江浙一带以外，懂得的人是很少的吧，但是现在，凡是能看书报的，都懂它的意义了。北方土话普遍性很大。全国除了交通不便的地区，大都能懂《红楼梦》里的语言，其实这就是北京的方言。

在创作上，使用任何地方的方言土话，我们都得有所删除，有所增益，换句话说：都得要经过洗练。就是对待比较完美的北京的方言，也要这样。采用某一地方的，不大普遍的方言，不要用在叙事里。写对话时，书中的人物是哪里人，就用哪里的话，这样才能够传神。要是你所写的是北京人，说上海话固然不行，说东北话也不大好。

用方言土话，一定要想方设法使读者能懂。有些表现法，普通话里有，而且也生动，在叙事里就不必采用土话。有些字眼，普通话和方言里都是有的，只是字同音不同，那就应该使用普通话里的字眼。湖南人读"还"如"偕"，读"没"如"冒"，写的时候还是用"还"和"没"，不必写成"偕"和"冒"。方言里的太僻的字句，必要使用时，要反复地多用几次，让人家从上下文的语气里自然而然地了解它的意义。东北话里的"牤子"，学名叫公牛，要是你把东北一个小猪倌的叫喊："牤子吃庄稼哪"，写成"公牛吃庄稼哪"，不但没有东北味，而且人家还会说你是个书呆子，称呼牛大哥也要叫它的学名。这说明了，在反映东北农村生活的文章里，有时有用"牤子"的完全的必要。当"牤子"这词最初出现的时候，东北以外的读者也许会不懂，但当你反复地使用几次以后，读者就会自然而然地理解，这生疏的"牤子"原来就是我们认识的牛大哥在东北话里的别号。

毛主席指示我们说："人民的语言是很丰富的，生动活泼的，表现实际生活的。"方言土话正是各地人民天天使用的活的语言，从学校里出身的，脱离生产的知识分子，对于这种活的语言都不大熟悉。我国的语文有着长久的分离的历史，就是现在的笔写的白话，和人民的口语，也还是有着显著的差别。"学生腔"往往语汇贫乏，枯燥无味。比方红的颜色，要是叫我们形容，就会说：很红，通红，红得像火，或是红得像胭脂，这样的叙述当然也可以，读者也都懂，但总缺乏新鲜的风趣。农民形容红色的时候，就会说道：红得像颗刺梅果，这就带着新鲜的田园的风味。描写斗嘴的双方都很尖锐的情形，农民说是"针尖对麦芒"。针尖和麦芒，都是既尖且锐的，这是生动的形容。很少接触"麦芒"的人，不大容易想到这样好的话。

劳动的人们喜欢把生产过程中习见的具体事物，用精练的语言构成生动的形象，夹在谈吐中，使得人们对于他们叙述的事情和行动，得到深刻的印象。这是人民的活的语言：方言土话的一个重要的特点。

方言土话的另一个特点是比较的简练。老百姓善于使用简单明了而又生动活泼的字句来表达自己的意思。比方我们说，儿女多了是够麻烦的事，一儿一女最好最幸福。农民就说："一儿一女一支花，多儿多女多冤家。"这样对仗工整，音韵铿锵的两句话，叫人听了，印象很深，而且好久还记得。

　　我在东北乡下工作的时候，发现农民的谈话里，有一些单字，照着发音写出它的本字来，知识分子不查字典，还不认得。比方"薅草"的"薅"字，粗粗一看，好像是个古奥的僻字，但是在除草的季节里，农民的嘴里天天使用这个字。我们的先人创造这个字眼的时候，本来是用来描摹用手拔草的这个生产动作的，长久地脱离生产，或是从来没有参加生产的人，不大熟悉这动作，因此也就不大熟悉这个字。它在我们的眼睛里，就变成了古字和僻字，其实它是农村之中最活跃的字眼。

　　当然，人民的语言，需要加工的地方也还是不少。它也还有好些的缺点，比方说：语法不十分精密，记述复杂的、科学的新兴的事物的语汇还不够使用。为了补救这缺陷，我们必须介绍外来语，添加新的语法和字汇，注入新鲜的血液。我们已经在这样地做了。五四以来，我们的汉文已经添加了许多新的字眼和语法。积极，消极，咖啡，可可，瓦斯，水门汀，都是外来语，现在已经溶入我们的语言里，看去并不觉得生疏了。语法的全般欧化当然是行不通的，但不能否认，在语法上，我们也已经有了许多的改革。

　　我们也不应当完全排斥古人的语言。古人的话，能够流传至今的，是经过了多少年代的提炼的精采的部分。比方说，"满招损，谦受益"，"惩前毖后，治病救人"这样的古语，译成白话，可能没有原文的简洁和有劲。这样的话，还是应该保存和运用。

　　我国未来的语言到底是什么样子呢？很难预见。变是总归要变的，但将是渐变，而不是突变。五四时代的白话和现在的白话已经有些不同了，将来还要变化的。在语言的这种慢慢的变化的过程中，我们主张继续地采用方言土话，不过采用它的时候，需要加工，需要有所增益，也有所删除，同时也不完全排斥外来语和古代语，毛主席指示我们的文学上的学习的原则：中外古今法，也很适用于语言的学习。我们要不断地汲取中外古今的语言的精华，采摘中外古今一切语言的简练，生动，新鲜，科学的字汇和语法，来继续丰富和改进我们的语言和文体，而我们自己国家几万万劳动人民天天使用的活的语言，各地的方言土话，将是我们学习的主要对象，营养的重要的源头。

　　拉杂写来，只能算是看了邢先生和刘先生的文章以后的一点零碎的感想，对与个对，还望两位先生和其他语言学的专家们不吝指教。

一九五一年二月，北京

# 忘年之交　其淡如水

## ——杨石先先生与我

　　1942 年，和石先先生在昆明就相识了，但没有什么来往。没有来往的原因，一者是杨先生为知名的前辈，我是一个刚踏进学术界的年轻人，年龄上有差距；再者杨先生是很有成就的化学家，我是文科的一个无名小卒，业务上差距大。虽然我家住翠湖北路，杨先生家就住在隔街对面的一所宅子里，但没有来往。后来我搬到西仓坡教员宿舍，杨先生家也搬进了这所"大杂院"，只是我家住极南的大门边一座屋子里，和吴大猷先生是紧邻；而杨先生住在极北的一个角落里，好像和潘光旦先生是紧邻。住得远，没有什么接触。倒是由于吴大猷先生的夫人重病，我和妻子常常帮他家一点小忙，两家相处反而亲切些。

　　1946 年，复校到天津，和杨先生家都住在学校的东村，早晚相遇总是打个招呼。杨先生喜欢种花，宅子前的院子虽然很小，但他安排得枝叶扶疏，花团锦簇。有一天，我和华粹深先生从系里开会回来，经过杨先生门前，看见一种长长枝条、开满黄花的植物，不知叫什么名字。杨先生提了一把水壶正在浇水，我们就进去问他。他说："这叫荼蘼花，是一种蔷薇科植物，春天完了才开花，'开到荼蘼春事了'嘛。"我一听到他说这个断句时候的语音节奏，就知道他对中国古典文学是有素养的。这事引起我对他的极大兴趣。有一天，我去看望他，和他谈起我生长在安徽，可以算是安徽人。他说："我也是安徽人，是安徽石埭人，石埭旧属池州府。"我赶紧问："清朝末年，池州有位杨仁山先生和您是不是一家子。"他说："是我们家的先辈。"我才明白为什么一位在美国学自然科学的老先生却对中国传统文化有很深的素养的原因。原来这位杨仁山先生是清朝末年最有名望的佛学家，属法相宗。杨仁山的弟子是欧阳竟无，欧阳的弟子是吕澂。他们在南京创办了"支那内学院"，院内就是仁山先生埋骨处。杨仁山著有《论孟发隐》，以佛学解释儒家经典，但他以大雄无畏、生死解脱之义号召世人，所以有许多革命志士在他的学说影响下都能慷慨赴义，谭嗣同就是其中之一（谭嗣同所提倡的"仁学"就是杨仁山学说的发挥）。杨石先先生一生，胸中只有祖国人民和祖国的教育事业、科学事业；办事认真负责、刚正不阿，这些抱负和作风都是渊源有自的。

1948 年末，为了护校工作的方便，由石先先生任教授会会长兼代校长，黄子坚先生任总务长，率领全校师生员工，集中住到城内南大东院。在地下党组织默契配合下，完成了艰苦的护校工作，迎来了天津解放。

解放后，我的妻子陈珍考取了《天津日报》的记者，报社要一份类似介绍函件的证明书。报社里有些同志是知道我的，就给我出主意说：你找南开大学校长写一封证明陈珍是你的爱人（这是解放后的新词语，即指妻子）的证明书不就行了吗！于是我就给校长办公室打电话，电话接通了，我问道："杨校长在吗？"回话说："杨石先在听电话。"我是第一次听到这样的回话方式，既严肃，又有礼貌，很能表现杨先生的风格。我就把我的要求说了一遍，杨先生好像不明白是怎么回事，我又说了一遍，大概杨先生考虑到要证明的是一件明摆着的事实，当然是可以办的，于是就给我写了一封证明信。可是消息传开来就变成杨校长可以在新社会写信介绍工作。于是许多教授太太不愿意再"围着锅台转"，要出去工作，就纷纷来找杨校长写介绍信，弄得杨校长无法应付，只好在每周一次的师生员工大会上声明："陈珍同志是自己考取《天津日报》记者的，我写的是证明信，证明陈珍同志是邢公畹同志的爱人。我没有能力介绍工作。"

解放后的石先先生全力投入高等教育事业的重建工作，得到毛泽东同志和周恩来同志的赞扬。特别是他听从了恩来同志的建议，放弃了几十年进行的药物化学研究，改道进行农业化学的研究，填补了我国农业科学技术的一个空白。可见石先先生心里头所想的只是怎样才更能造福于人民这个问题。周恩来同志是总理，对这个问题当然看得最清楚，所以石先先生听从了周总理的劝告。

1953 年，我奉命到苏联莫斯科大学任教，行前向杨校长辞行，杨校长说："莫斯科大学当然不能不去，可是你从苏联回国后，一定要仍然回到南开来。"我答应了。跟苏联订的合同是两年，可是后来苏联要求再延长一年。三年之后我回到北京，到高教部报到。高教部的一位领导问我："你愿意到哪一个机构工作呢？"当时我很想到北京的一个科研机构去工作，可是我想起对杨校长的承诺，就说："我还是回南开吧。"我是 1956 年回南开的，转年到

1957，我就开始了以后十几年的老知识分子都知道的"奇异"生活。

"十年浩劫"之后，石先先生已经年过八十了。1979 年，中央重新任命他为南开大学校长。他不顾年迈，依然担负起整顿学校、培养人才的重任，每天连续工作十几个小时。

就在这一年，有一天，李国骥同志到我家里来，告诉我学校要在马蹄湖中心岛上立一座纪念周总理的碑。碑的正面镌上周总理亲笔写的"我是爱南开的"六个大字，是从 1919 年他给留日南开同学会的信上引来的。正面左上角嵌上总理的浮雕半身铜像。碑阴刻上一篇纪念文，碑文已由杨校长拟好，叫我送来交给你，请你看看是否还有须要改动的地方。这样重要的文章，校长居然要我来斟酌，在我确是"受宠若惊"了。我连夜把碑文初稿读了好几遍。文稿分为四段，言简意赅，朴质条畅，是大家手笔，惟第四段可以略加修改润色。第二天，我把修改稿交给李国骥同志，一再说，杨校长是很会写文章的，全文当由他最后敲定。后来定稿，第四段就用了我所修改的。

纪念碑建成后，我去看了，碑座用花岗岩制成，约半人高；碑身是汉白玉的。阴面碑文是杨校长写的。笔力遒劲，字体工整，八十多岁的人了，真不容易。碑文如下：

周恩来同志一九一七年毕业于南开学校，九月赴日留学。一九一九年四月回国，九月入南开大学，为我校第一期学生。"五四"时期，领导了天津人民反帝反封建爱国运动，并创建了觉悟社。翌年七月离校后赴法勤工俭学。

抗日战争期间，周恩来同志在重庆常到沙坪坝我校经济研究所和南开同人宿舍，纵论天下大势，宣传我党方针政策，激励师友团结抗日。

解放后，周恩来同志肩负千钧，日理万机，仍始终关怀南开大学的发展，曾于一九五一年二月，一九五七年四月和一九五九年五月三次重返母校视察，并作了重要指示。

兹值建校六十周年，全校师生员工追怀往事，誓承遗志，建设祖国，实现四个现代化。为表对周恩来同志热爱之忱，谨立碑永志。

　　　　　　　　　　　　　　　　　　　南开大学　立

　　　　　　　　　　　　　　　　　　　杨石先　书

　　　　　　　　　　　　　　　　　　　一九七九年十月十七日

碑树立在马蹄湖的中心岛上，苍松翠柏，环绕周遭。1985 年 2 月，石先先生逝世，遗命把自己的骨灰撒在岛的周围，松柏根下。

1994 年 11 月，我的妻子陈珍也逝世了。某一天早晨，我信步走到马蹄湖中心岛上，四围高树森森，天上晓风残月，面对着石先先生手写的碑文，觉得先生和我可以说是忘年之交了，然而其淡如水。先生圆满地完成了他的工作，对得起人民，对得起祖国。他的骨灰撒在南开园的平凡的泥土里，就在我的周围。"如此生平如此死"，低头默想，潸然泪下。

（原载《杨石先纪念文集》，南开大学出版社 1988 年）

附文四

# 杨校长家的小花园

邢 沅

早先，东村居住的大多都是教授、教务人员，说"来往皆鸿儒，出入无白丁"绝不为过。所以各家各院儿干净利落不说，还颇有几处"标识性"风景。像 39 号王玉哲先生家院儿外（早先住的是一位张先生，不知是不是化学系的张洪沅先生，他侄儿叫张延琪，张延琪比我们大好多），有一株老么老么粗的白桦树。36 号华粹深先生家院儿外（早先住过一个穿一身中式大褂、微微有些谢顶的胖老头，不过我印象不深。有人告诉我，谢国桢曾在 36 号住过。后来我在网上找到一张谢先生的照片一比对，正是我记忆中人），则是一棵枝丫斜逸的粗大洋槐。华先生家院儿里一丛凌霄花爬了个满窗满墙，开花时，一朵朵红艳艳的小喇叭争相吹奏，引得过路人竞相驻足。院儿里的华先生总是彬彬有礼地含笑点头。37 号彭（仲铎）先生家院儿里，一架茂盛的藤萝吊满了一嘟噜一嘟噜紫色的花儿。彭家的老奶奶常常搬一张藤椅在藤萝架下闲坐。彭家老太有点儿怪，身上总挂着一些珠子、牌牌儿、丝绦什么的。我曾问她孙女彭玲玲那是怎么回事？彭玲玲说，她就喜欢那样儿。41 号杨敬年和 33 号杨学通先生家的院儿里，各有一块山石，虽都是山石，却大不一样。33 号杨学通先生家的山石，小巧精致，放在一个二三尺长的大石盆中拿水养着，石上长满了厚厚的青苔煞是幽美。41号刘晋年先生的院儿里是一块怪瘦露透的硬湖石，就放在窗根下，石傍长满了开小白花的蔷薇。42号刘（披云）校长家院儿里种的是金银花；34号冯（文潜）先生家、35号肖（采瑜）先生、杨（万庚）先生家、44号傅（筑夫）先生家，院儿里种的都是海棠树。45号就是杨石先校长家。虽然杨先生家院儿里也种的是一棵海棠树，可院儿外的情景却与各家迥然不同，几乎所有回忆到杨校长的人都没有不提到杨校长家院儿外的小花园的。

杨校长是1923年秋搬进东村的，当时住40号。20世纪30年代，日本侵华战争中，南大校园被日军轰炸，百树村住宅惨遭兵燹仅余22所。1946年复校后重新修建，杨先生入住东村43号，直至去世。

43号杨校长家的院儿最与众不同的是，杨先生特别爱花而且会养花，他家除了院儿里的几蓬修竹、一树海棠和高高爬上屋顶的凌霄花外，院儿外的花坛也种满了各式各样的花草，月季、紫竹、石榴、丁香、四季桂、一品冠，在东村堪称真正的一个小花园。

有一年暮春，我父亲路过43号，看见杨先生提着一把喷壶正在给花浇水，那是一簇绿杆儿带刺儿长长枝条开着小黄花的植物。父亲便请教杨先生这是什么花？杨先生说，这是荼蘼。说着又随口道："不是说'开到荼蘼春事了'吗，就是它。"后来父亲对我讲，杨先生不仅是一个化学家，听他念这个断句的语言节奏，就知道先生的国学素养非浅。父亲说，荼蘼花又叫悬钩子蔷薇，古称佛见笑、独步春、百宜枝，有雪白、酒黄、火红三色，大多为白色。杨先生所吟句出自宋朝诗人王琪的《暮春游小园》，原诗一般都记为："一丛梅粉褪残妆，涂抹新红上海棠。开到荼蘼花事了，丝丝天棘出莓墙。"还有记为"开到荼蘼春事了"的。杨先生选用后者透露出一个自然科学家的科学态度，荼蘼花开过了还有别的花会一直开下去，但春天自荼蘼花开过后就结束了，一个"春"字贴切、明亮，杨校长确实有深深的国学功底。

说起杨校长家的小花园，还有两件趣事。王玉哲先生住39号与杨校长家前后斜对门儿。王先生对杨校长侍弄的花卉极为赞赏，特别是那凌霄花，杨校长很高兴，更乐于"革命输出"，亲自取小铁铲挖了一株送给王先生。可惜这棵"革命火种"到王家仅一个月便夭亡了，王先生还一直感到对不住杨校长的美意。再一件，发生在杨校长与最后一位近邻吴大任陈鹤夫妇之间。杨校长这位芳邻陈先生受杨校长影响，也在小院儿外开了一片花圃，夫妻俩精耕细作，百般调理，暗暗要与杨校长一比高低。谁知"有心栽花花不活"，一年下来，也没见杨校长怎么特别侍弄，杨家小花园欣欣向荣，陈先生费尽心血的花圃里"青黄不接"。打那以后，陈先生便再没了与杨先生"比试"的雄心，"陈家花圃"也就此收山。再后来，吴先生谢世，陈先生失明，到 1985 年 2 月，杨校长也因心脏病归于道山。去年我特地到东村 42 号、43 号去转了转，只见"人去楼空""面目皆非"。被"腰斩"的 42 号阒无人迹，草木凋零。43 号住的不知是什么人，门前土地板结如铁，陈先生的"花圃"更是杳无踪影。呜呼，斯人斯地，其往难追，其哀也甚！

古人常用芳草喻君子，借王维的一句诗"香草为君子，名花是长卿"，赞美杨石先校长绝不为过。杨先生就像他的花园一样，散发着他的人格魅力，让人久久不能忘怀。

我与杨校长有过两次小小的际遇。一次是在我还是幼稚园的孩子时，我在另一篇文章中曾提到。50 年代初，那时候人人都在争着为建设新中国、新社会贡献自己的一份力量。我们幼稚园的园长毛老师不知怎么把我选中了，要我去全南大的教职员工大会上"发言"。我都不记得毛老师怎么摆弄我教我的，反正那天上午就把我抱到大礼堂的台上了。可我个儿太小，站在凳子上也够不着讲台上的麦克风，我就爬上桌子去够麦克风。在我身后坐着的杨校长赶紧过来抱住我，我还企图推开他自己去抓麦克风。我在杨校长的怀抱中，冲着满礼堂的人扬起小拳头说：叔叔姑姑阿姨们，我代表幼儿园的小朋友向你们挑战！全场的人都笑了，杨校长也笑了。

我第二次遇见杨校长时"反右"开始了，我父亲被划成"右派"，当时我还在读小学。有一次我和班上的同学董小平打起来了，究竟为什么打起来的，我也记不清了。架打得很厉害，我们双双负伤，他耳朵被我咬了，我的手也被他咬了。我怕回家挨打便"恶人先告状"，跑到 46 号他们家门口就喊，管不管你们家的董小平！谁知他父亲看到独生子的耳朵被我咬得直流血，便愤愤道："右派崽子，你要怎么着！"这一句话伤到我心里去了，我虽并不确切明白"右派"是怎么回事，但"政治"这一顶帽子在当时确实是很可怕的。我含着泪扭头儿跑走了。我跑到胜利楼后的二楼露天楼梯上哇哇地哭起来。这时正好杨校长回家路过这儿，胜利楼后的露天楼梯正冲着杨校长家的西窗户。杨校长一见就叫我快下来，说："小朋友，这么冷的天会哭伤脸的。"说着亲自走上来把我领下楼梯，问我叫什么名字，怎么回事。我说了。杨校长听了沉吟了一会儿，说："我认识你父亲，他是一位很好的同事。"然后杨校长把我领进了他们家。

杨校长家上了台阶有两重大门，大门的玻璃上都绷着雪白的窗纱。一进屋的过道儿没摆一丝杂物，纤尘不染的地面擦得洁如镜面透出水泥青灰的本色。杨校长把我领进右手第一间他的书房。杨家一整套住宅虽有正房四大间，但并不宽绰。杨先生一向急公好义，其中两间西屋被杨先生主动借给了别人，像单身女教授朱剑寒、钟渼荪常年住在这儿。1952年郑天挺先生从北大调来也住在杨先生让出的一间房里，一住就是六七年，此是后话了。杨先生家的书房兼作客厅显得有点儿拥挤。这书房实际上是前后的套间，隔一道玻璃推拉门，后面是起居室。书房的东厢又是一个小套间。书房南面的飘窗前横摆着杨先生的写字台，写字台上堆满了信札书稿。飘窗窗台上有一盆碧绿的雪松，被冬日的阳光照得格外娇娆。东面西面靠墙是玻璃书柜。书房和起居室之间安放着一个大洋炉子。那时冬季家家都得用炉子烧煤取暖。不过这种带上下两个门的大洋炉子是比较讲究的了。一般家庭的取暖炉都比较小、比较土，最小的一种像个大花盆，也被叫作"花盆炉子"。1958年以后出了一种既能烧煤块也能烧"蜂窝煤"的"跃进炉"，加上块煤越来越不好买，各种各样的取暖炉就都被"跃进炉"取代了。给我印象特别深的是，杨校长他们家炉子长长的白洋铁烟囱虽然也旧的，但刷得干净得竟然像新的一样。

坐在炉边的杨太太（刘崇瑜先生）一眼就看见我的手破了，便说："快过来让我给你上点药。"说着拿出一个小药盒，取出消毒棉沾了点红药水说："咱们来上点儿'二百二'。会有一点儿疼，怕吗？"我摇摇头。杨校长指着我对夫人说："庆兰家的小二。"杨太太说："哦，小毛桃，听隔壁傅太太说过。"傅太太就是住隔壁44号傅筑夫的夫人，好像叫盛福兰还是盛福南，我记不清了。但我常去傅先生家找比我大好几岁的傅先生的幼子傅鸣灏玩，而且"大毛桃""小毛桃"的绰号就是傅家老保姆张奶奶给我们兄弟起的。杨太太身体不太好，邻居太太们常来陪杨太太说说话，玩玩牌。像傅太太、鲍觉民的太太李崇真、冯文潜的太太黄扶先，都是杨府的常客。有一件有意思的事我听好多人说过，我也见过，就是杨先生和傅先生都有很深的"乱中取静"的"功夫"，无论太太们聊天、打牌怎么热闹，两位先生都能在一旁自己的书桌上伏案工作，丝毫不受干扰。不过杨太太和傅太太在一起不只聊聊天打打牌，她们还是一对难得的"书友"。两位太太的毛笔字都写得特别好。杨太太工柳字，傅太太长颜体，而且杨太太善诗画，在南大也是很出名的。早年南大"太太圈"里还有一位很有名气的女书家，就是王赣愚先生的夫人，她书法了得，据说刚解放时南大的一些公文公告还曾请她书写过呢。

　　杨太太给我上完"二百二"，我还傻傻地问杨校长："'二百二'和'六六六粉'，是科学家实验了220次和666次才成功的吗？"杨校长和杨太太听了笑得弯了腰。杨校长擦擦眼睛对我说："听老师说的吗？这太不可靠了。"他摸摸我的头告诉我："二百二"是2%的汞溴红溶液；"六六六粉"的学名叫六氯环己烷，这种农药的分子由六个碳原子、六个氢原子、六个氯原子组成的，所以叫作"六六六"粉，以后你在化学课中就会学到。

　　天很晚了，我要回家了。杨校长把桌上的一本《小朋友》杂志送给我，又拿出一本《知识就是力量》叮嘱我："这本带给你父亲，转告他：这本《知识就是力量》杂志去年创刊，刊名是周总理亲笔题写的，石先特别送上。"

　　我回到家原本预备好挨打的，可杨校长的书成了我的救命符。父亲看着杨校长送的《知识就是力量》，久久没有说话。后来，我们家就一直在邮局订了这两份杂志。后来，父亲告诉我，中国的《知识就是力量》杂志是从苏联"引进"的。《知识就是力量》1926年创刊于俄国，他在苏联莫斯科大学教书时就读过。"知识就是力量"是英国科学家培根的一句名言。当时我并不明白，杨校长在那个特定年代送我父亲这样一本书所含有的深意。现在回想起来，在"反右"那个形势下，杨校长心中所不能对父亲说的话，一本《知识就是力量》尽诉无余。而父亲对杨校长人格魅力的崇敬，都倾注于他对南大、对事业的奉献之中。1985年杨校长去世后，按照杨校长的遗愿，他的骨灰撒在马蹄湖湖心岛畔的荷花池中。一天，年迈的父亲来到湖心岛默默悼念杨校长。望着周围，高树森森，天风晓月，念斯人静卧碧荷一如躺在东村小花园的家中，父亲感慨："如此平生，如此死，一个学人如此一生足矣。"

（原载《南开影响一生》，南开大学出版社2009年）

# 抗战时期的南开大学边疆人文研究室

## ——兼忆关心边疆人文研究的几位师友

四十年前①，西南联大在昆明时期，南开大学文学院创办了边疆人文研究室，并出版了刊物——《边疆人文》。抗战胜利后，南开大学复员天津，时地变迁，这个研究室的工作及其刊物《边疆人文》的出版，仍继续了一个短暂时期才告结束。当时正值艰难的战争年代，创办研究机构，出版学术刊物，因地制宜对滇边少数民族地区的社会经济、人文地理、语言民俗展开调查研究，实在是很不容易的。回忆 1942 年 8 月这个研究室创办的时候，我应南开大学之邀，离开了中央研究院历史语言研究所，参加了边疆人文研究室的工作。那个时期的西南联大，无论是政治斗争上，还是文化发展上，都可以说是风云际会，千载一时，令人怀念。四十多年过去了，当时创办这个研究室和热情支持这一科研事业的冯文潜（柳猗）、陶云逵、罗常培（莘田）、闻一多、袁家骅和游国恩诸前辈，都已谢世多年。当时最年轻的研究人员，如今都已两鬓如霜了。我也已经是古稀之年，对于研究室的创办及其开展科研活动的情况，虽然还有所记忆，但也已经近乎一鳞半爪。那么，趁现在留下的一点印象，记录下来，也还不是完全无益的事情吧！

## 一、边疆人文研究室的创建

抗日战争进行到 40 年代初期，除去西北、西南以外，大半个中国的土地

① 编者注：这篇文章原发表于《天津文史资料选辑》第 31 辑，是我母亲陈珍 1984 年执笔为天津政协写的，当然是由父亲过目署名同意的，时为 1984 年春 3 月。同年为庆祝南开大学建校六十五周年，父亲将文章做了几处修改补正，并增加了一个副题，收入校庆丛书《联大岁月与边疆人文》。十年之后，母亲病故。2004 年《联大岁月与边疆人文》成书前三个月，父亲也行归道山。今将遗墨收录于此，也是对母亲的一份怀念。

都已经沦陷，西南边陲的滇缅、滇越铁路成为连接国际的交通要道。云南省政府决定再修筑一条铁路，由滇南的石屏通往滇边的佛海（今勐海），以连接滇越铁路。石佛铁路筹备委员会愿意提供经费，委托一个学术单位，调查铁路沿线的社会经济、民情风俗、语言文化等方面的情况，以供修筑铁路时参考与应用。南开大学的黄钰生（子坚）教授和冯柳猗教授在云南社会贤达缪云台先生的支持下，取得了石佛铁路的委托和经费，便决定乘这个机会创办一个边疆人文研究室，一方面为石佛铁路的修筑做些有益的工作，另一方面为南开大学创办一个人文科学的研究室，开辟一个科研阵地。

四十年前高等教育的办学者并不一定都有一套完整的"教育与科研并举"的概念，但是办得比较好、比较有名气的一些大学，大都比较重视科研，设有专门的科研机构。当年的北京大学、清华大学、南开大学在组成西南联合大学之前，都有各自的科研机构：北京大学的文科研究所、清华大学社会学系的国情普查研究所、南开大学的经济研究所，都办得很有些名气。同时，各校拥有一批热爱祖国、热爱科学事业的专家、教授，组成了一支支科研队伍。抗战期间，三校虽然合并，而各校都极力保留了原有的机构。尽管环境十分艰苦，多数人仍然以锲而不舍的精神，坚持科研事业，使教学与科研并重的传统，得以在西南联合大学继续发扬。南开大学边疆人文研究室创办之前，在昆明，文科方面的一个十分引人注目的研究所——清华大学文科研究所诞生于西南联合大学文学院。我认为，在叙述南开大学创办边疆人文研究室创办经过的时候，这是很值得一提的往事。

西南联合大学建校于昆明之初，由于一时找不到房子，理工学院设在昆明，文法学院分散在锡都个旧附近的蒙自。后来因为政府的空军要占用蒙自，文法学院迁回昆明，分散在西城几个中学的旧校舍里。当时的情况是：国民党反动当局倒行逆施，致使战争局势不断恶化；侵略者对我大后方实行所谓的"疲劳轰炸"，昆明不断遭受敌机的空袭；加之通货膨胀，物价飞涨。但是尽管有来自政治的、战争的、生活的种种重压与折磨，许多专家、教授仍然朝夕系念着教学与科研，一旦有机会就执着地为之奋斗。1939 年，联大新校舍建成于昆明大西门外，文、法、理等院系集中到新校舍，师生稍得安定，教学逐步正常化。在文学院的中文系里，即由朱自清、闻一多等教授倡议建立文科研究所。当时，中文系集中了不少专家、学者，教书之外，都还可以做些研究工作，为人民文化事业做出些贡献。建议提出之后，联大教务方面的负责人、原清华大学的校长梅贻琦先生表示同意，添置了一批图书资料，就办起了一个文科研究所，挂出了"清华大学文科研究所"的牌子。该所实行人事、教学、科研统一的办法，由闻一多教授负责中国文学部，朱自清、罗常培、王力等教授与专家都参加进来，互相切磋问难，开展了有关的学术研究活动。尽管政府当局早已把教育、科学研究置之度外，而文科研究所这个新机构的诞生，对大家却是一个很大的鼓舞。

清华大学文科研究所建立之后不久，南开大学边疆人文研究室开始筹建。当时北大、清华、南开三校虽然实行联合办校，但各校原有体制仍被保留，在敦聘人员、举办科研等方面，各校仍然可以按照旧章安排，以保存各校教学、科研的传统及其人事力量。所以南开大学创办边疆人文研究室的时候，人员大都来自联大的有关院系：研究室的创办人黄钰生先生，既是原南开大学的秘书长，又是西南联大师范学院院长；冯文潜既是原南开大学文学院哲教、历史系主任，又是西南联大哲学系教授；陶云逵则是西南联大社会学系的教授。我虽然是由南开大学从中央研究院历史语言研究所聘约的，但是，西南联大同样给我颁发了聘书。我除去担任研究室的任务之外，也在中文系任教，由西南联大给我薪金、住房等。虽然西南联大对于开展科研工作没有什么明文规定，但是，科研与教学并重这种默契，确乎给予了三校开展科研的方便条件。我想：如果当时南开大学研究人员没有联大的人事工薪关系，单靠石（屏）佛（海）铁路筹委会提供的区区调查费，南开大学还是难以创办一个研究室的。

研究室的全称是"南开大学文学院文科研究所边疆人文研究室"。抗战前的南开大学虽然已经建立文学院，但实际上却连个中文系也没有办起来，只有外文、历史、哲学三系。即使这三系，阵容也很单薄，除了外文系先后由陈逵、柳无忌、司徒月兰担任过系主任之外，历史与哲学两系系主任一直由冯文潜先生兼任。直到全面抗战爆发，合组西南联合大学的时候，南开大学的文学院也是科、系不全的，拟议中的文科研究所并未能建立。尽管这样，老"南开人"黄钰生、冯文潜等先生却从未放弃办好文学院、创办文科研究所的雄心，他们不懈地努力，希望在抗战胜利之日南开大学复员到天津的时候，带回一个健全的、教学科研阵容充实的文学院，并且将计划中的文科研究所付诸实现。因此，也可以说，边疆人文研究室的创办，也负有为未来的文科研究所建设铺路的使命。

我于1942年8月抵达昆明。这时边疆人文研究室正在草创中。黄钰生、冯文潜和陶云逵三位先生把利用石（屏）佛（海）铁路筹备委员会提供调查经费等创办研究室的情况向我作了介绍，而后强调说"抗战时期，一切从简"。说到"从简"，这个研究室实在是简陋得难以想象。说是研究室，顾名思义，总该有间房子吧？可是，有其名而无其"室"，当然也就无须什么桌椅板凳之类的设备。至于图书资料，联大有个图书馆，好歹还能借到一些。联大的教职员工住房都很困难，学校说要盖房，但迟迟未能动土。陶云逵先生因为在昆明找不到房子（或者也可以说是租不起房子），把妻儿安置在昆明的郊县呈贡，每周坐滇越线火车到昆明上班、上课。名教授如陈寅恪、罗常培、郑天挺、郑昕、游国恩等等，都挤在昆明靛花巷的单身宿舍里。名为单身教授宿舍，像袁家骅教授夫妇也一直住在那所谓的单身宿舍里。条件虽然艰苦，但是"风雨如晦，鸡鸣不已"，无论著名的老年专家、教授，或中、青年教师，科研人员，大都能想到战争年月，尽其分内之所能，在学术上做点贡献，所以大家都能甘于艰苦。在研究室的同人中，除了陶先生之外，我年岁最大，二十八岁，而且已经结了婚，不得不以工资的三分之一为代价，在翠湖北路租赁了一间狭长的小楼房，并且借得一副木板床，三条板凳，除两条用以架床，尚有一条可作座位。尤为难得的是房东太太有一个无门、无底、无屉的破平头柜，仍在出租的房间里，我这个房客正好利用它当了书桌：双脚伸进柜子里，便可伏在柜头看书、写字，做我的研究工作。我的这些条件比起住集体宿舍几个人挤在一间房的诸君，还略优越一些。同人议事、切磋学问，常在我的小楼房里，当然，更多的还是在冯文潜先生的文林街的住所。冯先生身为西南联大哲学系的教授兼代系主任，可是靠他的工薪收入，不足以维持一家五口的温饱。其夫人黄扶先女士有家馆可教就教家馆，没有就接点刺绣活，一针一线地挣点钱贴补家用，实在困难的时候就把衣物送进拍卖行，以济燃眉之急。

　　冯先生早年留学美国、德国，攻习哲学、美学，是一位造诣很深的专家，也是一位忠厚长者，古道热肠，肝胆照人。他对南开大学有极深厚的感情，事业心非常强烈。他在边疆人文研究室不担任职务，而以"为他人作嫁衣裳"的精神，包下了研究室的一切后勤事务。与石佛铁路筹备委员会打交道的是他，与联大有关方面打交道的也是他，就是研究室用的笔墨纸张，也都是他去采购。为了节省开支，他还常"以步当车"，不辞劳累，为了开展科研创造条件，奔忙了足有一年，终于在西南联大大西门外新校舍附近，为边疆人文研究室找到了一个地址，还借到了旧桌椅板凳之类的应用家具，使研究室名副其实地有了一个"室"。这里本来是一个三合院的旧庵堂，一间正厅，东、西两厢。正厅和西厢房是历史系雷海宗先生建立的历史研究所；东厢房共三间，便是南开大学边疆人文研究室。

　　"室雅何须大"。研究室不大，但也谈不到什么"雅"，只是由于冯先生的努力，小室修葺得门窗户扇俱全，能遮风雨，比起门窗脱落、泥巴墙穿洞的新校舍，似乎还强一筹。更令人欣喜的是冯先生以零买整存的办法为研究室储存下以"令"计的新闻纸和土造白纸。昆明的物资供应很差，纸张等经常脱销，数以令计的纸张，可算是一笔了不起的"财产"了。储备纸张，固然是供做卡片、写资料之用，但是冯先生储备纸张还包含一点秘密，那就是研究工作做出一点成绩以后，还计划出刊物。

回忆边疆人文研究室的创建，我以为值得一提的是组成这个研究室科研队伍的几乎全都是中、青年人，全研究室人员的平均年龄不足三十岁。南开大学当局，特别是创办研究室的黄钰生、冯文潜两先生，对年轻人非常器重和信赖，敢于使用。当然这些来自大学或研究院、所的青年人业务也是相当过硬的。像陶云逵教授的得意高足——黎国彬攻习社会学、经济地理和人类学，而且英文、法文都学得很好，从事社会调查也取得显著成绩。研究室人数不多，除了陶云逵、黎国彬和我以外，后来又经罗常培先生推荐来了北大文科研究所的研究生高华年。此外，还有黎宗献、赖才澄等。这五六个人组成精干队伍，迅速地把社会调查、科研活动开展起来。

研究室的调查队伍从昆明出发，经玉溪、峨山、新平、元江、金平，沿红河而下，对红河哈尼、彝族、文山苗族、傣族、纳苏等兄弟民族的语言、民俗、社会经济、地理等进行了调查。关于社会、经济、民俗、地理方面的调查主要由陶云逵先生与黎国彬、黎宗献负责；语言方面的调查由我与高华年担负。调查成果的一部分是为石佛铁路提供所需的资料，主要有：石佛沿线少数民族语言分布状况图表；铁路员工应用的语言手册和石佛铁路沿线社会经济调查报告等。其中有黎国彬的《红河上游摆夷地理环境的调查》《车里、佛海茶叶与各部族经济关系的调查》，还有陶云逵、黎宗献的《纳苏宗教与巫术的调查》以及高华年的《黑夷语法》《鲁魁山保保的巫术》，等等。

我在中央研究院历史语言研究所做研究生的时候，即决心从事语言学的田野工作，进行一些专语的研究。参加南开大学边疆人文研究室工作之后，一方面任教于西南联大中文系，并不失时机地师从罗常培先生学习汉语音韵学、汉藏系语言调查等课程；一方面从研究室获得语言学田野作业的机会。先后到云南罗平县调查布依语，到新平县磨沙地区调查傣雅语，对西南边疆地区的少数民族语言的研究，也就是从这时候开始的。后来成名的高华年教授的专著《黎语语法研究》，黎国彬教授的专著《云南撒尼与阿细人的体质》，材料就得自当年的社会调查。

## 二、绝版了的刊物《边疆人文》

边疆人文研究室的刊物《边疆人文》分为甲、乙两种：甲种是语言人类学专刊，乙种是综合性双月刊。甲种专刊先后出了 3 集，第 1 集是我的《远洋寨仲歌记音》[①]，第 2、3 集是高华年的《黑夷语法》《黑夷语中汉语借词的研究》。乙种综合性期刊出了 3 卷，共 16 期。出到第 3 卷第 3、4 期合刊的时候，抗日战争结束，南开大学复员天津，最后一期刊物编定于昆明，复员天津之后才出版。

在四十年前旧中国的战时环境里，祸国殃民的反动政府，摧残文化，在他们控制下，反动的、黄色的、下流的东西可以随意出版，而有学术价值的书却难于出版，尤其像语言学等人文科学之类的学术著作，更难得印行。出版商当然也不愿意做这类费力不赚钱的买卖。没有刊物，不能出书，研究成果不能问世，调查报告、文稿都一叠叠地搁置起来。因此，研究室决定因陋就简，自力更生，刻蜡板、油印。同时大家也觉得这样做比大张旗鼓搞出版发行更为合宜。因为，我们都很年轻，研究室又是草创的新机构，出点油印书刊，在内部交流一下，取得有关人士、有关方面的指教，或许比其他方式出版发行，更适合我们的身份。冯文潜先生为人、治学也一贯是十分谦虚谨慎的，他自己从不轻易发表著述，但是别人的，特别是年轻一辈的研究成果，他总是设法让它出版。大家在这种风格的熏陶下，都积极投入了油印刊物的活动。记得综合性月刊第一期文稿编定之后，就是由陶云逵先生和我刻写的蜡板。为了这个刊物，我刻写不下数千张。白天的时间不够用，必须打夜车，可是房东太太要收一盏灯一元一月的电费，每晚供电只供到十点钟；十点以后，我若是不关灯，她就拉下电闸，我就只好点起小菜油灯来刻。虽然油烟熏得人头昏眼花，但一想到刊物能很快出版，心里也就觉得热乎了。刻好之后，油印、装订，则在研究室的"陋室"里进行。包括冯先生在内，全室人员只要没有讲课的任务都积极参加。裁纸、调墨、推印刷机的滚筒等等，都是自己动手。事隔四十年，冯文潜先生、陶云逵先生都已作古，《边疆人文》也已成绝版，每展旧卷，则故人往事，萦绕脑际，不胜忆念！

《边疆人文》原来只是想刊发研究室同人的撰述，如社会调查报告、论

---

[①] 仲家即布依，主要分布于贵州各县。

文、札记等等。虽然也刊登了"欢迎外稿"的启事，但是，我们想到研究室刚刚草创，没有声望，而油印的刊物，又付不起分文稿酬，很难吸引外稿。但是，事出意外，《边疆人文》一经出刊，虽只在少数同行和有关单位、师友中传阅，却引起了许多专家、学者、前辈老教授们的重视和兴趣。他们不仅阅读刊物，提出意见，而且热心地为刊物撰稿。《边疆人文》期刊的创刊号——第1卷第1期，只有两篇文章，一篇是陶云逵先生写的《大寨黑夷之宗教与图腾制》，第二篇是我的《台语中的助词 luk 和汉语中的"子"和"儿"》①。第1卷第2期仍然只有两篇文章，而且作者还是陶云逵先生和我。到第1卷第3、4期，情况发生变化，篇目增多了，内容也丰富了，有了名家的论文。从第1卷第3期开始，先后刊载了著名语言专家、人文学家、著名教授和有关学者的来稿，其中堪称名篇的有罗常培教授的《论藏缅族的父子连名制》，袁家骅的《阿细情歌及其语言》，游国恩教授的《释蛮》，向达教授的《瞰青阁识小录》（读樊绰《蛮书》杂记），还有罗庸教授读了我的《释"六义"之"比"》之后写的《书释六义之比后》，等等。除此之外，当时年轻的少数民族语言学者马学良（现中央民族学院教授、社会科学院民族文艺研究所所长）的《黑夷作斋礼俗及其与祖筒之关系》，高华年的《青苗婚嫁丧之礼俗》，张清常的《由我国内地民歌说到边疆歌谣调查》，方国瑜的《孟孝琚碑跋》，范宁的《七夕牛女故事的分析》，陈志良的《广西瑶民三百六十皇书》等，都是内容丰富、很有分量的论文。而尤其值得一提的是闻一多教授的《说鱼》，刊载在第2卷第3、4期合刊上，这成为我们永远难忘的怀念。

油印的《边疆人文》有幸成为同行和有关的学者、专家共同耕耘的园地，其成果与影响都扩大了，所出书刊的篇目、内容，曾被引用，传播较广。

闻一多教授的《说鱼》刊出的时间是1945年下半年。过了不到一年光景，1946年7月15日，一多先生为争取民主而遭反动派杀害。但先生《说鱼》一文所启示的从"文化人类学"来分析中国古代文献和各族民歌的道路，则始终是治学的楷模之一。回忆在西南联大中文系的那些年，特别是与先生同住在昆明西仓坡联大教职员宿舍的几年，朝夕相遇，印象很深。那时候，物价飞涨，衣服破了，鞋子烂了，买不起新的，吃的是糙米饭，菜里不见油水，营养不良是教书人通常的境遇。而一多先生家里人口众多，生活更为艰难。本来他还在一个中学兼课，后来，中学当局怪罪他"讲民主，把学生教坏了"，因

---

① 在国际习惯上"台语"（Tai Language）这个名称用来指泰语、老挝语、西双版纳语、侬语、土语、壮语等。

而辞退了他。幸而他有一手刻图章的手艺，在昆明市挂出"闻一多治印"的牌子。在西仓坡联大宿舍的七号长方形宿舍里，临窗用四块长木板拼成的"书案"，很像裁缝师傅做成衣的工作台。先生和子女们读书、写字，各占一段地盘，他治印也在这台子上。所以台子上除了书籍、纸、笔、墨、砚之外，还有许多印章和治印的工具。那时，先生如果每日能够刻印一方，平均起来可以挣得半个教授的收入。先生生活虽然困窘，但是治学教书，从不懈怠。先生日常总是穿着布长袍，飘着长髯，提着一枝玉屏竹手杖，端庄而又有几分潇洒的神态，如今在我的记忆中仍然栩栩如生。当时，一多先生在联大中文系开设古代文学课，他下了很大功夫，研究诗歌、舞蹈、戏剧的起源和发展，逐渐地对原始社会初人民生活中的许多问题都发生了兴趣。他根据神话、古文字的知识以及"文化人类学"上的一些理论，探讨我国史前的文化和社会生活，撰写论证古代神话、传说的文章，对于人民大众所熟知的龙凤和龟麟的象征意义，提出了新的见解。由于他对人类学、民俗学等社会科学怀有浓厚的兴趣，所以，对南开大学创建边疆人文研究室一事，非常关心。日常见面，他总要对社会调查的内容、方法问长问短，极力主张出版刊物。先生与研究室主任陶云逵教授成为过从甚密的知交。当《边疆人文》向他约稿时，他欣然应允。

闻先生治学严肃认真，研究的成果不愿轻易发表，很多著作都是反复修改后出版的。一部《楚辞校补》花了十几年的工夫，《说鱼》一文在先生心中酝酿的时间也很长。因为早在三十年代抗日战争爆发之前，先生在写论文《高唐神女传说之分析》以后，又搜集有关资料，继续研究。当战争逼使他随清华、北大和南开迁徙入滇的时候，本来也可以乘车、坐船，可是，他参加了部分师生的"湘黔滇旅行团"，步行到达昆明。一路上见到了苗、瑶、彝、傣等许许多多的兄弟民族，听到了广布于辽阔西南土地上的民歌、民谣和传说、神话。千里旅途的见闻和采风活动，更丰富了他对古典文学、神话、诗歌研究的内容。十年后的四十年代撰写《说鱼》一文时的思路，跟这一段经历是有关系的。

《说鱼》以"鱼"为例，研究"隐语"在诗歌民谣中的应用，并且指出它在社会学中的消极与积极的功能以及流行的时间与地域。从来进行诗歌研究，不外经学的、史学的、文学的三种方法，而一多先生的《说鱼》却采取了文化人类学的方法。我是《说鱼》最早的读者，读完之后，非常高兴，把自己的收益与体会写成《读一多先生〈说鱼〉书后》一文，发表在同一期《边疆人文》上。那时我很年轻，很幼稚，不自知其谫陋，对先生文章中关于《易》之象即《诗》之兴皆隐语，而六义之比则为喻的提法，提出了不同的意见，而先生并不以为冒昧，反而恳切地支持、鼓励我的研究工作。抗战结束，我便匆匆离滇，与先生握别，回到故乡，却不料这一别竟成千古！回想起我在中学读书的时候，他用他的爱国诗篇——《红烛》与《死水》教育了我；在对人民的敌人作坚决斗争这方面，他用自己的生命教育了我。

著名语言学家罗常培先生是我的业师。他对于南开大学创办边疆人文研究室和出版《边疆人文》这个刊物热情赞助，从人事上给予种种的帮助，从业务上给予多方面的指导，并且亲自为刊物撰稿。《边疆人文》刚出了两期，他就给我们写来了《论藏缅族的父子连名制》一文，他用了缅甸、茶山、纳西、彝、阿卡、窝尼等谱系材料。特别重要的是，许多西洋的汉学家和泰国的历史学家都认为唐代在云南建立的南诏国是傣族建立的，而罗先生根据杨慎所辑的《南诏野史》所引《白古记》上南诏先世世系有父子连名制的表现，而车里宣慰司的傣族宗谱则无此表现，从而有力地证明了那些汉学家和历史学家的说法都是错误的。

罗先生研究学术问题，总是先掌握丰富的实际调查材料和文献材料，然后从中去寻找规律，孜孜不倦地进行探求。他教育后辈也常说：写文章必须"有几分材料说几分话"。他撰写《论藏缅族的父子连名制》一文之前的 1943 年，曾到云南西部的鸡足山，在一座名叫悉檀寺的庙宇里，发现了一部丽江木土司的《木氏宦谱图家世系考》的书。回昆明后，整理所得资料。经与陶云逵教授商讨并参考了董作宾、凌纯声等文化人类学专家的说法，撰写了《论鸡足山悉檀寺的木氏宦谱》一文，已经提到"父子连名制"的问题。文章发表后，先生对这个问题产生了浓厚兴趣，继续搜集材料，进行研究，写了这篇论文，并曾在 1943 年 12 月 21 日，西南联大所举行的文史学讲演会上宣读。后来又连续撰写了《再论藏缅族的父子连名制》和《三论藏缅族的父子连名制》。"再论"发表于《边政公论》第 3 卷第 9 期，"三论"发表于《边疆人文》第 2 卷第 1、2 期合刊本。在第 1 卷第 3、4 期合刊出版前，边疆人文研究室主任陶云逵先生业已病逝，所以罗先生《论藏缅族的父子连名制》发表时还有一个副标题：《敬以此文哀悼陶云逵先生》。文末还有一段按语：

案，此文属稿时，承陶云逵先生惠赠阿卡族之世系两种，并予以数点宝贵之商订。十二月二十一日，余在西南联合大学文史学讲演会宣读此文，复承亲自莅场切磋，且为《边疆人文》索稿，乃修订未竟，君突为病菌所袭。比及辗转床褥，犹谆谆以此文为念，嘱其夫人林亭玉女士翻箧检寻。给予笺定，待君痊可后呈正，始克安心。今此文虽已勉强写定，而君已不之见矣！悬剑空垄，衔恨何如？君所作《西南部族之鸡骨卜》方刊布于《边疆人文》第二期，综合勘究，胜义殊多。倘假以岁年，则其有造于新作者，讵可限量？今竟演奄忽溘逝，则岂朋辈之私痛而已哉？君以二十三年一月二十六日下午病殁于昆明云南大学附属医院，次月十六日，各学术团体相与开会追悼之。余挽以联语云：

> "谵语病帏间，念念不忘'连名制'；
>
> 痛心遗箧里，孜孜方竟《骨卜篇》。"

> 盖纪实也。呜呼云逵！君如有知，当因知友之践约而盍然瞑目耶？抑因赍志谢世而永怀无穷之悲耶？

前辈交谊笃厚和他们对学术研究全身心以赴的情况，于兹可见。云逵先生殁后，由冯文潜兼任研究室主任，《边疆人文》仍然按期出版。

罗常培先生和天津、南开的关系也很密切。1899 年，先生出生于北京一个满族平民家庭，先生属吉林宁古塔萨克达氏。十七岁丧父，家境贫寒，一面做速记员，一面在北京大学就读，勤苦力学。毕业于中文系以后，又读了两年哲学系，以后就在天津南开大学教国文。据罗先生说，那个时候，陶云逵先生还在南开中学读书。罗先生 1929 年到中央研究院历史语言研究所任研究员，致力于音韵学的研究，从事方言调查工作，著作很多。那时候，国际知名的语言学家赵元任先生和李方桂先生也在史语所工作，罗先生跟他们过从甚密，在治学方法上很受他们的影响。从 1932 年开始，他们三个人共同翻译了一部在国际汉学界很负盛名的巨著：高本汉的《中国音韵学研究》。由于译本改正了原书的许多错误，而且又加入了新材料，又把一部分重编了，因而造成译本超过了原著的异常现象。先生于 1934 年开始任教于北京大学中文系，后来又任系主任。抗日战争发生后，随校入滇，任西南联大中文系主任。他是当代中国声誉极高的语言学家，为我国语言学的开展，为培养我国语言学队伍付出了长期的辛勤劳动，许多后起的语言学者都是他的门生。在西南联大任中文系主任的时候，系里的教学、科研及包罗万象的行政工作，只有一位助教协助他办理。没有层层叠叠的办事机构，也没有众多的办事人员，一将一兵，办事效率极高。他对中青年讲师、助教们，既爱护，又严肃。出于对这位老师的敬畏，大家背地里称他为"长官"。凡事"长官"有令，即雷厉风行。以中文系开设大一国文（一年级的全校公共语文课，课本由中文系编选，有文言、有白话，每年改编一次）为例，尽管班次多，任务重，但是，既是教学的需要，系主任就说一不二地向全系教师分派任务，没有开设专课的，每人任教两班。我一到中文系，先生首先交付给我的任务就是任教两班大一国文，并且交待得十分明确：只有能教下大一国文，才能取得在中文系任教的资格。我整整教了两年大一国文，直到1945年先生应美国朴茂纳大学和耶鲁大学的邀请，出任访问教授的时候，他才将自己所教的"汉语音韵学"一课交给我去代为讲授。先生编著《汉语音韵学论》这部书，从油印讲义到正式出版，八易其稿，整整经历了二十五年。出版以后，他自己仍不满意，还打算彻底修改。他的许多论著写作都是这样严肃认真的。

在云南的时候，罗先生不遗余力地支持边疆人文的调查研究工作，同时自己也身体力行，对云南边疆少数民族语言展开调查研究，并且组织人力在联大开设了"汉藏系语言概论"一课。解放后，党和政府对这位卓越的语言学家给予了了很大的关怀和信任：1949年应邀参加中国人民政治协商会议；1954年到1958年相继当选为全国人民代表大会代表；1950年中国科学院成立语言研究所，他即被任命为所长。先生于1958年12月病逝于首都北京。他的专著十余部，文章一百多篇，其目录由他的学生、中国社会科学院语言研究所研究员周因梦等辑录为《罗常培先生著作目录》。《论藏缅族的父子连名制》一文也收到里面。

刊于《边疆人文》第3卷第5、6期合刊本上《阿细情歌及其语言》，是北京大学外文系教授袁家骅的一篇少数民族文学、语言的调查报告，从内容到文字清新美妙，如同抒情叙事长诗。袁先生对中外文学、语言学的修养都很高，个人的品德修养也很高。早年留学英国，年轻的时候在大学里担任助教达十年之久，很多人为之不平，而先生处之泰然。在昆明期间，先生偕夫人住在靛花巷单身教授宿舍里，生活清苦，而从未放松过教学与科研。对于南开大学创办边疆人文研究室，开展对西南少数民族语言的调查活动，他也是极力支持、赞助。1945年夏天，云南省路南县政府编修县志，邀请袁家骅教授去路南担任语言调查方面的工作，同行者还有年轻的高华年先生。当时，路南的语言，除汉语外，还有撒尼、阿细、白夷、沙苗、花苗五种语言。撒尼与阿细的语言同属倮语，各自形成一族。阿细族大部分聚居在路南和弥勒两县之间的深山里；当年凤凰山、烂泥菁、散坡、磨香井、野猪塘都是比较著名的阿细部落。袁先生叙述采风的一段经历很有风趣。他骑着马和一位小学教员同行，两天里走了五六十里泥泞山路，几次都几乎从马背上滚到山谷。那里的村民无论阿细或汉人，除了冬夏两个年节外，终年的生活都是早晨天刚蒙蒙亮就荷锄背筐到山地去耕作；太阳出山，各家妇人、老者才把荞麦饭送去；太阳落山，劳累了一天的人们，慢慢走回家，舂米麦，煮晚饭。饭后，年轻人才又有了充沛的精力，男的抱着大大小小的三弦，聚到女青年住室的内外，纵情弹起大三弦，说笑，双方或对唱，或对舞，开始了他们热烈的社交活动。

女青年的住房，当地话叫"公房"。袁家骅先生进村的第三天，得到路南县中学还乡学生向导，拜访了那浪漫传说中的"公房"——男女社交的中心点。房里简陋但充满生命的热情。泥地上七高八低地堆着一堆燃烧着的柴火，借以取暖，又代替了灯火。坐在火旁的姑娘手里都在不停地捻搓麻线，这是她们唯一的自己生产的衣服原料。年轻的女孩子们对于陌生人的来临有点惊惶，经向导的介绍，看见来客谦逊的微笑，也就放心了。火堆冒出的浓烟使客人睁不开眼，姑娘找出平整的木板来请客人坐在避烟的火旁。琴声、歌声、嬉笑开始了，壁上晃动的影子，含有无限的神秘。在热烈社交的夜晚，青年男女情投意合时，男的往往把女的带回自己家里去过夜。恋爱婚姻是绝对自由的，似乎父母不过问，媒妁更无需要。结过婚的人便不参加这类社交，兄弟姊妹也避讳在一处玩。但是离了婚的男女依然可以重新开始。

照当时的现实情况看，阿细人一生是辛苦的，只有青年男女的求爱才是最富诗意的时期。在"公房"里，在山林间，男女一对对或成群相遇了，热情激发了他们的想象和灵感，比赛般地运用他们的才能，唱个不停，达到求爱的目的，歌唱的题材往往是以天地宇宙的创始、人类社会形成开始，加进歌唱者对于现实人生的希望，以及歌唱时的种种情景。当年昆明北门出版社出版的《阿细的先鸡》（光未然译），就是记叙阿细民歌的。"先鸡"一词，作故事或恋爱故事讲，也作歌或情歌讲，见于阿细语，也见于撒尼语。袁家骅先生在阿细族的几个村落里搜集、记录了长短诗，作了语言分析。《阿细的先鸡》被译为歌颂恋爱成功的长歌。袁先生还得到了一个独立的短篇，是反映失恋苦闷的歌。

阿细人没有文字，没有历史的记载，但是在那些缠绵热烈的情歌中，反映了他们的性格、生活和历史。袁先生虽已作古，但是他的《阿细民歌及其语言》，对语言学，对少数民族口头流传的作品的分析研究，都是有价值的。

边疆人文研究室的创办人陶云逵教授出生于浙江，留学德国，后来任教于西南联大，和费孝通教授是当时联大社会学系最年轻的教授。陶云逵先生搞社会学、体质人类学，做过大量的实地调查工作，所发表的调查报告受到国内外很多专家的重视。闻一多教授极为欣赏云逵先生的才华，对他研究的东西也很感兴趣。边疆人文研究室成立的时候，曾准备合作搞一些研究，可是陶云逵先生这样一位年纪轻轻、在学术上也有一定造诣的学者，却在贫病交迫中去世了。

《西南部族之鸡骨卜》是陶云逵先生短暂一生中最后的一篇调查报告，也是他对文化人类学的最后一份贡献。其重要性在于指出我国西南藏缅、苗、傣诸语族人民都有或曾有鸡骨卜的风俗，并且详细记载了鸡骨卜的方式，是从文化人类学上研究鸡骨卜的第一篇论文。文章指出，"鸡卜"的记载最早见于《史记·孝武本纪》，《汉书·郊祀志》也有同样记载。唐、宋以后，记载渐多，但是说得不很详细。文章指出：根据现在调查以及以往记载，鸡骨卜分布于粤、桂、湘、黔、川、滇各省非汉语部族之三大族群中，汉语社会中引用鸡卜则自非汉语部族传入，其始则自汉武帝令越巫立越祠，用鸡卜。

陶先生在学术研究上极重视实地调查，努力抢救民族文化的"活化石"。如果不是旧社会的重重重压，生活陷于贫困，精神陷于苦闷使他过早逝世，他必将为人类学做出更多的贡献。云逵先生病逝之前还遭遇了人生中的极大不幸，他的爱子在他离开昆明到大理去的时候，忽然得了当地称为"大热病"的险症，一夜之间病魔就夺去那个令人十分怜爱的小生命。陶先生返回昆明的时候，已经看不到可爱的孩子了。悲伤损伤了他的身心，不久，他自己也因得回归热而病倒了。后来就医于云南大学附属医院，辗转病褥达数月之久，终于转为败血症而病故。

1944年1月26日下午，陶云逵先生病逝；2月16日，昆明各学术团体开会追悼。同日的《云南日报》出了一个追悼专栏，这个专栏的诗文是由罗常培先生组织的，内容包括罗常培先生、冯文潜先生和高华年所写悼念文三篇，潘光旦先生和我所写的七律挽诗两首。我所写的挽诗除开头两句外已经记不得了，这两句是：

> 细雨茅庵读我诗，
> 我诗今作吊君词。①

头一句还加了注解，大意是：某日雨，困庵②中不得归，因录旧作《读文

---

① 编者注：今据《正义报》补齐——"细雨茅庵读我诗，我诗今作吊君词。千峰雷电新愁起，万里风烟故国悲；燕子还来花谢后，精魂不返月明时。江山寂寞同摇落，抔土无情吊岂知？"

② 编者注：时边疆人文研究室设在昆明地坛附近"地藏庵"内，大家惯称去研究室为去"地坛"或"地坛庵"。

少保信国传书后》一首呈云逵先生正之，先生击节谬奖，诗云：

> 六臣[①]泥首丞相死，
> 慷慨兴亡数页书；
> 风雨江湖成败日，
> 悠悠天地渺愁予。

云逵先生身后十分萧条。夫人林亭玉女士失子丧夫，生活无着，痛不欲生，投身滇池，幸为渔民所救，人们从她的棉衣襟内找到她的绝命书，才知她是一位饱受苦难的教授夫人——南开大学陶云逵教授之夫人！南开大学为云逵教授争取抚恤而不得，罗常培、冯文潜、黄钰生先生和云逵教授生前挚友、留德同学、哲学家郑昕（秉璧）先生等发起募捐，才将陶夫人及褪褓中之女婴送回广东阳江县的娘家。解放后，陶夫人林亭玉曾执教于中央民族学院，并特来天津探望故人，相见之时，实不胜今昔之感！被痛苦、磨难纠缠、压迫的旧时光，虽又像一长串噩梦，显现眼前，但那已经是一去不返的陈迹了！

## 三、红河之行述旧

1943 年，我同黎国彬君接受南开大学边疆人文研究室的任务和石佛铁路筹备委员会的委托，结伴前往红河上游少数民族地区进行社会调查。至今四十多年过去了，随着国家翻天覆地的变化，如今，那一少数民族地区也已经完全改变了旧时面貌，彝族、傣族早已建立了民族自治州县，而我们自己的生活更证明了我们的国家、我们的社会主义事业日益兴旺，社会主义科学事业的发展，密切联系着"四化"建设，得到党和整个国家、社会的重视与支持。回想四十多年前却完全不是这样，我们的调查工作，自然也就并不完全是一种愉快的事情。我们要同行旅的艰难作斗争，要同各种各样的热带病作斗争，有时还难免要同土匪交手。这一次旅行中许多不愉快的遭遇中最值得记住的事，就是我的同伴黎国彬君同我在新平分手之后，一到车里（今西双版纳自治州首府景

---

① 编者注："六臣"一词，天津文史资料选辑及许多版本都误为"大臣"，父亲改正"六臣"。典出蔡沉《书经集传》引吕氏言："此章序商六臣之烈。"原指商朝伊尹、伊陟、臣扈、巫咸、巫贤、甘盘，六位大臣，后泛指忠良之士的大员重臣。又公元 1455 年（明景泰六年），朝鲜少年国王李弘暐（朝鲜端宗）遭其叔父首阳大君李瑈（朝鲜世祖）篡位后，被幽禁于昌德宫，成三问、朴彭年等六位大臣效忠端宗，密谋恢复端宗王位，后因谋泄被杀。史称他们这些人为"死六臣"。

洪）就被反动政府的军队逮捕，说他是汉奸。跟他们解释不行，拿护照给他们查验也不行，终于定谳，要执行枪决。

国彬是跟我结伴从昆明出发的。我到滇南西部红河流域的少数民族地区去调查语言，他为了要调查傣族的人文地理，比我去得更远，一直到了车里、佛海。我到了元江县傣族区漫漾寨，寄寓在一位基督教牧师 Bromme 的家里。有一天牧师得到在普洱县磨黑中学担任英语教师的基督徒 Mrs Park（她已故世的丈夫原是在车里的基督教牧师，她本人原是个护士，当地人称她为"巴师母"）的一封信。信里说：在磨黑中学任教的一位西南联大校友对她说，黎国彬君为国民党军队所捕，或有性命之忧，不知何故，请她赶快写信给元江教堂转告我。我得知后立刻写了封快信报告冯文潜、陶云逵诸先生。后经多方营救，费了很大一番周折，才使国彬从牢狱中获释，幸免于一场意外的灾难。祖国江山，虎狼当道，民不聊生，还谈什么科学研究！

住在磨黑的西南联大校友巧妙地利用了当地教会的关系，给我们报信，我们一直感怀这位校友，但一直不知道他是谁。直到今年（1984 年）南开大学六十五周年校庆，西南联大校友萧获来到天津，我们见了面，才打破了四十年的闷葫芦。原来，皖南事变后，联大一批同学离开学校转移到云南边远州县。萧获（原名施载宣）和吴显钺（子良）、董葆先（大成，现名董易）、郑道津、许冀闽等一些校友，同在磨黑办学。他们从经商的驮马队那里听到这一传闻，才通过巴师母传递消息，为我们做了一件大事。人生聚散之缘，言之可叹。

红河之行，差不多用了五个多月的工夫。从地区上，走进了另一种文化圈子；在时间上，几乎走回了好几个世纪。看到了许多古老陈旧的生产工具和生产方式，也见到了许多离奇的风俗习惯，颇为真切地认识到了人类原始生活的式样。红河两岸人民的辛酸苦难，特别是反动派、官僚、恶霸、封建势力对于兄弟民族穷凶极恶的欺骗压榨，也完全呈现于眼前。当时，从我个人来说，只是一个语言科学工作者，我的研究对象也只是那些民族的语言。但是既有机会生活在他们中间，对于他们身受的痛苦，又岂能耳无闻、目无见呢？更何况他们的灾难一来，就会直接影响我的工作。譬如在元江县天宝山彝族区大明庵寨子里的时候，寨子里的人听说政府的军队要来抓壮丁了，大家就在天刚亮的时候，带上干粮躲避到深山大菁里去。我则鉴于黎国彬君的遭遇，为避免被抓的麻烦，同时也为了能和寨子里的人在一起，听他们讲话，与他们攀谈，使为期有限的调查活动不致中断，也带上干粮，跟他们跑进深山。我总觉得，人在同一苦难中，是会彼此亲切起来的。在天宝山的大明庵寨的经历，乃至整个的红河之行中，许多事实证明了这一点。

我在磨沙没有找到乡长，在仙鹤街调查傣语的时候，刀丕训君协助我工作。他是一位诚恳的傣族少年，信奉基督教，在教会小学教书。他告诉我最近发生的一件事说：有个姓刘的人，自称是个团长，曾经在昆明军队里当过差，卸职后返回新平。最近为了抓壮丁来到磨沙乡，向乡长索"花钱"（即银元）1500元（合国民党纸币75000元）做"路费"，乡长出不起，便逃走了。全村也家家锁起门逃到远处去。有天晚上，刘团长领了七八个兵，拿着枪到乡长家，殴打乡长的妻子，追问乡长到哪里去了。据刀丕训说，这就是我到磨沙找不到乡长的原因。刘团长到这里来不只是为了抓壮丁，而且是为了报仇。原来刘某有一哥哥，五年前在新平县当什么卫生委员，来磨沙检查卫生，第一道命令就是各家不得留粪，留粪则按数罚款。保长求告说，种庄稼的人怎么能离开粪肥呢！这便激怒了卫生委员，他把保长捆在树上鞭打。村民不堪其苦，青年们更不堪凌辱，亮出耙锄，群起把这个委员捆了起来，想绑到新平县去上诉。走到脚底姆，那家伙吞鸦片烟死了。他弟弟（就是这个刘团长）知道后，就在昆明诬告村里人杀害了他的哥哥，从磨沙抓走了十一个人，在昆明监狱里关了五年，生还的只有一个。这是前几年的事了，而今，刘团长仍然不肯罢休，仍然来抓壮丁，打人索款。

红河流域虽然地处边陲，而往来的"委员"却不少，什么粮谷委员、征兵委员、卫生委员……一来就向各乡农民逼索路费，至少要"花钱"二三百元。

红河谷地是亚热带气候，山高林密，人烟稀少，许多地方的土著居民寿数都不高。贫穷、疾病流行，加以所谓的"瘴气"，使得有的村寨男子平均年龄只有三十五六岁，女子寿数高的也不过半百。元江一带民间有谚语说："元江河底，干柴白米，有命来吃，无命来死。"我一入谷地，就被疟疾所缠，终日不能离奎宁。一度脚心沁出蓝点，其蓝如靛，后来背部也有，染在白背心上，如溅墨点，浣洗不去，至今我也不知道是什么缘故。初入谷地的时候，看到朝雾暮霭，花草虫虹，觉得都带着毒气，心里惴惴然。居停稍久，才渐渐处之泰然。原野上的植物，除巨大的榕树外，还有椰子、槟榔、菠萝、香蕉、酸角、芒果、木棉、蜜菠萝、交趾果等热带植物。还有一种矮刺树，开小黄花，花形如刺球，浓香扑鼻，中人如醉，不知道叫什么名字。晚上，微风吹拂着亚热带的香气，随着明亮的月光穿窗而入。一种不知名的树上结的小果掉进溪水里，铿然有声，使人有"桂子月中落，天香云外飘"的感觉。好地方！好人民！可是他们的生活却被那些压迫者、剥削者糟踏成什么样子啊！

　　我在元江漫漾结识了一位老实厚道的彝族朋友，名叫张福兴。他曾在个旧锡厂里做过工，后来到漫漾给教堂里的牧师挑水、种菜、做杂活。他能说汉话，还认识彝文。他的妻子跟着母亲住在天宝山大明庵寨，他回家为我从大明庵借来彝文的经典，还告诉我，寨子里有位白大哥，藏有《唐王入地府经》《洪水淹世界经》等彝文经典；还有一位瞽目张大爹，从小学过经，今天仍然能背诵。张福兴要我上天宝山，到大明庵寨去，欢迎我到他岳母家住。

　　天宝山，站在漫漾就可以看见，走起来却有三十多里路，途中要涉过一条宽近百尺的清水河。清水河里水急石峭，使人眼花缭乱，立脚不稳。把行李顶在头上，跨一步，拖一步，衣裤尽湿。过了河，走在泥泞的田埂上，涉小溪数十道，再绕着崎岖小道走二十里，才抵山脚。天宝山呈人字形，大明庵寨在岔口谷中，依山结屋，居民二十六家，都是黑彝族。张福兴一家四口，只有一间依山的房子，土墙茅顶，除床榻外，屋内西隅盘了一个灶，东隅杂置腌菜坛篾笼等物。他家对门，还有一间空屋。因此张福兴把我带到家里，他的妻儿、岳母就到空屋里。后来，我才知道，那空屋原来也是一个五口之家，近两年，五口相继死亡，寨中人以为是"屋鬼"作祟，因此便弃置不用了。可是，由于我的到来，张福兴一家宁可于己不利住进"鬼屋"，这番心意，令人深受感动。在张福兴的帮助下，白大哥把珍藏的《洪水淹世界经》《唐王入地府经》等借给我，并允许我抄写。经本皮纸墨书，间以朱绘栏线，纸色黄黑，虫蛀磨损之处甚多，展之如对敦煌古卷。张大爹也为我回忆经文，并为释义。寨中人知我无恶意，只是想学他们的话，听他们"匡古"，便每晚都有许多人到我这里来聚谈，因此我又获得活的语言材料，搜集到许多有关婚丧习俗，生育禁忌，乃至有关"图腾"之俗的口头资料。我在大明庵住了十四天。

　　当日的红河之行，我住得最久的是新平傣族区磨沙乡，头尾将近三个月。先是住在轩和寨的一个教会小学里，后来又住到小干坝的一位傣族青年家里，而后又到了元江，住傣族区漫漾寨，最后才到天宝山大明庵寨。每到一地，都有许多感受，许多见闻，许多收获。从社会经济、人文、语言等调查工作来说，这些地方可以说是一片未开垦的处女地。从我个人来说，也是从事语言学田野作业的最早期的实践。所以对亲见、亲闻的许多现象都有很深的印象。

　　我和黎国彬君这次调查，虽然经历了许多惊险，总算都回到昆明，而且带回来许多记录材料。其中有车里傣文贝叶经和纸本经，彝文经的手抄本，少数民族的衣饰和宗教用具等，收获是丰富的。冯先生十分珍视边疆人文研究室的调研收获，解放初期在南大文学院所在的北院校址，曾经举办过一次小型展览会。

我所记录的那些材料，四十年来我用全力去保存，所以至今仍然是完整的。但是由于种种原因，至今还没能整理出版，不能不说是一件憾事。不过今天重作整理、分析，在观点上、方法上、理论上都不会像四十年前那样幼稚，这也可算是可以安慰自己的一点吧！为了开展对少数民族地区的经济建设和科学文化的研究工作，南开大学中文系已在旧边疆人文研究室的基础上建立了"汉语侗傣语研究室"，并批准为重点科研机构，重新开展语言学的田野工作和研究工作。1980 年，我偕同年轻一辈的少数民族语言工作者到广西三江一带调查了侗语，已经写成《三江侗语》的调查报告。1981 年，年轻的一辈又重访了红河上游的傣雅区，做了四十年后的调查记录。

温故知新，回忆四十年前从事边疆人文研究的往事，当会更加热爱伟大的祖国，重视眼前的现实，振奋精神，努力攀登科学高峰。

# 《儿时》一文非鲁迅所作考

　　《儿时》一文被收集在唐弢先生所编，上海出版公司所印的《鲁迅全集补遗》中。把这篇文章读一遍，摸一摸行文脉络，听一听那"口音"，稍有弄笔之习的人都该可以觉察出来，这不是鲁迅作的，我以为。但是编者在"编/记"中却举出鲁迅先生的亲笔信来作证明。但就是有亲笔信，这篇文章仍然不是鲁迅作的，我以为。说这样的话，如果有一个比亲笔信还更像铁一样的反证就好了。然而我很引以为憾，却没有。从前有一个人，说地上一个小黑点子是一粒黑豆子，人家就跟他说："那不是黑豆子，是一个小甲虫，因为它在爬。"那个人就说："就是爬，也还是一粒黑豆子。"仿佛我就是这样的人了。然而也不尽然，我是想本着法人勃封（Buffon，1707—1788）"文体是人"（Le style c'est I'homme）这层意思来研究一下《儿时》这篇文章的。

　　全文如下：

> 狂胪文献耗中年，亦是今生后起缘；
> 猛忆儿时心力异，一灯红接混茫前。
>
> ——定庵诗

　　生命没有寄托的人，青年时代和"儿时"对他格外宝贵。这种浪漫谛克的回忆其实并不是发现了"儿时"的真正了不得，而是感觉得"中年"以后的衰退。本来，生命只有一次，对于谁都是宝贵的。但是，假使他的生命溶化在大众的里面，假使他天天在为这世界干些甚么，那么，他总在生长，虽然衰老病死仍旧是逃避不了，然而他的事业——大众的事业是不死的。他会领略到"永久的青年"。而"浮生如梦"的人，从这世界里拿去的很多，而给这世界的却很少——他总有一天会觉得疲乏的死亡：他连拿都没有力量了。衰老和无能的悲哀，像铅一样的沉重，压在他的心头。青春是多么短呵！

"儿时"的可爱是无知。那时候，件件都是"知"，你每天可以做大科学家和大哲学家，每天在发见什么新的现象，新的真理。现在呢？"什么"都已经知道了，熟悉了，每一个人的脸都已经看厌了。宇宙和社会是那么陈旧，无味，虽则它们其实比"儿时"新鲜得多了。我于是想念"儿时"，祷告"儿时"。

不能够前进的时候，就愿意退后几步，替自己恢复已经走过的前途。请求"无知"回来，给我求知的快乐。可怕呵，这生命的"停止"。

过去的始终过去了，未来的还是未来。究竟感慨些什么——我问自己。

推鲁迅文中所引旧诗，大抵是自作的，且往往居于篇末，用以结束全文之意，在格局上袭用"后人有诗叹曰"那个传统的。这一篇劈头就是诗，而且是龚定庵的，这个办法在鲁迅作品中极少见。而且就所引的诗看，见解，经历，与鲁迅几乎全不相合，是不会引起他的激赏的。何况这首诗原题为"猛忆"，涉笔于身前身后，因缘生法，而童时明镜无尘，自可照映于十方虚空微尘国土之外，与后面的文章所反复申说的并无干连。定庵会从江沅（铁君）学佛；博览内典；曾至嘉兴楞严寺，求紫柏大师所刻《大藏》；曾就西湖僧人读《华严》一品。所以他作诗一说到儿时，不知怎么总喜欢出以禅语。譬如癸未年（1823）所作的《午梦初觉，怅然诗成》云：

> 不似怀人不似禅，梦回清泪一潸然；
> 瓶花帖妥炉香定，觅我童心廿六年。

这其实就是"佛在灵山会上，拈花示众，众皆默然，惟迦叶尊者破颜微笑，佛言：'吾有正法眼藏，涅槃妙心，付汝摩诃迦叶'"的境界（《见大梵天问佛决疑经》）。博雅如鲁迅先生并非不知道，所以我敢说《儿时》一文，决非鲁迅所作。但是唐弢在"编后记"中说：

> 《儿时》以"子明"笔名，发表于一九三三年十二月十五日的《申报·自由谈》上。按时间，原应收入《准风月谈》。但《准风月谈》收至

十一月七日，而《花边文学》却开始于次年的一月八日，这一篇，正好夹在两书的中间，前遗后忘，大概就是这样漏收的。景宋先生颇致疑于这一篇短文，理由是笔调不像，而瞿秋白又常借用先生的笔名。我的意见不然。一九三四年一月十七日，先生致黎烈文信有云："无聊文又成两篇，今呈上。《儿时》一类之文，因近来心粗气浮，颇不易写；一涉笔，终不免含有芒刺，真是如何是好！"先生既不否认是他自己的作品，并且说明这是在另一种心境下写的。其实这样的笔调也并不少见，《准风月谈》里的《夜颂》和《秋夜纪游》就都是的。先生好定庵诗，这一篇从所引诗意出发，以深思的笔调，写坚定的意志，反复申诘，充满诗意，非先生实不能达此境界的。

结尾的意思有点近乎乱说，不敢苟同。而"不否认是他自己的作品"的事，揣想起来，大概是这样：有一个人以不得已的缘故，征得鲁迅同意，用了他的笔名，写了这篇文章。其所谓不得已，必是在一种令人感动的极其紧张的情形中，而这篇文章不过是用来娱悦自己，原是无足重轻的。

就文章把各段分开来看，虽然并不是没有道理，然而同鲁迅的一比，就显得究竟属于嫩之一流了。况且凡属"想念儿时"的文章，鲁迅往往只就实在的事件或人物加以描写叙述，譬如《朝华夕拾》里所收各篇，以及《呐喊》里所收的《社戏》，这本"补遗"里所收的"我的种痘"等都是；却很少像这一篇，说"想念儿时，祷告儿时"，却又把儿时当成一个谈论题目的。

全文在组织上一共有四层意思，第一段申说眷恋于儿时的浪漫谛克的回忆之要不得，应该把生命溶化在为大众的工作里，而若是慨叹着"浮生如梦"的人是非常之可恶的。而第二段却是归结于"我于是想念儿时，祷告儿时"。这真是叫仰面唾天，却掉在自己的眼睛里。即使鲁迅是怎样地敢于分析自己，却也不会这样当场出彩，自打耳光的吧？接着第三段就慨叹于"可怕呵！这生命的'停止'"。第四段说："究竟感慨些什么——我问自己。"文章就总结于连作者自己也糊涂了这一点上。

大概说来，造成鲁迅文章独特的风格有四个特点，但在《儿时》这一篇中却一个也不见。第一，在描写中他能抓住形象的根源和特点，所以一描就像；在议论中他开手就扼住问题的咽喉，使反对派在议论的致命处不能挣脱，这才能任意加以笑骂，就是所谓深入的泼剌，但这篇文章中是没有的。第二，清词丽句，却往往于严肃或悲苦中使人破颜，就是所谓幽默，而这篇文章中也是没有的。第三就是语汇丰富，而这篇文章中所见的却极其贫乏。第四，他有一系惯用的句法和承转字眼，譬如说吧：

> 先前有人愿意我活几天，我自己也还想活几天的时候，活不下去了；现在大可以无须了，然而要活下去……然而就活下去么？
>
> ——《伤逝》

> 单是觉得，没有法子，不能怎么办，所以默着罢了。我也知道说了也无用，但不说尤为遗憾。
>
> ——《〈一个青年的梦〉序》

而这篇文章，笔触所及，既不像鲁迅别的文章之深广，就连修辞造句上，相差也很远。通盘看来，第一段还有些鲁迅的气味；第二段以下，连这点气味也没有了。所以第一段还可以就旧间架加以修改，变成一段拟鲁迅。

作为全篇根芽的第一句，就不再像鲁迅的出口腔，因为这样的意思鲁迅大概是不曾说得那么突然而来，且又那么肯定的。所以"生命"之前，似乎照他的路子就该有一个"凡"字，如《〈中国新文学大系〉小说二集序》开口云：

> 凡是关心现代中国文学的人，谁都知道《新青年》是提倡"文学改良"，后来更进一步而号召"文学革命"的发难者。

而就首句所说的道理的不一定没有例外的情形讲，则在"对他"两字之前，大概总得再放上一个"大概"或"大抵"之类的词面。譬如《不应该那么写》（《且介亭杂文》二集）一文中开口云：

> "凡"是有志于创作的青年，第一个想到的问题，"大概"总是"应该怎样写"。

不一定是，故云"大概"。又"格外"两字，鲁迅也不常用。照他的习惯用法，是或用"非常"，或用"特别"，或用"十分"的。譬如：

> 秀才听了这庭训，"非常"之以为然。
>
> ——《阿Q正传》

我的牛痘，是请医生到家里来种的，大约是"特别"隆重的意思。

——《我的种豆》

我知道这种病是一时难好的，于生计大有碍，便"十分"忧愁。

——《我的种豆》

所以作"破题"的首句，悬揣鲁迅的用笔，则大约是"凡生命没有寄托的人，青年时代和儿时，大概对他总是非常之宝贵的。"

"感觉到"一词，鲁迅是极不常用的，他往往说成"感到"或"觉得"。譬如：

他这回总有些"感到"失败的苦痛了。

——《阿Q正传》

我想：从别一群看来感受是和被讽刺的那一群不同，他们会"觉得"暴露更多于讽刺。

——《什么是讽刺》

"本来，"一词也不常用，他只说"当然，"或"自然，"：

最初的时候，当然，华人是不相信的，很费过一番宣传解释的气力。

——《我的种痘》

自然，译本是未必一定出版的，倒是暗中解约的居多。

——《非有复译不可》

"对于"一词也少用，他多用的是"于"，譬如：

觉得北方固不是我的旧乡，但南来又只能算一个客子，无论那边的干雪怎样纷飞，这边的柔雪又怎样的依恋，"于"我都没有什么关系了。

——《在酒楼上》

那结果，川村君是，也许博得权力万能的义者的一顾，"于"腾达不无若干的裨益罢。

——《忆爱罗先珂华希理君》

"假使"一词，跟"对于"一样，除掉晚年的译文，也几乎极少用，他只用"倘使"，或"倘若"，或"倘"。譬如：

"倘使"一如 Chernyshevsky 之所说——艺术的本质底特征，在于生活的再现，那就只得无条件底地承认，艺术不但是在人类，虽在动物，这和再现生活的游戏也是亲属。

——蒲力汗诺夫《车勒芮绥夫斯基的文学观》

夜间（苍蝇）就停得满屋，我们就枕，必须慢慢地，小心地放下头去，"倘若"猛然一躺，惊动了它们，便轰的一声，飞得你头昏眼花，一败涂地。

——《马上日记》

我觉的"倘"不将这药认作戒烟药水，他大概是死不瞑目的。人生几何，何必固执。

——《马上日记》

逐条写去，很觉得腻人，不如就把那第一段拟一通于下罢：

凡生命没有寄托的人，青年时代和儿时，大概对他是非常之宝贵的。这种浪漫谛克的回忆，其实并不是发现了儿时的什么真正了不得，而只是自己感到中年以后的衰退罢了。当然，生命只有一次，对谁原都很宝贵，但倘使把生命溶合于大众的生命里，而每天都正为这世界干着些什么的话，那么，他大约总是在生长的，虽然衰老病死仍旧逃不了，然而他的为大众的事业却是不死的。所谓"永久的青年"，大概就是"此之谓也"罢。然而单是觉得"浮生如梦"的人们，虽然从这世界里拿去的很多，但给这世界的却很少 —— 他总有一天会疲乏地死掉：他连拿都没有力量了。于是乎衰老和无能的悲哀，像沉重的铅似的压到他的心上。因此而就叹起气来："青春是多么短呵！"

以上如果也可以算是"考",那就"是篇考"了。

（原载《大公报·星期文艺》1937年第25期，署邢楚均）

## 附　记

　　现已明确《儿时》确实是瞿秋白以鲁迅的笔名"子明"发表于《申报·自由谈》的一篇杂文，并已收入《瞿秋白文集》，而《鲁迅全集》不收。当然，瞿秋白的做法是鲁迅同意的，正如冯雪峰语，这是鲁迅与瞿秋白在"自由谈"上的"接力投稿"（见冯雪峰《回忆鲁迅》）。然而父亲当年（1947年9月15日读《鲁迅全集补遗》后）写这篇文章时，大家并不清楚这些情况。父亲仅从他对鲁迅"文章风格"的研究即判定《儿时》非鲁迅所作，并写下此文寄给冯至先生。冯先生便将文章推荐给《大公报》发表。李广田先生读后即复笺云："读后'极为佩服'。"冯至先生也来信说："《论鲁迅儿时一文》之稿费二十三万元。函谓此次每千字以五万元计算，在《大公报》已破前例"。又谓"您的文章越写越好，而《星期文艺》越编越糟，不胜惭愧，但仍希望有稿子寄下。"

# 欧化与大众化

## ——五月三日在南开大学文艺晚会中讲

目前有一些先生们，他们对文章欧化的现象是抱着反感的，但是他们却并不主张大众化；又有一些先生们，他们重行提出文艺大众化这个口号，可是他们的主张倒并不跟欧化冲突。今天我们略略谈一下这个中间的纠缠。

我们先谈欧化问题。语文上的欧化跟一切器用的欧化，情形是有点不同的。譬如洋服、洋房、西餐，这些中间以愈不羼杂中国成分为愈好。如果一个人穿洋服却用中国里衣，或戴瓜皮帽是不行的。照这样说，语文上的欧化就应该是不说中国话，而实际上并不是这样，所以我说有点不同。所谓语文上的欧化包括两类情形：一是外来语的增加，那就是词汇上的欧化；一是语法上部分的改变。但是语音系统和大部分的语法结构却仍是中国的。而那些词汇上和语法上的欧化，从另一方面看，只是一种翻译。欧化的词汇有两类，一类如：工作、行为、考虑、幸福、社会；又如：真理、绝对、动员、写实主义等。一类如：摩登、模特儿、坦克车、逻辑、幽默等。而第一类的翻译方法是比较合乎一般人的心意的，所以，虎列拉、怀娥铃（梵亚铃）、披亚娜、德律风、意德沃罗基、奥伏赫变等，终于多说成霍乱、提琴、钢琴、电话、意识形态、扬弃等了。（词汇例大部分引用王力《中国语法理论》一书中所举者。）

这种欧化的词汇以及它们在语句中的用法，剥皮地看起来，它们实在并不是第一义的、元素的、根本的东西。因为在它们背后，正在进行着一种文化的交流。不管是外来的物质文化，风习制度，或者思考方法，只要是朝着进化的方向前进的，我们不能反对，也无法反对。这一种道理，我们在鸦片战争之后，认识得尤为亲切。这些欧化的词汇。初出坝时觉得带着洋味，很不顺嘴，但慢慢也就跟土生土长的一样了。譬如"宝塔""和尚""佛"原是印度话，好歹之"歹"原是蒙古话，但是现在已然不容易辨出它们的外国情调了。

　　关于语法上的欧化，扼要地说起来可以有两项：一是语句延长；一是倒装句法。（下面所举的例句，大部分仍是王先生所举。）中国的语法和文章都趋向简洁，而欧洲的（尤其是文章）则趋向于繁复。简洁能使印象明快干净，繁复能使思考精密细致。比拟地说起来，中国的语言在本质上是艺术底的，欧洲的语言在本质上是科学底的。中国传统的写作技巧上的所谓炼句，就是怎样用很少的字却表现很曲折的意思和很生动的形象的功夫。自从西洋文化进入中国后，这种繁复的长句子也跟着出现在文章上，甚至语言里了。西洋的长句子，有许多是有句中停顿的（用逗号的），译成中国话还不十分觉得繁复；有一类是没有句中停顿的，就是那些关系代词 who、which、that 等所造成的句子若是译成中国话是使人有冗长的感觉的，因为中国话中没有关系代词，所以只能把关系代词所介绍的从属子句堆积到它所跟随的名词上面去。有人说："所""者"等词为中国的关系代词，而把"此书我所持于手中者乃一英文文法"的句子作为 The book which I hold in my hand is an English grammar 之句的对译。这是不对的，因为"所""者"与 which 在功能和分量上不能相等，所以这句话只好译成"那本拿在手里的书是一本英文文法"倒比较自然得多了。这类新句法若见于长句就显出堆积情形来了，譬如："那些把文学鉴赏认为只是一种技艺，把文学认为只是一种消遣品的人们，将永远不能真正得到那种技艺，也不能把这种半获得的东西用作消遣品。"（Bennett，*Literary Taste*）从"那些"到"人们"，原文是一切用 who 所介绍的从属子句。像这类长句子，在现代中国知识分子的笔下是极易出现的。为了要把意思和口气表达得紧凑，我们自然可以接受这一种以及这以外的一切长句的结构。又有一种插话的句法，也可以算作语句延长的一式。这类插话的句法，大半是为了说话的分寸或细致。譬如："我们最好，照我看起来，是立刻就走。"常用的插话，如"换句话说""相反的""严格地讲起来""当然""事实上""我们可以说"等甚至时常在知识分子的嘴里。而这些插话，往往都是欧洲语言的翻译。

　　中国话中，凡主从句，它的从属子句一定要放在主要子句的前面。如《左传》中有一句话道："公子若反晋国，则何以报不谷？"决不说成："公子将何以报不谷？若反晋国。"但在今天，我们却能常常听到这种句法，如："请你务必参加今天晚上的集会，如果你有工夫的话。""今天，他到底参加了我们的集会，虽然他有点儿病。"这些都是新起的倒装句法。

　　我们的语言受了欧洲语言的影响，除所讲的之外，还有许多改变的地方。这些改变，不只是语言本身的问题，而且是思考方式上的问题。我们知道，两种文化交流，那些域外的物质文化的闯入既然无法遏止，那么那些思考方式的闯入，自然也是无法遏止的。西洋人常说："语言是无声的思想。"所以语法上的改变，实际上就是思考方式的或多或少的扭转。这种扭转了的思考方式，换句话就是改变了结构的语言，初来时是很不习惯的，譬如："内容与形式，是对立物底不可分的统一。"我们想起来总觉得很别扭似的。可是这种改变思考方式的事，并不是从今日才开始，佛经上的句法如："亦无无明尽……亦无老死尽。"其实也就是一种思考方式的变换。那么，今天中国词汇与句法的在必要时的欧化，当然是一种合宜的事了。不过，这种欧化的句法和大部分的欧化词汇只流行在知识分子的中间，跟大多数的人民却不相干，那么，我们一方面需要文艺大众化，另一方面又不能阻挡文章上的欧化趋势，是不是一个矛盾呢？

现在我们就谈到大众化的问题。

远在抗战之前，在语文研究方面，曾经提出"大众语"的名称。当时认为所谓"白话"，只是新绅士们的语言，那么在这之外，应该还有人民大众的语言，因此针对着白话而提出"大众语"一个叫名儿出来。

"白话文学"这个名词已使用三十年了，普通就是把五四运动以来的新文学都叫作白话文学。当时的主张是"我手写我口"；当时的方案是"尽量采用《水浒传》《西游记》《儒林外史》《红楼梦》的白话。有不合今日用的，便不用它；有不够用的，便用今日的白话来补助；有不得不用文言的，便用文言来补助"。又谓："中国将来的新文学用的白话，就是将来中国的标准国语。"但是许多年来，作家们以那四部小说为采用主体的似乎还不多，普通好像都是直接从当时作为"补助"的"今日的白话"中去学习；而这个所谓"今日的白话"，大家又隐然以北京上层社会的语言，就是所谓官话的、当作标准中介而去写作；而到后来，便索性靠了政治的力量来推行这种语言，称之为"国语"了。这样一来，北京话就升了级。于是在写作上，凡是说广东、福建、江浙等地的话的人必须先学一点官话，然后才能谈创作。这种现象跟原先"我手写我口"的主张是相矛盾的。那么，北京话在写作上俨然成为正统，而别的方言只算成"附统"，最多是"翼统"了。再说，五四以来的文艺家并不都是北京人，所以新文学用的白话，本身就极杂乱；实际上也并没有如当时的预期——成为中国的标准国语。成为标准国语的，是北京（上流人说的）方言。在这里有两件事值得我们注意：一件是，五四以来，大部分作品中所用的"文学语言"跟"实际语言"是脱节的；还有一件是，北京话之所以成为"国语"，人为的成分过多，自然的成分过少。自然的成分既然过少，那么这种国语的前途可能是很暗淡的。所谓自然的成分是指在经济繁荣，交通便利，教育普及诸条件之下，自然而然所形成的一种通行语，那才是真正的国语。若是这些条件都不具备，单是着力于制礼作乐，车同轨，言语同声，结果恐怕只能剩下一个空架子。舍本逐末，是智者所不做的。所以，我们不能不有这样的认识——目前的"国语"，是空想的、理论上的"国语"；因此以这种"国语"为支柱的"白话文学"在本质上也应该有所变换；而战前针对这种"白话"所提出来的"大众语"也是空想的、理论上的大众语。今日重行提大众语的叫名儿出来，似乎已然给了新意义了。茅盾先生在《再谈方言文学》（见《文艺新方向》）一文曾谓"今天有的是实际上的大众语，各地人民的方言即今日之大众语"。而人民中间占最大多数的是农民，他们的语言是泥土气味极重的，就是说极少欧化的成分。那么，欧化大众化是不是互相水火的呢？私意以为并不。因为即使是农民的语言，也是时时刻刻地在改变着的，那些可以觉察的以及不易觉察的改变，积渐能使语言日新月异。目前中国语言之受欧洲影响，农民也决不能例外。茅盾先生说得好："时代不同，生活变化，语言也必在变化；新的生活、新的事物，不断地在丰富大众的口语，在提高大众的口语，在克服它的从长时期的封建社会所带来的落后性。"既然我们知道人民的语言决不是一成不变的，那么欧化和大众化在原则上是不会冲突的。再说，中国语言上的所谓欧化只是指受欧洲语言影响的一种新语言的创造，把它称作"欧化"实在是容易误解的，因为果然是高度的欧化，我们就应该说欧洲话了。所谓"受欧洲语言影响"就是指一些欧洲的"概念"和"思想系统"的移渡而言。这种移渡就是一种文化的移植。文化的移植跟一粒植物种子的移植是一样的。一粒植物种子从甲地移植于乙地，它必须要使自己适合于乙地不同的光度、温度和湿度，因此它本身必定有所改变，然后才能活下来。"苜蓿随天马，葡萄逐汉臣。"今天中国的"葡萄"一词既已不再带西域情调，而且就是葡萄本身，也决不是汉朝西域的葡萄了。语言也一样，我们在这里可以有一个很重要的结论：今天的欧化的词汇和句法，凡是能通过人民的考验的，换句话说，凡是在生活上不可缺少的，将来就能活下去；凡是不能够的，就只有消灭。那时候，这些词汇与句法虽然在来源上与欧洲有关，但也已然是大众化的了。那么，有许多欧化的词汇和句法，若是目前跟最大多数的人民不相干，将来可能会相干的。

但是，所谓"大众化的文学"在原则上应该是应用人民的语言来表现人民的生活的文学；现在，假如说农民的生活我们不清楚，而我们的语言比起农民的语言来，在成分上是有其差异的。自然，这种差异，在一个好的社会中是减小的，甚至消减的；但在目前这个阶段上，我们并没有，也没有打算参加到农民的生活中去，那么我们该怎么样写呢？我们知道，语言只不过是一种生活中的表达工具。农民的语言是农民生活中的表达工具；我们的语言是我们生活中的表达工具；我们虽然并不就是农民，但我们的生活与农民的生活之间是息息相关的。所以对于我们怎样写这个问题，私意认为不成为一个顶严重的问题，那回答就是：我们本来怎样写我们就怎样写，不过在"大众化"运动的提示之下，我们却有了一个发展的方向，这个方向的决定，对于我们的创作是会慢慢发生影响的。所以，成为一个问题的倒是我们怎样看，以及我们的生活态度。我们的看法如果能够跟农民相通的话，譬如对帝国主义和封建分子的反抗，那么，我们无论怎样写，也不会全然无意义了。我想，所谓"文学大众化"只是一个目标，在行进的中间，我们为了提高人民的艺术生活自然应当不断地向人民学习。既然"文学大众化"是为了建立在内容和形式两方面都有所丰富与提高的大众化的文学，可是它立刻就使我们写不出来东西来，我想，那是没有这个道理的。

（原载《大公报·星期文艺》1948 年第 83 期，署邢楚均）

# 论今天的大学"中国语文学系"

## 一、闻一多的方案

在 1946 年，闻一多先生曾经提出了一个调整大学文学院中国文学与外国语文两系机构的建议（见本刊①第 63 期），他认为"近百年来中国社会的性质是半封建、半殖民地的，而许多大学的中国文学和外国语文两系，恰好代表着这两种社会的残余，至少也犯着那种嫌疑。一方面是些以保存国粹为己任的小型国学专修馆，集合着一群遗老式的先生和遗少式的学生，抱着发散霉味的经、史、子、集，梦想 5000 年的古国的光荣。一方面则，恕我不客气，称它为高等华人养成所，惟一的任务是替帝国主义（尤其是英帝国主义）承包文化倾销，因此你也不妨称他们为文化买办。他们的利得来源，正是中国的落后性"。因为这个缘故，这两系对于沟通融会中西文化的工作，大概是不会起甚么作用的。所以他建议"将现行制度下的中国文学系（包括'文学'和'语言文学'两组）与外国语文学系改为文学系（包括'中国文学''外国文学'两组）与语言学系（包括'东方语言''印欧语言'两组。）"这个方案自从在本刊发表以后，便引起了许多人的注意并得到许多人的赞同。（曾经为此写了文章的如陈望道先生等，见本刊第 65 期）但就当时及目前的实际情况说，在实行上的确是有困难的。譬如朱自清先生在原则上虽极赞同这个方案，不过他同时也看出这个方案实行起来必然发生两个困难：一个是两个新的学系难得合式的主持人，因为过去的人所受的语文训练都是中西分开的，兼通的极少，尤其是文学方面的少。另一个是两系只分四组，课程定起来很难精当；若是多分组，

---

① 编者按：指开明书店印行的《国文月刊》，下同。

又太破碎。（朱先生文见本刊第 63 期）另外，吕叔湘先生认为"师资倒不大成问题，成问题的是合式的学生。"因为"事实是：大多数优秀青年倾向于理、工、医等学院，语文学系收罗到的'英才'是远在比例分配所应得的数目之下的。"（见本刊第17期）因此直到今天，还没有一个大学文学院能照这个方案去实行。

现在，新的政治协商会议已经召集了，民主联合政府不久就要成立。根据目前的情况，我们回头来看闻先生的方案，就觉得一方面我们固然要接收他的方案中的革命精神，但同时却更要配合着将来的民主联合政府的工作重点所在来决定大学中国语文学系和外国语文学系的改革方向。闻先生的建议，单就文院中文外语两系本身说，原则上无疑地是很正确的，它可以说是这两系将来的总路线。至于闻先生所抱的忧虑——中文系变质为"国学专修馆"，外文系变质为"高等华人养成所"——现在可以放心了，因为就现有整个的教育机构来说，和过去已经有了本质上的不同，纵使有少数的右派分子，但在群众的监督之下，能活动的地步也不多了。不过，目前因为条件还不能具备，所以这个方案暂时还不能全部实行，只能在中文外语两系中多开互选课、作为通到明天去的一道桥梁。

今天的总目标是要在政治上、经济上、文化上完成新民主主义的改革与建设，所以今天的工作重点有两个：在消极方面要肃清反动派的残余，镇压反动派的捣乱；在积极方面要尽一切可能用的极大力量从事人民经济事业的恢复和发展，同时也要恢复和发展人民的文化教育事业。这两个方面三个头绪的工作固然是不能各自孤立开来；进一步，如果我们把改革大学"中国语文学系"的事跟其他许多发展人民文化教育的事业孤立开来，认为它只是大学教育问题中的一个问题；而大学教育有它的不变的内容和目的，"学术"有它的尊严的独立性，可以跟政治不相干，这种看法也是不正确的。不但这样，在原则上，学术研究当然有其充分的自由，但得注意研究者的立场和态度，立场和态度如果是正确的，则所研究的结果即使不能直接服务于人民，或者短期间不易看出来为人民服务的效果，但间接地，或者在若干时期以后这种效果就会显露出来。可是在目前的实际上，人民对于大学生和学者们的要求却是一些直接的和迫切的东西，那么在轻重缓急之间，我们就应该有所区别。从这一个考虑上看，我们可以说闻先生的方案由于没有通过当前的政策，目的只在培养一些观点正确的专门学者是不够的。现在，我们觉得大学中国语文学系目前所要解决的问题只是一个怎样跟政策配合的问题，只是一个怎样培养一些在文化教育工作上为人民服务的人的问题。所以不在一定时间、一定条件之下来实行闻先生的方案，就算是能够，所培养出来的人，在性质上也是偏颇于"为己"的；而根据目前的需要，却应当着重于"为人"。

## 二、提议一个"总原则"

1949 年 6 月初，南开大学中国语文学系全体师生开了一次改革学制的座谈会，大家都同意在四年毕业的原则下分四年为两个阶段：

（一）第一个阶段为基础，包含两个学年，着重中国语文的理解与发表的能力的训练。这一阶段的毕业标准至少应该有下列三种：

（甲）能把握一系现代化的学习中国语文的方法；

（乙）能写作不止是通顺的文章；

（丙）能具足其他一切从事于与中国语文学系有关的职业的准备工作。

（二）第二个阶段是第一个阶段的发展，也包含两个学年，以根据学生的特长与兴趣，培养以下三种工作者为目的：

（甲）中国语言文字的研究工作；

（乙）中国古代文学的研究工作；

（丙）文艺工作。

这个总原则只是一个提议，其间旧有课程和新增课程如何调整安顿，都是要费斟酌的；它的精神只在分四学年为两个阶段，第一个阶段的学习目的是在普及的意义上为人民服务，第二个阶段的学习目的是在提高的意义上为人民服务。研究中国的语言文字，研究中国的典籍，发展中国的新文艺，是我们中国语文学系的岗位工作，这是不错的；但是更要知道我们从实际生活和实际生活的记载中割下一些东西来，把它当作一种"隔离物"来研究，说我们应该有一个纯学术的立场，说在大学里，纯学术性的工作应该不受政治意识的限制，都是一些没有看清事实的高论。即使就纯粹科学来说话，科学家从空间、时间和物质环境中，或者说从宇宙中抽出他所研究的东西来，当完工之后，就应该把它放回宇宙中适当的地位中去；假令我们不知道怎样放置，却说它们都是些独立存在的东西，也就证明了对于自己所研究的东西的来源是无知的。如果是这样，那么他所达到的"学术境界"愈高，他的看法就愈能影响到结论的正确性了，一切的努力都是为了使人类社会获得更高级的发展，这是原则的原则；而人们的"社会存在"是决定人们的意识的，说我们应该有一个"纯学术立场"、学术一进步就可以使社会进步之类的似通非通的话是极不妥的，因为实际上却并没有这样的立场可"立"。

## 三、第一阶段及其重要性

第一阶段所培养出来的人才，一方面固然可以进到第二阶段，学习做中国语文研究的工作，或者中国古代文学研究的工作，或者文艺工作；但另一方面也可以由于国家紧急的需要以及自己的志趣，离开学校去从事于"中国语文教育"的工作，或与中国语文写作有关的工作。譬如：乡村中学的国文教学的工作，报社或出版社的采访与编辑的工作，民众教育机关的传播文化的工作，图书馆的管理工作，以及其他一切公私机关中的文书工作。

因此，这一阶段的学习内容除去共同必修的思想方法以及政治课之外，我们把课程分为两类：一类是属于普通常识与普通技能的必修科，如中国语言、语音、声韵、文法、文字、修辞各方面常识的讲解与讨论，工具书使用法，各种文体的选读与习作（这一课，希望能把分量加重），中国文字改革的讨论，中国文学常识的讲解与讨论；另一类是与业务有关的选修课，如中学国文教材、教法、研究与教学实习，新闻学，目录学等。

我们对于这一阶段是相当重视的，因为它不但是发展人民的文化教育事业的准备，同时也跟肃清反动派的残余的工作和恢复并发展人民的经济事业的工作是密切配合着的。中国人民虽然翻了身，但文化还很低落。据估计，现在文盲有三万万人，失学的学龄儿童有五千万人。在这种情况之中，反动政权虽然打垮了，但反动派和支持他们的帝国主义者仍然很容易钻进中国内部来进行分化和捣乱的工作的。所以我们要赶快把人民从愚昧中解放出来，用文化把他们的头脑武装起来，要使他们知道"现在咱们就是主人，而做主人就要有主人的知识"。因此我们现在需要有大批的文化教育工作者来担负这种任务。而担负这种任务单靠少数的师范学校是不够的。另一方面，民主联合政府成立之后当急迫地发展人民的经济事业，而发展人民的经济事业中最重要的问题就是怎样使中国工业化；但是更要知道，"怎样使中国工业化"这个问题是不能够孤立起来解决的。就人才方面来说，我们如果只是注意到技术人员和业务管理人员，而没有注意到那些能发动全体人民的力量的人，则这个工业化的计划是很难完成的。这个计划须要我们集中全国人民的力量，使大家（尤其是工农业大众）有了新的知识、新的作风才能办得到的。因此，我们现在也需要有大批的文化教育工作者来担负这种任务。

## 四、第二阶段为第一阶段之发展

第二阶段中的学生分为两组：一个是语言文字组，另一个是文学组。在第一阶段（或第一阶段的第一学年）结束后可以举行一次分组测验来帮助学生决定他们的学习方向。这一阶段在开始时可以招收具有第一阶段同等学力的插班生；这一阶段毕业后，可以依照自己的兴趣与特长投考研究院，如果不愿意继续入学，可以去做"中国语文教育"的工作，或与中国语文写作有关的工作。

语言文字组的课程大致都是属于语言科学的，譬如："语言学""比较语音学""文字形体学""声韵学""中国语法学""训诂学""词义专题研究""古文字学""边疆语言""外国语"及各种与语言文字有关的"专书选读"等。所有这些课程，在目前的应用上可以做改革中国文字的艰巨工作的参考；在学术方面可以做汉藏语（Sino-Tibetan Language）比较研究之准备工作；也可以把所学的当作阶梯，用它来进一步研究中国古代文化。

文学组的课程可以分为三类：

（一）理论方面的，包括："辩证唯物论与历史唯物论"、"文艺理论"（也着重中国的与苏联的"文艺政策"）、"文艺批评"、"近代文艺思潮"等。

（二）研究方面的，包括：

（甲）历史的文学研究："中国文学史""世界文学史""历代文选""历代诗选""词选""小说选""戏曲选""专书研究""作家研究"等。

（乙）现代的文学研究："现代文艺选"（诗、小说、戏剧、散文）、"翻译名著选"、"歌谣研究"、"地方戏与地方调"等。

（三）习作方面的，包括："文艺习作"（诗习作、小说习作、戏剧习作、散文习作）、"名著翻译"（用中文译外文、用今文译古文、用新文字译旧体文字）等。

　　实际上文学组又可分为两小组，学生可以选择（一）（二）两类的课以从事文学研究，也可以选择（一）（三）两类的课以从事文艺习作。关于历史研究一方面，我们认为不但要研究古代的民间作品，如国风、汉乐府、六朝民歌、唐代佛曲、宋人话本、元以后的戏曲与小说等；也用同样的力量、同样的方法去研究所有的所谓正统的作家以及其作品，我们要分析他们的历史环境，把那些作品中的封建性的东西与人民性的东西区别开来而重新估定它们的价值。

## 五、为人民服务的中国语文学系

　　我们必须尊重历史，不能割断历史，所以对于中国文学系旧有的课程，除非特殊情形决不任意取消，不过要注意的是：一方面固然要求教学方法的合理化与研究立场的正确；另一方面却要努力把这些课程各各放到新民主主义的文化建设体系中的适当地位上面去。我们必须了解它们各各不同的任务，然后才能叫它们都发生文化建设的作用。既然是这样，我们可以看出来，从第一阶段到第二阶段的发展不止是单纯的学习程序上的发展，同时更是文化建设中从普及到提高的发展。那么，整个的中国语文学系的课程，不可能再是只为自己的，而是为人民服务的了。

　　　　　　　　　　　　　　　　　　　　　　　　　　　　　于南开大学

　　　　　　　　　　　　　　　　　　（原载《国文月刊》1949 年 7 月第 81 期）

# 苏联的中国文学研究（译文）

　　这是作者在去年（1955）5月在莫斯科大学建校200周年纪念科学会议上所做的报告，当时曾印出报告提纲，但全文一直没有出版，本文是译者取得报告人的同意，从她的打字稿译出的。原文开头六段，介绍报告人在北京所见的中国文化上的成就，因为不是这一报告的主要部分，所以删去。

　　报告叙述了苏联的中国文学研究上的传统，从彼得大帝时代谈起，一直说到今天，我们可以从这里了解苏联人民研究中国文学的全部历史过程。报告详细地叙述了苏联有关中国文学各机构的工作情况及其成绩；苏联科学院东方研究所和世界文学研究所，苏联作家协会中国文学翻译部，国立文学出版局东方文学编辑部，莫斯科大学语文系和历史系的中国语文教研室，列宁格勒大学东方学系等。并且指出了工作中的一般缺点，及产生这些缺点的原因和改进的方法。报告着重指出必须通过大学来培养精通祖国语言的中国文学方面的翻译工作者、编辑工作者和具有高度马克思主义文艺学水平的批评家。

　　今年（1956）2月15日，报告人柳·纪·波兹聂也娃（Л.Д.Позднеева）以其有辉煌成绩的科学研究——《鲁迅的创作道路》在莫斯科大学进行了博士论文答辩，取得语文科学博士学位。因为这个报告是去年做的，所以报告中提到她自己时仍称副博士。

　　感谢报告人亲自校阅了这篇译稿。

——译者

　　有许多民族，像中国一样，在很古的时代就已经创造了自己的文化，可是这些民族却久已消灭，现在只有靠着学者们的研究才能了解他们的语言和文字。但是保持了公元前 2000 多年有历史可查的古代文物的中国人民，却善于传继自己的文化传统一直经过千年百代。中国是唯一的一个经过原始公社、奴隶社会、封建社会，经过新民主主义革命走向社会主义社会却能够保持自己优秀文化传统的国家。

跟丝绸锦缎、美妙的花绣、纸笔墨的发明、青铜鼎彝的铸造、纯洁的瓷器、出色的书法与图画一样，也许还要重要些，就是中国文化领域内的另一个成就——印刷。早在第 5、第 6 世纪，中国就已经开始印刷宗教上的传单，而那些被喜爱的诗人（白居易、元稹）的作品，则在第 9 世纪就已经付印。差不多从第 10 世纪起，在中国就不用保存手写稿了。中国人民不仅创造了丰富的文学遗产，而且也善于保持口头文学的传统，善于用各种形式保持书面文学的文献：各朝各代的诗文总集，作家专集，文艺论文（公元前 1000 年开始的唯物主义的论著和公元 3 世纪开始的唯心主义论著），文艺批评（主要指"诗话"，从第 10 世纪开始），各派注疏家的著作，韵书和类书（百科全书）。从公元前 1000 年保存下来的有关古代哲学思想、历史和文艺思想的文献，在很多地方无数次地出版和再版，以至在任何时候都不难获得。中国出版杂志和书籍的简易可以做其他国家的榜样。这种简易特别是在地下工作和战争的年代里有用处。在解放他们祖国的斗争中，在一些不大的革命根据地和敌人的后方出版报纸、杂志、小册子，甚至不用技术专家和机器，只要手工雕刻出活字来就可以进行。

由于印刷发明得很早，中国人民不但能够保存那些官方赞成和被统治阶级所培养的作家的作品，而且也能够保存那些被禁止和被隐讳的作品。后者由于人民的喜爱，是在无数的小的私人企业里（几乎是每一个书铺子里）出版的。"书铺子"，按照中国话跟"印书馆"差不多是同义词。人民喜爱的文艺作品中间有许多在形式上和风格上都很优秀的古代文献，而这样的文献在别的国家都是不能保存得很好的。现在中国已经在整理从第 4 世纪到第 6 世纪的民间故事和小说，其数量可以使任何别的国家都很难自夸。中国的传奇也发生得很早，它保持了第 8、9 世纪的传统，著录于从第 10 世纪开始的各种文集里。有好几百种动人的戏曲从 13 世纪一直传到现在，其中之一曾被伏尔泰（Вольтер）①用作题材。而无数卷的章回小说，不管御用学者们如何禁止，一直从 14 世纪活到现仕。

---

① 伏尔泰（Вольтер Франсуа Мари Аруэ，1694—1778），18 世纪法国最伟大的启蒙运动者，作家，哲学家。曾用中国元曲《赵氏孤儿》为题材写出 *L'orfelin de Chinois* 一剧。

在中国不仅是保持了书籍的传统，同时也保持了口头文学的传统。在首都许多茶馆里（如在"天桥"的），在每一个乡村的广场上，职业的说书人或者农民中的歌者，在小鼓和响板的匀整的节奏下，向识字的和不识字的听众，讲述著名的三国时代的战争故事，12 世纪起义者的故事，以及跟日本侵略者、跟卖国贼蒋介石、跟强占台湾的新侵略者美国做斗争的故事。为了久远地活在人民中间，这千年百代的旧传统不断地添加着新成分，同时以它为中心，不断出现着歌颂当代英雄人物动人事迹的新歌曲。

关于中国文学对全世界先进人们的意义，不久以前，《文学报》正确地写道："认识有千百年历史的中国文学丰富的宝库，认识现代中国作家的作品，可以从精神上充实苏联人民。这种认识已经成为苏联人民文化生活中不可缺少的部分了。"（1955 年 2 月 15 日）

苏联人民研究中国文学是有其传统的。彼得大帝在 1700 年 6 月 18 日下了一个指令，这就是俄国政府关于俄国人学习东方语言的第一次的指令，指令说：派遣"善良的、有学问的、年龄不太老的、可以学会中国和蒙古的语言文字的僧侣两名或三名……"这样，1716 年，就有一个俄国教会第一次到达北京。这些传教士就是俄国汉学的奠基人。他们在中国住了几十年，写了许多著作。在 19 世纪开始的时候，雅金夫·比丘忍（Nакинф Бичурин）①在中国工作过。他的著作曾经引起普希金和流放的十二月党人很大的兴趣。优秀的俄罗斯学者巴拉吉·卡发若夫（Палладий Кафаров）②和其他的人也在那时候工作过。其中沃·帕·瓦西里也夫（В.П.Васильев）③写出了第一部《中国文学概论》（1880），这在中国文学史的研究上是一个开创性的工作。20 世纪初，沃·墨·阿列克塞也夫（В.М.Алексеев）④继承了这个工作。阿氏是专门研究中国诗学的，曾译唐代司空图《二十四诗品》（1916）。

伟大的十月社会主义革命开拓了俄罗斯科学的新阶段，使它从根本上成为

---

① 雅金夫·比丘忍（Иакинф Бичрин，1777—1853），曾写《中国语法》（1835，彼得堡），为第一部俄文中国语法书，1838 年再版。另外还著有《中国语音》（1839，彼得堡）以及关于西域研究的论文。曾译《三字经》（1829，彼得堡）、《通鉴纲目》等书。

② 巴拉吉·卡发若夫（Палладий Кафаров，1817—1878），第一部最大的《华俄词典》的作者，共 2 卷，收 11868 个词，1888 年在北京出版。现在俄文书报上通行的汉语拼音法就是巴拉吉氏体系。另外，他还翻译了《元朝秘史》等书。

③ 沃·帕·瓦西里也夫（В.П.Васильев，1818—1900），1840 年到北京，但他并不是传教士，所以是第一个到中国去的普通学者。1851 年任喀山大学教授，1855 年任彼得堡大学教授，教中国文学、中国语言及佛教史。通中文、梵文、蒙古文、西藏文、满文、朝鲜文、日文。所著《中国文学概论》（1880 年出版）为欧洲第一部中国文学史。

④ 阿列克塞也夫（Алексеев，1881—1951），曾在列宁格勒大学任教。

马克思列宁的学说。从而苏联汉学虽然保持了它的传统却贯穿以马克思列宁的理论，批判地运用着它的先驱者的研究成果，吸取着中国学者和西方学者（如：茹里安①、巴赞②、列格③、查黑④等）的研究成果。十月革命以前，汉学还是一种综合科学。20 年代和 30 年代，它才开始专门化，其中文学及其历史的研究从而成为独立的科目。在专门杂志《东方》和高尔基创办的刊物《世界文学》上，发表了诗和散文的翻译。沃·墨·阿列克塞也夫所翻译的短篇小说《聊斋》（一共 4 卷）已经完成，并且出版了他的《中国诗选》（7 世纪—10 世纪）。通讯院士恩·依·康拉德（Н.И.Конрад）开始主编《东方文学》。后来，研究中国新文学的兴趣一天比一天增长（如阿·伊文⑤等的研究工作）。在 20 年代末，开始出现现代最优秀的文艺巨匠——鲁迅的短篇小说、茅盾的长篇小说以及其他人的作品的译本。但是这时候，反马克思列宁主义的、反科学的"理论"，主要是庸俗社会学派的理论（如柏·阿·瓦西里也夫⑥等）严重地妨碍了中国文学研究的发展。

就在这时候，苏联学者和到苏联来的中国社会活动家、作家和翻译家（瞿秋白、萧三、曹靖华等）建立了联系。这种联系促进了苏联的中国文学研究和中国的俄罗斯文学研究及苏联文学研究的发展。苏联科学院东方学研究所在 1938 年出版的《鲁迅文集》和在 1940 年出版的《中国》，是汉学上的新成绩。在这些文集上沃·墨·阿列克塞也夫、恩·彼得若夫⑦和萧三等人的论文标志着苏联和中国的文艺学者的集体工作。30 年代和 40 年代，在《国际文学》《十月》《青年近卫军》等等杂志上纷纷刊出了中国文艺作品的翻译和关于中国文艺作家的论文。在 40 年代，按照研究现代文学的路线，由沃·恩·若果夫⑧主编，出版了张天翼、老舍等作家的小说集和《鲁迅选集》，但是对于古代的和中古的许多作家也进行了专题研究，例如沃·墨·阿列克塞也夫关于陆机《文赋》和其他作品的译本，恩·特·费德林关于屈原（公元前 4 世纪—

---

① 茹里安（Julien St.），法国人，曾译《西厢记》、唐人诗等。

② 巴赞（Bazin），法国人，曾译《琵琶记》等书。

③ 列格（Legge J.）英国人，曾译"四书""五经"及《孝经》《老子》等古典著作。

④ 查黑（Zach E. R.），荷兰人，曾与 Bernhardy 合译《陶渊明诗》。

⑤ 阿·伊文（А.ивин），革命后，任列宁格勒大学教授。曾到中国，写了许多报道中国革命的文章。曾译《儒林外史》共 13 回，并写了一些关于《儒林外史》的论文。卫国战争时去世。

⑥ 柏·阿·瓦西里也夫（D.A.Васильев），曾译白居易诗、李白诗及《阿 Q 正传》等。

⑦ 恩·彼得若夫（Н.Петров），列宁格勒大学研究生，以研究黄遵宪诗为主，在 1955 年得副博士学位。

⑧ 沃·恩·若果夫（В.Н.Рогов），曾在中国住 10 多年，任新闻记者，并曾集合许多中国翻译工作者在上海组织时代出版社，自己也翻译过很多作品。

公元前 3 世纪）的博士论文，勒·艾德林[①]关于白居易绝句的副博士论文，柳·纪·波兹聂也娃关于元稹（8 世纪—9 世纪）传奇的副博士论文。不过在中国人民胜利前，苏联的中国文学研究，无论是作者或者是书籍的出版份数，在数量上还是不大的。

中华人民共和国成立以后，6 亿人口的中国成为伟大的人民民主的强国，并且和苏联紧密地团结在一起。中国反动政府及其帝国主义的主子使前进作家及其著作跟苏联文学和苏联学者相分离的这一障碍，现在消除了。从 1949 年开始，中国文学的翻译和相应的批评文章在数量上急剧地增长起来。中国作者的短篇小说、长篇小说、戏剧、诗歌经常出现在几乎所有的苏联报纸和文艺杂志（如《旗》《新世界》《十月》《星》等）上。出版了许多书：赵树理的《李家庄的变迁》《李有才板话》，草明的《原动力》，刘白羽的随笔和短篇小说，萧三、艾青和田间的诗，袁静和孔厥的《新儿女英雄传》，马烽和西戎的《吕梁英雄传》，欧阳山的《高干大》，以及鲁迅、郭沫若、茅盾、丁玲、老舍、巴金等的作品；也出版了许多集子：《中国短篇小说选》（国立文学出版局和外国文学出版局），《新中国的诗人》（青年近卫军出版局），《中国和朝鲜现代诗人》（列宁格勒出版局）。1951 年，有好几位中国作家获得了斯大林奖金：写长篇小说《太阳照在桑干河上》的丁玲（小说译者是柳·纪·波兹聂也娃），写长篇小说《暴风骤雨》的周立波（小说译者是沃·茹曼和沃·卡里诺科夫〔В.Калиноков〕），写歌剧《白毛女》的贺敬之和丁毅（歌剧译者是恩·扎哈若夫）。有的书出版份数增高到 50 万份。

如果说在 1949 年以前，苏联的读者所见到的只是为数不多的几个汉学家，那么现在他们会高兴于出现在几乎所有的我们报纸上、杂志上和图书目录上的，都是新而又新的名字：沃·克利错夫[②]，阿·帕·若果乔夫[③]，沃·帕纳秀克[④]，沃·彼得若夫[⑤]，阿·加陀夫[⑥]，阿·齐石科夫[⑦]，特·次勿特科娃[⑧]，

---

① 勒·艾德林（Л.Эйдлин），在苏联科学院东方学研究所工作。

② 沃·克利错夫（В.Кривцов），曾译赵树理小说。

③ 阿·帕·若果乔夫（А.П.Рогачев），曾译《水浒传》，现在正翻译《西游记》。

④ 沃·帕纳秀克（В.Панасюк），曾译《三国志演义》《史记》选。现在正翻译《红楼梦》。

⑤ 沃·彼得若夫（В.Петров），曾编写《艾青评传》。

⑥ 阿·加陀夫（А.Гатов），曾译短篇小说多种。现在在翻译《保卫延安》。

⑦ 阿·齐石科夫（А.Тишков），曾译老舍、赵树理小说，现在在译梅兰芳《舞台生活四十年》。

⑧ 特·次勿特科娃（Т.Цветкова），在《苏联妇女》杂志社工作。

斯·伊万科①，喔·费施曼②，德·沃斯克利新斯基③，叶·若哲斯特文斯卡雅④，
伊·次彼若维奇⑤，伊·巴斯特若姆⑥，沃·斯拉布诺夫，雅·舒若文，
勒·乌理次卡雅⑦，等等。在不久以前，我们才只有一个诗歌翻译家——
勒·艾德林，而现在这个工作也使许多诗人发生了兴趣，如：阿·阿赫马托
娃⑧，波·安托科里斯基⑨，阿·基托维奇⑩。另外还有许多年青的汉学家，如
车尔卡斯基⑪，勒·闵石科夫⑫，沃·若果夫等，他们不但翻译，而且也开始
在写关于现代中国文学的论文。如果说在从前，中国文艺作品有时是从英文译
本或其他欧洲语言的译本翻译过来的，那么现在情形刚好相反，许多欧洲国家
从俄文译本来翻译中国文艺作品了。

由于翻译家的增多，从而在作家协会便产生了中国文学翻译部的组织，并
且在这个组织里展开了提高书籍质量的斗争。由于东方文学，主要是中国文学
的出版计划急剧扩大（增加到每年产量：500 个印张），从而在国立文学出版
局成立了东方文学编辑部（姆·恩·韦陀舍夫斯卡雅〔М.Н.Виташвская〕主
持），增加了编辑干部，创立了翻译工作者和文艺理论工作者的团体。有了这
一股强大的新生力量，才有可能把现代文学的翻译工作转交给年青一代，而腾
出老年和中年一辈的汉学家来从事重大的语文科学研究工作。

苏联科学院通讯院士恩·伊·康拉德除去忙于出版世界史的中国史部分之
外，还完成了自己的关于中国古代战争艺术的经典——《孙子》的研究工作，
同时还在编辑由苏联科学院出版的《文学名著》丛书，内容如《今古奇观》
等。郭洛珂洛夫⑬教授为了编辑《三国志演义》和《水浒传》这两部出色的中
古文学名著，花费了好多年的时光，现在又同阿·帕·若果乔夫一起进行翻译

---

① 斯·伊万科（С.Иванько），现在在《新时代》杂志社工作。

② 喔·费施曼（О.Фишман），曾译唐人小说。

③ 德·沃斯克利新斯基（Воскресенский Д.Н.），曾译刘白羽小说，现已译完《儒林外史》，在校
改中，约今年年底可以出书。

④ 叶·若哲斯特文斯卡雅（Е.Рождественская），曾翻译老舍小说。

⑤ 伊·次彼若维奇（И.Циперович），在列宁格勒，曾译《今古奇观》。

⑥ 伊·巴斯特若姆（И.Бострем），前苏联科学院世界文学研究所研究生，现在在中国。

⑦ 勒·乌理次卡雅（Л.Урицкая），现在在国立文学出版局任编辑。

⑧ 阿·阿赫马托娃（А.Ахматова），著名女诗人，曾因其诗创作的形式主义和悲观主义而受到批评，
现在列宁格勒，与别人合作翻译中国诗，现年已 80 岁。

⑨ 波·安托科里斯基（П.Антокольский），名诗人，在莫斯科，与别人合作翻译中国诗。

⑩ 阿·基托维奇（А.Гитович），诗人，在办联作家协会，与别人合作翻译中国诗。

⑪ 车尔卡斯基（Черкасский），曾译张天翼、艾青、田间等人的作品。

⑫ 闵石科夫（Л.Меньшиков），研究中国戏剧改革问题，不久以前得副博士学位。

⑬ 沃·斯·郭洛珂洛夫（В.С.Колоколов），汉名"郭质生"，前莫斯科大学历史系教授，现在科学
院东方学研究所工作。曾著《汉俄简略词典》（莫斯科，1935）。现年已 60 岁。

《西游记》的工作。语文科学博士恩·特·费德林自从1953年出版了他的普及读物《中国新文学概论》之后，便从事出版《郭沫若选集》的工作，同时又为《苏联大百科全书》写稿，同时还实现着一个巨大的计划——编译《中国诗大系》，吸收了许多诗人（如阿·阿赫马托娃、阿·基图维奇等）来参加这项工作。"大系"的第一组单行本已出版，包括《诗经》（阿·施图金译）、《屈原集》（公元前4—公元前3世纪）、《杜甫集》（公元8世纪）等。这些单行本将来可以借以印成"大系"全书。副博士勒·艾德林自从出版和再版了他的译品《白居易绝句集》之后，在杂志上发表了一些现代诗的翻译和讨论现代中国文学的论文，准备印成一本专著（由"苏联作家社"出版）。沃·墨·阿列克塞也夫院士的遗著也准备出版和再版，已出的如由恩·特·费德林校阅的蒲松龄的《聊斋志异》（国立文学出版局，1954年）。苏联科学院东方学研究所的勒·艾德林也参加了出版沃·墨·阿列克塞也夫遗著的工作。柳·纪·波兹聂也娃在翻译了一些单篇的作品和在莫斯科大学的刊物上发表了一些论文之后，写了《论红楼梦》，这是一本书的序言（外国文学出版局，1954年）和别的一些文章，并且完成了她的专题论文《鲁迅的创作道路》（论文的摘要已于1954年发表），这部论文准备在莫斯科大学付印。同时她又在国立文学出版局主编18世纪的讽刺小说《儒林外史》（德·沃斯克利新斯基翻译），跟恩·伊·潘克拉托夫共同主编长篇小说《金瓶梅》（格·孟兹列尔和沃·马努新翻译）。另外，沃·彼得若夫写了《艾青评传》（列宁格勒大学，国立文学出版局，1954年）。

总结起来，我们有了这样一些成绩：我们把选译鲁迅、郭沫若、茅盾、老舍、丁铃、赵树理、周立波的作品的小书和许多作家的小说合集改编为"选集"（如《郭沫若选集》《茅盾选集》《丁玲选集》《赵树理选集》），而最后又改编为较完全的集子（如《鲁迅集》《茅盾集》）。关于古代和中古的诗已编《诗经》《屈原集》《杜甫集》，关于章回小说已译《三国志演义》《水浒传》和即将出版的《西游记》《儒林外史》《金瓶梅》。

最后5年中，我们完成了一件巨大的工作，我想在这里提出来的是，在我们最主要的文学出版局的东方文学编辑部的周围，已经团结了"大队人马"。当然，这个团体是逐渐形成的，但不管怎样，在1954年年底开会的时候，大家都惊讶于坐在编辑部主任姆·恩·韦陀舍夫斯卡雅周围的，不像不久以前那样，只有三四个人，而是二三十个人：日本学家、印度学家，而其中最多的是汉学家。四卷本《鲁迅集》的编辑工作最能证明这种新气象。

《鲁迅集》第一卷是文艺创作，国立文学出版局在 1954 年便已发行；第二卷是杂感和文艺批评，1955 年已发行；第三卷是回忆录和讽刺故事，第四卷是书信，这两卷都准备在 1955 年出版。沃·斯·郭洛珂洛夫，克·西蒙诺夫（К.Симонов）和恩·特·费德林任主编，柳·纪·波兹聂也娃编选。费与波二人并在集中作评述。沃·恩·若果夫曾参加第一卷的编辑工作，参加第二卷编辑工作的除以上所说的汉学家外，还有勒·艾德林，勒·其和文斯基[①]，喔·瓦西可夫，阿·若果乔夫，沃·彼得若夫，沃·帕纳秀克，喔·费施曼。编者为斯·哈赫罗娃。

这些成绩当然不会冲昏我们的头脑，因为我们还有许多缺点。关于这些缺点，我们在国立文学出版局，在外国文学出版局，在苏联科学院东方学研究所，在作家协会的中国文学翻译部，在莫斯科大学语文系和历史系的中国文学教研室都谈过。一系列的自我批评和关于缺点的讨论是为了保证他们根除这些缺点。而这些缺点是不能够暂时不说的。因为假如中国作家给苏联作家来一封信，批评中国文学作品译本上的缺点，那时我们也是要请求中国的批评家、作家和翻译家来检查我们的翻译，检查我们的中国文学研究工作，并且要求把所揭发的我们的错误和缺点，毫不客气地通知我们的。正如郭沫若不久以前所说的："谁严格地批评了我，谁就是把我看成他的朋友。"（《文艺报》1954 年，23、24 号）照我想，苏联对外文化协会也许可以帮助我们把这个请求转达给我们的朋友们，并设法接收关于我们工作的批评文章。

被我们所揭露的那些缺点就是我们的中国文学研究工作和翻译工作是不够苏联文艺学和艺术翻译的水平的。当然，这是由于许多工作者没有受到语文科学和文艺学的教育，由于我们暂时还只有一个语文科学博士和六七个副博士的缘故。不过我们所有的论文和译品差不多都是开创性的，每一个汉学家可以说都是拓荒者，这种情况当然跟我们的缺点是有关系的。许多英国作家、法国作家、德国作家的集子，总计都有几十种译本，而在中文译品这方面，我们还缺少这样一个优良传统。我们另一个缺点就是没有专职翻译家，做中国文学翻译工作的人，有的在外交部里工作，有的在做科学的或教育的工作，有的在做杂志的或报纸的工作……。他们同时做着两种工作。为了中文译品能够满足像其他语文译品所提出来的那些要求，我们应当创造出一种优良传统，并且提拔一

---

① 勒·其和文斯基（Л.Тихвинский），前苏联驻中国总领事，曾以研究康有为的维新哲学得博士学位，现在列宁格勒大学教中国文学。

些擅长俄罗斯文艺散文与诗的专职翻译家出来。

我们还有一个缺点就是业务效率不高。当然，现在我们所出版的书并不算太误时，中国头年出版的长篇小说，次年就有了我们俄文译本，而且如果把中国所有的出版物都翻译过来，是不可能也不必要的。但是，我们却应当使我们的读者能随时了解中国文艺界的动态，而我们在这方面做得是很不够的。尤其是中共中央在文艺界中所展开的巨大的思想工作，我们介绍得更不够。1951年在中国全面展开的以影片《武训传》为中心的讨论，去年和今年所进行的胡风反革命集团罪恶活动的揭露①，在我们的刊物上介绍得都很少。在 1954 年12 月结束的关于《红楼梦》的讨论，我们的刊物总共只介绍了几行。须知被青年人所引起的这一次的讨论，许多文艺家都参加了，几乎是所有的作家，其中包括茅盾和郭沫若，和所有的批评家，如周扬和冯雪峰。这一次的讨论，以俞平伯的歪曲了优秀古典作品的意义的书为例，展开了对胡适资产阶级思想的批判②，对于将来的中国人民文学遗产的研究工作，是具有重大意义的。评介中国文艺界新作品的论文，我们也很少写。这种论文是可以用来向杂志社和出版社推荐哪些作家和哪些作品是应当用俄罗斯语言来介绍的。在书籍的序言里和论文里，我们很难找到从文艺学上评论中国文学作品的文章，这是由于作者们对中国文学史、各个作家的创作道路、各种派别与团体的意义和他们之间的斗争，了解得很不够的缘故；而在译品里所表现的是：语言这样的贫乏，对艺术作品的形象的知识，特别是对作家的文章风格的知识这样的不高明。无疑的，新出的杂志《外国文学》在译品的批评上和对中国（正如对其他国家一样）文艺界动态的即时反映的组织工作上，会给我们很大的帮助的。

有技艺的干部可以提高我们译品、批评论文和书籍序言的质量，而培养有技艺的干部的主要责任是由我们的大学——列宁格勒大学东方系和莫斯科大学语文系东方部来担负的，当然，专门的科学机构——苏联科学院东方学研究所和世界文学研究所也同样担负的。近年来，这四个主要机构招收了研究生，并让他们参加了如下的范围越来越广阔的、中国文学历史问题的科学研究工作。

关于现代文学方面的研究题目："曹禺的戏剧创作"（世界文学研究所研究生勒·妮科里斯卡雅〔Л.Никольская〕），"中国古典戏剧的改革"（苏联科学院东方学研究所研究生勒·闵石科夫），"中国现代散文中的民间小说传统"，

---

① 编者注：只按历史原貌呈现，对错误未做处理。
② 同上。

（同上，伊·巴斯特若姆），"抗日战争时期的中国诗歌"（同上，斯·马尔可娃〔С.Маркова〕），"以民间秧歌为基础的新中国歌剧之发展"（姆·车尔卡索娃〔М.Черкасова〕），"郭沫若的戏剧创作"（列宁格勒大学研究生叶·崔比娜〔Е.Цыбина〕），"鲁迅的早期创作"（马利诺夫斯卡雅〔Малиновская〕），"五四运动时期中国新文学的斗争"（莫斯科大学研究生特尔罗夫〔Тырлов〕），"中国文学中的工人形象"（同上，恩·费力普娃〔Н.Филиппова〕），"柔石、殷夫、胡也频的创作"（同上，恩·马特科夫〔Н.Матков〕），"中国作家中党的思想领导工作"（卡·克柔科娃〔К.Кючкова〕）。关于中古文学方面的研究题目："八世纪的现实主义诗人杜甫"（列宁格勒大学研究生谢若布利亚科夫〔Серебряков〕），"反映社会生活的现实主义小说《金瓶梅》"（莫斯科大学研究生沃·马努新），"十八世纪的讽刺小说《儒林外史》的语言与风格"（同上，德·沃斯克列新斯基）。关于古代文学方面的研究题目："古代人民创作的名著《诗经》"（莫斯科大学艾·杨时娜〔Э.Яншина〕）。

列宁格勒大学东方系开了"中国文学史"的课程，并且设立了这一方面的专题课。莫斯科大学的历史系和语文系的东方部都开了"中国文学史"的课程。语文系所开的"中国文学史"是非常细致的讲演课，打算四年授完：古代文学（从公元前 2000 年到公元 3 世纪），中古文学（4 世纪到 17 世纪），近代文学和新文学，一直讲到最近的作品。在本课程进行中伴随着有课堂讨论和专题课①，如现代文艺巨匠鲁迅和郭沫若的创作道路、文艺作品及政论性文章，中古主要作品如 8 到 10 世纪的传奇、18 世纪的章回小说《儒林外史》《红楼梦》等的文艺分析、语言及风格。

由于大学中国语文教研室的科学工作者、苏联科学院研究所的科学工作者跟出版局，主要跟国立文学出版局编辑部的合作，才使教研室的成员不仅有可能在莫斯科大学的和苏联科学院的科学出版部，而且也能在国立出版局里大批地印出他们的著作，此外，他们能根据大学教育和科研工作的需要，去参加出版计划的讨论，以适应这一部分苏联读者的要求。

科学工作者到中国去旅行，跟中国友人进行私人的或团体的联系，同样，中国的作家或学者到苏联来访问或工作，譬如在莫斯科大学，中国叶丁易及其

---

① 专题课，或称"专门化课程"，是从属于主体课的一种选课。如主体课为"中国文学史"，其专题课可以有"诗经""楚辞""鲁迅研究""红楼梦的风格和语言"等。大学一、二年级没有专题课，三年级以上学生可以根据自己的爱好，选读各种专题课，毕业论文即以此为基础。专题课多为学期课程，有课堂讨论和考试。

他教授曾经进行了很有成绩的工作，像这些办法，对于文艺学工作都是有很大的帮助的。经常进行文学交流，可以发展苏联的和中国的学者、作家和批评家之间的友谊关系，不管是在收得从中国来的关于教研室工作的意见这方面也好，是在认识中国近年来文学和文艺思想蓬勃发展的情况这方面也好；可以经常观察到现代作家的作品，观察到在期刊上（如《人民文学》《文艺报》等）、在召开文学艺术界代表大会和创作会议的时候所进行为社会主义现实主义方法而斗争的文学批评；可以开拓研究文学遗产的巨大工作，如鲁迅和郑振铎关于文学史的作品，李何林、王瑶等的文学史教程的纲领，古典文学研究上对反人民观点所进行的斗争，如 1951 年的关于影片《武训传》的讨论，1954 年的关于俞平伯在《红楼梦》研究中所表现的胡适派实用主义思想的讨论，1954 至 1955 年的关于胡风观点的批判等。①

我们的中国文学研究及其普及化工作虽然有一些成绩，但仍然是落在我们的欧洲文学研究及其普及化工作之后的。关于中国文学史上的各个作家及其时代的专题论文刊登得很不够，这就是我们莫斯科大学、苏联科学院、国立文学出版局文学理论编辑部工作的一个很大的空白点。由于这方面的科学工作者人数不多，由于许多汉学家缺乏足够的中国文学上的知识，从而莫斯科大学和列宁格勒大学就有了一个严重的任务，这就是培养有技能的新干部，翻译工作者和编辑工作者，他们能掌握艺术翻译的技能，掌握各个作家的风格上的特点，掌握关于文学艺术的形象问题的知识，和为了他们的苏维埃读者而掌握俄罗斯语言中的全部财富；并培养具有高度马克思主义文艺学水平的批评家。而培养研究生的任务，苏联科学院的世界文学研究所和东方学研究所也同样要担负。

由于中国文学方面的译品、论文和书籍的增加，以及广大读者对这方面的关怀同样的增加，从而在苏联文艺学的面前，首先是在莫斯科大学教授教员所组成的科学先锋队的面前，还提出了一个重要任务：编写中国文学教本，其次，编写东方各国人民文学教本，把它们跟欧洲文学和美洲文学并列，作为外国文学普通课程中间的一部分。这部课本在与苏联科学院学者、列宁格勒大学和其他苏联东方学有关部门，同样也在与中国学者友谊合作之下，由莫斯科大学语文系东方科各部负责编写，内容将分 7 个部分，包括苏联东方学所提供的一些国家：中国、印度、朝鲜、日本、伊朗、土耳其、阿剌伯各国。这部课本完成之后，可以把我们的科学从东方学研究机关的高墙里，从狭隘的专家圈子

---

① 编者注：只按历史原貌呈现，对错误未做处理。

里引导出来，使它进入各大学语文系的、师范学院的，最后是所有中等学校的课程纲领中。广泛地传播中国的以及其他东方国家的文学方面的知识，并且在苏联各界人民之间建立发展这方面科学工作的基础，这就是研究中国文艺及其历史的首要的和迫切的任务。

（原载《人民文学》1956 年第 10 期；

〔苏联〕柳·纪·波兹聂也娃撰，邢公畹译并注）

# 论《红楼梦》（译文）

　　莫斯科大学语言系东方部中国语文教研室主任柳波夫·纪米特列也夫娜·波兹聂也娃（Любовь Дмитриевна Позднеева）是研究中国文学的专家，在该校讲授"中国文学史"。1954 年，莫斯科外国文学书籍出版局翻译并出版了王了一先生的《中国语法概要》一书，因为这本书的例句大多采自《红楼梦》，所以出版局约请她写一篇论文，介绍并分析《红楼梦》这部小说。这篇文章是她在莫斯科大学讲演之一，改写后附在该书前面。虽然这篇文章出版在国内对古典研究中的资产阶级唯心主义观点进行批判之前，但是它对《红楼梦》作者的主观意图（作者自己的思想）和作品的现实主义风格之间的矛盾作了极为细致和极其具体的分析，从而在中国古典文学研究的方法问题上所提出的意见，仍然是值得我们参考的。在翻译本文时承莫斯科大学中国语文教研室同事华罗章聂娜（Волочжанина Л.С.）、华斯克列辛斯基（Воскресенский Д.Н.）和马努新（Манухин В.С.）三同志帮助，最后并经原作者细心地校阅，一并道谢。

——译者

　　从前在中国，小说是被看作"卑下"的著作的，统治着正统学术界的老爷们对它采取着禁止和隐讳的态度。一直到这一世纪的 20 年代，小说才找到自己的研究者和历史家，这就是伟大的作家鲁迅。鲁迅在他的《中国小说史略》（1923 年）以及其他的一些作品里找出了中国小说的发源地，这就是庄子（公元前 4 世纪到公元前 3 世纪）的寓言；保存了从 4 世纪到 6 世纪的记录的民间故事；并且找出了小说的发展脉络，这就是从第 8 世纪开始的唐宋传奇，带着音乐伴奏的弹词（从第 10 世纪开始）和长篇小说（章回小说，从 14 世纪开始）。他也揭露了统治阶级之所以憎恨这一类文艺作品的原因：小说来自社会下层，并且是在民间和为了人民而形成的一种口头文学传统。这一传统的保持者和创造者——说书的人在中国一直到现在还是有的。关于说书人的材料在比较远的时代中都可以找到。

在中国，用"通俗语言"来讲说故事在公元后 10 世纪便已见于著录。诗人苏东坡（1037—1101）曾经引过和他同时代的王彭的话，说他遇到那样一些说书人的事：

> 涂巷中小儿薄劣，其家所厌苦，辄与钱，令聚坐听说古话，至说三国事，闻刘玄德败，频蹙眉，有出涕者，闻曹操败，即喜唱快……①

大家都知道，从 10 世纪到 13 世纪，说书人有好些家数，有的专门演说历史，有的专门演说笑谈，有的专门演说佛教故事，等等。

关于 12 世纪农民起义的长篇小说《水浒传》，鲁迅写道：

> 当时载在人口者必甚多，虽或已有种种书本，而失之简略，或多舛迕，于是又复有人起而荟萃取舍之，缀为巨帙，使较有条理，可观览，是为后来之大部《水浒传》。其缀集者，或曰罗贯中……或曰施耐庵……或曰施作罗编……或曰罗作施续……②

鲁迅说这部小说有 6 种版本，其中 4 种，鲁迅认为是最重要的。

这些小说最先为一些民间的无名说书人的创作，接着就吸引了那些识字的、有学问的，然而是接近人民的人们的注意。他们开始记录它，并予以文学加工，但是这里面还是保持了口头文学的极其分明的痕迹，这从语言上、从作品的形式上都很容易看出来。长篇小说每一章称一为"回"，这就是说每一"回"书中包含着说书人为其听众在每一回讲说中所能介绍的那么多的内容。每一回书照例在某一情节上不作结束，而在当中打住，这一个或那一个问题，这一种或那一种场面得到如何解决，在这里还不很清楚。在故事的某一个紧张时机中，用"欲知后事如何，且听下回分解"这样的话来打住，这样就可以为长期的叙述保证住经常的听众。除去每回书用同样的方法结尾，用"话

---

① 《鲁迅全集》第 9 卷，鲁迅全集出版社，1938 年，第 270 页。
② 同上书，第 283 页。

说……"开头之外，在长篇小说中还可以找到可以作为口述传统的特点的其他手段，例如当一个人物，或一群人物下场的时候，就会出现这样的交代："这且不在话下"等等。

除去所指出的传统的手段之外，特别可以作为"小说"特点的是它的语言。作者无论是给口述的传统作品加工，或是在这些基础上去创作自己的作品，都是用活的语言、用说书人用以讲说的语言去写的。他们不是脱离当代的人民语言，而是以它为基础，并加以琢磨和锻炼，创造出文学语言的。

从此以后，当许多作家不惜借用说书人所说的题材，而根据个人的写作构思，开始去创作自己的作品的时候，他们感觉到文学——"长篇小说、中篇小说等等——是宣传这一种或那一种思想的最通行的和最成功的手段……"①。

像《儒林外史》的作者吴敬梓（1701—1754）、《红楼梦》的作者曹雪芹（1719—1763）这些语言艺术巨匠为了要表现中世纪后期的某种主要思想——一种要揭露封建地主阶级、贵族和官僚主义的统治的思想而利用了小说这一特别有效的手段，使用了现实主义的描写现实的方法。虽然他们已经不是面对着听众，而是面对着读者，但是他们仍然承继着人民的传统，保存着严整的小说形式。他们发展了并大大改善了文学语言，使它成为表达强烈的感觉、细腻的感情、高度的热情和深刻的讽刺的唯一手段。各种丰富多彩的感情，用文言文是表现不出来的。

这些作品有巨大的社会意义和高度的艺术技巧，从而为人民所喜爱，并且其中有些作品已经从作家转给说书人，开始在乡村的街道上和广场上以及城市的茶馆里讲说起来，成为口述传统中的财富，广泛地散布开。此后，这些作品在中国便和那些人民口头创作故事一样，被每个识字的或不识字的、老的和少的所熟悉。就是因为这个缘故，这些长篇小说虽然离现代有好几世纪，但直到现在却仍然保持着自己的生命力，并且能够被利用为研究汉语语法结构的材料，王了一先生在其著作中就是用这种材料来进行研究的。

这些小说不但活在读者中间，也活在听众中间，因为它们是用了跟"文言"截然不同的白话写成的，所以可以用听觉来接受。它们不仅使人能获得优秀文艺作品所能提供的美感，而且，同样重要的，也成为中国文学语言发展道路上的里程碑。就是这些小说，它们准备了以人民语言为基础的文学语言的对文言文的胜利。在五四运动前后，文言是被那些脱离人民、跟人民对立的拥护

---

① 高尔基（М.Горький）：《文学批评论文集》（《Избранные литературнокритическиие статьи》），国立文学出版局。

封建文化的人们所支持的。

　　在中国，为人民所喜爱的小说曾遭受过多少恶意的、刻薄的批评家的污辱，说它们"鄙俗""下流"，说它们把高尚的文学庸俗化了。按照那些批评家的意思，高尚的文学仅仅是少数人的财富，这些作品的语言和内容不是一般人民所能了解的。中国这些杰出的长篇小说是人民的、民主主义的文学，曾经流行过，并且继续流行在口头上和文学传统中。可是，那些"八股文"以及八股式的文学作品，却已早被人民忘记，仅仅剩下"八股"这样一个名称，作为废话的标志。毛泽东同志在《反对党八股》那篇文章中就是在这一意义上利用了这个术语的。

　　在中世纪时期，甚至在 20 世纪初，中国的统治阶级对待长篇小说、中篇小说和短篇小说跟对待人民创作一样，是不把它们放在眼里的。有多作品被他们查禁掉，有些干脆就被人们讳而不提。读小说被看作是一种劣点。虽然所有有文化的人差不多都读过小说，但是谁要承认这一点就算是不体面的事。

　　所以有许多小说的作者不署自己的真姓名，这件事就很容易解释了。鲁迅以及其他的作家曾经提过，一直到现在还留下了这个可争论的问题：《水浒传》这部小说是谁创作的呢？是施耐庵还是罗贯中？由于我们对于这两个作者的历史并不清楚，即便决定是施耐庵或罗贯中，这对小说本身的了解并不起任何作用。

　　《红楼梦》的主要作者（前 80 回的作者）曹雪芹（一名"霑"）和续作人高鹗（后 40 回的作者，18 世纪末—19 九世纪初）都有传说，因此情形比较好些。

　　曹雪芹生长在最大的纺织手工业中心城市——江宁，他的祖父和父亲就在这里做过皇家纺织作坊的监察官（江宁织造）。当清朝的康熙皇帝到江南巡游的时候，曾经有四次住在他家里，这件事可以说明他家庭的富有。曹雪芹在奢华的生活中度过了他的童年时代，但成年之后所过的却是穷困的生活。比较详细的情形现在还搞不清楚。我们仅仅知道，当作者创作他的长篇小说的时候"贫居（北京）西郊，啜饘粥，但犹傲兀，时复纵酒赋诗……"[①]由此可见，一个在风流贵族世界上逗留过，并对这种世界感到厌烦和失望的人，就很有可能用亲身的体会来深刻地揭露这种罪孽放荡的生活了。

　　应当指出，高鹗在落第之后"闲且惫矣"，也曾经怀着这样的情绪。就在

--------

　　① 《鲁迅全集》第 9 卷，鲁迅全集出版社，1938 年。

这时候，他开始续写了这部小说（但以后，他接着就入翰林，做了大官）。虽然故事的结局已经被曹雪芹在第五回书中规定好了，可是看来由于两个作者不同的社会地位和不同的宇宙观，从而作品的意图就被高鹗违反了。

正如常见的情形一样，《红楼梦》的续作者也不署名。在他自己所写的序里和他的朋友程伟元的序里只说被他们发行的手写本是被程伟元从一堆烂纸里发现的，这堆烂纸是从一个卖旧货的人手里买来的，然后由程伟元和高鹗把原稿加以整理和修改。这种传说是可以相信的：曹雪芹未完篇的小说，于1765 年在北京问世，名为《石头记》，经过五六年后就非常出名了。但是那时候却并没有付印，只是借手写本在流行着。这种手写本卖得很贵，差不多要几十两银子一部。在高鹗之后，这部小说还有好些个续本，它们是用《续红楼梦》《红楼梦补》《红楼重梦》等等这样一些名字出版的。这些续作的作者极力使主人公"团圆"，这就破坏了原作者的意图。这些模仿的小说在思想的力量上和心理分析的细致上都不能达到原作的水平。因此它们也就经不住时间的考验，结果这部小说只有曹作高续的原本能流行开来。

\*　　\*　　\*　　\*

有一个和尚和一个道士，他们在天上人间游历的道途中找到了一块玉石，这块玉石是注定要化身为人的。

这块玉石的历史开始于远古，那时候正当叛徒共工氏破坏了大地之后，女娲已经进行她的整理大地的巨大工作了。为了修补破裂的天空，她不得不搜集许多五彩的石头，烧一个大火堆把它们炼成一片。她搜集了 36501 块石头，但是只要 36500 块便已经够用了，因此有一块石头便放下了没用。这块石头既然在仙人女娲手中握过，就由此通了灵性。

在石头的传记上记着：当它在警幻仙子的赤霞宫的时候，它非常喜欢一棵绛珠仙草，照料着她，经常为她洒上甜蜜的露水，而当这棵仙草注定变成一个少女的时候，她许下了一个心愿，要用自己的眼泪来报答石头所给的露水。

一对年青人的故事就像这样的开始了，带着决定了命运投生到人间——那青年因为降生时嘴里衔了一块玉，所以名叫"宝玉"，那姑娘名叫"林黛玉"，天意让他们相逢。《红楼梦》这部小说的开始和它的结局（宝玉出家）贯串着佛教思想，并且掺杂着道教思想：再生、宿命论、报应说。尽管有这样的序幕和结局，并且尽管有像宝玉做梦那样几章，小说本身却是一部现实主义的作品，这跟它的作者所具有的宗教观点几乎是没有关系的。小说的内容上跟它的形式上的矛盾，正是它的作者的意图跟完成这意图的手段——现实主义方向之间的矛盾的结果。

作者的意图在小说第 5 回中已经表露得非常清楚。这回书叙述宝玉在一次宴会之后，休憩在他的本家媳妇的一间收拾得非常精致的卧室里（红楼）的事。他梦游太虚幻境，并且翻阅了写着他家将来命运的书，听到《红楼梦曲》。警幻仙子为了指引这个年青人的迷途才这样做的。最后一首诗在这一方面说得最为显著：

> 为官的，家业凋零；
>
> 富贵的，金银散尽；
>
> 有恩的，死里逃生；
>
> 无情的，分明报应；
>
> 欠命的，命已还；
>
> 欠泪的，泪已尽；
>
> 冤冤相报自非轻，分离聚合皆前定。
>
> 欲知命短问前生，老来富贵也真侥幸。
>
> 看破的，遁入空门；
>
> 痴迷的，枉送了性命；
>
> 好一似食尽鸟投林，落了片白茫茫大地真干净。①

宝玉在仙境里所听见的、所看见的本该能使他相信人世纷纭的徒劳无益，相信豪华浪费的危害，而这样就是他所过的生活，从而指引给他正规的道路——出家的道路。但他一点儿也没觉悟。作者企图借着警幻仙子的口，用自己信服的"真理"来说服自己的小说中的主人公。这件事当然不会成功，那么作者就不得不用自己的小说的主人公的一生来证明这一"真理"。

当曹雪芹把自己的人物从九霄云里引到大地上的时候，这些人物就成为有血有肉的、活生生的、具有丰富的大地色彩的形象了；而那些大大小小的事件也都是由于那个时代生活的进程所自然引起的；快乐与痛苦并不是被甚么超自然的力量制约着，而是被各种情况的总合制约着。这些情况就是家庭或社会的利益，各个人之间的倾轧冲突，他们之间的斗争，而主要的是书中人物的意向跟那个时代的人们行为必须遵守的道德准则和社会法规之间的矛盾。

---

① 《红楼梦》第 5 回。译者按：看作家出版社本，第 56 页。

当作者交代了和尚和道士的事之后，许多普通人物便开始活动了，从而在读者面前展开了中国一个大城市中作为贵族家庭之一的贾家的生活。贾家居住在"宁国"和"荣国"两座巨大的府第里。这两座府第是根据贾氏祖先的官衔而命名的。小说叙述当时宁国府里的长辈是贾敬。他跟他的儿子珍和孙子蓉住在一起。蓉娶秦可卿为妻。荣国府里的长辈是贾赦。他的儿子琏娶王熙凤为妻。赦有个弟弟叫政。政所生的女儿叫元春，她后来成为一个皇妃。政所生的儿子叫宝玉。赦和政有个妹妹嫁给林如海，生下一个女儿叫林黛玉。林黛玉当母亲去世之后，就住到外祖母家来了。在"荣""宁"两府中，除去这些基本家庭成员之外，还住着远远近近的许多亲戚本家。如荣国府里住着美人薛宝钗以及她的母亲和哥哥，还有许多别的人。小说中作为次等活动人物的总有好几百，列举他们是没有必要的；但是必须指出，最切近的体己女仆是差不多跟主要人物如贾宝玉、林黛玉、王熙凤等起着同样作用的。虽然小说中的人物很多，但是作者不仅给他们每个人起了一个名字，而且差不多刻画出他们每个人难忘的特征来。正如这些典型在表现上的多样性一样，作者在心理分析上的深刻性也是十分惊人的。

小说里的主要优秀形象是主人公贾宝玉和林黛玉。宝玉是祖母史太君所宠爱的，她甚至连在他父亲处罚他的时候都保护着他；同时他也是大家所宠爱的，他并不是一个自私自利的人，他不仅会忍受自己的痛苦，而且能够关心地响应接近他的人们在情绪上最小的变化，保护着在不幸中的人。跟他在一起长大的温柔虚弱的林黛玉，锐敏地感觉到周围的人的态度，认识到她是一个孤儿，她不是在跟父亲和母亲过日子，这些事情常常苦恼着她，而家中别的孩子们和他们的丫头们给她的自尊心带来的一些小小的伤害常使她深深地痛苦着。她的对宝玉的爱情开始是无意识的，继而从各方面增长起来。这种被爱情所带来的痛苦的心情一直延续着。作者是完全同情林黛玉的，他把她写成宝玉的忠实朋友和助手。她在他困难的时候能解救他。而宝钗却相反，虽然她和黛玉差不多一样美丽，可是却不像她那样诚恳，那样天真。宝钗在那样小小年纪就已经小心翼翼地考虑到自己的行为了。尽管严厉的旧礼教要把男人和女人从很小的岁数就远远地分隔开来，但是宝玉在儿童时代和青年时代包围着他的不仅有男仆，而且有女仆。男仆仅仅送他上学或者进城。所有空闲的时间，宝玉都是跟男子疏远，而在自己的姊妹和表姊妹群中度过的。这样就使他有可能说出这样的话："女儿是水做的骨肉，男人是泥做的骨肉。我见了女儿便觉得清爽，见了男子便觉得浊臭逼人！"像这样的违反旧礼教的论调，在中世纪的中国是绝对不能允许的，因此常常招致他的父亲的愤怒。跟大家都喜欢的宝玉相反，他的同父弟兄环是一个忌妒满怀、无才能而且惹人讨厌的人。他利用宝玉跟姑娘们的友谊来挑拨离间。环的母亲赵姨娘为了使自己的儿子得到承继地位就企图用巫术来谋害宝玉。虽然大家溺爱宝玉，姑息宝玉，却并没有使他变坏；他甚至不了解环对他在怀着忌妒。当环好像是无意地推翻了蜡烛台，用热油烫伤了宝玉时，宝玉后来却并没有把这个过错报告祖母去让兄弟受处罚。宝玉是这样一种单纯、真诚，但却违背了父亲的教训的孩子。他所迷恋的并不是《论语》，而是诗，还有，是依照培养"好风度"的原则所不允许读的书，而他却躲在花园里去读它，这就是小说和戏剧。

小说主要的题材是宝玉和黛玉的恋爱。虽说在作品开始的地方就已经预先决定了这一恋爱事件的情节及其悲剧的结果，但是他们的爱却并不是第一次见面就发生的。作者在小说的叙述过程中展示了人物的成长以及他们的感情的发展。当他们的爱情生长和巩固的时候，为了显示他们的性格，作者描绘了许多情节和温柔的抒情诗一般的场面。祖母好像是帮助着他们的，最初叫黛玉就住在自己的房间里，那地方就是她钟爱的孙子宝玉曾经住过的。

宝玉常常在一些小事情上逗弄黛玉，然后又请求她的饶恕。林黛玉也常常找他的岔子，责备他轻浮，然后又生他的气，而自己又赌很大的气，但经常很快地又和解了。像她疑心宝玉把她赠给他的荷包送给他的小厮的事，像由于宝玉跟家中别的女孩自由交际而引起她忌妒的场面，像当她埋葬落花的时候，宝玉企图引用《西厢记》的词句向她第一次表示爱情这样的情节。对于他们的友谊，家里的大人们都已经看惯了，他们把黛玉就看作宝玉将来的妻子，而已经14岁的黛玉关于这方面的暗示是不能不脸红的。

但是祖母虽然爱孙子和外孙女儿，却仍然破坏了他们的幸福，因为她认为必须解决的是祖先主要继承者的问题和将来继承者的健康问题，所以她摒弃了温柔的但却虚弱的林黛玉，从而企图把宝玉的注意转移到另一个美人薛宝钗身上去。但是更主要的原因是薛宝钗家里很富有，而林黛玉却是一个无家的人。然而不管家里怎样地去努力遮掩结婚的准备，黛玉终于知道了一切，并且由于绝望，便在那一个隆重的日子的早晨死去了。宝玉感到幸福，满以为去和他亲爱的黛玉举行婚礼，但是当揭开自己年青妻子盖头的红巾时候，他才知道这里不是黛玉，而是宝钗，从而才揭穿了这个偷换的骗局。由于痛苦，他病了，而后来终于出了家。有一次，在一个落雪的夜晚，宝玉的父亲政旅行在外，当船泊到某一个埠头时，看见那里有一个光头赤脚的和尚，披着红色的袈裟，向他鞠了一躬。当他认出来这个和尚就是宝玉时，他希望走近他的儿子并且跟他说话，但是有两个出家人（一个和尚，一个道士）很快地就把宝玉带走了。

可爱的孩子们的幸福就这样给自己的亲人们破坏了。温柔美丽的林黛玉，她的花朵一般的生命就像这样地被吃人的旧礼教冷酷地断送了。由于这种旧礼教才使年青人从亲切的家庭里走出去。可知此后这个家庭的破落与腐朽并不是决定于甚么超自然的原因，而是决定于人间的（大地的）原因的。皇妃元春死了之后，这个家庭就失去了最高的庇护者。贾赦由于勾结其他地区的官僚，依仗势力，欺压人民，因而革职并抄没家产。"荣国"这一家的破产，也影响了他的本家"宁国"。这样就接近于《红楼梦曲》中所预言的结果了。

但是《红楼梦》的续作者高鹗却不能够掌握小说原来的构思。这里表现出了旧中国所常见的佛教信仰、道教信仰和儒教以及被儒教定为成规的崇拜祖先之间的矛盾。佛教要求"众鸟飞散"，要求"大地空虚干净"，而祖先崇拜则要求每个人留下自己的宗族继承者；此外，显贵的家庭不能够让它降落到"老百姓"的地位，应该保留它的贵族等级。因为宝玉的伯伯既然已经失去了继承祖宗官衔的权利，所以宗族中年青的代表者，就应该中举及第，以恢复这个贵族家庭的权力，恢复它在封建社会中的特权——在官僚机关中任职，并"刮地皮"。在高鹗续写的最后部分，反映了佛教信仰和旧礼教的要求，贵族光荣之间的矛盾。

于是宝玉在出家以前，便来改善有害于宗族的做法，执行自己的义务；跟被强加于自己而自己却不喜欢的妻子宝钗同居，留下自己的后代——宗族继承者；他积极准备考试，并且考中了，从而保持了他的宗族的贵族地位。佛教的禁欲主义和儒教基础——宗族继承这两个水火不相容的东西在这里被折中地结合起来了。按照宗法制度的意见，这个家庭已经达到了它的目的：虽说宝玉出家了，黛玉死了，但这个关于个性方面的悲剧是不能够动摇家庭与国家的基础的。个性方面的叛逆是消极的。作者不能够贯彻他自己的宗教意见。在小说的结局，他反驳了自己的学说；他把自己的主人公从大地上取走以前，让人类继续干那些罪孽深重、荼毒生灵的事情。作者在自己的小说中描写了贵族阶层和"下贱"阶层中间的被礼教的严峻的道德准则所戕害的青年们和少女们不是偶然的。他们不择手段地实行自杀：上吊、投水、吞金、投井等，其中许多人是由于痛苦和受辱而死，这就是要求绝对服从的严厉家法所产生的结果。全部小说里贯穿着生活的精致、供奉的繁华和主人公命运的悲剧之间的矛盾。专制家庭不客气地干涉他每一个成员的私生活，从而决定了小说中主要人物的悲剧。

作者的揭露所证明的不是宗教的正确性，而是中古的普通人家或特权家庭里对于人性的蹂躏。

作者不但描写了这个贵族大家庭的生活、习惯、对男女的教育，他们的深刻的亲身感受，他们的纯洁的玩笑，家中长辈的升官与降职，而且揭露了生活的另一方面——这一家庭中每一个人格的屈辱：无数的男仆、女仆和家庭成员，服从着一个最高权威——祖母史太君和她的意志表示者、荣国府的管家王熙凤。

王熙凤是一个年轻女人，她一手掌握着这个家族的庞大家务，乃是中古时期贵族管家婆的典型，又是做生意人的典型。使唤一个仆人去工作，这个仆人如果来晚了一点，那么叫人打他 20 棍，在她是不算什么的。她仗着自己家族的势力和广泛的交际，通过一个冒名顶替的人，用一封普通介绍信就能获得一大笔贿赂。贾家的那些贫穷的亲戚本家知道得很清楚，如果不给王熙凤送珍贵的礼物，是不能得到工作的。她对于放高利贷也是很感兴趣的。她通过自己的女仆平儿专干种种黑暗勾当。但是在她丈夫和家族成员的面前，她却戴着假面具。她还常常诉苦，说她这样年轻，这样没有经验，却交给她这样负责的事务——荣国府和宁国府的家务，而负担这种责任，她的力量是不够的，但同时她却来得及监视着她的轻佻的丈夫，不让他讨小老婆，她的贴身的女仆平儿帮助她，灵巧地转移了她丈夫对家中漂亮女仆的注意。但是关于这件事，她并不是完全成功的，因为她丈夫利用一切可能在自己家里干私通勾当，而她的代表者平儿由于受到好报酬，就把她丈夫跟一个嗜酒的厨子的漂亮老婆私通的事隐瞒了。王熙凤本人的行为也不是无可责难的，当她丈夫不在家的时候，她允许了一个教师儿子对她吐露自己的爱情，这个教师是他们的穷苦本家，她听了这个教师儿子关于爱情的倾诉，甚至约了他去幽会，但是这个奸险的女人把这个年青人的爱情仅仅当作一件玩笑取乐的事；她使他整整冻了两夜，又派她的轻浮的本家浇了他一头脏东西，并且抢走了他的巨额期票，以至使他送命。

这不过是小说里许多小悲剧中的一个。这些悲剧是作者用来证明情欲，首先是痴恋，是人间的罪孽。但是尽管从宗教的观点看来，一切情欲，根本都是有害的，可是在小说里，作者却把宝玉和黛玉的诗意的青春的爱跟家里其他许多人堕落的淫乱勾当截然区别开来。

两府中无数美丽的少女，她们不仅用劳动力去服务，而且还要供自己的主人玩弄；关于这件事，那些小厮们也不落在自己主人的后面，并且主人也不以为可耻。照顾宝玉的丫头袭人当然也不敢反对自己主人的放纵，因为"老祖宗把她给了他了"。甚至那些尼姑也是供玩弄之用的。但是她们会有些甚么结果呢——像智能儿那样，是从庵里赶出去了呢，还是自杀了呢？对于这些问题，那些高高在上的人是谁也不感兴趣的。

作者特别用力地刻画出薛蟠这样一种"公子哥儿"的代表来。他跟那些少女们——宝玉的女朋友们不一样，她们会写即兴诗，会作谜语，也善于猜别人作的谜语；他跟宝玉和黛玉也不一样，他们会用庄子的风格在这位哲学家的著作里面抒写自己的感情；他跟自己受过教育而且伶俐的妹妹宝钗也不一样，薛蟠是个目不识丁的人，连一个有名的艺术家的名字他都记不住，他只跟像他那一类的少爷们在一起纵酒作乐，挥霍浪费，把时间全部花费在游玩、宴会、赌博、嫖妓上，浪费着祖先所聚集的财产。为了一分钟的不正当的要求，为了他所喜欢的漂亮姑娘，他会大发雷霆，命自己的仆人打死人。他可以肆无忌惮地横行霸道，因为他有势力的亲戚可以庇护他为非作歹，而谄媚的法官不仅不使他受刑罚，而且甚至不敢打扰他，把他传来审讯杀死没落地主的案子，仅仅判给死者的亲人一点埋葬费，就算了事。

作者并不把贾家成员的形象局限在统治阶级的正面形象和反面形象中。他表现了两府仆人肖像的整个画廊。他工巧地、细致地描绘了那些女仆，譬如王熙凤的体己人，小心谨慎的平儿；温柔恭顺的袭人。袭人虽然轻视她自己的奴隶地位但同时却不希望离开宝玉以脱离奴隶地位而回到自己的家。小说也表现了仆人的等级制度，以及他们中间所存在的升等级思想。譬如有个老仆人的女儿，名叫小红，她是一个做粗活的姑娘，可是她却努力使自己能升入少爷的屋子里去工作，或者，至少使少爷的亲戚能喜欢她。但是那些照顾宝玉的女仆们带着醋意监视着这个丫头，不让她们的主人看见她，不让她擅自给他倒茶。

小说里也表现了一些已退职的，养尊处优的老仆人，比如以前的奶娘赵嬷嬷，她把自己以前的被养育者当作一个门路，为自己的儿子安插一个职位；又如宝玉的奶娘李嬷嬷，她到自己的被养育者宝玉那里去收拾些残羹余尽，并且发脾气，在他那些愉快而轻浮的女仆身上出气。有趣的是在这些老仆人中有一个名叫焦大的，从前是一个兵士，是已经逝世的一个祖先的战友。他曾经把自己半死的主人背在背上，从一场战斗中救出来，从而多少年来他利用着自己的特权地位，躲避着工作，并且经常喝酒，一直喝到沉醉，然后骂所有的仆人，并且连年轻的主人们也一齐骂进去。当然，他虽有特殊功劳，仍然难免于被鞭打。

在这个贵族府第里，还住着许多男女食客，他们都是穷苦的本家。也有大官的小同僚，为了想得到老爷们口袋里的施舍物而来认本家的。所有那些远远近近的亲戚本家，如蝇逐蜜，都飞到显贵的财主本家宁国府和荣国府来。他们有的得到几两银子，便满意地回家；有的得到一封介绍信，从而获得某一种职务；有的就安置在府里管香料或者做花园的监工；等等。当家里有事的时候，譬如像埋葬秦可卿的悲惨事件，或者像家中有谁做生日的快乐事件，或者遇到甚么节日如过新年，用钱是无数的。但是所有这些浪费的例子都远不及皇妃元春得到皇帝的允许而回家省亲那一次的开销。元春回娘家，仅仅为了这一天就花费了不下于 5 万两银子，这个数字在中古中国是很难置信的。拆毁许多墙和住宅以建筑牌坊、亭榭、殿宇、游廊，一直延伸了三里半路，并且定制了和购买了许多珠帘绣幕、古瓷器和手工雕刻的艺术品，单说家具一项就有 1200 件之多。环绕着这些建筑物有人造的山丘、溪港和池塘，这里可以划船。周围种满了许多美丽的树、竹子和奇花异卉。在园的一角，还有一个小小的村庄，带着田畴，可以过"朴素"的农民生活。从很远的城市里买来了 12 个女孩子，并且为她们请了专门的教习，她们为那些隆重日子准备了 10 几出精选的戏曲。园里还有一庙一寺，各有 12 个尼姑，这是为了发生像元春祭祷那些事情用的。这一次的接驾如此奢华富丽，连住惯了富丽的皇宫的元春都一再说，这种过分的阔气，下一次是不应当再有的。为元春建筑的这个园子，被称为"大观园"。这个园子假如她不请求皇帝允许她的兄弟姊妹居住的话，那么在下一年她回家以前，是应当一直关闭的。

关于贾家的生活方式和家务，作者已经在这部小说起头的地方，在第二回书中，引用了一个来自京城的古董商人对他的熟人叙述荣国府的情形的话指责过了。商人说："如今虽说不像先年那样兴盛，较之平常仕宦人家，到底气象不同。如今人口日多，事务日盛，主仆上下都是安富尊荣，运筹谋划的竟无一个。那日用排场又不能将就省俭。如今外面的架子虽没很倒，内囊却也尽上来了。"[①]

这个商人又批评了统治阶级的并不高尚的道德，说："如今养的儿孙竟一代不如一代了！""宁公死后……只剩了一个次子贾敬，袭了官，如今一味好道，只爱烧丹炼汞，别事一概不管。幸而早年留下一个儿子，名唤贾珍……把官倒让他袭了……这珍爷哪里干正事？只一味高乐不了！"

照他说来，那荣国府也不见得高明。老一辈中的贾赦游手好闲，只是他的兄弟政"自幼酷喜读书，为人端方正直"。他又批评贾政的儿子宝玉说：这人

---

① 《红楼梦》第 2 回。

才干恶劣，从小就可以看出来。当他周岁时，他父亲按照习惯把许多东西摆在他面前让他抓，他却只抓了那些脂粉钗环，使他父亲非常悲伤，说他将来不过是个"酒色之徒"。①

书中除了贯彻着作者关于宿命论、关于不信佛教者注定有恶报的思想外，还有一种对像荣、宁二府中那些无能力管家的人的斥责的思想，小说里显示着每一个家庭成员都去纵欲，都想在奢侈上超过别人，却不关心使收支相符。必须指出，如果第一种思想——关于奢侈是造孽的思想只表现在小说的个别场合，那么第二种思想——关于过着挥霍浪费的腐朽生活的人们必遭破产的思想，在对各种借口之下所举行的大小节庆、宴会、演戏（连祖母也跟别的人一样是个大戏迷）的描写中则有着系统的表现。比起第一种思想来，第二种思想被作者证明得更令人信服。并且如果宝玉并没有了解像"梦"所显示的悔悟必要性，那么就只有宝玉才明白他的宗族在走向衰败。关于这些事秦可卿也做了预告，她在死后给王熙凤托梦说，必须划出一部分田地给祠堂，为了当宗族衰败的时候不断绝祖先的祭祀。由于小说的作者生长在纺织工业的巨大中心——江宁，并且由于他的父亲能和作坊的头目人物及纺织行业内有势力的上层分子交游，所以作者能借那个商人的嘴揭露了贵族的奢侈与腐朽，最主要的是作者批评的内容本身。所有这些使我们可以做出这样的总结，作者所表现的是：跟其他的市民阶层和农民一起，构成当时无权利的第三等级的观点。

旧中国的文艺批评家和考证家并不去钻研中国文学遗产的方法问题。关于《红楼梦》研究，一直到我们世纪的 20 年代，其中主要目的仅仅在于考证曹雪芹在他的小说里写的是谁的历史——是顺治皇帝和他的情人董鄂妃的故事，或者是满洲诗人纳兰成德家里的故事，或者描写反对清朝统治而斗争的人们的故事，或者是作者的自传。还有许多考证去找小说写的"大观园"究竟在甚么地方。只有鲁迅在他的《中国小说史略》中说明了这部小说的现实主义性质，以及最近冯雪峰，中国的文学批评家和作家，在答复《文艺报》读者的问题时，首先开始了中国文学史上的现实主义和浪漫主义问题的发掘，介绍了《红楼梦》的风格，说它是"写实主义和浪漫主义结合在一起的"，而其作者应归于"封建时代的古典现实主义者"的一类。②

最伟大的艺术家——中国的文学家曹雪芹创造了一部伟大的现实主义的作品，真实地再现了他的时代的现实生活情况。他表现了统治阶级最主要的代表

---

① 《红楼梦》第 2 回。
② 《文艺报》第 6、7 期，1952 年第 14 号，第 25—26 页。

者在经济上、政治上和道德上的腐败，以及当时中国封建家庭的内部矛盾。作者在自己的作品中表露出了关于大地的罪恶和佛教的观念，表露了关于高门望族一败涂地似乎是由于离经叛道所引起的观念，但是作者终于刻画出专制家庭逼人寻死的残酷图画，刻画出统治阶级奢侈浪费必遭崩溃的图画，而作者的那种观念在与他所展开的那些画面比照之下显得多么苍白无力啊。在《红楼梦》中所表现出来的作者的观点和他的作品的现实主义之间的矛盾，跟列宁所指出的托尔斯泰作品中所存在的矛盾是非常相似的。

　　《红楼梦》作者所具有的矛盾，是与社会主义现实主义以前世界各国的现实主义文艺巨匠所具有的矛盾相同的，但这并不能降低他的小说给读者所带来的知识的及艺术的价值，因为在他的小说里现实地反映了当时充满了矛盾的现实生活。作者在表现"下等人"反抗封建社会的压迫这一点上是站在民主主义的立场上的。除此之外，他的民主主义立场还表现在作品的语言里，因为他的作品是面对人民，使用人民的语言的。从而这部作品成为一座中国古典文学语言最优秀的纪念碑。

（原载《人民文学》1956 年第 6 期；

〔苏联〕柳·纪·波兹聂也娃撰，邢公畹译）